万历野获编

[明]沈德符 撰 杨万里 校点

下

卷二十五

评　　论

评议大礼诸臣

桂、方诸臣，附和大礼以博官爵，非为势利所逼耶？乃当时世宗圣制一篇，其略云：今世衰道微，人欲炽盛，彼之附和者，师生兄弟亦有不同。少师杨一清为乔宇之师，一旦被势利之逼，则师之言不从矣；桂华为少保桂萼之兄，则弟不亲矣；湛若水为尚书方献夫之友，则友为疏矣。势利夺人之速，可为世戒。杨一清代为桂辨云：乔宇不听臣言，若水背献夫，诚然，若桂华能持正论，未可尽非。上曰：朕叹兄弟殊途，吁嗟之余，抑扬不平，依卿言将原稿改之。按，世宗圣语，即张璁"宁忤圣主不敢忤权臣"之说矣，故反以人欲炽盛坐持正诸臣。杨丹徒迎合意旨，亦抑乔、湛以傅会时趋，宁非势利之尤乎？然甫逾年，亦为璁、萼所逐矣。占风望气，亦复何益，是乃可为世戒耳。

弇州评议礼

弇州作张永嘉传云：凡言礼而贵者，其人材皆磊磊，即不言礼必有以自见。其语不甚谬，然其中如黄绾之狡险，彭泽之狠横，又岂可以磊磊目之？若锦衣之聂能迁，寺丞之何渊，初以附永嘉得进，后睹其暴贵，又劾永嘉以自为地，此皆诸公所引为同志者，至此得不汗颜浃背乎？至其后也，则丰坊者起而疏请宗睿皇入太庙，天下皆恨其谄，使张、桂而在，亦必谏止，然则何渊之世室，未可尽非。而既帝既考之后，事体愈重，上意已定，即百张、桂安能救正也？贵溪之分祀四郊与亲蚕诸改创，皆本之永嘉，而更成水火，永嘉虽甚恨而屡攻之，终无如之何；最后则孝烈皇后之先祔太庙，并徐华亭亦不敢诤。乃知典制一越，侵寻日深，此实永嘉辈为之俑，至于末流，不复可障遏矣。

靖康景泰二论

董思白太史尝有言：周之失计未有甚于东迁者，此子瞻氏之言也；李纲用之于靖康而宋社屋，社稷为重，君为轻，此子舆氏之言也；于谦用之于景泰而明祚昌，盖谓二公皆抱忠义，而谋国或济或不济，即往哲格言，亦有不可尽泥者。然二公不独信古之有得失，即识见亦不同。今观肃愍诸奏，凡条陈兵食战守事宜，无一不中肯綮，施之无不立效，自是见地高卓，加人数等。李伯纪在宋，无论兵援太原逗留不进，致误大事，即建炎初起当国，首建募兵、买马、括财三大政，果有一端可行否？江淮既无马可买，而招兵、括财之议尤为舛谬，李欲大郡增兵二千人，次千五百人，其饷出于何所？且中原既失，全恃东南为根本，乃尽括富民所蓄，以充军兴，将室愁户叹，人人思乱，不待兀术渡江而民心先变矣。宋齐愈所以首驳之，李惭无以辨，乃借书张邦昌三字置之极刑，亦太惨矣。肃愍当英庙北狩时，力拒南迁之议，谓徐珵可斩，然终不杀徐，且力荐之为祭酒，致徐他日夺门，陷于西市之行。若以小人肺肠视之，必谓忠定密于防患，而肃愍拙于谋身矣。

靖康金人再入犯，道君欲自出陕西招兵，为李纲所遏不得行，以故城破入金军时，见钦宗曰："早听老夫，无今日之祸。"钦宗无以应也。又粘罕初围城时，蔡京求入见陈退兵策，盖欲决河灌敌营，使匹马不返，而攻者四起，不许入国门，遂贬潭州。此时君相共亡其国，罪不必言，但此二策未为无见，竟以人废言。若景泰之际，则英宗劳臣，拮据以安庙社，又非宋事比矣。

汪南溟文

王李七子起时，汪太函虽与弇州同年，尚未得与其列，太函后以江陵公心膂骤贵，其副墨行世，暴得时名，弇州力引之，世遂称元美伯玉，而七子中仅存吴明卿、余德甫，俱出其下矣。汪文刻意摹古，尽有合处，至碑版纪事之文，时援古语以证今事，往往扞格不畅，其病大抵与历下同。弇州晚年甚不服之，尝云：予心服江陵之功而口不敢言，以世所憎恶也；予心诽太函之文而口不敢言，以世所宣好也，无奈此二屈事何。是亦定论。当海内盛趋弇中时，汪高自标榜，至谓文人倔强不肯攀附者，目为夷狄之不奉正朔，至今日而反唇弇州者日众，又何论太函。太函居林下久，睹弇州再出，不免见猎之喜。时许文穆为次辅，其同里至戚也，屡言于首揆吴县三揆太仓，不能得，则又致书弇州公，转托其缓颊于太仓，以速汪之出，终以时情不允辞之，弇州亦寻里居矣。汪暮年眷金陵妓徐翩翩名惊鸿者，绸缪殊甚，至比之果位中人，作慧月天人品，其文全拟佛经，秽亵如来亦甚矣。其门下词客如潘之恒、俞安期辈，又从而傅会之，作歌作颂，更堪骇笑。

江陵封公名文明者七十诞辰，弇州、太函俱有幛词，谀语太过，不无陈咸之憾。弇州刻其文集中行世六七年，而江陵败，遂削去此文，然已家传户诵矣。太函垂没，自刻全集，在江陵身后十年，却全载此文，亦不窜易一字，稍存雅道云。

评 论 前 辈

王太仓之评张太岳曰：江陵相业，吾始终不谓其非，独昧于知人一事，到底不悟。而孙樾峰则又云：江陵素留心人材，胸中富有，所品骘每在司铨者上，故其柄常操。夫能长百人者必其材兼百人者也。其说又如此。孙樾峰之评王弇州曰：本朝大小纪载一出此公之手，使人便疑其不真。而一时推服诸君子，无不曰良史才，或云家世九卿，所闻见朝家事甚备甚确。往年陈文宪开史局，亦有生不同时之恨，而李本宁亦訾孙言为过。则弇州之宜史与否，终未可定。而说者多谓孙语未然。孙之讥弇州，谓宦官用事者为大珰，杜撰无出，欲以阉尹易之，殊不知阉尹虽古语，而大珰二字，唐宋名公往往用之，今纪载中甚多，初非杜撰也。孙素以博洽称，何轻讥前辈乃尔。

私　　史

本朝史氏失职，以故野史最多，如弇州《史乘考误》所列，其不足据明甚，而仇口污蔑，颠倒是非，又有弇州所不及见者。如近年浙中一士绅，亦登万历初元甲榜，屡踬仕路，官不及墨绶而罢，著一私史，纪世、穆两朝事，自署永昭二陵信史。其中舛缪不必言，即如每科所举士，则总署曰是年得士，某某以功业文章著，某某以贪酷奸邪著，俱信笔任口，无一得实。有罹其毒而先知者，辄以重赂相恳，则凿去姓名，别易一人，又赂则又改，其楮墨互换处，一览洞然，士大夫恨恶之，而其人素横秽，无屑与辨者。至耿楚侗尚书虽与江陵素厚，要其生平自在，乃至云与徐文贞谋叛，盖两人俱其深仇也。又自云江陵夺情，欲草疏纠之，为其所觉，构陷被谪，此不惟无疏可据，即考当时年月，亦了不相涉，此等书流传，祸后世不小，弇州若在，又不知如何浩叹也。

林居漫录

伍宁方袁萃宪使，吴中人，素名刚劲嫉恶，任东粤宪，以目眚自免，家居无聊，著一书名《林居漫录》，有前集、后集、外集多集，皆好言时事，其间偏执处亦间有之。李修吾正抚淮时，名甚重，伍独议其短，谓才足以宠罩一世，术足以交结时贤，多取而人不以为贪，嗜杀而人不以为酷，掠名虽高，徐观其后可也。不数年而李被弹，白简四起，多祖其说，因有称其先见者。至论乙巳京察留用一事，极排沈四明之非，有识皆以为正论，而归咎吾乡贺吏部灿然清平一疏，谓为迎合时相。贺好名人也，见之不胜愤懑，乃作一书名《漫录评正》，尽摈其说，笺注于旁，谓无一语得实，而于己清平之疏，则直夸为公正能动上听，始下察疏，得完大典，有功于国。伍忿其饰非，又作《驳漫录评正》以纠之，其词转峻。贺不能堪，又作《驳驳漫录评正》，则语愈支蔓，且评伍过端，近于巷口。伍为吴下人望，辅之者众，共为切齿，复作书名《漫录三驳评正》，援引指证，详明深刻，读者或谓快心，或谓已甚。贺已老多病，见此恚哭呕血，不复能措一词，未几下世。其后憎伍者中之，南都有给事黄玄盖建中特疏劾之，专指漫录，则贺不及见矣。黄后亦坐京察去。

袁中郎论诗

邸中偶与袁中郎谈诗，其攻王、李颇甚口，而詈于鳞尤苦，予偶举李华山诗，袁即曰："北极风烟还郡国，中原日月自楼台，如此胡说，当令兵马司决臀十下。"余曰："上句'黄河忽堕三峰下'一句自好，但对稍未称耳。"袁微颔，亦以为然。偶案上乃其新诗稿，持问予曰："此仆近作，何语为佳？"予拈其《闻蝉》二句云："'琴里高山调，诗中瘦岛吟'最工，并其《邺中怀古》联云'残粉迎新帝，妖魂逐小郎'用事熔化，前人未有，但结联'曹家兄弟好，无乃太淫荒'，忽讲道理，近于呆腐。"袁笑谓予赏音，但渠所最推尊为吾浙徐文长，似誉之太过，抽架上徐集指一律诗云："三五沉鱼陪冶侠，清明石马卧侯王。"谓予曰："如此奇快语，弇州一生所无。"余甚不然之，曰："此等语有何佳处，且想头亦欠超异，似非文长得意语。"袁苦争以为妙绝，则予不得其解。

评　书

顷浙中一士人刻《皇明书苑》十大家，首祝京兆而终董太史，乃以杭人汤焕、许光祚居董之前。此士亦铮铮有书家名，自负良不浅。予规之曰："此二人不但难与董雁行，并不可列大家，盖更订之。"其人拂然怒，似谓予本无所知，安得轻置雌黄。予亦干笑听之而已。又一浙绅谓予曰："顷与学使者周斗垣延光晤于西湖，忽问曰，近日书家如黄贞甫、董玄宰二公俱巨手不必言，但不知谁当左次。其言怪甚，因不置对。"予曰："盍不明语之？"浙绅曰："此等呓语，只可付罔闻，若欲与辨诘，惟有痛批其颊可耳。"贞甫以时艺名世，本不工书，而酷好濡染，精绫名茧，布满都下，即园亭中扁对，亦多出其手，故周有此问。世间冤枉事极不少，但董无端屡遭折辱，亦高明鬼瞰之一验也。

著　述

献　书　被　斥

永乐三年，饶州府儒士朱友季著《书传》专攻周、程、张、朱，献之朝，上命行人押回原籍，杖遣之，焚其书。正统七年，东昌府通判傅宽进《太极图说》，上谓僻谬悖理，斥之勿令误后学。天顺二年，常州布衣陈真晟献《程朱正学》，不报。成化二十年五月，无锡处士陈公懋删改四书朱子集注进呈，令毁之，仍命有司治罪，惟以《孟子》冯妇章士则之为句，时人传之；至弘治元年，公懋又上所著《尚书》、《周易》、《大学》、《中庸》注，称臣有一得，颇能折衷。通政司言公懋不称军民籍，自名为庶人，所进多穿凿悖理，上命焚所著书，押遣还乡。弘治元年，徽州教授周成进《治安备览》，诏少詹事程敏政看详，敏政言其窃宋赵善璙《自警编》、元张养浩《牧民忠告语》以成狂妄，还其书置不问。嘉靖八年二月，太仆寺丞陈云章上所注诸书及《大学疑》、《中庸疑》、《夜思录》各一，上曰：诸书姑收，其《学庸疑》、《夜思录》即毁之，有踵之者罪不赦。嘉靖九年，隰川王俊栢进所著《太文录》，礼部尚书李时谓仿周子为说，用心虽勤，无补治道，上命姑留之。嘉靖十五年，南京吏部尚书湛若水进所纂《二礼经传测》，礼部尚书夏言云其立论以《曲礼》为言，先似与孔子戾，但好学不倦，宜加奖，上曰：既戾孔子之言，何以传后？罢其书不省。嘉靖二十六年，陕西保安县岁贡任时上所著《参两贞明图》，礼部谓其说不经，诏法司讯治，赎罪为民。二十九年，原任广东佥事、福建同安人林希元改编《大学》经传定本及著《四书易经存疑》，并上呈御览，乞刊布，诏焚其书，下希元于巡按御史究问，褫其官。万历二十年，四川佥事张世则著《大学初议》，专辟程、朱，为行人高攀龙所驳，其书亦废不用，盖皆以崇正学为主也。然诸书中亦未必无可采者，概火之置之，士之留心经学者益寡矣。史称林希元博学多闻，所献书亦有见解，时方置经学不谈，遂得罪。林又曾上书请征安南而郡县之，如国初时，屡疏终不见省；又世宗初即位，林即上疏劝上勤治进学，议者谓一时建白所未有。

大学衍义

真西山《大学衍义》其讲修齐甚备，而治平则略之，然杂引前代宦官旧事分为二款，其忠谨受福仅八条，而预政蒙祸者四十余条，以故中官辈极憎之，不得时呈乙览。宣德七年，御史苏州人陈祚劝上读此书，上怒，逮祚下诏狱，并及子侄瑄等八九人，长系数年，英宗登极始释。成化时，叶文庄盛亦以为请，不报。至丘文庄作《衍义补》进孝宗御览,遂大荷眷赏,且奉旨发刊,未几即入相,从来词臣撰著未有如此受知者。盖补义中独不列阉官一门,以故内廷德之,因而大用。其时议者即云修齐中已括尽治平,何必又补,特借此博主知,故入阁后即撮补义中要务,请上允行,上嘉纳之,皆非无因也。盖宣宗博学,于载籍鲜所不窥,故疑御史之见讽;孝宗勤学,凡献替必虚心听纳,故喜讲臣之纳忠,然愉怫之由,皆媒于内侍,可叹也。西山衍义列圣俱列讲筵,独世宗尤嗜之,然不过每月三八日进讲耳。惟今上于今乙巳年,特召东阿于宗伯充日讲,仍下圣谕命专讲《大学衍义》,盖深得修齐宗旨,故以此书日置细旃,非宋理宗务名比也。今上癸卯冬,妖书起,上盛怒难解,东厂内臣陈矩虑有株连,屡以《大学衍义补》内"慎刑宪"一项数卷进呈乙览,上意稍解,既而仅置皦生光极典,他无滥及,人皆归功于陈珰。陈益大喜,遂于乙巳年奏进《衍义补》二部,请发重刊。时陈以掌印带厂,上即命司礼监翻刻颁行,至上亲洒宸翰弁其首,盖丘文庄著此书始终为宦寺所推服,殁已百余年,犹受至尊知遇如此。

诗　　祸

正统十四年,福建剿贼都御史张楷作《除夕诗》云:"静夜深山动鼓鼙,生民何苦际斯时。"又云:"乱离何处觅屠苏,浊酒三杯也胜无。"又云:"庭院不须烧爆竹,四山烽火照人红。"为给事中王诏所劾,罢去。宣德中,楷先为御史,作诗以献,宣宗意其求进,欲罪之,赖学士陈循力救而免,至是终以诗败。天顺四年,江西万安县民罗学渊进所作诗三百余首,名《大明易览》,中有咏犬、咏蚤、咏虱、嘲丑妇及诶当道者,词多缪妄,上大怒,出其诗命下狱讯治,集诸大臣廷鞫,坐妖言律论斩。弘治十二年,云南副使赵炯作诗十二首,自序身谕孟密夷使入贡之功,以献,上怒,降为运同。嘉靖四年,巡抚应天右都御史吴廷举升南工部尚书,具疏辞,中引白香山诗"月俸百千官二品,朝廷雇我作闲人",又引张咏诗"可幸太平无一事,江南闲杀老尚书",末又用"呜呼"二字,上怒,令致仕。又嘉靖十七年,上幸承天府,都御史胡缵宗作诗纪上南巡,末句云"穆皇八骏空飞电,湘竹英皇泪不磨",又云"东海细臣瞻巨斗,北枢中夜几曾移",自刻而勒之石,后为仇家任丘王联所讦，指为咀咒讥讪，上震怒，逮下诏狱，拷掠论死，后成极边。此等拙笔，无论为颂为规，要无佳句，何足尘乙览？时两英主在御，宜乎得罪，此比蔡确车盖亭诗不及远甚，且如古人目为敕准恶诗可也。张楷浙江慈溪人，吴廷举广西苍梧人，胡缵宗陕西泰安人。

嘉靖间有锦衣经历沈炼，以劾严嵩编置保安，亦作诗讥督臣杨顺，被诬勾坐斩，至穆宗初昭雪加恤。翰林院编修赵祖鹏罢官居家，被宗人赵驯讦其作诗讪上，下诏狱论死，亦至隆庆元年始得释。二人俱浙产，其人虽薰莸，然以诗得祸则一也。

吕焦二书

乙未丙申间，焦弱侯竑为皇长子讲官，撰《养正图说》进之东朝，而同事者不及闻，时郭明龙为讲员之首，已不悦之极。既而为徽人所刻，梨枣既精工，其画像又出新安名士丁南羽之手，更飞动如生，京师珍为奇货，大珰陈矩购得数部，以呈上览，于是物议哄然。而张新建相公与郭江夏尤怒甚，谓焦且将由他途大用，丁酉焦又不幸承乏典试，遂借闱事摭拾之，调外去，己亥复中之大计，浮躁降调，后虽屡登荐章再膺启事，而议者终求多，至今未起也。同时则吕新吾坤初抚山西，著《闺范》一书，寻入为协院副宪。其书偶为戚畹郑国泰所睹，进之翊坤宫，皇贵妃极喜其议论，因为作序刻之京师，寻两党构争，言官遂指吕怀二心，别有推戴。吕时已徙少司寇，亦因此乞身归，其慰荐之疏相继满公车，然尚未出山也。两公俱当世羽仪，焦以博洽冠世，吕以理学著名，一则勇于献替，一则过于朴诚，俱遭忌口，动以宫闱见指摘，因迟柄用。君子处末世，即著书立言，当必慎，况其他乎？

国学刻书

南北两雍所贮书籍，俱漫漶不完，近年北监奏请重刊廿一史，陆续竣事，进呈御览，可谓盛举矣，而校对鲁莽，讹错转多，至如辽金诸史俱有缺文，动至数叶俱承其脱简接刻，文理遂不相续，即云灾木可也。甲午春，南祭酒陆可教有刻书一疏，谓文皇帝所修《永乐大典》人间未见，宜分颁巡方御史，各任一种，校刊汇成，分贮两雍以成一代盛事,上即允行,至今未闻颁发也。按此书至二万余卷,即大内止写本一部,至世宗重录以备不虞,亦至穆宗朝始告竣,效劳诸臣俱叙功优升,若梨枣更岂易言？近日杨修龄鹤巡盐两浙,欲刻《太平御览》,予极赞成之,以仁、钱两令君大哗而止,况大典又数十倍《御览》乎？

类隽类函

吴中郑山人虚舟名若庸,有隽才,少驵侠,多作犯科事,因斥士籍,避仇中州。赵康王礼之,令汇萃诸书,各分事类,事稍秘者录之,凡二十年而成,名曰《类隽》,王弇州为之序。又二十余年吴中俞山人羡长名安期者,复集唐人类书刻之,名《类函》,李云杜为之序。郑书稍及唐以后,俞书则止于隋末,郑惟缀本事,而俞则旁收诗文,二书俱有功艺苑,亦布衣之豪也。《类隽》全资朱邸,以故易成,《类函》则遍于友朋以及妓女方外,靡不捐资助之,大为时流所厌。若俞雅慕郑书,每谓予以未及见为恨,予近购得,则《类函》已大行矣。郑工填词,所著《绣襦》、《玉玦》诸记及小令大套,俱行于世,俞诗自雄浑,近日词人以幽秀胜之,遂稍稍见诎,名以之顿减。

焚通纪

《皇明资治通纪》,嘉靖间广东东莞县人陈建所纂,载国初以至正德事迹,皆采掇野史及四方传闻,往往失实。至隆庆间,给事中李贵和上言,我朝列圣实录,皆经儒臣纂修,藏在秘府,建以草莽僭拟,已犯自用自专之罪,况时更二百年,地隔万余里,乃以一人闻见,荧惑众听,臧否时贤,若不禁绝,为国是害非浅,乞下礼部追焚原板,仍谕史馆勿得采用。上从之。按,此书俚浅舛讹,不一而足,但板行已久,向来俗儒浅学,多剽其略以夸博洽,至是始命焚毁,而海内之传诵如故也。近日复有重刻行世者,其精工数倍于前,乃知芜陋之谈,易入人如此。迩年吾乡复有《永昭二陵信史》者,其书以嘉靖初元为始,似续陈建所著,然专借以报夙仇,且屡改易以行垄断,抑《通纪》之不若矣,宜亟付秦焰,免致诒惑后学可也。

杨升庵云:《皇明通纪》为梁文康弟梁亿所撰,其言必有据,岂亿创之而嫁名于陈建耶？况梁亦广之南海人。

近代野史外，总述本朝事迹者，如郑晓之《吾学编》、高岱之《鸿猷录》、薛应旂之《宪章录》最为表著，然而得失各半。又历代实录仅纪邸报所列，至大臣小传，仅书平生官爵，即有褒贬，往往失实，以故有志述史者，未免望洋而返。近年用陈南充言开馆修葺，未几中辍，可为浩叹。

词　曲

蔡中郎

蔡中郎赘入牛府一事，人知贤者受冤，但其被诬之故，始终未明。或以为牛思黯之女，或以为邓生事附会，如王弇州、胡元瑞辈，皆有说甚辨，而实未必然。又闻有传为元人实有是事，盖不花丞相逼状元入赘，作此以讥之，因房语以牛为不花也。此说似近理。但予观陆务观诗云："斜杨古柳赵家庄，负鼓盲翁正作场。死后是非谁管得？满村听说蔡中郎。"则伯喈受谤在宋时已不能伸雪，不始于高则诚造口业也。弇州诸公辨证，徒词费耳。

陆诗有云刘后村作者，误。

西厢

元人周德清评《西厢》云：六字中三用韵，如"玉宇无尘"内"忽听一声猛惊"，及"玉骢娇马"内"自古相女配夫"，此皆三韵为难。予谓古女仄声，夫字平声，未为奇也，不如"云敛晴空"内，"本宫始终不同"，俱平声乃佳耳。然此类凡元人皆能之，不独《西厢》为然，如《春景》时曲云"柳绵满天舞旋"，《冬景》云"臂中紧封守宫"，又云"醉烘玉容微红"，《重会》时曲云"女郎两相对当"，《私情》时曲云"王娘粉妆生香"，《㑳梅香》杂剧云"不妨莫慌我当"，《两世姻缘》云"怎么性大便杀"，《歌舞丽春堂》云"四方八荒万邦"，俱六字三韵，稳贴圆美，他尚未易枚举，盖胜国词家高处自有在，此特其剩技耳。本朝周宪王《牡丹仙》杂剧云"意专向前谢天"等句，亦元人之亚。

南北散套

元人如乔梦符、郑德辉辈，俱以四折杂剧擅名，其余技则工小令为多，若散套，虽诸人皆有之，惟马东篱"百岁光阴"、张小山"长天落彩霞"，为一时绝唱，元词多佳，俱不及也。元人俱娴北调，而不及南音，今南曲如"四时欢"、"窥青眼"、"人别后"诸套最古，或以为元人笔亦未必然，即沈青门、陈大声辈，南词宗匠，皆本朝成、弘间人，又同时如康对山、王渼陂二太史，俱以北擅场，并不染指于南。渼陂初学填词，先延名师，闭门学唱三年，而后出手，其专精不泛及如此。章丘李中麓太常亦以填词名，与康、王俱石友，而不娴度曲，即如所作《宝剑记》，生硬不谐，且不知南曲之有入声，自以《中原音韵》叶之，以致吴侬见诮。同时惟临朐冯海浮差为当行，亦以不作南词耳。南词自陈、沈诸公外，如"楼阁重重"、"因他消瘦"、"风儿疏剌剌"等套，尚是成、弘遗音，此外吴中词人，如唐伯虎、祝枝山后，为梁伯龙、张伯起辈，纵有才情，俱非本色矣。

今传诵南曲，如"东风转岁华"云是元人高则成，不知乃陈大声与徐髯仙联句也，又"东野翠烟销"乃元人《子母冤家》戏文中曲，今亦属之高笔，讹以传讹至此。且今人但知陈大声南调之工耳，其北《一枝花》"天空碧水澄"全套，与马致远"百岁光阴"皆咏秋景，真堪伯仲。又题情《新水令》"碧桃花外一声钟"全套，亦绵丽不减元人，本朝词手，似无胜之者。陈名铎，号秋碧，大声其字也，金陵人，官指挥使，今皆不知其为何代何方人矣。

近代南词散套，盛行者如张伯起"灯儿下"，乃依"幽窗下"旧腔赠一娈童，即席取办，宜其用韵之杂。如梁少白"貂裘染"，乃一扬州盐客眷旧院妓杨小环，求其题咏，曲成以百金为寿。今无论其杂用庚、清、真、文、侵、寻诸韵，即语意亦俚可笑，真不值一文。

丘文庄填词

丘文庄淹博，本朝鲜俪，而行文沓拖，不为后学所式，至填词尤非当行，今《五伦全备》是其手笔，亦俚浅甚矣。初与王端毅同朝，王谓理学大儒，不宜留心词曲，丘大恨之。因南太宰王恕为端毅作大司马生传，称许太过，遂云若有豪杰驳之，祸且不测。又端毅所刻疏稿，凡成化间留中之疏，俱书不报，丘又谓王故彰先帝拒谏之失，御医刘文泰得丘语，因挟仇特疏而王遂去位，所以报五伦之怨也。《五伦记》至今行人间，真所谓不幸而传矣。

弦索入曲

嘉、隆间度曲知音者，有松江何元朗，畜家僮习唱，一时优人俱避舍，然所唱俱北词，尚得金元蒜酪遗风，予幼时犹见老乐工二三人，其歌童也，俱善弦索，今绝响矣。何又教女鬟数人，俱善北曲，为南教坊顿仁所赏。顿曾随武宗入京，尽传北方遗音，独步东南，暮年流落，无复知其技者，正如李龟年江南晚景。其论曲谓南曲箫管谓之唱调，不入弦索，不可入谱，近日沈吏部所订南九宫谱盛行，而北九宫谱反无人问，亦无人知矣。顿老又云：弦索九宫，或用滚弦，或用花和、大和钐弦，皆有定则，若南九宫无定则可依，且笛管稍长短，其声便可就板，弦索若多一弹少一弹，即拿板矣，此说真不易之论。今吴下皆三弦合南曲，而又以箫管叶之，此唐人所云锦袄上着蓑衣，顾阿瑛小像诗所云儒衣僧帽道人鞋也。

箫管可入北词，而弦索不入南词，盖南曲不仗弦为节奏也，况北词亦有不叶弦索者，如郑德辉、王实甫间亦有之焉，今人一例通用，遂入笑海。尝见友人以汉隶自夸，余诮之曰：此不过于真字上加一二笔飞撇，遂枉其名曰隶，此名隶楷，非隶汉也。今南方北曲，瓦缶乱鸣，此名北南，非北曲也。只如时所争尚者"望蒲东"一套，其引子望字，北音作旺，叶字北音作夜，急字北音作纪，叠字北音作爹，今之学者颇能谈之，但一启口便成南腔，正如鹦鹉效人言，非不近似，而禽吭终不脱尽，奈何强名曰北。

老乐工云：凡学唱从弦索入者，遇清唱则字窒而喉劣，此亦至言。今学南曲者亦然，初按板时，即以箫管为辅，则其正音反为所遏，久而习成，遂如蛮蚯相倚，不可暂撤。若单喉独唱，非音律长短而不谐，则腔调矜持而走板，盖由初入门时，不能尽其才也。曾见一二大家歌姬辈，甫启朱唇，即有箫管夹其左右，好腔妙啭，反被拖带，不能施展，此乃以邯郸细步，行荆榛泥泞中，欲如古所云高不揭低不咽，难矣。若吾辈知音者，稍待学唱将成，即取其中一二人教以箫管，既谐疾徐之节，且助转换之劳，宛转高低，无不如意矣。今有以吹唱两师并教者，尤舛。

填词名手

本朝填词高手，如陈大声、沈青门之属，俱南北散套，不作传奇，惟周宪王所作杂剧最夥。其刻本名《诚斋乐府》，至今行世，虽警拔稍逊古人，而调入弦索，稳叶流丽，犹有金元风范；南曲则《四节》、《连环》、《绣襦》之属，出于成弘间，稍为时所称。其后则嘉靖间陆天池名采者，吴中陆贞山黄门之弟也，所撰有《王仙客明珠记》、《韩寿偷香记》、《陈同甫椒觞记》、《程德远分鞋记》诸剧，今惟《明珠》盛行。又郑山人若庸《玉玦记》，使事稳帖，用韵亦谐，内游西湖一套，尤为时所脍炙，所乏者生动之色耳。近年则梁伯龙、张伯起俱吴人，所作盛行于世，若以《中原音韵》律之，俱门外汉也。近沈宁庵吏部后起，独恪守词家三尺，如庚清、真文、桓欢、寒山、先天诸韵，最易互用者，斤斤力持，不少假借，可称度曲申韩，然词之堪入选者殊少。梅禹金《玉合记》最为时所尚，然宾白尽用骈语，饾饤太繁，其曲半使故事及成语，正如设色骷髅，粉捏化生，欲博人宠爱难矣。汤义仍《牡丹亭梦》一出，家传户诵，几令《西厢》减价，奈不谐曲谱，用韵多任意处，乃才情自足不朽也。年来俚儒之稍通音律者，伶人之稍习文墨者，动辄编成一传，自谓得沈吏部九宫正音之秘，然悠谬粗浅，登场闻之，秽溢广座，亦传奇之一厄也。

沈宁庵自号词隐生，按北宋万俟雅言在徽宗朝直大晟府，亦自称词隐，岂偶合耶？抑慕而效之也？

太 和 记

向年曾见刻本《太和记》，按二十四气，每季填词六折，用六古人故事，每事必具始终，每人必有本末，出既曼衍，词复冗长，若当场演之，一折可了一更漏，虽似出博洽人手，然非本色当行。又南曲居十之八，不可入弦索。后闻之一先辈，云是杨升庵太史笔，未知然否？然翊国公郭勋亦刻有《太和传》，郭以科道聚劾下镇抚司究问，寻奉世宗圣旨，勋曾赞大礼并刻《太和传》等劳，合释刑具，即问奏处分。夫刻书至与赞礼并称，似非传奇可知。予未见郭书，不敢臆断，然北词九宫谱本名《太和正音》，又似与音律相关，俱未可晓也。杨升庵生平填词甚工，远出太和之上，今所传俱小令，而大套则失之矣。曾见杨亲笔改定祝枝山《咏月》"玉盘金饼"一套，窜易甚多，如西厢待月断送莺改为成就莺莺，馀不尽记矣。

填词有他意

填词出才人余技，本游戏笔墨间耳，然亦有寓意讥讪者，如王渼陂之《杜甫游春》，则指李西涯及杨石斋、贾南坞三相，康对山之《中山狼》则指李空同，李中麓之《宝剑记》则指分宜父子，近日王辰玉之《哭倒长安街》则指建言诸公是也。又闻汤义仍之《紫箫》亦指当时秉国首揆，才成其半，即为人所议，因改为《紫钗》。而屠长卿之《彩毫记》则竟以李青莲自命，第未知果惬物情否耳。

张伯起传奇

伯起少年作《红拂记》，演习之者遍国中，后以丙戌上太夫人寿，作《祝发记》，则母已八旬，而身亦耳顺矣。其继之者则有《窃符》、《灌园》、《戾廖》、《虎符》共刻函为《阳春六集》，盛传于世，可以止矣。暮年值播事奏功，大将楚人李应祥者，求作传奇以侈其勋，润笔稍溢，不免过于张大，似多此一段蛇足，其曲今亦不行。同时沈宁庵璟吏部，自号词隐生，亦酷爱填词，至作三十余种，其盛行者惟《义侠》、《桃符》、《红蕖》之属。沈工歌谱，每制曲必遵《中原音韵》、《太和正音》诸书，欲与金元名家争长，张则以意用韵，便俗唱而已。予每问之，答云：子见高则诚《琵琶记》否？予用此例，奈何讶之？

梁伯龙传奇

同时昆山梁伯龙辰鱼亦称词家,有盛名,所作《浣纱记》至传海外,然止此不复续笔,其大套小令,则有《江东白苎》之刻,尚有传之者。《浣纱》初出,梁游青浦,时屠纬真隆为令,以上客礼之,即命优人演其新剧为寿,每遇佳句,辄浮大白酬之,梁亦豪饮自快;演至出猎,有所谓"摆开摆开"者,屠厉声曰:此恶语,当受罚。盖已预储污水,以酒海灌三大盂。梁气索,强尽之,大吐委顿,次日不别竟去。屠凡言及,必大笑,以为得意事。

昙花记

今上甲申岁,刑部主事俞识轩显卿论劾礼部主事屠长卿隆,得旨两人俱革职为民。俞,松江之上海人,为孝廉时,适屠令松之青浦,以事干谒之,屠不听,且加侮慢,俞心恨甚,至是具疏指屠淫纵,并及屠帷薄,至云日中为市,交易而退,又有翠馆侯门、青楼郎署诸嫖语,上览之大怒,遂并斥之。屠自邑令内召甫年余,俞第后授官只数月耳,睚眦之忿,两人俱败,终身不复振,人亦惜屠之才,然终不以登启事也。西宁夫人有才色,工音律,屠亦能新声,颇以自炫,每剧场辄阑入群优中作伎,夫人从帘箔见之,或劳以香茗,因以外传,至于通家往还亦有之,何至如俞疏云云也?近年屠作《昙花记》忽以木清泰为主,尝怪其无谓,一日遇屠于武林,命其家僮演此曲,挥麈四顾,如辛幼安之歌千古江山自鸣得意。予于席间私问冯开之祭酒云:屠年伯此记,出何典故?冯笑曰:子不知耶?木字增一盖成宋字,清字与西为对,泰即宁之义也,屠晚年自恨往时孟浪,致累宋夫人被丑声,侯方向用,亦因以坐废,此忏悔文也。时虞德园吏部在坐,亦闻之笑曰:故不如予作《昙花记序》,云此乃大雅《目连传》,免涉闺阁葛藤语,差为得之。予应曰:此乃着色《西游记》,何必诘其真伪?今冯年伯没矣,其言必有所本,恨不细叩之。

拜 月 亭

何元朗谓《拜月亭》胜《琵琶记》，而王弇州力争以为不然，此是王识见未到处。《琵琶》无论袭旧太多，与《西厢》同病，且其曲无一句可入弦索者。《拜月》则字字稳帖，与弹挡胶粘，盖南曲全本可上弦索者惟此耳。至于走雨、错认、拜月诸折，俱问答往来，不用宾白，固为高手，即旦儿髻云堆小曲，模拟闺秀娇憨情态，活托逼真，《琵琶》咽糠、揭真亦佳，终不及也。向曾与王房仲谈此曲，渠亦谓乃翁持论未确，且云不特别词之佳，即如聂古陀满争迁都，俱是两人胸臆见解，绝无奏疏套子，亦非今人所解。予深服其言。若《西厢》才华富赡，北词大本未有能继之者，终是肉胜于骨，所以让《月亭》一头地。元人以郑、马、关、白为四大家，而不及王实甫，有以也。《月亭》后小半已为俗工删改，非复旧本矣，今细阅拜新月以后，无一词可入选者，便知此语非谬。《月亭》之外，予最爱《绣襦记》中鹅毛雪一折，皆乞儿家常口头话，熔铸浑成，不见斧凿痕迹，可与古诗《孔雀东南飞》"唧唧复唧唧"并驱。余谓此必元人笔，非郑虚舟所能办也，后问沈宁庵吏部云，果曾于元杂剧中见之，恨其时不曾问得是出何词。予所见郑元和杂剧凡三本，俱无此曲。

往年癸巳，吴中诸公子习武，为江南抚臣朱鉴塘所讦，谓诸公子且反，其赠客诗云：君实有心追季布，蓬门无计托朱家，实谋反确证。给事中赵完璧因据以上闻。时三相皆吴越人，恐上遂信为真，覆疏请行抚按会勘虚实。会朱已去任，有代为解者曰：此《拜月亭》曲中陀满兴福投蒋世隆，蒋因有此句答赠，非创作者。因取坊间刻本证，果然，诸公子狱始渐解。王房仲亦诸公子中一人也。今细阅新旧刻本，俱无此一联，岂大狱兴时，憎其连累，削去此二句耶？或云《拜月》初无是诗，特解纷者诡为此说，以代聊城矢耳，岂其然乎？

北词传授

自吴人重南曲，皆祖昆山魏良辅，而北词几废。今惟金陵尚存此调，然北派亦不同，有金陵，有汴梁，有云中，而吴中以北曲擅场者，仅见张野塘一人,故寿州产也,亦与金陵小有异同处。顷甲辰年,马四娘以生平不识金阊为恨,因挈其家女郎十五六人来吴中,唱《北西厢》全本。其中有巧孙者,故马氏粗婢,貌奇丑而声遏云,于北词关捩窍妙处备得真传,为一时独步,他姬曾不得其十一也。四娘还曲中即病亡,诸妓星散,巧孙亦去为市妪,不理歌谱矣。今南教坊有傅寿者,字灵修,工北曲,其亲生父家传,誓不教一人,寿亦豪爽,谈笑倾坐。若寿复嫁去,北曲真同《广陵散》矣。

时尚小令

元人小令行于燕赵,后浸淫日盛,自宣正至成弘后,中原又行《琐南枝》、《傍妆台》、《山坡羊》之属。李崆峒先生初自庆阳徙居汴梁,闻之,以为可继国风之后;何大复继至,亦酷爱之,今所传《泥捏人》及《鞋打卦》、《熬髽髻》三阕,为三牌名之冠,故不虚也。自兹以后,又有《耍孩儿》、《驻云飞》、《醉太平》诸曲,然不如三曲之盛。嘉隆间,乃兴《闹五更》、《寄生草》、《罗江怨》、《哭皇天》、《干荷叶》、《粉红莲》、《桐城歌》、《银绞丝》之属,自两淮以至江南,渐与词曲相远,不过写淫媟情态,略具抑扬而已。比年以来,又有《打枣竿》、《挂枝儿》二曲,其腔调约略相似,则不问南北,不问男女,不问老幼良贱,人人习之,亦人人喜听之,以至刊布成帙,举世传诵,沁人心腑,其谱不知从何来,真可骇叹。又《山坡羊》者,李、何二公所喜,今南北词俱有此名,但北方惟盛爱《数落山坡羊》,其曲自宣、大、辽东三镇传来,今京师妓女惯以此充弦索北调,其语秽亵鄙浅,并桑濮之音亦离去已远。而羁人游婿,嗜之独深,丙夜开尊,争先招致,而教坊所隶筝蒃等色,及九宫十二则,皆不知为何物矣。俗乐中之雅乐,尚不谐里耳如此,况真雅乐乎?

杂 剧

北杂剧已为金元大手擅胜场,今人不复能措手。曾见汪太函四作,为《宋玉高唐梦》、《唐明皇七夕长生殿》、《范少伯西子五湖》、《陈思王遇洛神》,都非当行;惟徐文长渭《四声猿》盛行,然以词家三尺律之,犹河汉也。梁伯龙有《红线》、《红绡》二杂剧,颇称谐稳,今被俗优合为一大本南曲,遂成恶趣。近年独王辰玉太史衡所作《真傀儡》、《没奈何》诸剧,大得金元蒜酪本色,可称一时独步。然此剧俱四折,用四人各唱一折,或一人共唱四折,故作者得逞其长,歌者亦尽其技。王初作《郁轮袍》,乃多至七折,其《真傀儡》诸剧,又只以一大折了之,似尚隔一尘。顷黄贞甫汝亨以进贤令内召还,贻汤义仍新作《牡丹亭记》,真是一种奇文,未知于王实甫、施君美如何? 恐断非近日诸贤所办也。汤词系南曲,因论此词附及之。

杂 剧 院 本

涵虚子所纪杂剧名家,凡五百余本,通行人间者不及百种。然更不止此,今教坊杂剧约有千本,然率多俚浅,其可阅者十之三耳。元人未灭南宋时,以此定士子优劣,每出一题,任人填曲,如宋宣和画学,出唐诗一句,恣其渲染,选其得画外趣者登高第,以故宋画、元曲,千古无匹。元曲有一题而传至四五本者,予皆见之,总只四折,盖才情有限,北调又无多,且登场虽数人,而唱曲只一人,作者与扮者力量俱尽现矣。自北有《西厢》,南有《拜月》,杂剧变为戏文,以至《琵琶》遂演为四十余折,几十倍杂剧,然《西厢》到底描写情感,予观北剧,尽有高出其上者,世人未曾遍睹,逐队吠声,诧为绝唱,真井蛙之见耳。

本朝能杂剧者不数人,自周宪王以至关中康、王诸公,稍称当行,其后则山东冯、李亦近之,然如《小尼下山》、《园林午梦》、《皮匠参禅》等剧,俱太单薄,仅可供笑谑,亦教坊耍乐院本之类耳。

杂剧如《王粲登楼》、《韩信胯下》、《关大王单刀会》、《赵太祖风云会》之属,不特命词之高秀,而意象悲壮,自足笼盖一时,至若《㑇梅香》、《倩女离魂》、《墙头马上》等曲,非不轻俊,然不出房帏寋臼,以《西厢》例之可也。他如《千里送荆娘》、《元夜闹东京》之属,则近粗莽,《华光显圣》、《目连入冥》、《大圣收魔》之属,则太妖诞,以至《三星下界》、《天官赐福》种种吉庆传奇,皆系供奉御前,呼嵩献寿,但宜教坊及钟鼓司肄习之,并勋戚贵珰辈赞赏之耳。若所谓院本者,本北宋徽宗时"五花爨弄"之遗,有散说、有道念、有筋斗、有科泛,初与杂剧本一种，至元世始分为两，迨本朝则院本不传久矣，今尚称院本，犹沿宋金之旧也。金章宗时，董解元《西厢》尚是院本模范，在元末已无人能按谱唱演者，况后世乎？

戏　　旦

自北剧兴，名男为正末，女曰旦儿，相传入于南剧，虽稍有更易，而旦之名不改，竟不晓何义。今睹《辽史·乐志》：大乐有七声，谓之七旦，凡一旦管一调，如正宫越调、大食中吕之属，此外又有四旦二十八调，不用黍律，以琵琶叶之。按，此即今九宫谱之始，所谓旦，乃司乐之总名，以故金元相传，遂命歌妓领之，因以作杂剧，流传至今，旦皆以娼女充之，无则以优之少者假扮，渐远而失其真耳。大食，今曲谱中讹作大石，又辽大乐各调协音，其声凡十，曰五凡工尺上一，于律吕各缺其一，则至今用之，南北无异，几如时艺之四股八比，不可易矣。

元人云：杂剧中用四人，曰末泥色，主引戏分付；曰副净色，发乔；曰副末色，主打诨；又或一人装孤老，而旦独无管色，益知旦为管调，如教坊之部头、色长矣。

笛　　曲

今按乐者必先学笛曲，如五凡工尺上一之属，世以为俗工俚习，不知其来旧矣。宋乐书云：黄钟用合字，大吕太簇用四字，夹钟姑洗用一字，夷则南吕用工字，无射应钟用凡字，中吕用上字，蕤宾用勾字，林钟用尺字，黄钟清用六字，大吕夹钟清用五字，又有阴阳及半阴半阳之分，而辽世大乐各调之中，度曲协律，其声凡十：曰五凡工尺上一四六勾合，近十二雅律，于律吕各缺其一，以为犹之雅音之不及商也。可见宋辽以来，此调已为之祖，今乐家传习数字，如律诗之有四韵八句，时艺之有四股八比，普天不能越，犹昧其本始耳。

俗乐有所本

都下贵珰家作剧，所用童子名倒剌小厮者，先有敲水盏一戏，甚为无谓,然唐李琬已造此,但用九瓯盛水击之合五声四清之音,谓之水盏,与今稍不同耳。又吴下向来有俚下妇人,打三棒鼓乞钱者,予幼时尚见之,亦起唐咸通中,王文通好用三杖打撩,万不失一,但其器有三等,一曰头鼓,形类鼗,二曰秸鼓,三曰和鼓,今则一鼓三槌耳。即今串板,亦古之拍板,大者九板,小者六板,以韦编之,本胡部乐,盖以代拊,因古人以拊节舞,而此用板代之,唐人谓之乐句,宋朝止用六版,予向亦曾见,今则四板矣。又今有所谓十样锦者,鼓笛螺板大小钹钲之属,齐声振响,亦起近年,吴人尤尚之。然不知亦沿正德之旧,武宗南巡,自造靖边乐,有笙、有笛、有鼓、有歇落吹打诸杂乐,传授南教坊,今吴儿遂引而伸之,真所谓今之乐犹古之乐。

俚　　语

今乐器中有四弦,长项圆鼙者,北人最善弹之,俗名琥珀槌,而京师及边塞人又呼胡博词。余心疑其非,后偶与教坊老妓谈及,则曰此名浑不是,盖以状似箜篌、似三弦、似琵琶、似阮、似胡琴,而实皆非,故以为名,本房中马上所弹者,予乃信以为然。及查正统年间赐迤北瓦剌可汗诸物中,有所谓虎拨思者,盖即此物,而《元史》中又称火不思,始知浑不是之说亦讹耳。又有紧急鼓者,讹为锦鸡鼓,总皆乐也。又北人詈妇人之下劣者曰歪辣骨,询其故,则云牛身自毛骨皮肉以至遍体,无一弃物,惟两角内有天顶肉少许,其秽逼人,最为贱恶,以此比之粗婢。后又问京师之熟谙市语者,则又不然,云往时宣德间,瓦剌为中国频征,衰弱贫苦,以其妇女售与边人,每口不过酬钱几百,名曰瓦剌姑,以其貌寝而值廉也,二说未知孰是。

京师人呼妇人所戴冠为提地,盖鬏髻二字俱入声,北音无入声者,遂讹至此。又呼促织趋趋,亦入声之误,今南客闻之,习久不察,亦袭其名,误矣。

元人呼命妇所戴笄曰罟罟,盖虏语也,今贡夷男子所戴亦名罟罟帽,不知何所取义,罟字作平声。

舞　名

顷在梁溪邹彦吉家观舞,因夸皆妇人盘中、掌上之遗耳,乃古人之舞不传久矣。古有鞞舞、磬舞、铎舞、笛舞、肇舞,固绝不知何状,即最后如唐太宗七德舞,明皇之龙池舞、倾杯舞及霓裳羽衣之舞,在宋已亡。然古人酒欢起舞多男子,如唐张锡等谈容娘舞,杨再思之高丽舞,祝钦明之八风舞,则大臣亦为之;安禄山之胡旋舞,仆固怀恩为宦官骆奉仙舞,则胡虏亦为之;若和哥起舞,与张存业求缠头,则储君亦为之矣。唐开成间,乐人崇胡子其人能软舞,其舞容有大垂手、小垂手、惊鸿、飞燕、婆娑之属,其腰肢不异女郎,则知唐末已全重妇人,而唐时教坊乐,又有垂手罗、回波乐、兰陵王、春莺啭、半社渠、借席、乌夜啼之属,谓之软舞,阿辽、柘枝、黄麞、拂菻、大渭州、达摩之属,谓之健舞,又不专用女郎也。宋时宗庙朝享之外,亦用妇人,其所谓女童队、小儿队、教坊队者,已如今俗舞,至金元益以虏习,弥不可问。今世学舞者,俱作汴梁与金陵,大抵俱软舞,虽有南舞、北舞之异,然皆女伎为之;即不然,亦男子女装以悦客,古法澌灭,非始本朝也。至若舞用妇人,实胜男子,彼刘、项何等帝王,尚属虞、戚为之舞,唐人谓教坊雷大使舞极尽工巧,终非本色,盖本色者妇人态也。邹深是予言。

金瓶梅

袁中郎《觞政》以《金瓶梅》配《水浒传》为外典,余恨未得见。丙午遇中郎京邸,问曾有全帙否?曰第睹数卷甚奇快,今惟麻城刘延白承禧家有全本,盖从其妻家徐文贞录得者。又三年,小修上公车,已携有其书,因与借抄挈归。吴友冯犹龙见之惊喜,怂恿书坊以重价购刻,马仲良时榷吴关,亦劝予应梓人之求,可以疗饥,予曰:"此等书必遂有人板行,但一出则家传户到,坏人心术,他日阎罗究诘始祸,何辞置对?吾岂以刀锥博泥犁哉?"仲良大以为然,遂固箧之。未几时而吴中悬之国门矣。然原本实少五十三回至五十七回,遍觅不得,有陋儒补以入刻,无论肤浅鄙俚,时作吴语,即前后血脉亦绝不贯串,一见知其赝作矣。闻此为嘉靖间大名士手笔,指斥时事,如蔡京父子则指分宜，林灵素则指陶仲文，朱勔则指陆炳，其他各有所属云。中郎又云尚有名《玉娇李》者，亦出此名士手，与前书各设报应因果，武大后世化为淫夫，上烝下报，潘金莲亦作河间妇，终以极刑，西门庆则一骏憨男子，坐视妻妾外遇，以见轮回不爽。中郎亦耳剽未之见也。去年抵辇下，从丘工部六区志充得寓目焉，仅首卷耳，而秽黩百端，背伦灭理，已不忍读，其帝则称完颜大定，而贵溪分宜相构亦暗寓焉，至嘉靖辛丑庶常诸公，则直书姓名，尤可骇怪，因弃置不复再展，然笔锋恣横酣畅，似尤胜《金瓶梅》。丘旋出守去，此书不知落何所。

卷二十六

玩 具

名臣通画学

英雄与圣贤,其才俱非肉眼所能尽,前代名臣能临池者多矣,鲜有以画名者。三国时诸葛亮及其子瞻,俱善画,已异矣;本朝吴中善书名流,如文博士彭、王太学宠俱兼画学,而人少知者,然犹曰其时六如、衡山诸公传习所薰染也;若刘文成基之精于山水,酷似李营丘,岳文肃正之精于蒲桃,几同温日观,而王文端直亦工绘事,尤非后生所及知。至于陈白沙理学名儒,其诗传世已如宋广平之赋梅花,乃盘礴之妙,几与宋元名手齐驱,信乎非常之人,共余技尚可了数子也。

时 玩

玩好之物,以古为贵,惟本朝则不然。永乐之剔红,宣德之铜,成化之窑,其价遂与古敌。盖北宋以雕漆擅古今,已不可多得;而三代尊彝法物,又日少一日;五代讫宋所谓柴、汝、官、哥、定诸窑,尤脆薄易损,故以近出者当之。始于一二雅人,赏识摩娑,滥觞于江南好事缙绅,波靡于新安耳食诸大估,曰千曰百,动辄倾橐相酬,真赝不可复辨,以至沈、唐之画,上等荆、关;文、祝之书,进参苏、米,其敝不知何极。

瓷 器

本朝窑器,用白地青花间装五色,为今古之冠。如宣窑品最贵,近日又重成窑,出宣窑之上。盖两朝天纵,留意曲艺,宜其精工如此,然花样皆作八吉祥、五供养、一串金、西番莲以至斗鸡百鸟及人物故事而已。至嘉靖窑，则又仿宣、成二种而稍逊之，惟崔公窑加贵，其值亦第宣、成之十一耳。幼时曾于二三豪贵家，见隆庆窑酒杯茗碗，俱绘男女私亵之状，盖穆宗好内，以故传奉命造此种。然汉时发冢则凿砖画壁俱有之，且有及男色者，书册所纪甚具，则杯盏正不足怪也。以后此窑渐少，今绝不复睹矣。

好事家

嘉靖末年，海内晏安，士大夫富厚者以治园亭、教歌舞之隙，间及古玩，如吴中王文恪之孙，溧阳史尚宝之子，皆世藏珍秘，不假外索，延陵则嵇太史应科，云间则朱太史大韶，吾郡项太学锡山、安太学、华户部辈，俱不吝重赀收购，名播江南。南都则姚太守汝循、胡太史汝嘉，亦称好事。若辇下则此风稍逊，惟分宜严相国父子、朱成公兄弟，并以将相当涂，富贵盈溢，旁及雅道，于是严以势劫，朱以货取，所蓄几敌天府。未几冰山既泮，金穴亦空，或没内帑，或售豪家，转眼已不守矣。今上初年，张江陵当国，亦有此嗜，但所入之途稍狭，而所收精好，盖人畏其焰，无敢欺之，亦不旋踵归大内、散人间。时韩太史世能在京，颇以廉直收之，吾郡项氏以高价钩之，间及王弇州兄弟，而吴越间浮慕者，皆起而称大赏鉴矣。近年董太史其昌最后起，名亦最重，人以法眼归之，箧笥之藏，为时所艳。山阴朱太常敬循同时以好古知名，互购相轧，市贾又交构其间，至以考功法中董外迁，而东壁西园遂成战垒。比来则徽人为政，以临邛程卓之赀，高谈宣和博古图书画谱，钟家兄弟之伪书，米海岳之假帖，渑水燕谈之唐琴，往往珍为异宝。吴门新都诸市骨董者，如幻人之化黄龙，如板桥三娘子之变驴，又如宜君县夷民改换人肢体面目，其称贵公子大富人者，日饮蒙汗药，而甘之若饴矣。

假骨董

骨董自来多赝，而吴中尤甚，文士皆借以糊口。近日前辈修洁莫如张伯起，然亦不免向此中生活，至王伯谷则全以此作计然策矣。一日予过王斋中，适坐近一故敝黑几，壁挂败笠，指谓予曰："此案为吾吴吴匏庵先生初就外傅时所据梧，此笠则太祖普赐十高僧，而吾乡姚少师道衍得之，留至今。"盖欲以歆予也。予笑曰："主诚有之，然亦何异洪厓得道上升油垢幞头、李西平破朱泚破绽纳袄也？"王面颊无以应。时娄江曹孝廉家一仆范姓，居苏城，亦好骨董，曾购一阎立本醉道士图，真绝笔也。王以廉值胁得之，索价千金，损之亦须数百，好事者日往商评。不知范素狡黠，已先令吴人张元举临摹一本，形模仿佛，几如校桓元子之于刘越石，酬之十金，王所收者是也，真本别得善价售矣。元举眇一目，偶为王所侮，因宣言于外，谓若双目盲于鉴古而诮我偏明耶？此语传播，合城引为笑端，王遂匿不敢出。真伪二本，予皆见之。董太史玄宰初以外转予告归，至吴门，移其书画船至虎丘，与韩胄君古洲各出所携相角，时正盛夏，惟余与董、韩及董所昵一吴姬四人披阅竟日，真不减武库。最后出颜清臣书、朱巨川告身一卷，方叹诧以为神物，且云此吾友陈眉公所藏，实异宝也。予心不谓然，周视细楷中一行云"中书侍郎开播"。韩指谓予曰："此吾郡开氏鼻祖耶？"余应曰："唐世不闻有姓开，自南宋赵开显于蜀，因以名氏，自析为两姓，况中书侍郎乃执政大臣，何不见之唐书，此必卢杞所荐关播，临摹人不通史册偶讹笔为开字耳，鲁公与卢关正同时，此误何待言？"董急应曰："子言得之矣，然为眉公所秘爱，姑勿广言。"亟卷而箧之。后闻此卷已入新安富家，其开字之曾改与否，则不得而知矣。顷韩宦滁阳，偶谈颜卷，予深悔当年妄发。

定 武 兰 亭

《兰亭》自殉昭陵后，人间仅留欧、虞、褚、薛四临本，今虞、褚尚有墨迹，为好事家所藏，以余所见声价俱重，然断以为二公真手笔，则终未敢定也。禊帖石刻，以定武为正嫡子孙，石晋时为虏骑将去，帝犯归日，弃置中途，今所传宋拓本，皆属之定武，然其价已不赀。顷乙酉丙戌间，北雍治地掘得一石，其行款肥瘦与定武略同，说者遂以为真广运时所弃，即未必然，固亦佳刻。是时吴中韩敬堂宗伯为祭酒，拓得数百本以贻友朋，今石以敲摹年久，渐就剥蚀，并韩初拓已不可得矣。今日褚摹曰玉枕、曰宝晋斋、曰神龙临本，纷纷翻刻，几数十种，又出桑世昌《兰亭考》之外，不可胜纪，然质之定武则远矣。

淳化阁帖

宋世御府刻帖，以淳化阁为祖，而以大观之太清楼、南宋之淳熙秘阁次之。太清楼在当时已毁，最为艰得，惟淳化所传最广，曰汝、曰绛、曰潭、曰旧泉州、曰上下贺庄，皆其苗裔，虽曰高帝子孙，不过略存隆准已耳。淳化宋拓近世推吾邑项氏所藏为当时初本，其价至千金，予曾寓目，即未必宋初，要在汝、绛之上。今上初年，弇州伯仲方购宋拓不惜重价，有吴人卢姓者，取泉州之最佳本重刻之，而稍更其波画，用极薄旧纸蝉翅拓之，装以法锦，伪印朱忠僖家收藏印，以啖次公敬美。初阅之喜甚，不能决，质之周公瑕，击节赞叹，以为有目所仅见，周故忠僖客，竟不能辨其赝也。次公以三百金得之，其后卢生与同事者争阿堵，事始露。次公与公瑕俱赧甚，不复出以示人，然卢初费亦将百金。淳熙秘阁及续帖，近亦翻刻。

晋唐小楷真迹

晋唐墨迹近世已不多见，至于小楷尤为寥寥。予幸生江南，幼时即从好事大家遍观古迹，如嘉兴项氏所收最夥，而摹本居其大半。今项太学希宪家柳公权《度人经》，极真极佳，在小楷中可当压卷。往年曾为先太史购得，其值尚廉，今展转数姓，所酬已数十倍矣。新安汪太学宗泽家褚登善《西升经》，可与《度人经》伯仲。杭州高端南家有钟绍京《灵飞六甲经》，亦奇，后归徐司理茂吴，近闻为徽人厚募篡去，直是许高阳女卖嫁蛮酋，不止昭君和戎已也。若晋人书，尤为希世之宝，韩宗伯敬堂所藏《曹娥碑》为右军真迹，绢素稍黯，字亦惨淡，细视良久，则笔意透出绢外，神彩奕然，乃知古云入木三分，不虚也，今入娄江王文肃家矣。又《黄庭内景》亦韩物，长君宝护不轻示人，其绢如新脱机，其笔如新渍沈，而轩翥飞舞，非后食烟火人所办，赵子昂断以为杨许之笔，并非右军换鹅书可及，此言可称赏音。以上皆晋贤小楷真迹，古所称墨王墨宝，此乃足当之。其他称元常、称逸少子敬者，今新安大估多有之，不足供喷饭也。

《内景经》题署有宋徽宗手书"晋王羲之黄庭经"七字,而无二蔡诸人跋语。予意或是金章宗题笔,章宗酷嗜徽宗瘦金体,临摹逼肖,其鉴赏亦有出蓝之誉,今人但知有宣和御笔耳。

小楷墨刻

墨刻自阁帖后转盛,至本朝则种类愈繁,几不胜收,如文氏停云馆最著,说者终谓俱出待诏父子伎俩,不甚逼真,而小楷为尤甚,是亦有说。唐刻推李北海,然皆自写自刻,所称工人伏灵芝、黄仙鹤、苏长生,俱诡名也;又俱一二寸大字,无一小楷,故无不如意。若颜之《麻姑坛》、右军之《曹娥碑》,即真宋刻,而神彩皆索然。今小楷之佳,无如《黄庭经》,然开软熟宗门,断非换鹅古迹,亦断非南唐昇元旧本也。近日新安大估吴江村名廷者,刻馀清堂帖,人极称之,乃其友杨不器手笔,稍得古人遗意。然小楷亦绝少。董玄宰刻戏鸿堂帖,今日盛行,但急于告成,不甚精工,若以真迹对校,不啻河汉。其中小楷有韩宗伯家《黄庭内景》数行,近来宇内法书当推此为第一,而戏鸿所刻,几并形似失之。予后晤韩胄君诘其故,韩曰:"董来借摹,予惧其不归也,信手对临百余字以应之,并未曾双钩及过朱,不意其遽入石也。"因相与抚掌不已。此外刻帖纷纷,俱不足置齿颊矣。

旧画款识

古名画不重款识,然今人耳食者多,未免以无款贬价。予顷在京贯城市中,同老骨董徐季恒步阅,见一破碎手卷,纸质坚莹,似高丽旧笺,纯画人物,长几及尺,女郎十余曹皆倚酣偃仰,老媪旁掖之,或背负以趋。予急贸得归寓,徐怪诘所以,予曰:昔阎立本作醉僧图,后因有醉道士、醉学究诸图,此必醉士女也,衣折简逸,笔法生动,有吴带当风遗意,是马和之笔无疑。徐大喜,正窘迫,从予哀乞,因以贻之。售与朱户部朱陵,得重价。又一友世裔而为骨董大估,一日携一大挂幅来,重楼复殿,岩泉映带,中有美嫔袒露半身,而群女拥持之,苦无题识,问予当作何名。予曰此杨妃华清赐浴图,可竟署李思训。此友亦喜甚,聊城朱蓼水太史一见叹赏,以百金买去,其元值一金耳。

金陵胡秋宇太史家旧藏江干雪意卷，虽无款识，然非宋画苑及南渡李、刘、马、夏辈所办也。冯开之为祭酒，以贱值得之，董玄宰太史一见惊叹，定以为王右丞得意笔，谓必非五代人所能望见，李营丘以下所不论也。作跋几千言，赞誉不容口，以此著名东南。祭酒身后，其长君以售徽州富人吴心宇，评价八百金，吴喜慰过望，置酒高会者匝月。今真迹仍在冯长君家。盖初鬻时，觅得旧绢，倩嘉禾朱生号肖海者，临摹逼肖，又剖董跋装裱于后以欺之耳。今之赏鉴与收藏两家大抵如此。

春　　画

春画之起，当始于汉广川王画男女交接状于屋，召诸父姊妹饮，令仰视画；及齐后废帝，于潘妃诸阁壁图男女私亵之状；至隋炀帝乌铜屏，白昼与宫人戏影俱入其中。唐高宗镜殿成，刘仁轨惊下殿，谓一时乃有数天子，至武后时则用以宣淫。杨铁崖诗云："镜殿青春秘戏多，玉肌相照影相摩。六郎酣战明空笑，队队鸳鸯浴锦波。"而秘戏之能事毕矣。后之画者，大抵不出汉广川、齐东昏之模范，惟古墓砖石画此等状，间有及男色者，差可异耳。予见内廷有欢喜佛，云自外国进者，又有云故元所遗者。两佛各璎珞严妆，互相抱持，两根凑合，有机可动，凡见数处。大珰云每帝王大婚时，必先导入此殿，礼拜毕，令抚揣隐处，默会交接之法，然后行合卺，盖虑睿禀之纯朴也。今外间市骨董人，亦间有之，制作精巧，非中土所办，价亦不赀，但比内廷殊小耳。京师敕建诸寺，亦有自内赐出此佛者，僧多不肯轻示人。此外有琢玉者多旧制，有绣织者新旧俱有，闽人以象牙雕成，红润如生，几遍天下，总不如画之奇淫变幻也。工此技者，前有唐伯虎，后有仇实甫，今伪作纷纷，然雅俗甚易辨。倭画更精，又与唐、仇不同，画扇尤佳。余曾得一笺，面上写两人野合，有奋白刃驰往，又一挽臂阻之者，情状如生，旋失去矣。

汉　玉　印

自顾氏《印薮》出，而汉印裒聚无遗，后学始尽识古人手腕之奇妙,然而文寿承博士以此技冠本朝,固在《印薮》前数十年也。近日则何雪渔所刻,声价几与文等,似得《印薮》力居多,然实不逮文,正如苏长公诮章子厚曰临《兰亭》乃从门入者耳。《印薮》中所列及顾氏续收玉章,多至八百方,大半皆出两汉后,为吾里项墨林所得,余皆得寓目,苔华琬琰不足比拟,至今思之,梦寐中犹为色飞。闻今亦渐散佚,盖渐为徽州富人以高价购去。客云此邯郸才人嫁为厮养卒妇也。然厮养自是奇男子,昔许允拜镇北将军,而印堕厕中,印之荣辱,亦何常哉!

高丽贡纸

今中外所用纸,推高丽贡笺第一,厚逾五铢钱,白如截肪玉,每番揭之为两,俱可供用,以此又名镜面笺,毫颖所至,锋不留行,真可贵尚。独稍不宜于画,而董玄宰酷爱之,盖用黄子久泼墨居多,不甚渲染故也。其表文、咨文俱卤悍之甚,不足供墨池下陈矣。宣德纸近年始从内府溢出,亦非书画所需,正如宣和龙凤笺、金粟藏经纸,仅可饰装褾耳。此外则泾县纸,粘之斋壁,阅岁亦堪入用,以灰气尽,不复沁墨。往时吴中文、沈诸公又喜用裱褙家复褙故纸作画,亦以灰尽发墨,而不顾纸理之粗,终非垂世物也。因思南唐一隅,尚能作澄心堂纸,妙冠古今,乃全盛圣朝,不遑与侧厘结一胜缘耶? 近日利西泰携其国书籍来,质理坚莹,云是皴布所作,亦奇。

新安制墨

宋徽宗以苏合油搜烟为墨,后金章宗购之,黄金一斤才得一两,可谓好事极矣。近代惟新安罗龙文所作,价逾拱璧,即一两博马蹄一斤,亦未必得真者,盖墨之能事毕矣。新安人例工制墨,方于鲁名最著,汪太函司马与之连姻,奖饰稍过,名振宇内,所刻《墨谱》,穷极工巧。而同里程君房几超而上之,两人眥首深仇,程墨曾介内臣进之今上,方愈妒恨,程以不良死,则方力也。程亦刻《墨苑》,斗奇角异,似又胜方,真墨妖亦墨兵矣。孙司礼隆在江南所造清谨堂,颇精,以出内臣手,不为姚泓所贵,然入用自佳。今徽人家传户习,凡程郑素封,竞造墨馈遗，为朱提紫磨伴侣，诸贵人轻之，滕置高阁，间以给佐椽舆台急需，文房雅道，扫地尽矣。

端州砚材

端州为今肇庆府，古砚材所出，然惟下岩子石为第一品，自徽宗穷全盛物力，采贡以进，除内府所藏，自亲王大珰及两府侍从以下，俱得沾赐。嗣后沙壅水深，不复可施工，此砚遂为绝世奇宝。靖康南渡，士大夫各携以过江，及德祐随驾，又携至闽中，至莆田舟覆，人砚俱没，尽为彼中土人所得。正、嘉中，士绅始知贵重，流入吴中争购之，闽人用伪造以欺肉眼，今宋端砚满天下，皆莆中赝物也。真下岩既不可得，乃及中岩，今中岩亦尽，而上岩之新坑始以充四方所需，刓猾拒墨，几同顽石，耳食者所椟藏，无一堪用。顷己亥岁，粤东珠池内臣李凤始命蛋人以余技试之下岩，皮囊绞水穷日夜，久之始见，则皆如玉璞，膘裹络包，中含奇质，斫之才得砚材，丰腻细润，有目所未睹。始知古所称子石，非紫石也。所得凡百枚，水复大至，蛋人几溺，旋泅以出，而下岩复闭矣。憨师分得数十只归，以饷所厚宰官，今东南复见下岩，如还宣和旧观，皆憨师力也。

云南雕漆

今雕漆什物，最重宋剔，其次则本朝永乐、宣德间所谓果园厂者，其价几与宋埒，间有漆光暗而刻文拙者，众口贱之，谓为旧云南，其值不过十之一二耳。一日，偶与诸骨董家谈及剔红香盒，俱津津执是说，辨难蜂起。予曰：总之皆云南也，唐之中世，大理国破成都，尽掳百工以去，由是云南漆织诸技，甲于天下。唐末复通中国，至南汉刘氏与通婚姻，始渐得滇物。元时下大理，选其工匠最高者入禁中；至我国初收为郡县，滇工布满内府，今御用监、供用库诸役皆其子孙也。其后渐以销灭，嘉靖间又敕云南拣选送京应用，若得旧云南，又加果园厂数倍矣。诸骨董默不能对。

近又珍玉帽顶，其大有至三寸、高有至四寸者，价比三十年前加十倍，以其可作鼎彝盖上嵌饰也。问之皆曰此宋制，又有云宋人尚未办此,必唐物也,竟不晓此乃故元时物。元时除朝会后,王公贵人俱戴大帽,视其项之花样为等威,尝见有九龙而一龙正面者,则元主所自御也。当时俱西域国手所作,至贵者值数千金。本朝还我华装,此物斥不用,无奈为估客所昂,一时竞珍之,且不知典故,动云宋物,其耳食者从而和之,亦可哂矣。又近日一友,亦名家子,为骨董巨擘,曾畜一宋刻《新唐书》索价甚高,云此真北宋初刻板也,坐客皆谀之以为然。予适同集,翻一纸视之,偶见诚字缺一笔,予曰:"此南宋将亡时板也。"此友起而辨之,予曰:"诚字为理宗旧名,若此史刻于初成时,何以预知二百年后御名而减笔讳之也?"虽无以应予,而意色甚恶,今之鬻名者,大抵然矣。

四 川 贡 扇

聚骨扇自吴制之外,惟川扇称佳,其精雅则宜士人,其华灿则宜艳女,至于正龙、侧龙、百龙、百扇、百鸟之属尤宫掖所尚,溢出人间,尤贵重可宝。今四川布政司所贡,初额一万一千五百四十柄,至嘉靖三十年加造备用二千一百,盖赏赐所需。四十三年又加造小式细巧八百,则以供新幸诸贵嫔用者,至今循以为例。按,蜀贡初无扇柄,先朝有镇守内臣偶一进献,遂设为定额,责之藩司,亦犹蔡端明之小龙团,为宋厉阶,况此举出寺人辈,无足怪者。又蜀王所贡,闻又精工,其数亦以千计,上优诏答赐银三百两,大红彩衣三袭,岁以为常。凡午节例赐臣下扇,阁部大臣及讲筵词臣例拜蜀扇,若他官所得,仅竹扇之下者耳。

折 扇

今聚骨扇一名折叠扇,一名聚头扇,京师人谓之撒扇,闻自永乐间,外国入贡始有之。今日本国所用乌木柄泥金面者,颇精丽,亦本朝始通中华,此其贡物中之一也。然东坡又云,高丽白松扇展之广尺余,合之止两指许,即今朝鲜所贡,不及日本远甚,且价较倭扇亦十之一,盖自宋已入中国。然宋人画士女,止有团扇而无折扇,团扇制极雅,宜闺阁用之。予少时见金陵曲中诸妓,每出尚以二团扇令侍儿拥于前，今不复有矣。宫中所用，又有以纸绢叠成折扇，张之如满月，下有短柄，居扇之半，有机敛之，用牡笋管定，阔仅寸许，长尺余，宫娃及内臣以囊盛而佩之，意东坡所见者此耳。今吴中折扇，凡紫檀、象牙、乌木者，俱目为俗制，惟以棕竹、毛竹为之者，称怀袖雅物，其面重金，亦不足贵，惟骨为时所尚。往时名手有马勋、马福、刘永晖之属，其值数铢。近年则有沈少楼、柳玉台，价遂至一金，而蒋苏台同时尤称绝技，一柄至直三四金，冶儿争购如大骨董，然亦扇妖也。

物带人号

古来用物，至今犹系其人者，如韩熙载作轻纱帽，号韩君轻格，罗隐减样方平帽，今皆不得。其流传后世者，无如苏子瞻、秦会之二人为著，如胡床之有靠背者，名东坡椅；肉之大胾不割者，名东坡肉；帻之四面垫角者名东坡巾；椅之栲栳联前者名太师椅；窗之中密而上下疏者名太师槅，皆至今用之称之。近日友人陈眉公作花布、花缬、绫被及饼饵、胡床、溲器等物，亦以其字冠之，盖亦时尚使然。若唐天复间之军容显，南唐之天水碧，宋崇宁之蔡家敕，则近于妖谶矣。又有直呼其人以当物者，如古醋浸曹公、汤烰右军之类甚多，止可供捧腹耳。

今通用者又有程子衣、阳明巾，此固名儒法服，无论矣。若细缝裤褶，自是虏人上马之衣，何故仕绅用之以为庄服也？

谐 谑

借蟹讥权贵

宋朱勔横于吴中，时有士人咏蟹讥之，中联云："水清讵见双螯黑，汤老难逃一背红。"盖勔少曾犯法鞭背黥面，故以此嘲。至嘉靖朝张、桂用事恣肆，有人于御前放郭索横行，背有朱字，世宗取阅，乃漆书璁、萼姓名，此大珰辈所为也。其后分宜擅权，柱杀贵溪，京师人恶之，为语曰："可恨严介溪，作事忒心欺，常将冷眼观螃蟹，看你横行得几时。"一蟹之微,古今皆借以喻权倖,然亦一解不如一解矣。

咏严后二句或又云:"善恶到头终有报,只争来早与来迟。"语亦确。

优人讽时事

嘉靖初年,议大礼、议孔庙、议分郊,制作纷纷,时郭武定家优人于一贵戚家打院本,作一青衿告饥于阙里,宣尼拒之曰:"近日我所享笾豆尚被减削,何暇为汝口食谋?汝须讦之本朝祖宗。"乃入太庙,先谒。敬皇帝曰:"朕已改考为伯,烝尝失所,况汝穷措大,受馁固其宜也,盍控之上苍?庶有感格。"儒生又叩通明殿而陈词,天帝曰:"我老夫妇二人,尚遭仳离,饔飧先后,不获共歆,下方寒畯,且休矣。"盖皆举时事嘲弄也,一座皆惊散。武定故助议礼者,闻之大怒,且惧召祸,痛治其优,有死者。

谑 语

武儒衡讥元微之入省,至因食瓜指青蝇曰:"适从何来?遽集于此。"此等谑语,足成伤心之怨。又如寇平仲之笑丁谓云:"参政亦为长官拂须。"亦成隙相挤。口语之仇,垂戒万世。而我朝馆阁诸公,却有俊语,如长沙李文正"廷前花早发,阁下李先生"之对,及出题"东面而征西夷怨",又如词林九年策问,足称雅谑。至嘉靖间,分宜当国,而高新郑为史官,候于私宅,时江西乡衮求谒者旅集,及分宜延客入,皆鞠躬屏气,高因大笑。分宜问故,高对云:"适见君出,而诸君肃谒,忆得韩昌黎《斗鸡行》二句云:'大鸡昂然来,小鸡悚而待。'"严闻之亦为破颜。盖俗号江右人为腊鸡头也。又新郑与江陵初年相契如兄弟,偶联镳出朝,而朝暾初上,高戏出一俪语云:"晓日斜熏学士头。"张应声曰:"秋风正贯先生耳。"两人拊掌几坠马。盖楚人例称干鱼头,中州人例称偷驴贼,又俗语有西风贯驴耳也。而说者又云是傅瀚、焦芳相谑旧语,岂张、高又祖之耶?此三公皆非经常宰相,而当时矢口相谑,不以为忤,且科第相去甚悬,在今日则前后辈迥分,词林后辈屏气磬折,不敢出一语,而胸中所怀各以刀铤相向,安得复见此风哉。

此外更有恶谑,如予所闻,嘉靖甲寅、乙卯间,胡少保宗宪以江南制府御倭,值浙直巡盐御史周如斗行部,与宴于舟中。二人素相狎,适侍者误倾酒壶,周谑云:"瓶倒壶撒尿。"而篙工偶捩柁,胡应声曰:"柁响舟放屁。"各以姓相嘲,然而俚矣。又同时一内珰衔命入浙,与司北关南户曹、南关北工曹二郎会饮,珰有意侮缙绅,乘酒酣出对云:"南管北关,北管南关,一过手再过手,受尽四方八面商商贾贾,辛苦东西。"此珰故卑微,曾司内阁,工部君相识者,即云:"子诮我两人,我当奉报,然勿嗔乃可。"遽应曰:"前掌后门,后掌前门,千磕头万磕头,叫了几声万岁爷爷娘娘,站立左右。"珰怒愤攘臂,至于恸哭欲自裁,赖二司力劝而止。此等酬对,甚于骂詈,言之徒呕哕耳。

贾实斋宪使

邑中先辈贾宪使实斋,名儒里居,与赵甬江文华少保前后门相通。一日过赵,时正以督师征饷糜至,其镪皆锢束桶中,罗列庭下,未及屏藏。贾伪不知,问此中何物,曰各处解到火药也。贾曰:"逼岁欲造火树,正需此,愿转乞少许。"遂携二桶归。赵不能争,干笑而已。其生平权谲多类此。一日雪后寒甚,披貂裘立门前,有一邻舍少年号倪麻子者,颇小慧,好侮人,贾见其着屐,呼前曰:"我有一对,汝能属句否?"因出曰:"钉靴踏地泥麻子。"倪云:"对则能之,但不敢耳。"贾云:"吾不罪汝。"即对曰:"皮袄披身假畜生。"贾面发赤,咄嗟诟詈而入,市人皆大笑。

康吴二尚书

邑中吴默泉鹏太宰罢归,值甲子岁,倭破闽之兴化府,其乡绅康砺峰太和大司空避地来吾乡,故与吴厚,因借其别宅以居。寓公已数年,偶值度岁迎春,两公垂箔同观。故事,大家例邀春住,命优侑酒,优人为丽语云:"吴爷擎天碧玉柱,康爷架海紫金梁。"语未毕,一青衿从旁云:"柱耶梁耶?斫材时须防截去梁柱头。"二公大不怿,罢酒而入。是年,康公以谗恶归里,未几二公俱不起。

术　艺

嘉靖季年，政以赂成，入赀严氏者即擢美官，人告讦得赏，异端封拜，而大臣幸进峻加者，一失上意，立见诛灭。时人嘲之云："近日星士出京，逢旧知，问以何故南归，云吾术不验，无计觅食耳。向日官印相生者方贵，今则财旺生官矣；向日正官正印方贵，今则偏官偏印俱处要地矣；向日身居禄命者方贵，今则煞重身轻，得为大官，即死不顾矣，以此弃其业。"虽寓言，亦善谑。近年科道寥寥数人，各为上腾计，建白殊少，又有作裁缝问答者，一言官遣人呼制袍服，反询之云："汝主为新进衙门耶？抑居位有年耶？或将满九年候升者耶？"呼者骇曰："汝但往役，何用如许絮聒？"裁缝曰："不然，若初进者足高志扬，凌轹前辈，其胸必挺而高，制袍须前长后短；既据要途已久，熟谙世故，骄气渐平，将返故吾，则前后如恒式；倘及三考，则京堂在望，惟恐后生搜抉疵秽，遏其大用，日惟俯首鞠躬，连揖深拱，又当前短后长，方得称体。"此等语太纤刻，然于时情则酷肖矣。又往时京师有谑云：患奇疾者百药不效，最后遇一名医云，须得五更不语唾涂之。乃问何处可得，医云："因遇早朝，于掖门候科道官入朝，拜求可也。"亦此意。

松江谑语

嘉靖末，楚中耿天台定向，为南直提学御史，初莅任未行事，即遣牌往松江云欲观海，时徐文贞为首相，耿其讲学至交，实借此往拜其先祠也。云间士子为之语曰："名虽观海，实则望湖，耿学使初无定向。"以文贞旧号少湖也。久而未有对，适河南刘自强为应天尹，以六曹隶不逊，奋拳殴之，刘多力，至折隶齿几死，乃对曰："京卿攘臂，衙役落牙，刘府主果能自强。"同时松江有郡丞潘天泉名仲骖，以高才从翰林谪外，傲睨侪人，华亭尹倪光荐者，谦和下士，松江士人又为之对曰："松江同知恣肆，拼得重参；华亭知县清廉，允宜光荐。"各取姓名同音也，其巧如此。此二事俱在云间，当时以为浮薄。至近日吴越间，地方长吏稍不如意，辄以恶语谑之，不可胜纪矣。

嘉靖间有御史巡松江，郡守故人留之饮，案有鲈鱼，因戏出对曰：

"鲈鱼四鳃一尾,独占松江。"守云:"螃蟹八足二螯,横行天下。"御史知其讽己,亦为一噱,岂其地即染其风耶。

苏州谑语

吴郡人口吻尤儇薄,歌谣对偶,不绝于时。如丙戌年,刘中允珹卒于京,刘居乡无修洁名,乃子号花面者,尤横恣,值其家延僧诵经,先有夜粘对于门云:"阴府中罗刹夜叉,个个都愁凶鬼到;阳台上善男信女,人人尽贺恶人亡。"比日高,过者大笑,始抹去。此类甚多。二十年来又工为四书集句作时文,以讥官长,如丁酉年长洲令江盈科以征粮误榜一廪生冯姓者,其文承题云:"夫士也,君子人也,左右手齐之以刑,乌在其为民父母也?"又辛丑年苏守周一梧,别号怀白,居官有议其守者,又刚峻待青衿不加礼,其文承题云:"盖白之于白也,不为不多矣,怀其宝而迷其邦,先生之号则不可。"又今年长洲令关善政初至,即有一破云:"善政得民财,今之为关也。"俱奇巧令人绝倒。大抵嘲守令居多,而间及卿士夫云。

嘉兴谑语

嘉靖间,吾郡城缙绅有遭大祸及穷窘挫辱者,里中士人为口号嘲之,反古语以示意曰:"书中自有千钟粟,汤通判家中啜薄粥。"汤以明经罢官,归而酷贫也。"书中自有黄金屋,赵主事被和尚打得哭"。赵甬江少保时尚为郎,以占寺基,为髡辈所殴也。"书中有女颜如玉,陈进士被徐秀刖了足"。陈第后请假归,淫于徐妇,潜与妇谋杀其夫,为所觉见戕,其时先断一胫也。"书中车马多如簇,钱举人独身走踽踽"。钱居贫不克具舆马,又蹇步不良于行也。此先大父为予言,其名则不尽记矣。

吴江谑语

己丑岁六月,三吴大旱,吴江令赵瑞明名梦麟者,命主簿入乡勘荒,簿至村落,投宿于车溪寺中。寺久名饶裕,因主之。僧中一少年号传衣者,见门役而悦,诱与为欢,约以丙夜。门役憎其空手来嬲,故给曰："我榻设在房之南牖,汝漏下见就可也。"不知此役已先说簿:"后窗虽邃而湿,我当移彼中,公老人,可卧南牖以纳凉爽。"簿喜从之。比夜饮潦倒就枕,更深后传衣者洪醉入室,迫床抚尻,乘锐深捣,簿秦人,老岁荐也,梦中受创,疾呼,其声四彻,此僧狂走者。诸阇黎皆惊起,簿大怒,谓何物铁椎劘我肠。执系群髡,将诉之令公,毁寺治罪。髡震惧乞哀,尽出所蓄,不满数,则以粟足之。簿满载归县,则赵令已先知,迎笑曰:"三长官暮年能以后庭博多金,可贺也。"簿不禁羞恶,叩首而已。吴江人作对曰:"老主簿巧献屯田,荒岁贡粮加倍入;痴和尚误钻库穴,祖传衣钵尽情抛。"盖以屯为臀,以库为裤也。继赵令者为祝邻初名似华,初到以风力自命。时南浔董氏有田数万在吴江,祝立意苦之,未几,以暮夜得解。又为一诗曰:"吴江劲挺一茎竹,才逢春雨便叶绿。青枝一夜透千梢,登时改节弯弯曲。"竹谓祝姓,董礼部号青芝,用事沈医生号春宇,叶六则心腹书办也,又吴俗呼现钱为梢,故谑语云然。此辛卯年事,皆其邑中游冶来述之。

无锡谑语

今上乙酉科,锡山周莲峰以尚书领解南畿,比抵家,偶衷朱衣拜客,其邑中下第少年浮薄者,恶语诮之曰:"周继昌,汝何故穿红衣裳?要学华鸿山,无他的门墙,要学尤回溪,无他的后场,要学吴震华,无他的赀囊,要学顾泾阳,无他的文章,汝何故穿红衣裳?"一时传诵之。以上诸公皆无锡发解前辈,华学士名察世,登甲榜;尤礼部名瑛,策论表成帙,为时所式;吴给事名汝伦,富冠一邑;顾吏部名宪成,以时艺噪海内,又皆起家壁经,故同里合举以诮之。

认族谑诗

吴中有吴姓,为让王之裔,然贫落不能支,又一吴,其起甚微,而其姊归申相公,因得官鸿胪,骤为富人,浮慕让王,与通谱牒,旧吴反事之为尊行,过从甚昵。时相公婿李为溪鸿者,作诗嘲之云:"太伯之吴非此吴,圣贤不认认佣奴。只因太伯年深远,要认当朝申姊夫。"李之配,即吴夫人所出也,诗语虽尖,似近于薄。李登乡榜,曾为高仪部论列覆试,登乙未进士,为令,与税忤珰,废于家。

四喜诗

向来有四喜诗曰:"久旱逢甘雨,他乡遇故知,洞房花烛夜,金榜挂名时。"成、弘间人曾以宋公序子京兄弟事实之,演为传奇。后因戊辰科有广文登第者,山阴王对南相国,每一句上加二字,曰十年、曰万里、曰和尚、曰教官以谑之,已堪捧腹。至今上壬辰科,翁青阳太史以浙中教职抡大魁,馆中又于七字之下增曰甘雨又带珠、故知为所欢、和尚乃选驸马、教官乃得状元,一时传笑以为无加矣。近复有覆试被斥者,改四喜为四悲,曰雨中冰雹损稼,故知是索债人,花烛娶得石女,金榜以覆试除名,盖俱重在末句,而他则借以翻案,闻者亦为之捧腹。

咏头二谑诗

顷丙午顺天乡试第四名郑汝矿者,浙江之绍兴人也,与同里人顺天书办俞姓者作奸,割人佳卷,以致高掇,事发同俞姓枷示礼部前三月。其里中善谑者作诗咏之云:"科场今岁巧多般,头向松皮木里钻。昼渡那愁江没底,夜行何怕井无阑。霏微细雨衣难湿,料峭轻风颈不寒。只怕蛰虫咸俯日,出头虽易缩头难。"一时传颂,固已解颐。近偶举以示范学使长白,渠云正有一诗,堪以作对。吾乙未同年中有失貂皮暖耳者,时严冬忍冻寒甚,同榜一友改崔颢《黄鹤楼》诗嘲之云:"贼人已偷帽套去,此地空余帽套头。帽套一去不复返,此头千载光油油。寒眸历历悲燕市,短鬓凄凄类楚囚。九十春光何日至,脑包权戴使人愁。"真与前诗并堪喷饭。

王弱生续句

大珰孙隆在江南织造时,修葺西湖诸古迹,一时诵其功,有人题句于湖心亭壁云:"东瀛(孙别号)本是古东坡,兴复吾杭胜事多。"止二句耳。昆山王弱生比部志坚时尚诸生,过见续写其后曰:"何来诌子尽情呵,其奈东瀛没脬何。"未数日已有垩墁之矣。

司马温公

余儿时在京师,与同侪嬉游北中,小儿每见出塾而缓步详视者,必哗指曰:"可来看假司马温公。"予壮而再至,则此语渐稀,今已绝不闻此,盖日久而言湮耳。因思宋人诮人儇狡者,必曰"好个司马家",而徽宗与王黼为微行逾墙出,令黼以肩承其足,诃之曰:"耸上来司马光!"黼应曰:"伸下来神宗皇帝。"可见道君是非本明,其绍述亦为时势所劫耳。至若京师所云假司马者,盖自金元以来相传如此,又不止辽人中国相司马之语矣。

太函云杜二谑诗

汪伯玉司马乡人方于鲁,故以造墨知名,亦颇学诗。一日御新牋袍谒司马,时已及暮春,方矜庄就坐,汪口占谑之云:"爱着兰州趷踏绒,便教星夜赶裁缝。寒回死守桃花雪,暖至生憎柳絮风。尽日矒眵挦细甲,有时抖擞挺高胸。寻常一样方于鲁,才着毛衫便不同。"方面赤急遁。又李本宁右丞流寓南都,曲中妓朱福有时名,而齿已长,至新安访旧,托云礼白岳,为所欢之妇率群婢痛殴逃归,李亦立成嘲之云:"独步平康数十春,徽州何必强寻人。多应白岳尊神厌,惹得黄山老妪嗔。背上挥来拳似铁,鬓边挦去发如银。出门好讪连连叫,羞杀当年马守真。"(马四娘所改名。)秦淮尽传为笑端。前诗则乃弟仲嘉所述,后诗则予在南中目睹者。朱福亦蕴藉不俗,与友人钟伯敬最厚,因得熟识之。汪、李二公雄文擅一世,其七言律诗均以严整为宗,独二什流丽可喜。

嗤鄙

脔婿

榜下脔婿,古已有之,至元时,贵戚家遂以成俗,故有《琵琶记》牛丞相招婿事,亦讥当时风尚也。至国朝则少见,如程篁墩学士之婿于李文达，则未第时事，而识者犹议之。嘉靖中，翰林编修赵祖鹏者，号太冲，浙之东阳人，居京师，有女嫁缇帅陆武惠炳为继室，倚陆声势张甚，富贵擅一时，然为士林所不齿。赵幼女甫笄，才而艳，值己未春榜后，状元丁文恪士美丧偶，赵欲以女字之，丁坚拒不从。赵大不堪，适会元蔡茂春室人亦亡，慕赵光焰，托媒为道地，赵喜甚，蔡遂委禽为赘婿，一时清议沸然，咸重丁而薄蔡。未几，陆武惠殁，赵以大计外迁，寻被讦下狱论死，赦出，家顿落，蔡亦从郎署外谪，屡踬宦途，仅得至归德知府，又中计典，罢归不振而死，盖始终坐赘赵一事也。赵氏以盛年鳌居，贫悴困苦，闻今尚存，予入都时过其门，见有一贞妇扁在委巷中，谛视之，则赵氏居也。

衍 圣 公

衍圣公例朝阙下，然来必有期，事毕即行，今公不知何故久居赐第，数年不归，或云父子不咸，恐有分羹之祸，以此避地，未知信否。但其举动乖错，似得心疾，有持物欲售者，过其门必强纳之，索价，即痛殴，人皆迁道以行，尚可托云其舆台生事也；乃至出票拘集教坊妓女侍觞，则全是勋戚举动，又非礼虐之，其持票者至曲中，必云圣人孔爷叫唱，诸妓进匿，或重赂之得免。夫圣人可施之叫唱耶？嗣公本文官，正二品，而舆前二棍乃用武职棕竹细长者为前驱，时贵溪张真人名国祥，亦入觐，其导舆者反用文大臣藤棍，真可谓冠履倒置。

故事，圣公每岁圣诞，必入贺，且随班常朝。今上七年，上以张真人常朝为非，命此以后不必再入，并云孔圣公以宾礼相待，亦止其随班。至九年八月，上又命衍圣公每三年觐期始入贺，继又下旨圣公孔尚忠凡大礼奏乐及有事庙，俱于庙户内拨用，其女乐二十六户通行裁革，盖以凌虐庶母为其所讦，故上稍抑之，今久居京师者即其人。

予过兖州路，遇复圣世官五经博士者，旗帜前导有斧戟之属，继以令旗二面，轿后家丁十数人，腰弓跨马以从，见之令人骇恨叹泣，不止可笑而已。

私印嗤鄙

英宗朝，锦衣帅门达之塾师名桂廷珪者，刻一牙印曰"锦衣西席"，又洗马江朝宗之婿曰甘崇者，刻印曰"翰林东床"，当时以为笑柄。近日松江徐文贞长孙元春为太常卿，署印章曰"京朝三世肩舆"，已堪齿冷；又吴江给事字龙门名周策者，其长君刻私记曰"礼科都谏长公子印"；又吾乡一庠士，其祖曾守郡，亦刻一印曰"二千石孙"，一太学生曰"天子门生"，此皆俚下厮品，徒堪呕哕。又见吴中一少年私记曰"江南第一风流才子"，盖袭唐伯虎旧印，殊不自揆。秦淮一妓女曰"同平章风月事"，见之扇牍。此烟粉何足责，若高明巨公如夏桂州赠王履纳中丞，于书诗用上柱国章，考其岁月，正削秩里居，尚未复职，何以侈及前衔乃尔，宜为分宜所谗，人臣无上，以致奇祸也。近年汪南溟作文，其印则"衮绣行边"，汪曾以少司马阅视蓟辽，然往事何足道，时正家食，图起家，竟终林下。彼其不朽皆有在，而以腐鼠置口吻，不足满有道一笑。惟杨文襄邃庵临殁，以闲住归，竟不署故官只字，但书"耆德忠正杨公之柩"于明旌，盖世宗初赐银记乃此四字，其家用杨治命也。此最为得之，人之识见相远如此。

颜 面

往年在西湖边，曹遵生以南大理请假游武林，偶谈及抗疏诸公，曹云我生平最憎徽人黄黄石，每见便作忠臣面孔相向。予不以为然。一日相遇于李本宁宪长衙斋，予素不识其人，一见即思曹语，不觉掩口匿笑。及在邸中，黄贞甫携盒相访，邓远游同在坐，方饮次，袁小修来，谈甫洽，而袁托故亟去。予送之门，谓之曰："贞甫为兄故人，何以匆匆乃尔？"袁曰："我非不欲留，但我怕邓公其满脸皆词赋也。"余亦抚掌无以应。

名刺自称之异

弇州《觚不觚录》载名刺有未面门生等项，谓堪呕哕。因忆嘉靖末年有一御史徐如圭，外谪入都，投西台旧僚，称道末生，人共嗤之，已去豸班，安得尚云末？因改为道弃生。又一礼部郎白若圭，媚翊国公郭勋，其刺称渺渺小学生，京师为之语曰："道末道弃，渺渺小学，一样两圭，徐如白若。"

窃旧句

河分冈势，山入烧痕，虽剽旧语，不害其佳。向见兖州城楼榜曰"平野入青"，以为此是何语，既而思之，乃用子美《东郡趋庭》诗第四句而去一徐字也，为之胡卢不已。又一山人家拈杜诗作对联，上句"纵饮久拼人共弃"，而改下句懒朝为懒游，亦堪喷饭也。如王敬美所纪滕王阁扁，讹飞阁流丹为流舟，胡元瑞所纪温泉亭内五扁，尽用朱晦翁半亩池塘一绝，又不胜书矣。近日更有可笑者，涿州城外有一太山玉女行宫，香火甚盛，道士鼎新之，涿之城楼旧悬一联云"日边冲要无双地，天下繁难第一州"，道士乃用其语为行宫对曰"日边冲要元君殿，天下繁难碧霞宫"，即令包老睹之亦必绝倒。

太学不文

世所传纳粟监生不能文者，司成勒其入试，乃自批其卷云："因怕如此，所以如此，仍要如此，何苦如此。"其说久矣。偶见唐末韩建为华州节度使，患僧不检，特设僧正，不意所择非人，僧徒愈肆，建判牒云："本置僧正，欲要僧正，僧既不正，何用僧正，使僧自正。"此与曳白监生暗合，而尚少转语，宜如建所判足之曰"直免如此"可也。近日各宗藩之设宗正亦然，其事柄足以夺亲王郡爵之权，其赇遗足以兼长史、承奉之入，而宗法愈不修，韩建所判，无乃似之。

王上舍刻木

古来忠孝至性事，有可一不可再者，如岳武穆涅"尽忠报国"于背上，岂非真忠？至嘉靖间黄久庵尚书绾亦背刺此四字，因被言，乃疏以自明，遂堕士林笑海。即丁兰刻木，亦一时感发，非后人所宜效颦。近日有一松江太学生王彝则者，乃父辛未进士，名文炳，殁后亦斫乃父像高数尺，具机发运动如生人，遇通家世契者至，即引与相揖让，已为怪事；至丙申年孝安皇太后升遐，王亦制缞冠麻苴被之木人牵以哀临，尤可骇异。王久居京师，予丙午入北雍亦相往还，其木偶未之见，而予友沈千秋圣岐往年在京则亲睹偶人执丧，为予言，予犹未信，及问王同乡数友，始知不妄。

项四郎

今上乙酉岁，有浙东人项四郎名一元者，挟赀游太学，年少美丰标，时吴兴臧顾渚懋循为南监博士，与之狎，同里兵部郎吴涌澜仕诠亦朝夕过从，欢谑无间。臧早登第，负隽声，每入成均署，至悬毯子于舆后，或时潜入曲中宴饮。时黄仪庭凤翔为祭酒，闻其事大怒，露章弹之，并及吴兵部，得旨俱外贬。又一年丁亥内计，俱坐不谨罢斥。南中人为之语曰："诱童亦不妨，但莫近项郎；一坏兵部吴，又废国博臧。"馀不能悉记。臧多才艺，为先人乡试同年，与屠礼部俱两浙名流，同时用风流罪过，一弃不收。二公在林下与予修通门谊，其韵致固晋宋间人也。

白练裙

顷岁丁酉，冯开之年伯为南祭酒，东南名士云集金陵。时屠长卿年伯久废，新奉恩诏复冠带，亦作寓公，慕狭邪寇四儿名文华者，先以缠头往，至日具袍服头踏呵殿而至，踞厅事南面，呼妪出拜，令寇姬旁侍行酒，更作才语相向，次日六院喧传以为谈柄。有江右孝廉郑豹先名之文者，素以才自命，遂作一传奇名曰《白练裙》，摹写屠憨状曲尽。时吴下王百谷亦在留都，其少时曾眷名妓马湘兰名守真者，马年已将耳顺，王则望七矣，两人尚讲衿裯之好。郑亦串入其中，备列丑态，一时为之纸贵。次年李九我为南少宰署礼部，追书肆刻本，毁其板，然传播远近无算矣。予后于都下遇郑君，誉其填词之妙，郑面发赤，嘱余勿再告人。

非类效仕宦

士人同榜登第者，始有年弟兄之称，他不尔也。近因主上久不考选科道，其俸满应行取同咨到部守候者，充满辇下，相与邸中团聚，遂亦认同年。其事起于戊戌辛丑以后，虽非故事，理亦宜然。独有可笑胥史辈得一命而出，其同受职者，亦刻齿录称同年，已可骇叹。近见阉官辈以年兄年弟相呼，盖同时选入内廷者。曾闻于中甫比部，谈及同邑先达王恭简公为南中卿贰时，与彼中一守备大珰席间谈次，问王何科得第，答曰嘉靖丁未科，珰大喜曰："我亦以是年简进皇城，然则与公同年也。"因讲谱籍之谊，王惭怒无策，后竟以计避之。又向年有小唱恣肆，得罪司城御史，上疏尽数逐去，久之稍稍复集，人问其何以久不见，则曰敝道中人人修洁，无奈新进言官风闻言事，以致被论，出城待罪，今公论已明矣。一时为之破颜。予顷在都门偶闲步入教坊，即京中所谓本司者，至一旧识家，则是日适宫掖有喜庆，此家正充乐工俳长，其艾貌娄猪俱应役出矣。予问小姬曰："门庭何以寂然？"对曰："家父母并入御前供奉，侍宴上寿，非暮不还。"余漫应曰："无乃劳苦乎？"姬曰："此敝衙门职掌，安敢言劳？今日不过禁中小排当耳，若遇内廷大朝会时，即奴家辈亦率敝同寅走马待漏，赞襄大礼，无刻不在天颜左右也。"予闻之俯首胡卢不能已，真所谓不如此何以成京师。

诗　　厄

《北史》纪杨五伴侣诗最拙恶，市日传写以售人。及唐王氏见闻所纪杨铮秀才故作落韵或丑秽语，取人笑玩，装修卷轴，投谒王侯，到者无不倒屣，雄藩大幕争驰车马迎之。窃谓士人无赖，作此伎俩糊口，真千古罕见。近乃有闽之莆田人林少白者，刻稿行京师，俚拙之极，见者无不喷饭。予幼时曾睹其集，记其赠一吴中周山人者云："苏州城外有虎丘，苏州城内出老周。图画张张胜之冕，楷书字字叶天球。"盖俱取周姓也，其后四句则忘之矣。一时公卿贵戚延为上宾，乞其咳唾以博欢笑，盖无日不饱五侯鲭也。其自序云："予号少白，非少家父白斋也，家父不知诗书，何足少哉？盖老母梦太白而生予，故号少白，以少太白也。"予疑其诈狂贡媚。后闻其人曾为诸生见斥，贫婆无计，乃出奇北游，盖奸人之尤也。孰意杨铮衣钵直传此人哉。

怪率之诗，起于玉川，而极于打油、钉铰，然而至今传也。我朝道学诸公习为鄙亵之调,欲以敌词人,徒增其丑耳。如庄定山云"枝头鸟点天机语,檐上梅挑太极行"及"太极圈儿大,先生帽子高"之类,真堪呕哕,而沾沾自以为佳句。试阅陈白沙及王阳明、唐荆川初年作,何等清新整肃,有此一字否?

卷二十七

释　道

释教盛衰

后魏道武帝用崔浩之言，尽诛缁流，毁梵宇，可谓备极惨毒，而太子不遵其命，多所洪护，至胡太后而其教愈盛，遂冠古今。唐武宗亦用李德裕之谋，沙汰僧尼，犯者立死，未几嗣位者为宣宗，旋兴复之。盖授受之间，不能尽同如此。我太祖崇奉释教，观宋文宪《蒋山佛会记》以及诸跋，可谓至隆极重，至永乐而帝师哈立麻西方佛之号而极矣，历朝因之不替。惟成化间宠方士李孜省、邓长恩等，颇于灵济、显灵诸官加奖饰，又妖僧继晓用事，而佛教亦盛，所加帝师名号，与永乐年等，其尊道教亦名耳。武宗极喜佛教，自列西番僧呗唱无异，至托名大庆法王，铸印赐诰命。世宗留心斋醮，置竺乾氏不谈，初年用工部侍郎赵璜言，刮正德所铸佛镀金一千三百两，晚年用真人陶仲文等议，至焚佛骨万二千斤。逮至今上与两宫圣母，首建慈寿、万寿诸寺，俱在京师，穹丽冠海内，至度僧为替身出家，大开经厂，颁赐天下名刹殆遍，去焚佛骨时未二十年也。然上神圣，虽皈依净土，毫不以意指示人。辛丑壬寅间，紫柏老人游辇下，极为慈圣所注念，即上亦出御札与答问，第至开戒坛诸事，大珰辈屡屡力为之请，终不许也。后妖书事起，紫柏逮入狱，寻卒，上亦不问。

隆庆间北虏俺答通贡，朝廷必遣僧于互市时赐以经像，虏中奉之加礼，膜拜稽颡，酋长及部下数千梵唱者如海潮音，然后恭问皇帝圣躬万福，以及将相大臣。僧为具说因果报应，劝以戒杀修善，酋长辈倾听赞叹，临行哀恋不忍别，厚加赠遗而返。盖自万历初俺答西迎活佛之时，见败于瓦剌，益信活佛之言，因敬奉西域像教，所至皆设中国香花及中国所赐锦绮庄严之，以当供养。俺答死，其子黄台吉袭封，黄台吉死，其子扯力克台吉袭封，以至于今。而三娘子者，系俺答嫡外孙女，自俺答晚年即为虏中哈屯，哈屯者即阏氏可敦之转语，实正配也。其子其孙相继烝之，世为哈屯，其帐自别，有精骑数万，虏部畏服胜于顺义王。虏酋代立，未与结伉俪则支部皆不归命，以故牝晨者四十余年，且有权谋，能以恩威制部落，奉佛极精严，每以入犯内地为戒。予见其画像，面圆满秀媚，身亦纤长，不类虏妇，颈间挂数珠，手中复有一串作数佛号状，亦毡毳中异人也。盖自庚午辛未迄今，佛法更盛行于沙漠，因之边陲晏然，其默祐圣朝不浅矣。

僧道异法

弇州纪洪武中有诏，凡火居道士，许人挟诈银三十两、钞五十锭，如无，打死勿论，谓亲见于刑部所藏事例，以为异。此诚异矣，然正统间更有一事与之同者。时山西有僧夜入奸妇家，为同奸者殴死，法司论殴者以绞，评事王亮驳之曰："旧例，僧有妻者，诸人得殴辱之，更索其钞五十锭，无钞，殴死勿论。今僧犯奸，方之有妻，其罪尤重，殴死奸僧者宜蒙矜恤。"上命宥死戍边。此则见之史者。盖二法必皆太祖所定，特未载入律中耳。今陕西西宁诸卫土僧，俱仿西番有室，且纳于寺中，而火居道士则遍天下矣。又僧之犯奸者，近止令追牒还俗，正堕其计中，若二法得行，其于除淫荡秽，所裨不小。

感通寺

云南大理府城南十里有感通寺，一名荡山，汉摩腾竺法兰由西天竺入中国时建，唐时南诏重新之。山径曲折，数十里林樾蔽亏，佛堂之外，有僧院三十六。洪武十六年，寺僧无极入觐，献白驹一、山茶一，上临轩之顷，山茶忽发一花，上异之，赐御制诗十八章，叙其水陆往返之诚，仍敕撰记，略曰：此寺落成之时，住持者焚香默祷，一夕有佛像自城中飞来，而奠位于此，今大雄殿未燔像是也。以上俱出太祖圣制，其为传信无疑，佛法之灵异如此，宜开天圣人之表彰尊信，后世崇奉不衰也。杨用修戍滇中，寓此寺最久，写韵楼即其卧室，寺产茶甚佳。

女僧投水

尼之作奸，余向曾记之，兹观国初事迹，而知太祖之处奸尼尤直捷痛快也。上尝使人察在京将官家有奸者，时女僧诱引功臣华高、胡大海妾数人奉西僧行金天教法，上命将二家妇女并西僧女僧，俱投之于河，既不必谳鞫定罪，亦不须刀锯行刑，尽付洪波，俾登觉路，真万世良法也。顷江右周中丞孔教，以乙巳、丙午间来抚江南，因吴中有假尼行淫一事，遂罗致诸尼，不笞不逐，但以权衡准其肥瘠，每斤照家肉之价，官卖与鳏夫，真一时快心事。但坊市报名，或先赂衙官胥吏辈，得预匿大家，因而愿充妾媵，以余所知，殊不乏人。又浙中大吏不能仿其意严为之禁，浙西一路庵院，遂成逋逃薮，天下事不得尽如意如此。

酒帘得子

姚少师广孝奉命赈荒归吴中，见一酒帘书字奇伟，问之为里中少年所书，召之至，喜惬，遂以为子，命名曰继，即承荫为尚宝以至太常少卿，此王文恪守溪以语李文正西涯者，李因述赵松雪一事为证。赵亦睹酒帜所署，惊曰："天下惟我书独步，今乃胜我，何也？"既知为雪庵李溥光笔，急命舆之来，乃僧也，语甚洽，荐之朝，官至昭文馆大学士加荣禄大夫。兹两事俱奇甚，一酿肆敞布，或以之得子，或以之得官，且两人俱释氏，各极文臣之位，总借墨池一派，延世赏，冠延阁，佛家所谓时节因缘，真有数耶？今姚继之后盛于吴中，但不肯名广孝法嗣耳。

元朝宫殿扁额，初出李雪庵笔，元世祖大加赏爱，赵松雪因让之，不复书。

番僧赐印

大臣受主上殊宠赐以印章者，始于仁宗优礼蹇夏诸公，至宣宗亦有赐，其后则世宗之赐为多，皆以阁部或勋旧得之，非过也。惟宣宗赐金英等，而貂珰亦滥承矣；宪庙赐李孜省等，而方士亦横极矣；世宗驭下严峻,而内侍张佐、麦福、真人陶仲文、邵元节所得,前后更多于辅弼;今上则惟冯珰、张相两人受赐而已。然历朝虽有横赐,无及沙屠者,惟正统八年,番僧麻察失吉陕西广善寺修行,特赐敕谕,并赍图书,其文曰广宣慈化,此后遂不绝书,则实前代所未有。

又正统八年,陕西石崖寺静悟禅师名阿难答者,通其侄女,为岷州卫诸生所发,上曰:"出家人宁有是,其宥之。"不加诘谴也,盖宽假番僧类此。

永乐间,文皇帝有美玉,欲刻印以赐大宝法王,黄淮谏曰:"中国向来无此奇璞,今特恩赐之,将使番部轻天朝。"上遂止。当时文皇之异礼胡髡,盖不特哈立麻矣。嘉靖中赐辽、徽二废王真人印事固不经,式亦奇大,然止范金为之耳。

夷僧行法

兵部尚书靖远伯王骥,自征麓川思任发奏捷归,上言征麓川时,有云南大理府阿叱力僧纲司土僧何清,在彼结坛行法,将思任发及刀汉招父子,缚藁为人,背书名字,枷镣刀箭,砍射驱魂,在坛昼夜咒压,果有青蛇花雀入坛,黄昏神号鬼哭,后随大军过江杀贼,持幡行法,直至贼门,呼风止雨,佐助火攻有验,宜录其功。上不允。都纲董荣等复奏何清且请增设僧纲司数处,上始令授何清等僧官,仍居本寺,而僧纲司不许增。按骥上此疏时,思任发已逃去不获,乃为诞妄不经之语以诳主上,其后凡三度南征,驿骚半天下,兵民死者数十万,盖不待训导詹英之弹章,而已自呈其狂肆矣。正统八年,分守独石都督同知杨洪言云州堡西金阁山崇真宫,其神能出光怪致灵异,去秋巡徼至东凉,猝遇虏骑,势张甚,臣默祷于神,虏遂遁去,因以私钱修庙,今已毕事,乞赐敕额及道流住持。上命赐名为灵真观,度道士主之。是时王振焰已炽,边帅神其说以献媚,习为故事,以至嘉靖末年,每遇奏捷,必以"仰仗玄威"为疏首第一句,则正统已为之先鞭矣。

主上崇异教

主上新登极,辄度一人为僧,名曰代替出家,其奉养居处几同王公。闻初选僧时，卜其年命最贵，始许披剃，有云重赂主者中贵人，乃得之，第先朝必不然。如宪宗登极，辅臣李贤谏曰："高皇帝祖训，明著有寺院烧香降香之禁，违者并领送人处死。近传番僧入内诵经，至晚乃出，又有非奉圣旨传送银物于寺观者，乞明禁以严宫禁。"上优诏答曰："祖训敢不祗率。"武宗登极，礼卿张昇谏曰："近闻真人陈应循、西番国师那卜坚参等，各率其徒，假以祓除荐扬，数入乾清宫几筵前，肆无避忌，京师无不骇愕，请执诸人，革去名号，追其赏赐印诰，斥逐发遣。"上允其言，一一查革，并追所赐玉带诸物，令有敢夤缘出入宫禁者并罪之，其严于祖训如此。然成化之中年，已为妖僧继晓建大永昌寺，上亲临幸之；正德之中年，造万寿寺于禁苑，上身与番僧呗诵其中，视前两答诏，抑何矛盾也？英、孝二祖，一张一弛，本朝圣主，尚不免溺此教，以贻新朝之补救，况后圣耶？世宗忿髡辈之积蠹，焚慈恩，焚佛骨，而事玄之盛，又十倍焉。

僧道异恩

成化十七年，传升道录司右至灵邓常恩为太常卿，盖自永乐间升右善世姚广孝为太子少师，及全真丘玄清为太常卿后来未有异典。然姚系佐命元勋，丘曾为监察御史，常恩不过以房中术得之，时尹恭毅旻任太宰，不能执奏。又是年赐番僧万行清修真如自在广善普慈弘度妙应掌教翊国正觉大济法王、西天圆智大慈悲佛领占竹等十四人诰命，时周文安洪谟为宗伯，亦不闻执奏也。盖宪宗于释道二教，俱极崇信如此。后孝宗登极，夺常恩官，正其罪，领占竹者亦降号国师，遣归四川之彭县光相寺住坐。未几即遣内臣召还，令驰驿来京，言官屡谏屡止。至十五年又召之来，命居大慈恩寺。盖此时道教置不谈，而佛氏为中宫及大珰所信向，孝宗亦不能自异也。至正德间，上亲习西番梵呗，与番僧辈演唱于禁中，至自称大庆法王，给印赐下院，为礼卿傅瀚所驳。直至嘉靖中叶，上居西内，躬行斋醮，邵、陶辈宠冠古今，有非王仔昔、徐知常所敢望；又用羽流言焚弃佛牙头骨几尽，而释氏之不振极矣。

番僧之号凡数等，最贵曰大慈法王，曰西天佛子，次曰大国师，曰

国师，曰禅师，曰都纲，曰剌麻。宣宗末年，入居京师各寺者最盛，至正统初，遣回本处者至六百九十一人。既而礼部尚书胡淡再请，汰其四百五十人以闻，上命法王佛子不动，余者去住听其自裁。盖此辈于光禄寺日给酒馔牲廪，有日支二次三次者，此外又别支廪给。当宣德年间，其冗食如故，英宗初政，亦未能尽革去。

毁皇姑寺

皇姑寺在京师西山，不知所始。嘉靖六年丁亥，上谕辅臣杨一清云：“前有旨下部，谓尼僧与僧道不同，而尼僧寺与僧寺道观又不同。今因桂萼奏毁尼寺，已行下矣，今若皇姑寺仍留，是不去其根也。”乃旨出之后三四日，不知何日哀奏两宫，皇伯母见谕，以皇姑为孝宗所建，似不可毁，圣母亦以孝宗为言。盖小人进祸福之言，故两宫一时传谕。次日圣母又谕：“欲建一寺，即将此寺与我亦好。”盖此寺乃皇亲内宦供给信施，必有请告之者矣。按，世宗此旨，已洞见宫掖隐情，既而圣谕又下辅臣杨一清等，曰：“慈训两颁，宜即顺命，但惩恶务去本，方免后患，今将此寺房留与无归尼僧暂住，止着终身，不许复引其类，其祖宗时所赐敕额追回。”此旨既下，其后因循至今又八十年矣。尼僧之增日多，宣淫日甚，檀施亦日益不赀矣，盖其根株俱在内庭。以世宗英断，尚不能铲除，况后世乎？自丁亥后又十年，而霍文敏韬为南礼卿，首逐尼僧，尽毁其庵，金陵一片地顿尔清净。霍去而尼复集，庵复兴，更倍往日矣。

是时上又下密谕阁臣曰：“朕又将有议此等额名之意，并告卿知，夫顺天、保明者，明是我朝国号，此言尼僧之祖，能顺圣祖奉天开极，此惟皇天命之，何待后日以一妖尼能保大明也哉？”又云：“皇姑者尤不好听，言我皇家之姑也。当时此寺云敕赐，不云敕建，便可见非祖宗本意也，故朕深嫉之，因与卿密知之。”观世宗屡谕，不特明晰事理，且曲揣人情，真是禹鼎秦镜，且开谕辅弼，曲体两宫之意。然实录中仅载一二语，不能如此详明，不知述史者何所讳也？予今所纪，亦仅十之四五耳。

予向曾记汰尼，因及皇姑寺始末，然不如此之核，因再述世宗屡诏，以见先朝遏邪之严。

衣　钵

初祖衣钵，留粤东之黄梅寺，宝藏至今。至嘉靖初年，魏恭简庄渠校督学其地，借观之，扑碎于地，名为辟异端，今存者以漆胶，非复完物，惟衣尚无恙耳。此等见解，与张永嘉贬损孔庙何异？即尽废佾舞，圣衷未必慢，尽焚衣钵，宗风未必坠，真所谓蚍蜉撼泰山，不满两圣人一笑也。况初祖衣钵，不过与孔子履等，后人自不忘本，珍收之耳。庄渠与王新建争名，晚投桂安仁幕，何异端之能辟哉。

孔子履在晋武库中，元康中已与王莽头同焚矣。至宋靖康，金人掳去古物，又有女娲琴、孔子履，何耶？岂宣尼行縢尚留两纳耶？又唐宣宗令有司仿孔子履名鲁风鞋，宰相以下俱效之，号遵王履，则似孔子履未焚也，俟再质之博洽者。

京师敕建寺

本朝主上及东宫与诸王降生，俱剃度童幼替身出家，不知何所缘起，意者沿故元遗俗也。今京师城南有海会寺者，传闻为先帝穆宗初生受厘之所，今上万历二年重修，已称巨丽，本年又于城之西南隅鼎建承恩寺，其壮伟又有加焉。今上替身僧志善以左善世住持其中，盖从龙泉寺移锡于此。其在城外者曰慈寿寺，去阜城门八里，则圣母慈圣皇太后所建。盖正德间大珰谷大用故地，始于万历四年，凡二岁告成。入山门即有窣堵坡，高入云表，名永安塔，华焕精严，真如游化城乐邦，所费甚多，盖慈圣既捐帑，各邸俱助之，因得速就如此。至五年之三月，今上又自建万寿寺于西直门外七里。先是，京师有番经、汉经二厂，年久颓圮，穆皇命重修，未竟，上移贮汉经于其中。其正殿曰大延寿，阁曰宁安，重楼复榭，隐映蔽亏，视慈寿寺又加丽焉。其后垒石为三山，以奉西方三大士，盖像普陀、清凉、峨眉，凡占地四顷有奇，亦浃岁即成。时司礼故大珰冯保领其事，先助万金，潞邸及诸公主诸妃嫔以至各中贵，无不捐资。其藻绘丹腹，视金陵三大刹不啻倍蓰，盖塔庙之极盛，几同《洛阳伽蓝记》所云矣。予再游万寿时，正值寺衲为主上祝厘,其梵呗者几千人,声如海潮音。内主僧年未二十,美如倩妇,问之亦上替僧,但怪其太少,盖志善者已谢世,此又代职者,自承恩移居此中耳。时上从内府赐出永乐间所铸铜钟,内外范华严全部,婆娑环读,此身真在忉利天宫也。以上诸刹俱帝后出供奉之羡,鸠工聚材,一以大珰莅之,有司例不与闻,民间若不知有大役,亦太平佳话也。先是,万历二年,仁圣太后亦出羡金建仁寿寺于城南数里,直至十三年始报竣。

此外京城内有大隆福寺为景帝所建,至撤英宗南内木石助之,未几,又从山西巡抚都御史朱鉴言,谓风水当有所避,乃命闭正门不开,禁钟鼓声,又拆寺门碑坊所谓第一丛林者,而无救于祸难。成化间又以妖僧继晓建护国大永昌寺,致劳宪宗亲幸,不逾时晓诛寺毁,此皆聚民膏血所成。二寺俱逼近禁御,隆福今尚存,而永昌则无寸椽片瓦矣。

僧家考课

两京僧人俱属祠部,每缺住持,则祠部郎中考其高下,以居首者填补。往游金陵,见三大寺首僧仪从甚都,盖灵谷、天界、报恩三大刹为最,所领僧几千人,而栖霞等五寺次之。灵谷寺住持年甫弱冠,姿貌清粹,出考卷见示,则皆四股八比,与儒家无异,亦有新词绮句,其题则出《金刚》、《楞严》诸经,其入选者亦称祠部郎为座师,呼其同辈为敝寅,堪为破颜。按,僧寺高下,起于宋南渡,等级截然,杭州五大刹俱御前亲领,最为崇赫,以故集庆寺为阎贵妃香火,理宗特加隆异,遂有"净慈、灵隐、三天竺,不及阎妃两片皮"之嘲。故元奉佛尤甚,其奢僭至无等,本朝大为之节制,然而禅规亦严。尝见天界寺廊庑出示,推升诸僧职事,则云某人升某座,某人升维摩诸职,其后著年月用印,一如铨曹文榜,但不知他寺何如耳。

吴江异人

吴江为吴郡壮县,然俗嚣浮好讼,比于他邑为难治。而异人则间出,如嘉靖间周恭肃用,以秉铨清慎著名。其先世农家,幼时学画于沈石田，甫数月，沈即呼周封公语之曰："此子非以绘事终者，宜令习举业，图致云霄。"封公以贫辞，沈曰："吾友钱鹤滩能文，盍往师之。"遂代为束修往谒。未几，钱以会、状二元去，则又曰吾友毛白川，亦钱之亚，又为资遣之。迨毛举状元，而周业成，遂登进士以至穹显。予尝见周画数幅，皆手题诗于上，画入荆关之室，后询问故老始得其始末。此后则达观师，世所谓紫柏老人者，本吴江人，后讳言之。其聪明机辨，实宇内无两，晚游京师，慈圣太后与今上俱礼重之，卒以癸卯妖书株连及难。然其人自是异人，用能奔走天下，后来名宿如林，未有能及之者。次则杜静台，名伟，少孤贫，自鬻于大姓沈氏。沈长子曰位，书经名家，号虹台，举甲子乡试第二，先大父所取士也，伟与之同榜。初，伟为童子，侍虹台砚席，亦学为文，师友异之，令同肄业，骎出虹台之上，遂易姓名为兄弟，偕入泮宫，同乡举。既位连登乙丑高第，入词林，伟久困公车，偶以闺阁里言，密献规于位。位不纳，反嬉笑曰："老杜且休矣。"伟始大恚："是且不屑与我雁行矣。"遂复本姓。位寻以奉差死非命，杜为经纪家事，且正其家风，有同气所难者。后谒选为南阳推官，以卓异召入，仅得工曹，抽税荆州，不持一文归，但市一沙枋棺以奉老母，终以贫困死。时同乡申、王二相，与同社契厚，不及援之华要，议者以为未允。又一词客名俞策者，后改名安期，故周恭肃家仆也，侍恭肃孙号九三者同为文。初亦以杜静台故事期之，主人既清狂不慧，俞亦不娴于文，遂去习为诗，整丽有声于时。游太函、弇州、甔甀、云杜之门，俱亟称许为才士，近来山人殊未见其比，皆吴江一邑所产也。其邑人曰："子所称予乡异人，果不谬，但一解不如一解耳。"予无以应。

紫柏拈偈

紫柏尝拈七佛偈中之一云："假借四大以为身，心本无生因境有，前境若无心亦无，罪福如幻起亦灭。"自谓已证得一句半耳。向日冯祭酒与之同席，主人出馔蟹甚肥，冯手擘之，自讼曰："是不宜吃，无奈口馋何？"紫柏振声以杖击之："汝但恣啖，不过识神偶昧，今明知其非，强作悯怜状，此真泥犁种子，非吾徒也。"坐中皆颡首服。娄上王荆石相公传一稀痘方，服之无不验，后传渐广，效亦渐微。紫柏以难王宇泰太史，诘其故，王曰："众生业重，立方之人心力几何，不能转之故也。"紫柏叹以为然。予恨见之晚，不及酬对。

紫柏评晦庵

董思白太史尝云：程、苏之学，角立于元祐，而苏不能胜。至我明姚江出，以良知之说变动宇内，士人靡然从之，其说非出于苏，而血脉则苏也，程朱之学几于不振。紫柏老人每言晦翁精神止可五百年，真知言哉。董盖习闻其说而心服之。然姚江身后其高足王龙溪辈，传罗近溪、李见罗，是为江西一派；传唐一庵、许敬庵，是为浙江一派；最后杨复所自粤东起，则又用陈白沙绪余，而演罗近溪近脉，与敬庵同为南京卿贰，分曹讲学，各立门户，以致并入弹章；而楚中耿天台、淑台伯仲，又以别派行南中；最后李卓吾出，又独创特解，一扫而空之。今锡山诸公，又祖杨龟山，特于朱、陆异同辨晰精核，则二程渊源，又将显著中天矣。

紫柏祸本

紫柏老人，气盖一世，能于机锋笼罩豪杰，于士大夫中最赏冯开之祭酒、于中甫比部，于即冯礼闱弟子也。紫柏既北游，适有吴江人沈令誉者，亦其高足也，以医游京师，且久。值癸卯秋，中甫以故官起家至京师，次揆沈归德为于乡试座师，其时与首揆沈四明正水火，而于于师门最厚。时太仓王吏部囧伯，与于同门，日夕出入次揆之门，四明已侧目矣。会江夏郭宗伯以楚事劾首揆待命，郭与于同年中莫逆，于之召起，王、郭俱有力焉，因相与过从无间，首揆益不乐。沈令誉因王、于之交，亦得与郭宗伯往还，每众中大言以市重。适妖书事起，巡城御史康丕扬捕令誉，搜其寓，尽得紫柏、王、于二公手书，入呈御览，上始疑臣下与游客交结，并疑江夏矣。紫柏书中又云："慈圣太后欲建招提见处，而主上靳不与，安得云孝？"上始大怒，狱事遂不可解，然未尝有意杀之也。紫柏自以狴犴法酷，示寂于狱，槥归，屡示灵异，比及荼毗，得坚固子无算，今遗塔在径山中峰；沈令誉者亦从轻典放归,足征圣主之无成心矣。

己亥庚子间,楚中袁玉蟠太史同弟中郎,与皖上吴本如、蜀中黄慎轩最契,后则浙中陶石篑以名元起家继至,相与聚谈禅学,旬月必有会,高明士夫翕然从之。时沈四明柄政,闻而憎之,其憎黄尤切。至辛丑,紫柏师入都,江左名公既久持瓶钵,一时中禁大珰趋之如真赴灵山佛会,又游客辈附景希光,不免太丘道广之恨,非复袁陶净社景象,以故黄慎轩最心非之。初四明欲借紫柏以挤黄,既知其不合,意稍解,而黄亦觉物情渐异,又白简暗抨之,引疾归。时玉蟠先亡,中郎亦去,石篑以典试出,其社遂散。未几大狱陡兴,诸公窜逐,紫柏竟罹其祸,真定业难逃哉。

二大教主

温陵李卓吾,聪明盖代,议论间有过奇,然快谈雄辨,益人意智不少,秣陵焦弱侯、泌水刘晋川皆推尊为圣人。流寓麻城,与余友丘长孺一见莫逆,因共彼中士女谈道,刻有《观音问》等书,忌者遂以帏箔疑之。然此老狷性如铁,不足污也,独与黄陂耿楚侗定向深仇,至詈为奸逆,则似稍过。壬寅,曾抵郊外极乐寺,寻通州马诚所经纶侍御,留寓于家,忽蜚语传京师云:"卓吾著书丑诋四明相公。"四明恨甚,踪迹无所得,礼垣都谏张诚宇明远遂特疏劾之,逮下法司,亦未必欲遽置之死。李愤极自裁,马悔恨亦病卒。次年癸卯妖书事起,连及郭江夏并郭所厚者数君,御史康骧汉丕扬因劾达观师,捕下狱,有一蠢郎曹姓者,笞之三十,师不胜恚,发病殁。师已倦游,无意再游辇下,有高足名流方起废,促之行,师遂欲大兴其教。慈圣太后素所钦重,亦有意令来创一大寺处之,不意伏机一发,祸不旋踵,两年间丧二导师,宗风顿坠,可为怪叹。虽俱出四明相公力,然通人开士,只宜匿迹川岩,了彻性命,京师名利之场,岂隐流所可托足,郭泰、申屠蟠所以不可及也。

憨山之谴

憨山大师名德清,其行辈稍后紫柏,而相厚善,后以争名稍疏。

紫柏名振东南,缙绅趋之如鹜,憨自度不能胜,乃北游至山东莱州即墨县之大劳山,有一废兰若,因葺而居之。道俗皈依,名其地曰海印,渐成大丛林。大珰辈慕之,争往顶礼。时慈圣太后宫近幸张本者,尤尊信,言之太后,内出全藏经赐之,时分赐者不止劳山一处,张本遽填海印寺给与,一时缁素俱艳妒之。适即墨有无赖羽人耿义兰者,诡云其地曾为道院故址,今宜复归黄冠,其意不过需索金帛耳。憨既不酬,且诟辱之。义兰忿甚,遂入奏于朝,又捏造道宫故名,自称道童。上大怒,命缇骑逮德清至京治之,拷掠无算,尽夷其居室。憨系狱良久,后始谪发粤中充戍,而张本者至以诈传懿旨论死。盖主上素信竺乾,但事涉宫闱,必震怒不解,加等大创,此乙未年事也。至癸卯冬,紫柏得罪,亦以交通禁掖,遂不免于死。初憨师在诏狱时,以梵教化导诸囚,皆感泣虔事,日夕呗诵,比出狱时,嗟叹曰:"好个道场,又将舍弃,可惜!可惜!"其言亦可存也。

劳山亦名牢盛山,吴王夫差登此,得灵宝度人经,秦始皇亦上此山,以望蓬莱,逢萌归自辽东,修真于其中,乐正子长又于此得道,李白诗云:"我昔东海上,劳山餐紫霞,亲见安期生,食枣大如瓜。"此皆神仙典故,而释氏无闻焉,则耿道童单词或非妄乎?附纪以资捧腹。

雪浪被逐

雪浪名洪恩,初号三淮,本金陵名家子,弃俗为僧,敏慧能诗,博通梵夹,为讲师翘楚,貌亦颀伟,辨才无碍,多游缙绅间。金陵大报恩寺塔,壮丽为海内第一,嘉靖四十二年寺被毁,塔亦渐圮,雪浪募修之,始复旧观。然性佻达,不拘细行,友人辈挈之游狭邪,初不峻拒,或曲宴观剧,亦欣然往就。时有寇四儿名文华者,负坊曲盛名,每具伊蒲之馔,邀之屏阁,或时一赴,时议哗然,遂有摩登伽鸠摩罗什之谤,实不至此。江夏郭明龙为南祭酒,极憎之,至书檄驱逐,历叙其淫媟诸状,几不可闻。或云雪浪曾背诽郭诗,为其同侪缁徒所憎,以致郭切齿,未知然否。雪浪自此汗漫江湖,曾主吴越间,士女如狂,受戒礼拜者摩肩接踵,城郭为之罢市。雪浪有侍者数人,皆韶年丽质,被服纨绮,即袒衣亦必红紫,几同烟粉之饰。予曾疑之,以问冯开之祭酒："比丘举动如此，果于禅律有碍否？"冯笑曰："正如吾辈蓄十数婢妾，他日何害生西方、登正觉耶？"其爱护之如此，然郭即代冯为司成者，亦最相善。

禅林诸名宿

竺乾一时尊夙，尽在东南，最著则为莲池、达观两太宗主。然二老行径迥异，莲专以西方直指化诱后学，达则聪明超悟，欲以机锋言下醒人；莲枯守三条椽下，跬步不出，达则折芦飞锡，所在皈依。二老各立教门，虽不相下，亦不相笑。其后达老示寂狱中，莲拊膺悼叹，亦微咎其昧于明哲，如白香山诗云："当君白首同归日，是我青山独往时。"寓意甚远，非幸灾也。大抵莲老一派，主于静默，维修净土者遵之；而达老直捷痛快，佻达少年骤闻无不心折。其时雪浪洪恩，本讲经法师，而风流文藻，辨博自喜，有支郎畜马剪鹤之风，则莲老颇不谓然。盖近日丛林议论，崇尚宗门，主于单刀入阵，寸铁杀入，而鄙禅修为龌龊，如雪浪辈不禅不宗，又欲兼有禅宗之美矣。憨山归自粤中，声誉转盛，来游吴越，一时俊少以得奉盘匜、涤溲器为幸，而大家妻女，檀施悲泣，求片语拔度而不得，盖雪、憨所至皆然。雪先下世，憨则至今神旺如盛年，乃謦欬间多趋缙绅谈时局，以是信向者愈繁，又作达老塔铭，语含讥讽，识者遂微有后言。至如近日宗门诸名下，争以坛坫自高，相驳相嘲，以至相妒相訾，真一解不如一解矣。

憨师每至佛寺登大雄殿说法，及受诸供养礼拜，俱南面正坐，寺僧以大被遮蔽三世尊像设，一如地方官长游宴庵观之体。余窃疑之，如来为空门导师，犹之儒教中孔孟，我圣门之徒，大儒授经，必无踞大成殿背孔子四配自升高座之理。亦曾托友微规之，度未必首肯也。近见二三讲师，亦效其体以自尊大，真可谓无忌惮矣。又曾见憨老投刺署名奇大，埒阁部大老，尤骇之。

西僧

余往年庚子在武林应试时，正秋七月，遇一西僧于冯开之年伯家。其人约年四十，日夜趺坐不卧，食能斗许，亦可不食连旬，不饥，便液亦较常人仅十之一，每十日去若羊矢者三五而已。能持彼国经咒，以炭炽铁釜洞赤，擎掌上，拈指其中，取百沸汤沃人肌，寒如冰雪，亦能以咒禁疟痢等疾，盖其地去中国数万里，涂中奇鬼毒蛇怪兽相挠，非借咒力禁持，必不能达，此特其小技耳。别后十许年，予在都下游西山弘化寺，遇西僧数辈，持螺唱梵，胡拜于佛前，内有一人屡睨予良久，曰："公得非沈姓乎？"余怪问之，则庚子武林所遇也，面目尽改，全非殊域气貌，且为华言不能梵语。余询其行业精进如何？则大悲哭曰："自别公入京，已茹荤酒，出入声利场中，即经咒已无寸验，何论白业？"又问其溲寝如旧否，则云日苦大小便频数，夜卧鼾声达旦，留尘世亦不久矣。相与歔欷，各叹老大无成，侵寻鬼录，洒泣而散，此后不复再见。

僧彗秀

义兴僧孤松名慧秀，能诗有俊调，其人亦潇洒不俗，为吴彻如正志比部所厚，筑庵居之。予壬子游阳羡，吴馆余于庵，与同朝夕，每谓余欲返初服，以诗行人间。初犹劝止，继见其意不回，余亦北上不及再阻。未几，吴转江右兵使出山，慧秀遂弃瓢笠称山人，茹荤娶妇。余归家后，不复通闻问。忽闻其病亡，固已讶之，未几彻如长君允执名洪亮者，试南宫归未久，亦暴疾早世。其初得疾时，梦慧秀被桎梏至，词旨酸楚，且云："我不合为僧不了，犯如来戒，得罪将入重狱，始不胜拷掠，已引公曾相劝诱为解，冀得轻比，不意冥司弥怒，并将逮公谳决，今期至矣。"吴惊悸汗流，醒而沉剧以至不起。

塔异

云南姚安府大姚县西有白塔，上有唐尉迟监造字，弘治间县地震而塔中裂，再震复合如故。又闻大理府城中有三塔，遇地大震，三塔俱裂开二尺许，人谓必倾，次日地复震，裂者复合，略无痕迹。佛力神通初不在此，然当此末法，欲坚愚俗信心，故出此奇以示遐方耳。汉世谓滇池为邪龙，云南盖苦龙为孽也，今乃以震表异，得非神龙皈依正法，乘大地震动，神其变化耶？

塔影

尝闻暗处视明，则影皆倒垂，而实不然。南京牛首山寺塔，其影独照伽蓝殿上供桌，倒立甚分明，而他处则不然。北京彰义门外天宁寺塔，每于殿门偃时窥之，其影亦倒，而他寺有塔者以试之则正现故也，物理之不可晓如此。

真人封号之异

太祖封张正常为真人，以嗣龙虎山之业，其号不过十字。宣宗宠刘渊然真人，封号至十八字而极矣。此后恩渐杀，惟嘉靖间邵元节之封，其真人号亦同渊然，虽一时异数，然两朝滥典，人以为骇，不知宪宗朝亦有之。成化廿三年，诏赠"静一冲玄守道清修履和养默崇教抱朴安恬真人"，盖亦十八字，而世无能记忆者。盖其时左道杂进，如邓常恩、赵玉芝辈方横甚，则真人又为恒事矣。至弘治十七年，上命阁臣撰真人杜永祺等诰命，刘健等力谏，以为宗庙谥号不过十六字，而此辈封号乃多至十八字，宜令停止，则滥典亦如成化间矣。若嘉靖末年陶仲文封伯加柱国荫玺丞，其真人号遂至二十字，此又当别论。

成化一朝，僧道俱幸，如西僧则札巴坚参封至三十余字，盖沿故元旧俗，并袭永乐间哈立麻例也，乃至佛子国师之属，并中国冒名者，讲经觉义，每一旨传升数十，其时僧道官各数千人。先是，以星变更化，李孜省降职，僧继晓遣归矣，至成化二十三年，复召孜省进礼部左侍郎，而先建大永昌寺以居继晓者，初亦废撤，至是重建，其宏丽绵亘更倍于昔。未几上晏驾罢役，二人亦正法矣。若世宗朝，惟玄门见礼，而释氏几废灭。

羽流不列清班

孝宗末年，道士崔志端掌太常，带衔为礼部尚书，会上御经筵，旧例六卿得陪列，志端独不预，乃上疏自请云："忝列春卿之长，而经筵见摈，非宜。"上下其事，大臣议之，辅臣等谓孔孟之言，非黄冠所习，不宜厕从。上是之，寝其奏不行。今上己卯冬，龙虎山真人张国祥以朝觐入朝，缀班二品，上御门望见道冠羽衣，以为服饰不雅，不足以肃观瞻，即下圣谕："他是方外之人，焉用朝参？又无民社之寄，何须入觐？自今非奉召命不必来京。"二圣于异端，处置恰当，真不恶而严矣。

己卯后数年，仍命张国祥三年一觐，言官争之不听。又至京师辄久留不去，盖中官辈诳上以祝延圣寿建醮为词，然终不得预朝会。

月 中 仙 人

徽废王载埨在国时，奉玄为世庙所宠，锡真人号及印。尝于八月十五日，凝坐望天际，忽有一鹤从月下飞下殿亭，鹤载一羽士，真神仙中人也。王喜，急礼之，与谈大快，因问师来有所请否，对曰："广寒宫年久颓敝，将更新之，他材已备，惟少一梁，愿王留意。"王辞以力薄，恐不办此。羽士曰："不必具材，但需银皮傅梁上，约万金足矣。"因示广袤长短之数，姑令制就，明年此日来取，复乘鹤飞去。王果如言琢就龙凤花纹甚工，至明年中秋，则羽衣者从月飞下，添鹤一只，顶礼为谢，身跨一鹤，以一鹤衔银梁返月宫。王大骇，以为飞举可卜。忽一日有司擒道士之宿娼者来，疑其为盗，盖以龙文银作夜合资，为剌奸者所踪迹，拷问之，则对以诱骗徽府所得。其人为武当羽人，向日跨鹤者，乃寓居方士也，往捕之，仅得分银道士数辈，方士已宵遁矣。乃知其时分宜相治第，有鹤成群绕其新构，分宜为文纪其瑞，皆一时方士所为也。宋真宗视朝罢，招大臣入宴，后潜游蓬岛，及徽宗郊天见空中真仙云物楼台，总之皆幻术耳。

载埨为英宗玄孙，世宗从侄，建国仅四世，与世宗同好道，同师陶仲文，所坐又小，乃削爵土自杀，妃嫔从死者又数十人，子孙不绍，罚不蔽罪，其中必有说。

道 士 娶 妻

世宗宠任羽流，虽多异典，然有处分最可笑者。如掌太常寺礼部左侍郎金赟仁，以三年考满求荫其徒协律郎陈自遐，科臣执奏，谓荫叙无及异姓之例，而礼部之请姑升自遐一级，乃以自遐为太常典簿，不为例，已属好笑。时严分宜为礼卿，其逢迎上意，亦何足责。甫逾年而赟仁与自遏各私娶妻，即居神乐观中，且毁天坛地以广私室，为乐舞生所发。上下刑部议罪，发赟仁为民，自遏永戍边卫。此二人既以娶妇得罪，又安得有子孙世从戎哉！其师以无妻子荫其徒矣，其徒荷戈时，又必照例佥妻起解，方有后人免勾补耳。当时礼官刑官惟知窥上意向，不顾国法，乖舛至此，真可笑可恨。

其后工部尚书徐可成荫徒昝义金为太常博士，又全用金赟仁例矣。

二 瘸 子

成化中，有襄阳人王臣者，以跛名瘸子，用方术见幸，自云能立成黄金。上信之，拜锦衣千户，命同太监王敬下江南，采诸药以备点化。至吴越间，黩肆万状，几激变乱，被劾伏诛。嘉靖中段瘸子者，亦以方药进上，赐高士真人之号，宠甚至。今京师有红炉厂，为易州场交纳供炭之所，世宗辍以赐段为第宅，今已废罢，尚存旧名。二人俱废疾，俱以房中术左道蛊惑圣聪，俱事败得罪，人犹以段不得正典刑为恨。王臣能使木人诸幻异，皆奇绝，少尝犯死罪，为官法刑损其股，事详各纪载。

段 朝 用

段瘸子名朝用，庐州合肥人，自言工点化之术。初以术干翊国公郭勋，勋筑丹室居之，以所炼为仙银，制器百余，云饮食用之可不死。因秉一真人陶仲文进之上，上大悦，以荐二亲几筵，又次第及八庙。朝用又进银万两，助雷坛工费，上益以为忠爱，授之紫府宣忠高士。朝用因请岁进银数万金以资国用，上命朝用支文官正五品俸，加郭勋禄岁百石，已而其术渐不验。有徒王子岩者害其宠，乃发其诸诬秽隐恶，日哄仲文所，仲文惧累及，上章请禁子岩，仍责朝用岁办银四万两供用。上曰："黄白之术，自昔有之，非真有道术者不能。卿初荐朝用及彼进银，朕亦信之，以其足代民膏血也，却屡试不效，何预卿事？"令俱执赴锦衣镇抚司拷问，已而贷朝用，改为羽林卫千户，又改紫府宣忠仙人。时郭勋已进翊国公，得罪下狱，未测上指。朝用遂谋行骗，执勋奴榜掠之，且曰："归语而主，馈我金十万，当免而主追赃。"勋奴不应，系之，其夕死。朝用知不可掩，乃上言勋奴行刺，为己所觉，邂逅致毙，且署衔为羽林千户。上怒，以朝用已改官不受命，又于禁日奏私事擅杀人，下诏狱讯治，法司议显戮，没入妻子财产，朝用与勋相继瘐死于狱。

二十七年，又赐方士郭弘经号清微辅教志静宣诚高士，王永宁清微辅道翊范通真高士，各铸印以赐。后二十九年，二人亦进真人。

方士亡两国

梁散人者名高辅，俗呼梁指甲，先游钧川，得幸于徽府。时徽王载埨好长生家言，因宠异加等，旋因陶典恩荐于世宗，顿荷上恩，亚于陶矣。上一日与梁谈徽邸事，问王为何如人。时王已封真人赐金印，如其父，礼遇冠诸藩。不谓梁以索药事恨徽未发，适荷清问，遂盛夸载埨材武，尝鱼服游凤阳祖陵，往还无人能觉。上愕然，不复他询，则徽祸本已成矣。会载埨强夺州民女又杀之，为其父所讦，上心衔埨微行事，遂决意废之，载埨自杀。又七年而伊邸事起。伊王典楧在国多不法，又所封洛阳，古都会，仕绅素贵倨，王每事裁抑之，令执臣礼不少假，于是聚谋攻之。然亦好道，与梁指甲厚善，中道失欢。梁既得上眷，日夜侍左右，因稍谈典楧诸淫僭。适抚按屡陈其横恣，上命撤所建违式宫殿，出他奸占宫女。典楧佯顺命，不即遵行，抚按故甚其辞以激上怒。上入梁譖既深，亦削爵废国，锢之高墙。按，梁高辅本南阳一左道无赖，徽、伊两主，误为所蛊，卒困铄金，相继夷灭，问其罪状，则徽且不至失国，况伊之衅，又不过徽之十一耳，何必八公然后能亡淮南哉。

道士入直内廷

道士袭中佩者，幼入昆山县之猛将庙，落魄贫苦，漫游京师，因入真人陶仲文名下，得交撰青词诸人。其人愚憨好酒，乃羽人之下劣者，然幼熟道书，尽知诸神名号，入直诸老时从考问诸灵位业，遂为婚娶，荐为太常博士，驯至太常少卿。上命入内廷教习诸宫人科仪，然时酣酗侮诸中贵，因恨思中之。一日出饮于刑部郎邵畯家，上偶呼不至，为诸珰所谮。上大怒，下诏狱杖死。世宗宫闱防范最严，何以容一醉道士出入禁籞，此与武宗朝西僧直豹房何异？虽即诛殛，已非体矣。

乐工道士之横

伶官之盛，莫过正德；道流之盛，莫过嘉靖，然成化间已滥觞矣。如教坊司奉銮臧庸奏：旧制宿娼者犯罪，追赃不得累及乐户，且乐户犯罪，止由礼部行提，别衙门不得擅拘，宜遵此制。上下刑部议，谓盗贼赌博多匿娼家，其不知者宜依旧制，其知而容隐者，仍究问为是，若犯罪者则不由兵马拘提，宜如所奏，上允之。以伶人而敢于挠法，且上渎圣听，既不以为忤，而下之司寇，乃刑官亦依违曲从之，亦异矣。此事不一月，又有太常卿顾玒者，自陈在显灵宫奉祀香火年久，今妻王氏病故，乞赐祭葬。上下礼部议谓，三品妻旧无祭葬。近例更严，不宜许。上命与之，不为例。按玒以道士为庙祝，安得容娶妻，乃公然形之奏疏，宗伯亦不为骇怪，但以无例尼之。是时大臣，几于七圣俱迷矣。嘉靖间道士徐可成亦至礼部尚书，但荫其徒昝义金，而不及其妻，则犹方外行径也。

真人诸印俱备

玉印惟天子玺有之，此外则金银铜以次递降，从来未有兼得之者。龙虎山张氏四十二代天师名正常者，以洪武初入朝，高皇帝命去天师之号，改为大真人，秩正二品，赐以银印。至其子宇初奏云：钦给真人银印，止敢用之所上表笺，前朝旧有正一玄坛之印，乃用之符箓者，乞如例颁给。上允其请，命铸铜印，照六品式赐之。至英宗朝又命改其旧赐正嗣教大真人银印为金，以示宠异，而张氏之僭窃极矣。至孝宗朝则又别赐玉印曰阳平治都功印，盖相传张氏始祖道陵得道，旧有此印，乃云雷篆，又上虑其遗失，别作此以赐，于是金银铜玉无所不备，真异端中怪事也。穆宗革其真人二品穹爵，降为提点六品，并追所赐玉印，天下称快。至今上初年，又复其初号，想孝宗赐印亦给还矣。

按世宗最宠方士，如邵元节、陶仲文俱拜白玉、乌玉印章之赐，而无金银与铜，且皆别号私记，如西番法王等图书而已，不以施之笺奏也。宪宗赐李孜省、赵玉芝辈亦然，至徽王、辽王俱于嘉靖中附会事玄，得赐真人金印，则亲王例得用金宝，尚为有说。

卷二十八

神　　仙

谈相徐爵遇神人

　　中书谈相者，号术泉，自胥史起。幼工署书，以贫悴入京师。时世宗方事祈祷，一切斋坛拜章及匾联之属，诸供奉所书，多不称旨，相夤缘中贵得进，上一见其笔札，即召见。相貌甚似李太宰默、严少师嵩，因大惬圣意，命直文华殿及入西苑官至光禄少卿，以骄恣入大计拾遗，与中允郭希颜俱奉旨留用，寻积劳至工部左侍郎，赐飞鱼服。母死求丁忧，不许，求给假葬母，许之。钦限半年复任，而相恋伎乐纵饮，不即行。上怒，令抚按逮来。时相因醉跌伤一臂，不能从陆，乃轻舟亟进，意不过镌阶供事而已。舟人所事神忽灵见，时召相与语，呼为谈侍郎，日夕相酬答，惟问以后来事，则不应。至京论斩，次年死于市。今上初有徐爵者，号樵野，粗能文艺，以罪遣戍，寻逃伍入京，素娴刀笔，遂入大珰冯保幕，为洗罪籍，积官至锦衣都指挥同知，理南镇抚司。江陵相亦曲意礼接之，声势震远近。生平事一神最严，初得志，神教以茹素，可长保富贵，不尔，祸且立至。后徐饮于张蒲坂相公家，强以一脔，爵拒之，不听，遂染指，归邸，神即尤之曰："汝败不旋踵矣。"爵惧，绝荤血如初。神曰："大祸已成，无益也。"未几保败，爵坐大辟瘐死狱中。二人俱市井狙狯，本无足道，然亦以小慧寸长坐致华朊，又有神物附之，似非偶然。究终不能救其败，所谓"国将亡，听于神"，二人神魄盖已为鬼趣所簿录矣。谈为予邑人，故知之甚详，余儿时在京师，则徐正系狱，都人争道其事。

神佛佑人再生

隆庆初元丁卯之秋七月，江西临江人张克文与弟尧文俱乡贡士，同入京会试，抵桃源而弟病已革矣。克文为治椟将殓之，忽有人绕舟呼曰："是且不死。"克文痛哭，尚在疑信间，又有呼者曰："关先生怜子友爱，故来相报，幸勿失之。"乃移弟尸至野庙中，日夕走关庙祈祷其生，舟人怪笑，皆弃之去，其后竟生，以仲秋十八日苏，死几二十日矣。克文登戊辰进士，为工部郎，其座师余文敏为文纪之。近日丁酉年南比部何君，浙之上虞人也。有女年十六，素事佛，久断荤血矣。至其春二月十七日长逝，亦将就木，有侍儿见其蠕蠕动，始报其母。来则呼姆者再，母持之问何来，则曰："我往庙中，见侍卫森严，诸神咸指曰是女当生为某官家男子，始知身死，因以情祈念父母不忍诀。俄有佛庞眉古貌，自称上元，云汝前生为我弟子，故我见汝犹怜，当令汝还。诸神皆诺，因得苏。"然食饮俱不纳，无生趣。越二日，又梦观世音持药疗之，又同上元赐以桃，又令握笔传梵书，勉以敬神持善，凡千百言。其父归，偕同舍郎读之，字皆若仓颉，不甚辨，相与惊怪，自此渐复人理，凡九日而如初。此何君同官徐水部时进目睹所纪。盖女又传上元言，徐当三月朔举一儿，至期果然，因益异之。今世再生者多矣，百灵之显赫亦不少矣，惟关侯与大士能奔走天下，愚智无异词。今睹此二事，则肉白骨而生之，明著奇怪，宜宇内之崇奉不衰也。

记　前　生

虞德园淳熙吏部曾为余言，记得前生为张秋左近河堰间土地，人烟稀少，香火萧条，偶无聊策杖散步，至闸上，见津吏奔走，冠盖如云，急侦之，乃一吏部郎经过也，因心艳之，旋谒上帝，大被嗔责，云汝且迁冥中要秩，奚羡此尘世热官？遂令生凡间，俾如所愿。时虞清望素著，旦夕将出山矣，予心念曰所言若信，其兆不佳。以社公而改铨部，为黜为陟总未可知，然前生所望已酬，恐名位止此矣。其后启事屡登，竟老林壑，果如所卜。

张三丰

张三丰在国初灵迹，纪传所载甚著，而于隆平侯事尤奇，则时所罕传，今记之。张三丰名猷，初为闽狱吏，洪武中以罪戍四川平越卫，未至，伪浴沉于水，尽得各司回文与解者令归，人始神之。及居平越卫，其长为千户张信，故直隶临淮人，以功得今官，待三丰甚厚。一日谓信云："吾已为汝父得葬地，以报汝德。"命负其父骨入一岩穴，曰："汝入当有所见，亟置口中，其后贵不可言。"信如所教，入，有石牛欲相唊，甚怖，仅挂其角而出。三丰叹曰："止可得封侯耳。"又命持金椎击洞门石令断，且嘱以止可出二三击。信往，击至七方断，则见金鱼凌空去，归而告之。三丰又叹曰："惜乎！汝今八口且死当尽，仅留汝乃贵。"后十年，一家亡七人。信以子身从文皇靖难，洪武三十五年，封隆平侯世爵，至今二百余年不绝也。信封后至永乐十二年，奉命祭武当山，复见三丰于山中，饮以茶，饲以一枣，信袖之，出山取视，则已长尺余矣，其异如此。一云三丰即张邋遢，未知然否。又云三丰为辽东懿州人，名君宝，一云陕西宝鸡人。

仙女保荐

永乐间，仙女焦奉真奉诏召入京，荐其母舅冯仲彝为太常寺丞。仲彝卒，奉真又奏以冯孙名必正者为真武庙官，寻升赞礼郎矣。至正统十二年，仙女又奏请乞升，上命特升为太常寺丞。至正统十四年十二月，给事中林聪等劾南太常卿寺丞冯必正为妖妇焦奉真之侄，邪佞进身，不由其道，当斥。吏部覆奏当如议，遂削职为民。此女之果仙与否未可知，然历事四朝，屡祈恩泽，有求必允，此必有深当圣心者，意者南塘耿先生之流欤？但其身曾否承恩，则未可考。

按，永乐二十二年，仁宗初即位，仲彝以妄言甥女为谪仙人，降江西南康府照磨矣，何以英宗朝又允仙女之言，用其孙为容台上佐，驯至列卿也？其中必有故。

仙姑避迹

参议顾可学从林下献秘方于世宗,得召入为礼部尚书。上命有事于太和山,其中石门山者,有仙姑不食不衣不寝,能知未来事,顾至其地求见不得,归而密奏之。上心动,令巡按御史谷崃以礼资遣入京。命甫下,仙姑已知其事,焚所居而遁,比诏使至,已不可踪迹。至嘉靖末年,上春秋高,自觉渐衰,益求长生之术,乃遣御史姜儆、王大任分行天下,求异人异书。而王得湖广,专以仙姑事属之,闻其行滕入岳州,乃嘱彼守令示意。仙姑辞曰:"我无秘术,但能绝粒,此非帝王事,使者偕我入朝,其技止此,御史且得罪,奈何?"王无以难,仅得方士刘文彬等报命。上恐绝后来者,为升二臣侍读学士以酬其劳,未几而鼎成龙去矣。是时方士自邵、陶二人外,如段朝用、龚中佩、蓝道行、蓝田玉、胡大顺、胡玄玉、何廷玉、罗万象等数十辈,皆以失旨伏诛,仙姑明哲先几,即谓之仙亦可。

王 子 龙

今上丁亥戊子间,江西赣州龙南县王子龙者,以妖贼起,寻为官军所擒。磔死报功,将士及虔抚秦中丞舜峰耀等俱蒙叙赉阅三岁矣。继而广东惠州府有少年亦名王子龙,幼奉寡母居家,一日樵于深山,遇异人谓曰:"吾怜汝孝,且有道骨,授汝一法,立变百物为黄白,然仅许养母,他日度汝登仙籍,慎勿妄用,且滥传一人,苟违吾戒,收入泥犁矣。"王拜受归试之,信然,因日以烧炼为事。事渐传播,有豪有力者胁之不与,以至道流辈百端诱之,不从。上官亦有艳之者,但不敢宣。时刘节斋继文以督府总两广,独心慕之,潜遣材官说之曰:"吾能一旦富贵汝,亦能拿戮汝,二端惟所自择。"王曰:"吾守仙师戒,戮即戮耳,断不敢轻泄。"再三譬晓,不从。督府大怒,示意部吏,使人告之,云此即虔镇叛贼王子龙,向日膏斧者伪也。遣兵卒捕系之。至则一弱冠牧竖耳,尚冀其可威制,问曰:"且未治汝叛逆大罪,闻汝能为黄金,吾欲面验始信。"以阶前瓦砾授之,一呵成紫磨矣。刘益心动,始縻之外舍,传语云:"得方立赦汝,不尔,旦夕殊死矣。"王坚守师约不听。刘愈恚，下之惠州郡守孙区吴光启，令如律按辟。孙久悉其诬，具回檄悉言其地里不相蒙，年貌不相对，万万不可行。刘念事状重大，当奏请于朝。时秦中丞已改抚楚，亦移檄诘前事甚晰。刘既见人情不协，而业已轻举，悔形于色，密以手书谕太守："君言亦不谬，今事已尔，姑毙之杖下可也。"孙心知不可，遂谢病，不待报，竟归。惠州通判署和平县事蒋杞者，独欣然承其旨，潜缢之狱，因得荐擢去。后三年而公论沸然，督府已入为左司农，将大用矣，坐此罢归，未几卒。通判逮至拟抵偿，寻得遣戍；孙起为济南守，积资参政，殁于位。夫仙以点化授人，且许以升举，其非妖妄明甚，弟子能誓死守戒，谓当以神术脱之，奈何任其非命不一顾也？刘，直隶灵璧人，闻已无后；孙，吾邑人，早世，亦无子，总之皆不可晓。

尸解

太阴炼形，异人尸解，儒者以为必无之事，而亦不尽然。如嘉靖间洛阳刘晦庵健少师，以九十余告终，嗣后游行人间，闻至今尚在；又如近年江右罗近溪汝芳大参，卒于家久矣，一日忽至其同乡曾见台同亨司空寓，连日快谈，曾以语同乡吏部郎刘直洲文卿，初讶不信，侦之果然。盖晦庵德业冠绝一时，近溪学问照映百世，宜其仙去不死也。又近年有无赖妄人自称醒神子者，诡为故威宁伯王越，遍游东南，至湖州而茅鹿门坤酷信爱之，求其长生之术。余曾于武林识之，须发已皤然，饮啖兼数十人，言动鄙倍，乃一下劣庸愚，即方士不足比数也。茅翁老名夙，炼世事多矣，何以信之如此。

果　报

胜国之女致祸

古来胜国妇女，多能覆邦，前人纪之甚备。即如石虎、侯景，枭雄盖代，一以刘曜幼女，一以溧阳公主，遂能惑之致乱。金之衰也，亦由天水哀王赵佶之女、郑王允蹈之母，骨肉相残，以至于亡。则盗贼夷狄，尚以祸水受殃，况中国帝王乎？本朝太祖获故元后妃公主，俱令护视送还，真千古大圣人举动。惟陈友谅故妾一说，稍为日月之食，然大诰中明白说出，则又佛菩萨心事，令人感叹无已。

偶于友人处见宋人画熙陵逼小周后图，太宗头戴幞头，面黔色而体肥，器具甚伟，周后肢体纤弱，数宫人抱持之，周作蹙额不能胜之状。盖后为周宗幼女，即野史所云每从诸夫人入禁中，辄留数日不出，其出时必詈辱后主，后主宛转避之，即其事也。此图后题跋颇多，但记有元人冯海粟学士题云："江南剩得李花开，也被君王强折来。怪底金风冲地起，御园红紫满龙堆。"盖指靖康之辱，以寓无往不复之旨。

亡国后妃流落

李煜以宋开宝八年乙亥失国，小周后已降封郑国夫人，久在命妇之列矣，至太宗而始被幸焉，于此弥见太祖厚德云。又唐中主女号李芳仪者，备太宗后宫，北征契丹侍驾以行，岐沟之败，陷入虏廷，复为辽景宗所嬖，没于北方。此其薄命飘泊，几与隋炀帝萧后无异。后始在广陵，陷于宇文化及，旋没于窦建德，又送入突厥为阏氏，再返唐宫，每侍巡幸。我太祖待降王以礼，即凉国公蓝玉大功当封，亦以私侍元主妃得罪，其示戒万世者至矣。

陆游漫抄云：李景女归朝后，嫁供奉官孙某为武强都监，其后为辽圣宗所获，嬖之，拜为芳仪，其说稍异。萧后阏氏事见杜牧诗中。

按亡国妃主之辱，无过晋之惠羊后，没为刘曜伪后，与生二子。惠帝贾后女临海公主，为人略卖于吴兴钱强，因以送女，女遇主甚酷。东海王司马越妻裴妃略卖于吴氏。此皆宣王父子凶德之遗殃也。高齐亡后，其后妃酷贫，至卖发烛以自给，发烛即今之取灯也，利亦微矣。此亦武成诸帝残忍之报乎？又若帝后之降为妃妾者，在北朝尤多，如魏孝武后，高欢女也，孝武入关，后再嫁为彭城王元韶妃；东魏孝静帝后，高欢第二女，高齐受禅，后再嫁尚书仆射杨愔。孝庄后尔朱氏，荣之女也，齐神武纳为别室，天保初尊为太妃，后文宣帝欲行无礼，遇祸。建明帝后小尔朱氏，兆之女也，齐神武纳之，生任城王，后又适范阳卢景璋。齐后主后斛律光之女，齐亡嫁开府元仁。后主左皇后冯小怜，初入周，武帝以赐宇文达，后隋文帝又以赐李询，终自杀。周静帝后，司马消难女，以后父奔陈，降庶人，嫁司州刺史李丹。此虽夷俗，然而革命时也。至故元泰定帝后弘吉剌氏，下为丞相燕帖木儿之妾，即其本朝天下母也，于是天地易位矣。

北凉主沮渠牧犍之后，元魏武成威公主也，改嫁南郡公李盖，其后牧犍死，又以公主合葬焉，尤为怪事。此段俱前代事，因太祖圣德漫及之。

尹昌隆

尹昌隆者，江西之太和人，举洪武三十年丁丑科一甲第二，授修撰，改监察御史。建文初，帝视朝颇晏，昌隆抗疏力谏，诏云："此言切中朕过，礼部可遍行天下，使朕有过人皆得而知及。"燕师日迫，又劝建文罢兵息战，许燕王入朝，设有差跌，须举位让之，不作失藩王。不报。文皇入京，捕方孝孺、黄齐等，并及昌隆为奸党戮之。昌隆称冤，引前禅位疏为证，检奏果得之，上为流涕；大嘉叹曰："朕长子在北京，可往辅之。"永乐二年，立太子，即升左春坊左中允，太子甚重之，后升礼部主事。其尚书吕震方有盛宠，白事不当震意，叱出之，或曰："尔旧宫僚，竟取太子令旨行之可也。"即从其计，震大怒，上言昌隆曾事庶人，名在党籍，今身为东朝官，阴欲树结，不之父而之子。上逮之下狱，既而赦之。吕震又谮之，下锦衣狱籍其家。上方巡狩，舆重犯以从，谓之驾随重囚，昌隆与焉。后谷王谋反，曾保昌隆为长史，震遂诬隆共谋叛，剐死，夷其族。震寻病疽，见昌隆坐守，号呼"尹相，尹相"以至于死。昌隆初倡禅让之议，其忠邪不可知，然亦可谓冒死不顾矣。至文皇廷诘得免，且令辅佐储宫，则知遇亦颇不浅，终以触忤堂官再罹谗口，至于寸磔夷宗，则不如同方、黄辈先死于革除时犹得保令名，不至列逆籍也。吕震以太子所允之事，敢离间于文皇之前，其罪何可胜诛？及仁宗登极，何以尚优遇之使死牖下？且恩礼始终也？昌隆为厉自是古来冤报，载在史册，凛凛可畏。惟近年癸卯妖书一案，浙人沈裕为御史，竟坐皦生光以免缙绅之祸，功德甚大，次年沈病，亦见生光作祟而卒，则不可解矣。

仇鬼责人

永乐间，礼部尚书吕震谮尹昌隆于太宗，致遭寸磔，吕见尹为祟，叩头呼"尹相"而死。天顺间太平侯张軏以私意杀范广，后遇广于途，归击其额而死。弘治间礼部侍郎傅瀚，欲挤程敏政，诬以科场作弊，敏政抱忿疽发死，瀚遂代其位，后忽见程入室，瀚悸死。嘉靖间咸宁侯仇鸾恨曾铣、夏言，皆罗织弃市，后二年见二人以斧砍其背，遂生疽死。少保赵文华潜杀张经等六大臣，临病见诸人坐索命，屡祷不释以死。御史林润劾严世蕃谋叛论斩，后抚南畿，白昼见世蕃入求抵偿死。此皆怨忿所结，得请于帝，自无相放理。近年壬辰宁夏兵变，识字周国柱谋戕党、石二公，又推哱氏为主，而己潜佐之；及城围急，又劝哱氏降而献计督府，俘承恩入京，其后以诛逆功至副将。见承恩及其父拜击之，遂弃其师，披剃遁去，此又与唐节度使刘总谋弑父兄，寻见为祟，乃为僧而逃者何异？其后终免与否，不可得而知矣。

景泰间逆党

原任给事中徐正，先于景泰时请密见言事，帝许之，乃奏迁上皇及故太子今封沂王于沂州，帝不怿，谪云南经历，恋妓不行，又谪铁岭卫军。上皇复位，命凌迟于市三日，此人所知也。《西樵野记》又纪苏州卫人黄鉴，其父舞文，为害不少，晚生鉴，登正统壬戌进士。上悦其年少貌美，官以近侍，苏州人咸谓天理何在，景泰间尤被宠渥。及英宗北还，从南宫复辟，以旧恩进大理寺少卿，召对无虚日。一日上偶见旧章疏露一角者，取观之，乃鉴所进本请禁锢上者，亟召见掷示之，鉴伏罪伏诛，遂灭族。弇州驳之谓无其事，且无其人，及查是年登科录，则果有黄鉴者，登三甲进士，果为苏州卫军籍长洲学军生。登第时其父尚在，与徐正同科进士。徐亦苏之吴江人。乃知是科一榜得二逆臣，又同郡人，亦异矣。

赵少保祭六大臣

世宗末年，赵甬江少保文华以分宜相昵厚，从侍郎骤拜三孤。既而失相君欢，夺职归里，因先赘项氏，家于禾城，抵家即病。弥留之际，特设席张乐，追奠六大臣，盖皆生平所构陷者，一为张尚书经，一为李太宰默，一为李中丞天宠，一为丁司马汝夔，其二人失记。未几不起，仿佛有所见云。其督师过里中，寻以倭功成晋少保，适改岁自书桃符云："仗钺专征，万里平南之府；鸣珂入相，一心拱北之家。"分宜闻之大恚云："是儿将谋踞我位矣。"寻有仙酒进御一事，怒遂不可解，因决意逐去。或云是鄢剑泉懋卿争宠谮之。

得子失子

松江陆宗伯平泉艰子，直至五十九，始得今大行彦章，旋予告侍膝下。宗伯老寿善饭，且诸孙绳绳未艾，世以为积善余庆。盱江罗大参近溪为一时儒释二教宗师，亦晚年举子，偶有二三游僧踵门参谒，罗爱其辨才，留为上座。未几，壮儿俱被诱去不返，因悼恨下世，人又致疑天道焉。其为失而复得者，如闽中刘云嵩提学，为户部郎时，其儿清狂不慧。一日忽顿超悟，善属文，甫半年而其仆遇儿于城墙下，则为郡丐诱去行乞久矣。亟引之归，其超悟者已灭迹，而此儿蠢蠢如故也。此盖鬼物所为，然亦怪矣。因思夏文愍死西市亦无嗣，其嬖妾苏夫人追悼往事，自诉宗党，述往年宠姬崔氏，既孕遣行，今不知尚在否，访之果得于邻邑，为民家妻，其子已年十五。未几穆宗登极，赦夏罪，复爵赐恤，此子且弱冠，当拜玺丞，忽病亡，文愍之后竟斩，此又既得复失，岂夏生前有隐恶耶？或云嘉靖十五年，上撤大内大善殿，建慈宁寺，焚佛牙骨数千斤，皆文愍导之，宜受殄世之报，岂其然乎？正统间有刘岌者，四川涪州人，景泰甲戌进士。初官京师，妾生一子，为妻所妒，弃之道旁。后八年终无嗣，复至京，其子尚在，得还，人以为厚德之报。岌官至礼部尚书，至正德间方卒。弘治间南京礼部尚书童轩，南钦天监人，景泰辛未进士。临没时，年将望八矣，妾有孕，预名之曰紫芝，后果得遗腹一男。此两宗伯暮年得子，俱在意外理外，较陆宗伯更奇。独童性甚迂,初丧壮子,或诳之曰尚当还魂,遂不收敛,曰冀其再生,为人所嗤。

戮子

士人不幸处人伦之变,即割爱亦须熟筹,如乐羊、金日䃅以功名身家起见,不足言矣;若乃唐淮南节度使马举之斩其子,则以退还;南唐大将刘仁瞻之斩其子,则以叛降。本朝大将戚继光之斩其子,则以败绩,此军法所不贷,非得已也。嘉靖末年新郑故都御史高捷,有子不才,屡戒不悛,因手刃之。中丞殁后,其地公举乡贤,物论佥谓无忝此典,独河南提学副使杨本庵俊民力持之,则专指杀子一事,极诋其忍薄,乡祀事遂终不行,时隆庆己巳庚午间也。中丞嫡弟即高相公拱,方起首揆,兼掌铨部,时以杨此举为难,相公亦不介怀,即擢为本省参政,驯至通显。杨素和易,有胡广、苏味道之目,何此事坚执至此?杨后官一品,殁于位而无嗣,意其时即以箕裘系念耶?

吴人杨泰毓久居京师善谈谑,亦学诗,为予友沈千秋客。沈负时艺盛名,杨有子将冠,令之执经从游,儇薄习为蒲博,每窃侪辈财物。杨屡扑责,胅筴不休,乃谋之妻弟张姓者,同出郊外醉之,扼其喉,既绝,瘗之浅土。次日其魂即叩母舅扉索命,张不数日暴卒。杨生方忧挠,复日睹厥子入室,百端肆詈,杨感疾涉旬亦殒。此儿罪自当死,何至为厉求偿,将毋夙世冤对耶?

守土吏狎妓

今上辛巳壬午间,聊城傅金沙光宅令吴县,以文采风流为政,守亦廉洁,与吴士王百谷厚善,时过其斋中小饮。王因匿名娼于曲室,酒酣,出以荐枕,后遂以为恒。王因是居间请托,橐为之充牣。癸未甲申间,临邑邢子愿侗,以御史按江南。苏州有富民潘璧成之狱,所娶金陵角妓刘八者,亦在谳中。刘素有艳称,对簿日,呼之上,谛视之,果光丽照人。因屏左右密与订,待报满离任,与晤于某所。遂轻其罪,发回教坊。未几,邢去,令人从南中潜窜入舟中,至家许久方别。二公俱东省人,才名噪海内,居官俱有惠爱,而不矜曲谨如此。

是时江陵甫没，当事者一切以宽大为政，故吏议不见及云。

潘氏起机房织手，至名守谦者始大富至百万，生子珪、璧二人。珪有心计，恶弟中分其产，因鸩之，弟无后，珪自谓得计。旋生子名成，少年即入赀为南国子生，狠戾淫恣，父爱之，一任其孟浪。初入监，新祭酒未任，而张相公洪阳以司业署印，见其名，诧曰："奈何与故大司成同名！"盖前致政祭酒为潘宗伯水帘晟也。沉吟许久，曰为尔增一字，因名之曰潘璧成，归家而父惊愕不已，盖已心知所谓矣。璧成在南中游狎邪，所携金不足，则贷之魏公府，凡数千金。比还，索逋者踵至，成远匿不复见。父为之偿而不及数，徐氏纪纲与相殴，稍伤其父，父愤病没。成始告官，谓徐仆实殴死乃父，至于暴骨检验。当事谓祸起于成，并成囚之，搒掠甚楚。成之弟，亦蓄异谋，潜屑金于酒肴，赂狱卒饷之。积岁，成腰骨日重，寻毙狱中。甫死而妖厉百出，先至狱卒家，呼其名，拳之立殒；旋至弟所，日夜索酒食衣楮之属，弟病已困。其弟妇之父，登己丑进士，为水部郎，绯袍入叱之。鬼答詈甚横，且发其阴事。水部惭恚归，发病死。其弟宛转榻间数年而没，两家子嗣相继夭亡，潘氏遂灭，前后不过三十余年耳。

耶律楚材

耶律楚材大有造于中国，功德塞天地，元世祖眷之亦异他将相，其封域想必属当时恩赐者。近日一友人治别业于京师外西山，忽发一冢，开椁得大头颅，加常人几倍，不知为何人葬地。余闻之，谏止之曰："此无论何代，殆必异人，盍早纳其元，封闭之。"未几掘得碣石，则楚材墓也，虽稍为葺治，闻圹中他物散去多矣。耶律生前举动，已是慈氏后身，又安问遗骸之完缺，但功济一世，而七尺之不保，报应之说似不足信。友人本吴籍，髫年登北畿贤书，慧而有心计，顿成富家，后甫强仕即世，竟无后。

现　报

今詈人有现世报之说，意为俚语耳，不知竟有其事。只如嘉靖末年宣大总督杨顺，以媚分宜之故，诬沈鍊炼左道通虏，绞之于市。及隆庆初年，顺坐前事入狱病死。刑部侍郎洪朝选以顺曾发华亭公子倩人入闱，为华亭公所恨，不许埋尸，致虫流于户。而朝选居乡又为抚臣劳堪所劾，缢死狱中，数日始许领埋，亦有小白之泚。其好还如此。又今上初元，有王大臣入禁中事，大珰冯保，置刃其袖中，谓高新郑遣刺圣躬。及保败，为兵部郎中前御史陈希美所论，指其诸恶，首举王大臣实保所使引入，为第一当诛之罪，疏上未下。上一日取刑部原招阅之，忽传旨谓此大事，何以如此轻结，命查原讯官来与冯保对质。辅臣张四维等回奏云："此事已十年，当日问官，卫则朱希孝，其人已死，厂即冯保也，况罪犯已决，何从相质？希美所奏保主使引入，亦无确证，若复行穷究，恐骇听闻。"上意始解。此事非阁臣力救，保夷宗矣。出乎尔反乎尔，岂不信哉。

冤　　报

苏州卫军人丁姓者，曾以小谴收狱中，既得免，忽骤富，充漕卒之长，运粮入京。竣事归，与其侪欢饮于舟中，忽作异方语，瞪目改容，切齿恨骂，将自戕。众皆怪问，则曰："我实盗也，与丁同处圜扉相昵，私语之云：'我案定无活理，但富有金宝，分匿某地某地，君可尽取之，为我殓遗骸，少赈我妻子，足矣。'丁诺之，比得释，如其教尽发伏藏归帑中，反赂狱卒速毙之。此冤不可解，我遍觅南北，今日始得，万无相放理。"遂再批其颊，狞恶不可制。众惧哀请曰："君言良是，我曹不敢代为解，第数人同入都，比归而殒一人，死状不明，何以自白？且事属既往，向也濡迟，何不少濡之，俟其抵家与索命未晚也。"忽首肯曰："此说事理明白，我且去矣。"丁遂昏卧若沉醉者。比醒询之，毫不知前语。众皆惴惴，窃相告语，亟促宵行到吴。不数日，市人喧传丁军中恶于阛阓中矣。诸同行者齐往视之，则复理前说而加详焉，因自抉其目，拔其舌，狂走经日，始毙于街衢。有再问其受害年月，则数年而往矣。又问何以久不报，乃叹息曰："我死后魂被收禁不能出，今值新天子登极，赦书至日，神人始释我，许复仇耳。"时隆庆初元也。吴中张伯起目睹，为予言甚详。

仇鬼下隶

吴门顾上舍号一庵者,银台韦所长公也,居家循谨,但治生颇琐细。有干奴侵匿其赀甚夥,顾恚甚,屡刑索之,不胜拷掠而毙,濒死出怨言。时顾有一门客与之昵,每梦寐中诉之云:"我屡控之冥府不得直,此必主人福重,今且休矣。"寂然者数年。其人一日步吴城,睥睨之间忽遇此仆,骇曰:"汝何从来?"则拊掌喜曰:"连年投牒,冥府大嗔,谓以奴告主,大逆不道,笞责良苦。近日遇某坊土地神谩以告之,渠为我代申,已得请矣。"此客惊悸,归寻某坊,则此地故有社公庙,顾君欲拓为别业,已撤废月余矣。此客心讶所谓,见顾方盛年丰硕,不以为然。居数日陡病,遂不起,盖社公挟私仇,借仆以泄怒也。此十年前事。又青浦县杨扇有杨氏,宦族也。仆名杨慈,其妻上海人,少年颇有色,为海寇所掠,其酋嬖之。后与官军战败,窘甚,则谓之曰:"吾旦夕死,不忍令汝俘执。"厚与金宝纵之归,慈遂巨富,以厚糈馈主赎身去,且入赀为京职。其子名巽志,遂思结姻主族以卸奴名,杨宗有无赖者与为媒,遂娶杨宗一女为妇。然而杨氏诸人横索不休,久而不能堪,稍稍拒之,因怒而闻之官。有一不材庠士戴无咎者,诱之曰:"惟某达官能得之于当道,肯挥千金,可脱死也。"慈欣然畀之。戴匿其金,绐曰:"已为若道地,旦夕出囹圄也。"未几,台使至,痛恨其事,父子俱殒杖下。戴后游金陵,则慈子通衢中相揖,戴骇而逃归,慈亦至家,相随不舍,戴与母相继病死。此则三年内事也。此两奴俱有大罪,死亦非枉,但顾以毁神祠召殃,戴以攫多金受报,亦皆自取。

毁经谪为冥官

今上壬午岁,宁波府同知龙德孚者,武陵人,今君御观察膺尊人也。在官奉台檄勘普陀山二僧毁律事,梦有群僧来告,请分道场为三,以奉大士香火,既醒,悉如梦处分矣。又恨僧破戒,命焚《法华经》,使众僧跨其灰设誓。事甫毕即病,见有神若伽蓝者曰:"此人毁道,当堕泥犁,以爱民故,姑谪为三石牛啬官。"语方既,有告身至,苦请愿持斋戒终身,自赎前罪。诸僧亦为代祈,始苏还官舍,则已瞑十日矣。乃知崔浩投经厕中罪至族灭,非妄也。

癸巳岁,龙君御以北礼部,乃翁以南户部,俱用计典外贬,相逢于邮舍,户部题壁云:"父子一家同逐客,江山千里各归人。"笔墨尚新。

义　　马

成化元年丙戌五月,荆襄贼石和尚等流劫入夔府,时知府王某受檄讨捕,怯不敢往。通判王桢,吉水人也,独忿然责数王守,代勒兵出战,胜归,促守同出再战。守绐之先行,至大昌县,入重围中,人马俱疲,误入淖田,救兵不至,被贼断喉及臂而死。马得逸去,时五月九日。有所识木商得其尸,以浅土覆之。至二十五日,其子广始来收骸,面尚如生,以贫不能葬,欲鬻马以充费。其马自逸,后从大昌奔归府,凡三百余里,夜嘶府门,蹄啮其肩,若告急状,流血淋漓,毛鬣尽赤。人始知桢战殁矣。王守爱桢马,竟徒手得之,不与其子一文。桢柩既行,夜半马哀鸣特异,圉人饲之不食。王守自往阅,马忽前啮其项不肯释,久乃得脱,又以首捣其胸,伤重,次日死。罗文恭洪先与桢同邑,因为之记。古纪义马多矣,或临难相济,或没后效死,则有之,然未有义烈明白如此者。此与岳珂所纪王成义骗事相类,但骗所杀者虽贼帅之弟,未必即杀成之人。至若王守之诱王桢于死,为计甚狡,即部曲未必深喻其机,而此马能曲解人情,报仇雪恨如此,真可与袁粲家狞狗同传。

征　　梦

甲戌状元

嘉靖五年丙戌进士陆垹号黄斋,官至河南巡抚、右副都御史,吾郡之嘉善人,清正名臣也。先为湖广岳州太守,以循良第一征入为太仆少卿,时为戊申己酉间。陆丧夫人,不复娶,但携其子号杏源者名中锡赴官,并塾师一人。陆夜必与乃嗣同榻寝,杏源少颖敏绝人,有神童之目,至是且年十六七矣。其寓即在太仆寺街,与同寅一少卿比邻，邻有笄女绝艳，杏源窥见之，心荡屡欲挑之，未果。一日遇朔旦，同塾师诣都城隍庙祈祷，以邻女为请，且许事成酬谢，塾师从旁亦代为祝呼。归之夜，正酣寝，忽大恸呼号，其父惊怪叩其故，则曰一念之差，遂不可救矣，备述朝来祷神之事，云："顷梦为都城隍摄去，大怒见诘：'汝何人，敢以淫媒事上渎！'亟呼主籍者检其禄，则注定甲戌科状元，官至吏部左侍郎，年七十九岁。乃沉吟曰：'是不可杀，当奏之上帝。'再检塾师，则终身无官禄，即令抽肠戮之。须臾天符下，陆某宜革去鼎元、少宰，其寿如故，但使贫绝痴绝以至于死，今将奈何？"其父尚疑信间，急视塾师，则称腹痛，未午而殒绝矣。中丞公始骇恨，然已无可奈何，再问其子尚有何言，则云："适悲悼中忘之，都城隍阅天符之末云：'当再降一人以补甲戌状元之缺。'"是时孙柏潭状元尚未生也。孙之父梦一人投刺称唐皋来拜，唐为正德甲戌状元，柏潭即堕地，因名之曰继皋，恰符所梦云。孙后果至吏部左侍郎以归。杏源自梦谴后，即得心疾，亦入庠为诸生，而性理狂错，往往不竟闱中试而出。时艺奇丽，与冯祭酒开之、袁职方了凡同社相善，两公每每为予言，少年辈高才慎勿为桑濮之行，即举念且不可，况身尝之乎？子其戒之。中丞故廉，至杏源益困，衣食时或不给，无子，仅一女，嫁彭比部冲起之第三子，又坐法遣戍，改适一市侩，流落可叹。杏源今已老死，中丞之嗣竟斩。

仪铭袁中皋

仪铭者，山东高密人，礼部右侍郎谥文简仪智之子，以父荫授礼科给事中，迁翰林修撰，晋侍讲，郕国初建改为左长史，未几景泰登极，即擢礼部左侍郎，寻升南京礼部尚书，召还，以兵部尚书加太子太保，又兼掌詹事府。景泰五年病卒，赠太师，谥忠襄。以任子夕拜，且入史局，既为非望，及曳裾王门，官已不振，及以潜邸攀附，致位上卿一品，前后富贵者三十年而后殁，荣褒悉备，世无贬词，可谓幸矣。至景泰六年，又荫铭子泰为礼科给事中，尤为异典。嗣后则有兴府右长史袁中皋者，湖广石首人，举弘治庚戌进士，次年即授王官以去。至正德十六年辛巳，世宗入绍，则已滞藩邸三十年矣，峻迁吏部左侍郎，寻以礼部尚书入文渊阁，甫阅四月而没于位。虽赠谥有加，竟不及见嘉靖改元，名为入相，仅同朝蕣，视仪铭享受，真天渊矣。方袁为长史时，一日昼寝，梦一美姬扶床跪曰："妾为李白洲侍儿，今愿充公下陈。"白洲乃前右都御史李士实别号也。醒而怪之。未几李从宁濠反，诛死，妻妾俱填宫。世宗怜宗皋老，赐以宫婢六人，内一婢宛如梦中所见，问之果白洲妾也，因喜而嬖之，以致不起。夫以残膏剩黛，神已先示，则其福祚有限可知，而袁妖梦是践，不以为戒而以身殉焉，亦必非高明士矣。

妖　　梦

宋伪楚张邦昌为中书舍人时，梦乘宣和帝御辇拥仪卫以出，回视辇后二马相逐，久之犹能记其毛色。靖康之变，受金封册，初僭乘舆服御，回视二马在后，则如曩梦。伪齐刘豫初为小官，梦拜阙里，仲尼起答其拜，又尝梦礼梵王，亦为之起，因自负决计为逆。至南宋开禧间，吴曦在蜀，夜坐见月中一人策马垂鞭，其貌与曦绝肖，曦起揖之，月中人亦举手扬鞭，由是果于称制降北。此古事之昭昭者。近日江陵相曾梦居第之前左右两石坊，上署德配天地，道冠古今，自以为生封五等，殁祀两庑，遂恣行无忌，未几身死家籍，二坊官卖为文庙前棹楔，此亦何异隋炀帝时麻叔谋金刀之兆乎？总之，心志狂惑，鬼神因而侮之，真妖梦也。

董旷庵尚书

今董大司寇裕为御史，督畿学，与先人素相善。乙酉冬以冒籍中式事调行人司正，时董在西台资俸第一，当迁廷尉丞或冏卿矣。先一日，先人梦人投一刺曰："差出行人司正。"董某谢辞，醒而以为怪，谓董或建白得罪，然是时无大政事可争者，未几而罣误及之，竟叶所梦。

梦宗汝霖

镇江守君许葵东国诚，先人南宫所录士也。少年祈梦于其乡九鲤湖，梦神人告之曰："子生平功名，一如宋宗泽。"自以为他年事业不凡，友侪亦以此期之。登第后为邑令，为比部，积资郡守，至九年推臬副者十余次，大参者三次，俱不报，遂乞归不出。其报第三考也，例不视事以候上台处分，因命携壶觞、屏仪卫，日出嬉游。最后去城闉稍远，忽遇暴雨，亟得一古庙息驾，其门榜则宗汝霖祠也。心已憬然不宁，因巡廊读碑，至后铭诗末句云："许国之诚，死而后已。"读未竟，疾驱还郡，投牒星迈，意恐未必及家。比抵里门已数年，至今无恙，岂禄料已尽于此耶？抑尚有小望也？是不可晓。

卷二十九

机　　祥

黄　河　清

景泰五年正月，山西巡按御史何琛奏，黄河自龙门至芮城，清同一色，此上至德所感。廷臣欲行贺礼，帝曰："此乃偶然，不必贺。"按此即二年后英宗复辟休征，而景帝之不受贺，见亦卓矣。其后至正德二年八月而黄河又清，此年此月世宗生于兴邸，可见吉祥喜事，别有征应，非一时蠡见所能测也。

景泰四年冬十一月至五年正月，山东河南淮徐诸处，以至江南苏、常等府，浙江杭、嘉、湖三府，大雪平地数尺，海水亦冰结四十余里，人畜死者不可胜计，灾祥一时并见，亦异。

先　　知

唐开元初，以武后所制豫州鼎铭末云："上玄降鉴，方建隆基。"此二字为玄宗御名，以为受命之符，宰相姚崇等表贺，因宣示史官，颁诰中外。又唐宣宗御制边陲曲，其词有云："海岳咸通。"未几其子懿宗嗣位，建元为咸通，人皆异之。本朝正德末年，王新建平宁藩后，至庐山刻石记功，末云"嘉靖我邦国"，明年世宗龙飞，遂用二字纪年，其偶合如此。说者谓王文成本世间异人，故能先知如此，非偶合也。然媚娘之为异人，更出文成之上，岂非预知其孙之为五十年太平天子、而先著谶应以示后世耶？若宣宗亦有小太宗之称，宜其暗合也。显陵初建时，于兴邸享殿中立名曰隆庆，此时穆宗未生也，后之纪元亦如之，此则无心吻合，固上天示以休征矣。

宋艮岳神运石之旁有两桧，徽宗爱之，以玉牌金字书自制五言诗云:"拔翠琪树林,双桧植灵囿。上梢蟠木枝,下拂龙髯茂。撑拏天半分,连卷虹南负。为栋复为梁,夹辅我皇构。"后高宗御名为构,南渡秦桧作相,分天下之半,而时论谓桧倡和误国,负南朝之眷,字字应前诗,盖事已前定矣。岂道君能先知耶？此比唐武后鼎铭更为奇确,但高宗虽称中兴,实逊明皇百倍矣。

甘露瑞雪

世宗登极,诏罢四方献祥瑞者。时汪鋐以右副都御史巡抚南赣,首进甘露以媚上,得召为刑部侍郎,会修《明伦大典》,璁萼等标鋐所献甘露于卷末,以为此上孝感之应,寻进掌院吏部尚书兼兵部尚书,宠眷几与张、桂等。而其人之横恶,为天下唾骂,则至今如一口也。汪之后献祥瑞者,直至世宗季年而犹未已。又嘉靖十年,礼部侍郎顾鼎成奏上设醮时,先一日阴云解散,二之日云物一色,复降瑞雪,此皇上精诚格天所致,因进步虚词七章,又言七日奏请青词,尤为至要,仍列五事奏之,其事皆斋坛香水供献之详也。上大悦,报曰:"览奏具见忠爱,步虚词留览,朕已竭诚,诸臣宜仰体朕心,秉丹诚以承天鉴。"顾由此得大拜。上南巡奉敕居守,寻殁于位。自顾疏后,斋醮日盛,凡事玄三十余年,及上升遐始止。按二公俱以献媚得冢宰,得宰相,如取诸寄,而事业毫无闻焉。顾虽和易,非汪螫毒可比,然流秽史册,亦不细矣。

献　芝

嘉靖中叶以后,大小臣工进白鹿、白兔、白雁者固多,而后乃以芝草为重,下至细民亦竞上献。如三十七年,陕西鄠县民王金进芝山一座,聚芝一百八十一本,名曰仙应万年芝,以祝圣寿,其间径一尺八寸者凡数本。上悦,赍以金帛。是年冬,礼部类奏四方所进芝一千八百四本,诏犹以径尺以上者尚少,命广求以进。于是命辅臣严嵩、李本等炼以为药,且诏次辅徐阶曰:"卿政本之重,不以相混也。"阶皇恐请炼药如二臣,上始悦。自是督臣胡宗宪献芝与白龟同进,上以之谢玄坛告宗庙,赐宗宪鹤袍;而陕西抚臣程轨、按臣李秋献白鹿芝草,云得之部内书堂万寿宫中,盖诡为美名以媚上也。二臣各拜币钞之赐,仍命谢玄告庙。至四十一年,王金者又进灵芝五色龟,上大喜,谕礼部龟芝五色既全,五数又备,岂非上玄之赐?仍告太庙,百官表贺,拜金为御医。四十三年,太医院御医王金又进万寿香山三座,聚芝三百六十本为之者,是岁天下臣民进法秘仙桃瑞芝及为上祝釐建醮者不绝,各承赏赉。又一年而上鼎成龙去,王金坐进药损上躬,论大辟,高新郑为政贷出。

岁朝牡丹

京师极重非时之物,如严冬之白扁豆、生黄瓜,一蒂至数镮,皆戚里及中贵为之,仿禁中法膳用者。弇州谓上初年,元旦即进牡丹,而江陵相与冯珰亦各一花以为异。余儿时在京师,亦闻而未见。比数年来,元夕前后,姚魏已盛行于时,豪贵园圃在在有之,始知弇州语信然。比年入京,赴一友社文,时才过长至三日,案头插半开紫牡丹二三朵,方骇诧叹羡间,乃曰此寻常物,每花只值百钱耳。予携其一归,以温水贮瓶中,亦留数夕始萎。

白 鹿

嘉靖十二年,河南巡抚吴山献白鹿,为大臣谄媚之始,此后白兔、白龟、白鹊相继不绝。惟浙直总督胡宗宪两进白鹿,俱蒙褒赏。时世庙方崇道教,喜闻祥异,胡正剿倭立功名,每事辄称引玄威以自固,势自不能不尔。至壬戌会试,遂以灵台命题,而鹤鹿悉登于闱牍矣。时主试为袁元峰炜相公、董浔阳份尚书,俱在直典青词,本无可责者,乃至癸亥年西苑白龟生卵,严分宜方率词林在直诸公上表称贺,他可知矣。此后则万历甲戌白莲、白燕见于翰林院,江陵大喜,进之,上方冲龄,谦让不受,归之阁臣,虽以眇躬自处,而献谀一念,已为圣主所窥。张方以伊周自命,而举动乃与先朝谄媚诸公如出一辙。盖上奉慈圣,下结冯珰,不觉澜倒至此,宜相业之不终也。

死麟

麒麟之生，多托牛腹，成化二十年甲辰，泗州民家牛生一麟，咸以为怪，杀之。工部侍郎贾俊出差，偶至得其一足，归以示人。嘉靖十二年癸巳，山东聊城县民家牝牛产一麟，形状瑰异，甫出腹，即嚼一铁煎盘，食之尽，民妇骇怒，扑杀之。万历十三年乙酉，河南光山县有赤麟一，亦牛所孕，其产时光怪照耀，比邻皆谓火发来救，愚民不识，詈为妖孽，共击死。前二事皆闻之朝，惟乙酉则上欲取观，阁臣力阻不从，御史王学曾有疏谏止被谪。至甲午，镇江府复获异兽，大抵与前二物相类，亦寻毙于杖箠，郡守王应麟虑生事，不敢申告上台，第命瘗之，今麒麟冢尚存。瑞物无故而生，见戕庸奴，真是可惜。

孪生子之异

孪生子世多有之，然以俱男子为异，若累产俱孪且男，则尤异。如嘉靖中之顾联璧、合璧，同举戊午乡试，联璧登进士，官嘉兴府同知，卒于官；合璧以乙科仕至佥事，而卒于家，乃其父母凡四胎，共得八男子，则奇甚矣。又先大父为上川南道时，有雅州医官时姓者，颇明方脉，技亦大行，每入谒，即以饔飧为苦。问之，则云家有三十二儿。问有姬妾，则云止结发一人，凡十六乳而得此，无一夭折者，以此困于资给。初意其妄，继询之一州人，无不以为信然，则怪而妖矣。宇宙真何所不有。

唐淮南程榦妻茅氏，连八年俱双生，凡得男子十六人，盖倍于顾联璧，得时医官之半，皆古今最奇事。

元旦日食免贺

永乐十二年甲午正月初一日当日食，先期鸿胪寺奏请当贺与否，上问大臣当如何，礼部尚书吕震对以日食与朝贺之时先后不相妨，辅臣黄淮、杨荣俱未反对，杨士奇独以不当受贺为言，且引宋仁宗时富弼请罢宴撤乐，且恐契丹行之为中国羞，后果然仁宗悔之之事为证，太宗皇帝允之，但赐百官节钞而已。十三年元旦又日食，免贺亦如之。至嘉靖四十年辛酉二月朔，亦当日蚀，天阴晦色不甚辨，诸官遂以当食不食，上表称贺。上大喜，独礼部尚书吴山曰："明明薄蚀，吾谁欺？欺天乎？"首揆严嵩密以其语奏闻，上已不平。山自上疏以救护礼毕为言，上愈怒，未几用言章夺吴职。两朝前后一事，而阁臣之忠邪复别矣。严次年壬戌即得罪去，士奇自甲午至正统九年始卒，盖相四朝又三十年，苍苍者岂堪矫诬哉！

鳌山致火灾

鳌山灯火，禁中年例，亦清朝乐事，然亦有最出意外者。如永乐十三年正月之壬子，鳌山火发，焚死多人，都督马旺亦与焉。时上在北京，闻之惊惋，命太子修省。正德九年正月十六日，上于宫庭中依檐设坛幕，而贮火药其中，偶不戒，延烧乾清宫以至坤宁宫，一时俱烬。时上往豹房，回顾火焰烛天，戏谓左右曰："好一棚大烟火也。"或云是年宁王宸濠别献奇巧之灯，即令宁府遣来人入宫悬挂，皆附壁著柱，以致此变云。

万历初元灯节，当如例设鳌山，首揆张江陵谏止，以为鳌山起于宪宗时，今谅阴中未可辄置，上嘉纳之。江陵此举甚善，但以成化创始为言，盖止据词臣章懋等谏止宪宗之疏，而不知国初已有故事也。

山 裂

正统十四年己巳，陕西某县山鸣三日，移数里，崩压民家数十户，是秋即有英宗北狩之变。成化十六年庚子，云南巨津州白石雪山中裂，分为二，其半走入金沙江中，是年大阉汪直用事佳兵，与尚书王越比周黩武，越冒封威宁伯。嘉靖二十六年丁未，陕西澄城县界头岭吼声如风者数昼夜，山四裂而去，东西各五里，南北各十里，是年督臣曾铣与首揆夏言议复河套，征调兵粮，关中骚动，次年二人俱论斩。山至镇重，而崩裂至此，其征上应紫微，下亦主将相，其验如此。

弘治十年云南师宗州有马者笼山，其高插天，去山二十里阿定乡，有一小山，一夕移于马者笼山之侧，有三大树随山而徙，皆不摇动，土人但闻风雷震撼，旦起视旧处，已为平地。近年万历己亥八月，陕西狄道县毛家坡山崩裂，山南平地涌出大小山凡五座。此等皆极异事，而无灾沴应之者，时圣君有以消弭之也。又云南镇南州有石吠山，顶有石类犬，每遇凶年，则石有声如犬吠，因以名山，此尤奇事。又正德末年，广西土官岑猛所部田州，江心忽有石浮出，反卧岸傍，猛恶之，密遣数百人夜移他处，至明复然，未几猛败灭，此石不复见矣。

土木之祸咎征

正统十三年戊辰，京师盛唱《妻上夫坟》曲，妇女童幼俱习之，其声凄惋，静夜听之，疑身在墟墓间。次年八月，车驾陷于土木，将士死沙漠者数十万人，都下禁军嫠妇，祭望哀号，声彻原野，则此曲实应之。其年三月，进士传胪，适状元彭时以假寐不至，殿廷相顾疑骇，谓龙首忽失，是何祥也。未几而龙驭不返，人间遂有丧元之说，以及小民所传雨地城隍土地诸谣谶种种，无一不验。最可怪者，则是冬所颁大统历日，为十四年己巳，夏至之昼、冬至之夜俱书六十一刻，见者皆骇愕，以为振古未有之事。至秋英宗北狩，郕王监国，因登天位，遥尊上为太上皇，说者谓寒暑失度，天地易位，即阴阳二至不能守其常矣。当时造历者以私意擅改，时礼臣为胡忠安不足言，乃举朝无一语诘责，仅见丘季方所纪，亦以为怪。然亦北狩以后追述往事耳，当其时亦未能昌言相驳也。

己巳六月，南京宫殿一时俱烬，先朝所留图籍法物并尽，不两月而銮舆北狩。

郊坛大风

成化丙申年正月十三日，上方南郊，忽阴晦大风，郊坛灯烛俱灭，执幡麾并乐官俱冻死。此祝枝山大父居京师亲见，而《宪宗实录》不载，盖秉史笔丘文庄公讳之也。南宋光宗绍熙年间，亦有此异，时后李氏窃至斋宫嬲婉，且不避程姬之疾，次晨厉风震荡，从官辟易，至不能成礼而罢。帝既怖恐，又闻李后擅杀所嬖贵妃黄氏，遂得心疾以至于崩。宪庙圣明，谨于事天，非宋主可比万一，且雍容成礼，对越上帝，即风霾何损？独此时正商文毅当国，却不闻引汉灾异策免三公故事求退，何也？

朝参讹传

成化十四年八月戊申早朝，东班文官中若闻有兵甲声，众皆辟易，不复成列，卫士皆露刃以备不虞，久之始定。上命班居下者百余人，悉跪于午门外，逾时释之，御史寻覆奏究其事所从起，竟莫能得。礼部因奏朝班惊喧，定申明朝仪八事，亦聊以塞一时之责耳。考之传记，无形有声所谓鼓妖者，殆类是欤？

先是十一年七月初九日以后，京师西城有物夜出，四散啮人，其色正黑，及踪迹之又不能得。上遣太常寺少卿刘岌祭都城隍神，御制祭文诮责之，继又于禁中祭告天地，为文引躬自咎，久之妖始渐息。盖是时汪直设西厂诇事，官民遍受其荼毒，有四出伤人之象，内臣梁方、妖僧继晓、方士李孜省辈，左右荧惑，王越辈又黩武邀功于外，四方骚动，中外惊疑，故天心示警乃尔。

弘治异变

弇州纪奇事云：弘治为极盛之世，而己酉、庚戌浙江陕西山中有二异物，而不知辛酉、壬戌、癸亥之更异也。弘治十四年春正月朔，陕西韩城县地震，有声如雷，倾倒官民房屋，压死男妇无数，自朔至望，震犹不止。县东八里，遍地决破涌水，有裂开地一二丈四五丈，涌出溢流如河。十四年五月二日夜分，重庆府城上忽白光映天，见者惊异，起视但见渝水明耀，浮光上烛，次早验之，宛如豆汁，人不敢饮，逾三日始澄澈。叙州府使人探流至木川长官司，抵崇山峻岭，阻不能前，询之故老，云此水发源自建昌，从来未有此变。十四年六月云南云龙州民疫疾，十家九卧，内有不病者，见鬼辄被打死，有被打显迹，有因沉病死者，有病在家为鬼压死者，百姓死将半，初五日起至十二日止。十四年秋一日，蜀忠州大㳌等三里，昼晦，雨黑子，形色如菽，平地可掬，尝之略如稻味，久而生苗如粱，后值霜侵枯槁。州守汾州人姓宋，以为瑞，郡守华阴人，姓屈，以为灾，申达莆田林中丞，取验奏闻，后州人亦无灾，惟宋守卒于官。十四年闰七月二十七日，四川乌撒府可渡河巡检司大雷雨三昼夜，水涨，山崩地裂，山鸣如牛吼，涌出清泉数千派，坏庐舍桥梁，压死人畜无算。是年八月广东琼山县飓风暴雨，海翻涨，平地水高七尺，坏房屋，军民男妇死者不可胜计。广西融县昏刻星大如箕，长丈余，流西北方，河水陡红，浊如黄河，日炎如暑，夜寒如冬，疫瘴大行，至一家全无孑者。十四年十一月十一日，四川马湖涡江水色变白，明莹可鉴，翌日浊如浆，凝两岸沙石上者如粉，十七日复清。本月十二日，叙州府东南一河，水亦如之，如浆浓者三日。十四年十一月，江西赣州府连日大雷雨，各县遂多瘴病，有朝病暮死者。云南景东府自弘治十五年正月以后，人畜疫死不可胜计，十一月十九，云雾黑暗，人往来面目不辨，昼夜不分，凡七日；又陇川宣抚司十月，大雨雹，大者如掌，小者如鸡卵，尽杀田禾。十五年，南太常卿杨一清奏：七月初三日，猛风急雨，震荡掀翻，江潮汹涌江东诸门，浩如陂湖，水浸入城五尺余，中下新河官民船飘溺入水多溺死，孝陵及天地山川坛、太庙社稷拔树木万余，是日正上圣诞，当时尤以为异，而凤阳祖陵亦以是日遭变，万岁山、龙兴寺，一应坛壝俱毁，上命祭告修省。十六年正月十八日，云南宜良县地震，有声如雷，摇动房屋，二月初三日，宜良县复黑气迷空，咫尺不辨人形，狂风昼夜不息，地中雷有声。又正月云南曲靖军民府火发七次，抚臣陈金以闻，上命南京刑部左侍郎樊莹兼金都御史往巡视云贵，奏不职大小文武官共一千七百余人，以弭天变，盖用景泰壬申命南礼部侍郎姚夔考察云南官吏例也，而樊莹所斥滇南将吏之多，更本朝未有之事。其后莹至南刑部尚书，谥清简。以上皆辛酉壬戌癸亥三年间事，其变异较之弇州所纪，更繁而怪矣。

　　先是弘治元年闰正月，南京奏连朝雷电交行，大雨雪；又陕西守臣奏天门开，人马百万自下而入；二年二月十四日，河南地方昼晦如夜，咫尺不辨人物，黄尘障天，赤光如火；三年二月，陕西庆阳县陨石如雨，大者四五斤，小者二三斤，击死人数万。弘治三年十一月彗见，五年四月彗又见，又有异鸟三，鸣于禁中，六年五月，北京东厂内地，无故陷二三丈，广亦如之。又本月内，在京明时坊铺内，白昼见二人进铺，久之不出，管铺者疑之，但见二衣委地，傍有积血，竟不见二人踪迹。又是年五月，苏州大风雷，牛马在野者多丧其首；民家一产五子三女，皆无首，二女脐下各有一口，助啼相应，数日俱死，有报到京。六年十二月初一，南京金星昼见未位，次日大雷电风雨，拔孝陵树无数；湖广郧阳府亦是日雷震电大雪，平地深三尺，冻死人畜无算。七年七月初三日，苏、常、镇三府风雨骤作，拔木飘瓦，潮水泛溢，平地水深五尺，临江深一丈，民皆溺死。八年三月，宁夏地震一日十三次，其声如雷。八年四月都御史刘大夏祭张秋湖神，天阴，帛不能燃，欲焚不焚之处，宛如人面，耳目口鼻皆具。八年十二月，京师大震电，天鼓鸣；江西大震电。九年五月，四川长宁县南树生莲花，李树生豆荚；江西安远县马鞍山顶巨石趋走下山，报至县，已走山麓，官命烧醋沃之，又锤碎，不敢上闻。是年八月，北京西直门有黑熊上城，啮死一人，伤一人。又十月，京营开操，中军大旗曳之不起，坠死引绳千户。十年二月河南修武县黑气坠地化为石，声如雷，状如羊首；云南师宗州阿定乡有一山蟠二十余丈，反移二十里，有大树皆随山而徙，不摇动，土人但闻风雨声，且视旧处皆为平地。弘治十一年十月，清宁宫灾，内阁刘健等疏云：顷年灾异频仍，内府火灾尤重，军器监火，番经厂火，乾清宫西七所火，而内官监与清宁宫之灾更为大异，盖孝宗朝火患亦最剧。最后则十七年六月，江西庐山如雷鸣，次日大风雨，平地水丈余，溺死星子、德安二县人口无算。又直隶崇明县民顾孟文雄鸡伏卵，猴头而人形，身长四寸，有尾活动而无声，尤为怪极。盖未期而孝宗上宾矣。

按弘治间灾异，实累朝所无，此天心仁爱，示警圣明，且其时上下同心，遇灾而惧，以故无损太平之万一云。

弘治八年八月十六日望，当月食不应，至十五年三月十六日望，当月食，至十六年二月十五日望，又当月食，凡三次，至期皆不验，礼部请治钦天监推算不明之罪，上命宥之。窃意是时中宫擅夕，阳不敌阴，日魄无能掩月，未必推步者有误也。使其事在嘉靖中叶，必举朝称贺，献赋颂者盈廷矣。

又弘治十二年己未，曲阜孔庙灾，柏树被焚，枝干俱尽，尤为异变。

正德龙异

　　正德七年六月，山东招远县夜有赤龙悬空如火，自西北转东南，盘旋而上，时上在豹房游戏，昼夜不还大内。十二年上始出宣府大同游幸。是年六月，直隶山阳县有九龙昼见，俱黑色，一龙吸水，声闻数里，吸渔舟并舟中女子于空中，复堕而无伤。十三年八月，云南顺宁府澜沧江龙斗，水涌百丈，行人不能渡者七日，时上在宣府。十四年五月，上在喜峰口，时直隶常熟县俞墅村，迅雷震电，有白龙一、黑龙二，乘云并下，口吐火，目如炬，鳞甲头角俱见，撒去民间房三百余家，吸舟二十余艘，并舟人空中堕地，有怖死者。十四年初夏，江西大雨，鄱阳湖涨，小孤山亦没不见，水退，死黑龙一，蛟二十余。未几宸濠反，被擒于鄱阳。时上南征至金陵京口，盖六飞四出，人皆有鱼服之忧。次年渔于范光湖，上堕水得疾北还，实与前吸舟涌水事相应，即鄱阳之怪，亦似关圣躬，宁庶人长鲸耳，不足当此变也。

　　正德十五年七月，上在南京时，有物如猪头，其色正绿，堕于上前，又拘刷诸妇人之所，皆有人头悬挂满壁，时随驾大学士梁储等上疏切谏，谓耳目所未见，而不敢斥言，不二月而上不豫，仅得至京师而龙驭上宾矣。意冢首及人头，皆属钱宁、江彬辈藁街之征欤？

　　又陆粲《庚巳编》云：正德某年，云南腾冲卫举人汪诚家后圃，夜半有龙见于八仙桌上，头角爪尾悉具，其色如粉，扪之鳞甲如刺，以来观者众，汪氏取狗血涂之，乃灭。

赤眚黑眚

　　正德八年二月，有二火星陨于浙江之长山县官舍中，大如鹅卵。七月，浙江龙泉县有二赤弹，自空中陨于县廨，形大亦如鹅卵，流入民居，跳跃如斗，良久不见。后四日，复陨二火块，烧官民房四千有余家，有一眚见于河间，家二十人同死者，此赤眚也。先是正德七年六月，黑眚见于河间顺德及涿州，夜出伤人有死者。俄又见于京师，形赤黑色，大者如犬，小者如猫，若风有声，居民夜持刁斗相警，达旦不寐，逾月始息。既又见于河南封丘县，其状亦如之，此黑眚也。时逆瑾虽除，八党正炽，朝政日粃，水火皆违其性，故南北变异如此。

雷震陵碑

嘉靖十七年改谥太宗曰成祖，其时武定侯郭勋上言，宜尽砻旧字更书之，上不悦，曰："朕不忍琢伤旧号。"命锓木书今称，加于旧碑之上。盖世宗虽以兴献帝之故，改文皇庙号，而心仍有未安者耳。今上三十二年，雷震长陵碑，上命重建，时内臣督工竣事，叙荐阁部科道诸臣，皆用骈语，如宪臣勘功胪列无异，识者已骇其僭矣。而首揆沈四明又上疏云："世宗欲改刻成祖碑而未遑，今雷神奋威，乃天意示更新之象，欲皇上缵成祖德，乘此改立新碑，此莫大之孝，亦莫大之庆也。"上优旨允行。夫上苍示警于祖陵，正宜君臣修省，反以为瑞应，形之章奏，比之王安石天变不足畏，说更悖矣。而言路无一语诮让之，异哉。

嘉靖辛酉，西苑万寿宫灾，工部雷礼疏言此宫系皇祖受命吉地，王气所钟，今天启佑皇上鼎新丕基，宜及时营缮以承天眷。上优诏答之，命速备物料兴工。自来容悦事君，前后一辙如此。

地　震

嘉靖乙卯年，关西地震，河渭充溢，韩苑洛、王槐野诸名公俱罹其祸，人知之矣。然嘉靖十五年，蜀中之震亦奇。是年为丙申年，二月二十八日丑时，四川行都司附郭建昌卫、建昌前卫以至宁番卫，地震如雷吼者数阵，都司与二卫公署、二卫民居城墙一时皆倒，压死都指挥一人，指挥二人，千户一人，百户一人，镇抚一人，吏三人，士夫一人，太学生一人，土官土妇各一人，其他军民夷僚不可数计，又徐都司父子书吏军伴等百余，无一人得脱。水涌地裂，陷下三四尺，卫城内外俱若浮块，震至次月初六日犹未止。

宁番卫东连越嶲卫，北至西天乌思藏，其属夷有名麻些者，其俗丧葬不用棺椁，将猪去肠带毛，用物压扁，名曰猪胀，用缎绫布匹裹尸同柴烧化，此等丧礼，古今夷汉皆所未闻。又建昌行都司所属会川卫夷名扑厮者，能夜变为鬼，盗人财物，又掘新坟尸，咒使变鱼形，入市卖之。以上夷俱四川上川南道所辖，去蜀省城不远，何以凶狠幻怪至此。先大父曾备兵其地，知之最详。

又

南学宪旸谷轩，陕西渭南人，嘉靖癸丑庶常，后为南吏部郎，与先大父甲子同分畿试，述其乙卯遭关中地震，云从地坼中出庐舍，不必言，即山川移易，见之纪载者已不胜书，如韩苑洛尚书、王槐野祭酒被难者尤众。惟南自云，若有人呼之令起，其太夫人亦濒危无恙，幼子师仲尚在襁抱中，闻空中喧云：此下尚有大贵人，忽提出门外，视之尚鼾睡也。地裂深者至二三十丈，然其中或有破沙锅、西瓜皮及敝衣、坏器之属无算，岂真大地之下复有地耶？师仲字子兴，当甲子岁尚未弱冠。又三十年乙未成进士，时吾乡沈继山司马为少司空，与南厚善，荐入为庶常，今涖历坊局，大贵之谶正可践也。

时渭南民因地震行劫，为学宪父宪副修吉手斩二人而止。

万寿宫灾

万寿宫者，文皇帝旧宫也，世宗初名永寿宫，自壬寅从大内移跸此中已二十年，至四十年冬十一月之二十五日辛亥，夜，火大作，凡乘舆一切服御及先朝异宝，尽付一炬。相传上是夕被酒，与新幸宫姬尚美人者，于貂帐中试小烟火，延灼遂炽。此后即下诏云南买诸宝石及紫英石，屡进不当意，仍责再买，如命户部尚书高燿求龙涎香，经年仅得八两，盖诸珍煨烬已尽，无一存者，故索之急耳。尚美人致火事未知果否，至嘉靖四十五年八月，命拜未封宫御尚氏为寿妃，赠其父臣为骠骑将军右军都督金事，而同封贵妃文氏，乃从敬妃进封者，其父止得指挥同知，则恩礼轻重可知矣。封妃之日，距圣诞仅二日，上春秋恰周一甲子，盖亟尊贵之以侑大庆上觞云。

曾闻一中贵云：尚氏承恩时，年仅十三，至册封妃，则已十八矣。又闻伊王典楧，暴横不法，内结尚贵人为援，故抚按俱莫敢问，后终以罪废失国，尚妃亦不能救。

己亥山水大灾

嘉靖十八年己亥二月，上以章圣太后崩，改葬显陵，驾至赵州临洺镇，二处行宫火发，已逮治所司矣。比至卫辉府，夜四更火发于行殿，内人及内侍多死，法物宝玉俱毁，圣躬亦几不免，逮扈行兵部堂官及南河抚按、布按、守巡俱下狱，知府王聘等送都护军门御押驾前导示众，亦可谓异变矣。是年六月，浙江天目山崩一角，出蛇数千，衢、严二府大水高二丈余，漂溺人民无算。七月，扬州大水，漂没盐场数十处，是日扬子江水陷下数十丈，中流金山至露其脚如平陆，盖大风卷水而北也。是年灾变何多且怪如此。然是春册立庄敬太子时，日下五色云现，中外欢呼大庆，然庄敬终夭，瑞之不验又如此。

讹言火庙

嘉靖二十年四月初五日未申时，东草场火起，京师人遂讹传火焚宗庙，远近惶骇。至暮大雨雹，且风霆大震，咸谓灾止草场，今且熄矣。夜分以后，火忽从仁宗庙起，延烧成庙及太庙各庙尽付煨烬，惟新立睿宗庙独存，果应讹言，真可异也。按，成庙旧号太宗，先是十七年改称祖，而兴献帝新称宗，其主与成祖同入庙，说者谓文皇神灵不豫使然，或有云诸庙尽毁，独留新庙，亦祖宗在天之灵，不安于并祀，因有此变，讹言之兴，盖神告之矣。

玉芝非瑞

嘉靖四十四年六月，有白芝生于献帝旧庙。上大喜，改其名玉芝宫，岁时祭祀，大小吉凶必告，盖兼太庙及奉先殿之礼，且又日上膳羞，如南京孝陵故事，其祭之繁缛，古来未有也。甫逾年而世宗遂弃群臣。按，段成式《酉阳杂俎》云：芝白为丧。而宋世张震为成都安抚司，其府治柱础忽生三白芝，岁余震卒于官，盖灾而非瑞也。是时献芝以千以百计者遍天下，故废庙亦产此物，所谓妖由人兴也。

雨血

北地冬春间,每遇天际昏暗,日瞳瞳无光,谓之红沙天,则边圉必有争战及败军陷将之事,都人相传以为占验。自去年辽左大帅张成胤败没,远近大震,朝议起故右都御史杨镐于家。今年选二月之廿二日,四路出师,其上疏自叙方略云某人率大兵若干从某路出云云,且自夸有成师而出、尽贼而还之语,盖兵未授甲,而敌已尽知其情,严备久矣。其前一日未申间,友人马时良太师邀饮,途中遇雨,沾在衣履,尽作血色。比至马斋中,方叹讶间,天宇陡黑,对面不辨,急呼张烛,则坊巷无赖已乘暗剽掠衣物食味,道上行人俱颠仆。凡十余刻,天渐明朗,始灭烛把酒,日圭尚未哺也。不五日而丧败报至,正辽左出师之日也。时大帅刘𬘩欲待所部川兵尽至方与交锋,而杨中丞欲速成李如柏大功,一举歼焉。

妖言进土

今上戊申年,内臣辈建西顶娘娘庙于内府内织染局,时都中忽兴进土之说,一切男妇不论贵贱,或车运或马载,以至艳妇处女亦坐两人小舆,怀中各抱一土袋,以香楮随其后,入庙献之,久之始渐衰止。又数年今上宫中忽作掠城之戏,其法画地为八方,令大珰辈以八宝投之,自十两至三两,能入者即为赏。未几戊午岁,有辽东失陷抚顺事,次年己未春大败丧地,人以为谶。

按,宋政和七年,汴京修二郎庙,俱云献土,或云纳土,竞相担负,昼夜喧阗,街陌充塞,自春历夏不休。说者以为不祥,徽宗始下诏禁之乃止,不数年金人犯顺。

花石之祸

吴中有瑞云峰,宋朱勔所进艮岳物也,盖搜剔洞庭西山最后得此,以为可匹敷庆神运石。将持入献,适闻汴京受围,道君内禅,遂弃不取。屡有光怪,凡得之者俱不利,久置隙地,后为陈太史所收,夜吐光烛天,太史病剧,因仆之铲其一角,光顿减,而太史殁矣。久之,吴兴董宗伯买之,载归过太湖,船覆石沉,用百计取出,则一石盘,非峰石也。又竭力再取，始得所沉石，配之即此石之产也。大喜欲立之，而乃子给谏病卒不果，乃孙仪部力谏以为不宜畜此妖石。适吴中徐冏卿渔浦来，屡目而属意焉。徐即宗伯爱婿也，转以赠之，徐复挈还吴。方议竖此峰，而徐亦病，旋殁矣。此石至今卧其园榛莽中，乃子中翰君欲绪成前志，终以惧祸未决也。又岭南从来无牡丹，即移植者俱不作花，相传花则损主。故相梁文康公之孙绍缵携归种之，盛花以为奇瑞，开宴会客，未几不起。故相张江陵擅国，因内阁白莲开双蒂者三，江陵疏贺，上谦让不受，而手诏归美张相德所致，未数年，张殁被籍，尽削诸恩典。然则花石之异者，类足招殃，可吊不可庆也。

嘉靖庚申年，南京振武营兵变，杀户部侍郎黄光昇。先数日，黄之私第忽聚蜂数万，结巢簇拥，自喜以为吉征，不崇朝而祸及。万历辛卯年，宁夏副总兵哱拜有雀驯扰其肩不去，诧谓旦夕登坛，次年叛兵杀党中丞，推拜父子为主，正去岁雀集之日也，因决意作逆，以致夷灭。盖蜂雀孽祸，不减花石云。

衣内出火

余观张芳洲宁都谏文集云，婢整新绫衣而火星飞出，以为异，此不足为怪。予儿童时，独卧醒来，火荧荧千点在帐中，久之方散，凡经数度，亲友辈以为文明之象，而予竟连遭大故，不克赴试。庚子冬，送李本宁维桢宪长于平望舟中，谓予曰："我昨日易一纻袍而火星四出，子知为何祥？"余谩应曰："此为离明上烛台耀，公内召必矣。"次年大计，李不免镌阶。又里中项墨林元汴长子贞元德纯，以书法自负，衣中亦有火光之异，先是蓄油纸千番于楼上，年久火出，潭潭连云，华构顷刻煨烬，总之非吉祥也。

鬼　怪

太山主者

故太仆卿费唐衢尧年，铅山人也，一日病故，入冥至泰岱谒主者，入门庑即褫衣冠,跪伏庭下。仰窥殿上有王者南面,侍卫甚严,座后列姬侍以千计,貌似故祭酒冯开之,然不敢旁问。忽被呼引见上阶,果冯也,云:"别久甚念,君虽已合来此,然此事我为政,尚能为君宽数年,亦故人情谊当尔。"目挥而遣之,遂苏,则属纩已三日矣。因作祭章奠冯墓,致厚赙,备述始末如此。冯于内典究心,平日以莲邦自许,一旦沦入神鬼趋中,为修证耶?为沉滞耶?俱未可定也。

穆象玄冥判

穆象玄名天颜,楚之黄冈人,登甲辰进士,令南海,入西台。少时为诸生,被召为冥吏,每以夜分入幽府决事。间遇亲识逮系者,亦委曲为道地,或得回生,或附轻比,往往有之。其居间请托,多属比丘,每一僧至,辄降陛加礼,所嘱事莫不响应。其僚十人,如人间曹局,一切受成于主者,所谓阎罗天子是也。得第后入冥渐稀,近来两三月一往,皆系旧案大狱未结,曾经穆谳讯者,始召与平章。诸僚新旧代去者,或未识面,间以相问,则旧者告以此旧寅丈穆公,重加款接,闻比来已绝迹矣。穆初每为人言,今苦众咻,多默不应云。

术士使鬼

往乙酉丙戌间,有方士席小堂者,能使鬼,客勋贵之门。一日徐定公挈之游郊外,车马妓乐饮食驮载甚繁,席曰:"不须如许劳攘,我一人能任之。"时方新夏,皆纳之绨袍袖中,入即无迹。比至别业,从怀袖一一取出,盖亦唐胡媚儿之流亚也。后以罪谪宣府,督军府张弘轩国彦甚礼之,终以作奸毙狱,鬼不能脱之福堂也。顷甲午乙未,闻东事纷纷,诸以灭关白自炫者,充满都下。一日有壮士十人,投大司马石东泉麾下,云得外国圣铁,一切刀剑及肤俱不能入。石面试之,良然,因大喜,咨送东征文帅宋相江应昌。宋又用利器刺之,果皆刓缺,自谓得天助。一日与倭对垒,命充前锋,鼓角才鸣,九人俱丧元,仅一人得逃,诡云战时圣铁不效。盖皆炼鬼用铁布衫术,以为戏剧则可,锋旗相对,则有太乙诸神司三军之命,邪鬼安得阑入战场哉。

三孝廉作鬼

余幼时见无锡一孙姓者,能炼鬼为役,曾至予家,谈往事如目睹,问以后事,娓娓酬答,然多不验。颇能诗文,顷刻数百言,敏而不佳。其鬼本闽中人,名章日阁,曾举丁卯解元。问其何以不托生,则云前生负此人钱,填满方得去。或云亦孙教鬼妄言,无其事也。其后则有会稽陶与龄事。陶为大宗伯承学长子,今太史望龄兄也,没已久矣。甲午年富顺李大宗伯长春之子自成,遇之于成都,谓今年其必下第,因自言姓名,后不复见。与龄先举应天乙酉榜,不知其何以至蜀也,较已胜章能远游,白日见形矣。又山西太原举人张全德者,以辛卯年卒。次年壬辰赴试者鳞集阙下,其相识者忽遇之,则改称段相公,携老仆遨游都市,与故交往还拜客赴席,无异生人。询其乡人,则因眷一女妓致疾死,妓徙居京师,因偕之来,不复匿迹。好事者多与缔交,无敢以为鬼也。此较陶与龄尤怪,近于得道尸解矣。意者此曹皆不得志于公车,愤悱余习,无所发抒,姑借鬼趣以耗磨之耶?若毕命烟粉,随逐嬉游,尤狡狯之雄也。

陶即驻世,不过成地仙,禅家所不取,而乃弟石篑津津述之,不似深于佛者。

奇 鬼

吴士曹蕃以礼经魁丁酉京兆,为座师焦太史所累被罚,来京辨复居稍久,抱病垂殆。忽见一丈夫长抵屋榱,面白而阔,衣团花皂袍,向曹深拱至地,良久方起再拱,但开目即见,昏黑张烛亦如之,惟合眼息灯,则无所睹。初犹怖骇,后习之不怪也。如此月余,自分必死,亲友亦无敢相视。一日忽不见,沉疴亦脱然。余问之学佛人,云此名拱尸鬼,然遍考梵册不得。

马仲良户部

余友马仲良之骏甫逾弱冠登第,当今才士翘楚也,在版曹有盛名,人方以华要期之。丁巳大计,忽罹白简拾遗,以浮躁外谪,时皆冤之，而不知得罪所由来。其时主议者蜀人吏科徐雅池绍吉，盖以其同年姻家冉芝芳德升一言处之，不谓其误也。始马儆一寓，其室敞而直廉，马得之甚惬意。初住亦无他，屋后隙地为溲秽之所，但每遇阴雨，则墙阴仿佛有所见，侍婢辈时时惊叫，马呵止之以为妄。后告者屡屡，马亦渐自疑，遂议他徙，初不知有伏尸也。是后人皆知非吉地，空闲者久之。会冉以参议听调，初入京，未悉近事，亦利其华焕，儆居之，始与徐往还。忽数日不至，后相遇诘以间阔之故，云方移居少暇。冉多姬侍，偕北者亦数辈，因曰："侍儿俱几惊死，吾室后废圃频有祟昼见，顿令人拆墙之将崩者，则倒直一少妇，颜貌如生，奔逃急走，至今心犹怦怦也。"徐大骇怪，俾物色向为何人私宅，则云马户部故居。徐因忿忿，谓此君少年负物望，乃敢生埋人土中，誓必重创之，以此弹章遂不可遏。嗣后乃知马儆舍之前，有士大夫妒妻杀妾而瘗之，其人已转官移去久矣。李代桃僵，古来亦有，然此妇何不祸彼夫妇以伸枉抑，而现形怖人，卒陷无辜于贬窜，殆亦前生冤对云。徐后知其事，亦悔之而已无及矣。

献县盗鬼

顷戊午年献县令江钟廉抵任，即有鬼杀妻女之异，其全家惟一婢独存，又作鬼语诉冤，此事纪之者多矣。独江夫人死后，复附魂于幸免之婢，备述初为厉鬼见杀之状，阴府相悯之言，此亦古来所有。惟所称冥中贵人，既知众鬼即群盗，妄杀无辜，且其禄命未绝，何以不为料理再生，仅仅优以男身，处以巨室，且从蜀至楚，又相距辽远，断其夫妇之爱，歼其母子之命，不复一为处分，何也？初江令吴江，与乡绅之豪武者不叶，遂造谤书去。比至献县，未视事即罹此变，哀痛不欲生，亟解官去。旋以瞽废，虽改教不能再出矣，岂前生夙业耶？

大风吹人

《辽史》记其国圣宗开泰八年五月，留打鲁瑰部节度使哼鲁里，至鼻洒河，天地晦冥，大风飘四十二人飞旋空中，良久堕数里外，有一酒壶在地乃不移，此亦宇内极异之事，断无再见者。曾闻新城王霁宇象乾少司马之始祖母，乃从空飘至其家，久而方醒，问之言语不通，盖异域人，为飓风吹堕，因为其妇，生育诸子。今王氏蝉冕联翩，贵盛无比，皆其苗裔也。余初不甚信，顷晤司马从弟王季木象巽孝廉，询之云果然。嗟乎！亦异甚矣。

食　　人

柳跖之脍人肝，赵思绾之吞人胆，以至朱粲、秦宗权之属，捕人为粮，此皆盗贼及乱离无食时偶一见之耳；若契丹东丹王季赞华好饮人血，至刺婢妾辈而吮之，犹夷狄也；若盛世天潢亦有之，则真可怪矣。周府新安王有熹者，太祖第五子周定王之子也，性狠戾，嗜生食人肝及脑胆，常以薄暮伺有过其门者，辄诱入杀而食之。其府第前日未晡，即断行迹。后以伪作兄祥符王有爝书与赵王高燧同反，逮至京，鞠得其奸，削夺居京师。猰貐枭獍，乃出帝系，亦宗藩异事也。近日福建抽税太监高寀，谬听方士言食小儿脑千余，其阳道可复生如故，乃遍买童稚潜杀之。久而事彰闻，民间无肯鬻者，则令人遍往他所盗至送入。四方失儿者无算，遂至激变挈回，此等俱飞天夜叉化身也。顷年又有孙太公者，自云安庆人，以方药寓京师，专用房中术游缙绅间。乃调热剂饮童男，久而其阳痛绝胀闷，求死不得，旋割下和为媚药，凡杀稚儿数十百矣。为缉事者所获，下诏狱讯治，拟采割生人律，或以为未允，士大夫尚有为之求贷者。会逢大赦，当事恐其有词，与奸人王曰乾等同毙之狱。

古来食人肉非出乱世者，唐则临尉薛宸，节度使张茂照，五代则金吾上将军苌从简，宋则右副王继勋，知钦州林千文。又饮人血者，三国时吴将军高澧。

小　　棺

尝闻人言，今上初年，宁夏修城，掘基稍深，得小柩数千，皆长尺许，发之有男有女，亦有仕宦绯袍进贤冠，如今世服饰，无一作古昔装者，予笑以为诞。后偶与李本宁先生谈及，云此余宦彼中所目睹者，即命锸工即日掩之，以事太幻，不敢闻之朝耳。又隆庆间古长城圮，露出小棺无数，俱长数寸，开之衣冠俨然，有一僧棺中有梵字小经一卷，一妇人棺题铭旌曰某王某妃之柩。此徐宪使名节者亲见之，以语王太仓相公，王以语王损庵太史而纪之者，王麟州太常又亲见徐公面谈而笔之杂纪，弇州又别纪之。二事俱在近时，诸公俱非妄语者，岂焦侥国果在中土，抑造物狡狯，作此伎俩博笑也？此虽在六合之内，亦存而不论可矣。

有言西北甘凉银夏之境，榛莽旷卤，妖狐窟宅其中，故屡有此异。但狐能幻于生前，死则尸仍异类，此见之载纪者多矣，今何以并骸骨亦人形耶？且黄河以西为凉州诸郡五，梁凉分据，古称沃土，灵夏赫连旧都及元昊所起地，俱非不毛可穴狐媚者，此亦未必然。

宋洪迈《夷坚志·支·丙集》载隆兴府钤辖喻绅，淳熙七年修天王院，得古冢列小石人，与近世明器相类，高数寸。又得小石牌不盈尺，其上为莲叶，下为荷花，中有真书，文曰："武神圣文皇帝之庙"，两傍夹书曰"贞元二十一年"。按唐德宗纪元贞元以二十一年正月崩，葬崇陵，生时称圣神文武，殁谥神武孝文，此四字虽略同，然当时葬长安，文碑在地中而曰庙，不可晓也。隆兴即今之南昌府，初非荒徼，何以有此小冢小碑示妖现怪乃尔。余意此必非唐帝殡宫，亦长城下某妃之类耳。

邓子龙香木

武弁邓子龙，东南骁将也，初以偏裨在粤东剿海寇，忽有一浮木触舟，弃去复来不暂离。子龙试钩取，其气作沉檀香，阅其材可雕刻，因令工治作人形，而首居大半，置之卧室，以为肖己状貌，时时抚弄之。后入粤西入滇南，为参戎副将，屡蹶屡起，每以香木自随。至关白事兴，邓已久废，邢昆田为制府起之锢籍，拜大将，命督水师，与倭众战于对马岛海中。初获全胜，深入，遇伏发而殁，后求得其尸而失其元，即以所刻香木续脰入敛。其至朝鲜时，部曲但怪其日夜婆娑枕傍，手磨此木不舍，甚怪之。已而遇害时，邓年已七十余，距得木时且四十年矣。虽云运数前定，何物枯枿，能预示妖变乃尔？乃知桓玄之头著败笼中，房琯之得梓木为棺，信乎不妄。

草木之妖

今上丙戌丁亥间,京师明智草场火发,薪刍如山,一夕尽为煨烬。次晨喧传有异,余稚幼,随众往观,见儿童辈在馀焰中竞拾诸物,小者如拳,大者如柈盎,色正黑有光,叩之声甚清越,绝类英石之佳者,第质稍轻耳。其状或为笔架,或为砚山,或为立屏,俱可供玩。又有作人、马、犬、豕诸色者,无不毕肖。余携得数件归,寻为人持去。至丁酉年八月,河南柘城县柳树破裂,迸出人物数斗,为牧竖所见,竞往收取,以呈地方官长。时巡按御史为吾邑姚罗浮思仁,因开矿之扰奏为灾异,进之御览。姚差竣到家,出以示余。其人仅长寸馀,每颗皮筋结成,色微黄白,有冠冕者,有小帽者,亦有髻龇者,纤毫无异。更有妇人,其装梳全类江南,略不似中州,更为可异。古来草木之妖多矣,未有如此奇诡者。

周公瑕

周幼海晚年辞诸生,以书法行海内,其诗颇有佳句,家亦渐起,买宅于胥门内,园亭幽胜,水树回环。一日,忽有魅昼见,大白面如盘,目瞚瞚动,不见口鼻手足,隐现不常。初甚惶骇,后习睹不复异矣。偶旬余灭迹,举家庆幸。适有客至,问云:"闻君家子不语者,已不来,果乎?"周未及对,即有声应曰:"索隐行在此。"回视则大白面已出矣。宾主愕然,踉跄而散。其园后属一挥使,为吴妓借居,余曾久留于中,绝无他异,今又属他姓矣。周无嗣,以外孙施姓者为后,更名周胤昌,新登乡书,文行为时流第一,与余善。

沈司马庄怪

沈继山司马登隆庆戊辰进士,予告归,其所善二友为冯具区祭酒、周霖沧评事,时皆困诸生,来借沈乡居庄舍为修业之所,其地去城稍远。忽有群魅啸其中,庄仆苦之。沈性素刚不之信,因笑谓二人曰:"君辈不虞魅为患乎?"皆曰:"无伤。"沈曰:"果尔,当呼仆汛扫以俟。"明方启门,则庄仆已至,请主人诸斋镝钥。沈惊问若为知之,对曰："昨三更时，群魅毕出，聚谋曰：'吾辈宜亟去，有一侍郎、一应天通判来读书此中矣，须徙善地避之。'因相率逃散，今寂然无他矣。"沈心知所谓，曰："善扫除之，吾将身至彼休息，汝勿妄言。"冯、周寓其中甚平善。庚午，冯登贤书，癸酉周继之，至丁丑冯遂为南宫第一人，仕至南大司成归。至辛丑，周尚滞公车，谒选得肇庆推官。沈谓余曰："魅语果信，具区当再出，霖沧其别驾乎？造物者素定久者矣。"予亦深信之。不数年冯殁于家，周转南大理，因乞休，又数年沈捐宾客，周寻病，又迟数年卒。冯、周名位，约略与鬼言不爽，然仅符其十七，或小损其品，或略优其秩。岂下鬼凡庸，不尽得冥司秘密，抑二公自有以致之也？沈公而在，必更有说。

奇　　疾

　　古纪奇疾，非理所有者多矣，或以为文人游戏，非必真有其事。以余亲所闻见，则有如穆吏部深者，山东济南人，壬辰进士，罢官里居。忽患异疾，耳中时闻车马之声，则疾大作。一日闻耳内议曰："今日且遨游郊垌。"即有装驮驴马鳞次而出，其恙顿除。至晚覆闻游者回镳，尽返耳中，则所苦如故。吏部公屡治不痊，一日忽洗然若失。又苏州吴江县沈参戎名璨者，行三，为吏部宁庵学宪定庵公爱弟，幼长纨绮，惰于学业，遂入右列，最后分阃广东惠潮。署中有树大庇数亩，掩映不见天日。沈憎之，欲伐去。其下力谏，谓此木且千年，有神司之，除剪必及祸。沈怒不听，斧乍施，共见巨蟒长数丈，蜿蜒入其鼻中，因发狂颠倒，不能理事，弃其官归。蛇出入鼻孔，日凡数度，其孔肤色光黑，盖以蛇往来致然。一日延方士治之，见一天神如关壮缪状，持刀入战，凡三昼夜，喧嚣之声彻于邻比。其神不胜而出，自此遂听之。家本素封，因之匮乏，凡病十年，宿患忽瘳，蛇亦不知所往。沈君为余内亲，今尚在无恙，此皆事理难晓。既以奇疾苦之，似有夙冤者，终以迁去获全，岂真如刁俊朝妻项下瘤中猴，谪限已满耶？

京　师　狐　媚

　　狐之变幻，传纪最夥，然独盛于京师，闻以举厂为窟穴，值乡会试期,则暂他徙。友人云:故元人主每遇夏月避暑上都,此犹其故习。然渐南渐少,齐、赵、宋之间,尚时作媚惑,过江则绝不闻。有言其禀性不能渡江,是不然。余浙游东西诸山,稍入幽邃,时时遇之,但不能逞妖如北地耳。问之故老云:京师无厕,居者以妇人月水弃之地,狐窃食之,遂能幻化百出,成千年狐,为玄为白,不可问矣。然闻先朝驸马都尉赵辉者,尚太祖第十六女宝庆公主,生平嗜饮女子月经,寒暑不辍,凡为禁脔者六十九年,寿百余岁,直至成化间始卒。则狐与人俱得此药力,似不诬矣。今世皆重红铅,亦炼童女经事为药进之,不特士人为然,即嘉靖中邵、陶、顾、盛之徒,咸以此致三公六卿,想亦因赵辉多寿,仿其遗意耶?

人痾

人生具两形者,古即有之,《大般若经》载五种黄门,其四曰博叉半释迦,谓半月能男,半月不能男,然不云亦能女也。《素问》有男脉应女脉应之说,遂具两形矣。晋惠帝世,京洛人有兼男女体,亦能两用,而性尤淫,解者以为男宠大兴之征,然亦不闻一月中阴阳各居其半也。又吴中常熟县一缙绅夫人,亦大家女也,亦半月作男,当其不能女时,藁砧避去,以诸女奴当夕,皆厌苦不能堪。闻所出势伟劲倍丈夫,且通宵不讫事云。按二十八宿中心房二星皆具两形,则天上已有之,何论人世。

旧传狸有两体,其年久者能变幻惑人,遇男则牝,遇女则牡,今京师有此妖,或一家中内外皆为所蛊,各自喜为佳遇,然实同此兽也。狐与狸又各一种,而世多混称之。

卷三十

叛　　贼

再僭龙凤年号

元末，韩林儿起，称小明王，改元龙凤，为史所载久矣。其时相去无几，又有袭其年号者。陕西妖贼王金刚奴，于洪武初聚众于沔县西黑山等处，以佛法惑众，后又与沔县邵福等作乱。其党田九成者，自号汉明皇帝，改元龙凤，高福兴称弥勒佛，金刚奴称四天王。后长兴侯耿炳文讨平之，惟金刚奴未获，仍聚西黑山。至永乐七年潜还本州，始为官军所擒，送京师伏诛。此盗当开创之初，乃敢啸聚陇西，积三朝四十余年而始正法，亦剧贼矣。

四僭罗平国号

唐懿宗时，浙东贼裘甫自称天下都知兵马使，改元曰罗平；至昭宗朝，董昌据越州，又称罗平国，改元天册；元世祖至元二十年，广州新会县贼林桂方，又伪号罗平国，改元曰延康，盖已三称罗平矣。至本朝永乐十七年，交阯东潮州安老县妖僧范玉，亦僭号罗平国，纪元永宁，以贼万善为入内检校左相国平章军国重事，以贼吴忠为入内行遣右尚书知军国重事，以陶成为车骑大将军，参行为司空。诸贼寻为总兵官丰城侯李彬等所擒，而玉终不获。

按是时正张英国三下南交之后，天威震叠，而交人犹反覆若此，则此方之狡狠可知矣，宣德间弃之未为非策。

后报范玉就擒，亦伪。

妖妇人

永乐十八年，山东鱼台县妖妇唐赛儿，本县民林三妻。少诵佛经，自号佛母，诡言能知前后成败事，又能剪纸为人马相斗，往来益都、诸城、安丘、莒州、即墨、寿光诸州县，拥众先据益都。指挥高凤等讨之，俱陷殁。上命使驰驿招抚之，不报，乃遣总兵安远侯柳升等讨之。贼众败去，余党渐俘至京师，而贼首不得。上以赛儿久稽天刑，虑削发为尼，或混女道士中，命北京、山东境内尼及女道士悉逮至京师面讯，既又命在外有司凡军民妇女出家为尼及道姑者，悉送之京师，而赛儿终不获。

一云赛儿至故夫林三墓所，发土得一石匣，中有兵书宝剑，赛儿秘之，因以叛，后终逸去，盖神人所佑助云。

李白洲

李白洲士寔，江西人，初登第与罗懿正伦、李宾之东阳、林见素俊、杨邃庵一清、李献吉梦阳相善，其才名亦相埒，敭历中外，官至右都御史。年七十二致仕，予一子官，赐驰驿归，且命有司给夫廪，恩礼甚备。居家十许年，为宁庶人宸濠所劫，遂从之反，时年且八十馀。被获，为按察使伍文定所挞，创甚，死狱中。诏锉其尸，妻妾俱没官。使其早死数载，则名列耆硕，且更叨饰终之典矣。此何异乔琳之从朱泚，夏贵、刘整之降元，所谓名德不昌，遂有期颐之寿也。

李白洲预为墓道，托李献吉为生志，竟不及葬其中。当时献吉为逆濠阳春书院记，几罹大僇，使其时更举白洲志文以讦者，献吉必不免矣。

宸濠之叛，以士寔为太师，刘养正为军师，盖窃取太祖时善长、基二公同姓也。然韩国以嫌赐死，若青田为胡惟庸所毒，在当时已凶终矣。

马祖师

吾郡西北数十里聚落名乌镇者，嘉、湖、苏三府交互之地，最为奸人渊薮。嘉靖丁巳，有妖人马镇者，寓民沈松家，以幻术惑众，有毛荃、计中等为之羽翼，更相诳饰，诱胁愚民，约以是秋九月之甲子日起兵取吾嘉兴府。会有密告其奸者，官司以兵捕之，其党有被擒者，有授首者，惟马妖树青白二旗，纵火肆掠。官兵追及于南浔双林间，众皆歼，独马祖师逸去。时嘉禾兵备为沧州刘焘，有威望，以拒倭著声绩，亦遍踪迹之不能得。此等剧贼，几与永乐中妖妇唐赛儿伯仲，若宋李顺遁去三十余年，终被获受诛，真不足数矣。

乌镇虽一区，仕宦及富人甚夥，今上初，乡绅建议，请于朝设一府同知专治其地，钦给关防，得竟自发兵省直捕缉盗贼，而奸终不止，徒供隶卒扰害良善，毫无裨于地方也。今日事权日替，同知但坐府，不复至其地，与无官同。又塘西镇亦添设一通判督捕，总之赘员也。同知列衔湖州府，通判杭州府。

正德间四川贼首刘烈，本名乐，眉州人，冒为举人，匿保宁山中，寻又他逃，或传由云南入外番。时川东贼蓝五、廖麻子等僭称王号，川陕中多窃名刘烈者，因募能擒烈者，赏银二千两，至图形以购之，而真刘烈竟不知所在。时总制为兵部尚书洪钟，巡抚四川则右副都御史林俊云。

武定府初叛

嘉靖六年冬，云南土舍安铨作乱，侵略寻甸府、嵩明等县，俱陷之。七年三月，武定府土舍凤朝文反，杀同知以下官吏，劫夺府州印信，举兵与安铨合攻围云南省城。是时安铨方炽，朝文又起，全滇震动。会议举才望大臣督兵讨之，诏以伍文定为兵部尚书，督四省土汉官兵，户部左侍郎梁材兼宪职，持金三十万，备饷以行。二臣皆一时选也。镇臣黔公沐绍勋，初遣武臣往抚，不从，反见杀，遂进兵。二贼酋败逃归寻甸、武定二府。初朝文诳其部内谓土知府凤诏母子已受天朝诛戮，且将尽杀武定府夷民，人俱信之。未几，凤诏同其母自省城归武定，夷民震骇失措，俱奉新诏降附。朝文计穷，绝普渡河遁走，官兵追败之。乃率亲信数人，取道沾益州，欲走东川。至汤郎箐，被大兵追及，碎其尸。安铨未知其死，亡入东川，纠合芒部，为土舍禄信所执,滇中遂平。是役也,始于朝文助逆,逼逐其主凤诏,至围困会城,与今上丁未年阿克索印之变无异,相去凡八十年,终覆其宗祀,盖其天性好乱,非一日矣。但伍司马大兵未至而乱已平,则黔公之才,亦非近日沐叡可及。

武定府改流

云南武定军民府,在唐为姚州地,名罗娑府,元为武定路。本朝洪武十六年,酋长地法叔(一名弄积)妻商胜者,倡义归附,太祖嘉之,命为土知府。至正德间,其孙名阿英者,始改姓凤,传至土知府凤诏,死无嗣,其母瞿氏代袭,既久而老,乃举诏妻凤索林自代,已而悔之。索林嗣事,颇失事姑礼。瞿氏恚怒,收异姓儿名继祖为凤氏后,欲立之,而废索林,既不克,乃具疏称为索林所囚,令继祖诣阙上之。继祖归,即伪受朝命袭职,逼夺府印。索林挈印奔省城,抚按恐生变,谕索林归视事,仍听继祖与瞿氏同居,由是姑媳愈相猜。有土总管郑宏,故寻甸土舍也,索林以为子,用其计欲诛继祖。谋泄,继祖大发兵围府,且攻掠和曲、禄劝等州县。索林复挈印奔省城,与郑宏同处。于是继祖益肆。朝议集土汉兵讨之,杀其弟继英,众溃而继祖遁去,而武定民劫于积威不能安,索林不敢复居府而他徙。继祖复入武定,愿献银千五百两,分四庄自赡,永奉约束。镇巡官以闻,世宗许之,仍议立新城以居流官,令郑宏归府复业。继祖闻而大怒,执宏杀之,以兵攻新城。土官百户李鳌等败死,佥事张泽督兵驰救亦被杀,亡失士卒无算。于是诸道及夷兵赴剿者俱集,土官禄绍先、女土官安素仪等与战,大破之。先以捷闻。会女土官凤氏先班师,抵家,即为仇刺杀,盖继祖为之也。穆宗命与棺殓银三十两,川贵二省益大会兵围之。继祖弃新城,携凤索林遁入四川会里州,依东川妇家阿科等。既二省官军与汉土兵尽会,继祖穷蹙,贼帅者先乃斩继祖以降,其党姚安府同知高钦等亦为姚州土官高继先擒以献。穆宗命贷钦死,降袭姚安府土经历,武定府遂改设流官知府云。按,宋淳熙间,段智兴有国时,以阿历为罗武部长,其裔孙法瓦浸盛,并有邻部。自元迄今凡踞其地者四百余年,至是而失之,其祸起于瞿氏小忿谋立假子,致寻干戈以致覆亡。初，商胜以土妇效顺太祖，至赐敕奖谕，其诰曰：质虽柔淑，志尚坚贞，万里来归，诚可嘉尚。可特授中顺大夫武定军民府知府，并赐朝服、织金衣、纱帽、金带。至瞿氏亦以土妇基祸，家国兴亡系一女子，可为永鉴矣。

正统二年，云南武定府又有女土官知府商智。

武定三叛

凤继祖既灭，凤索林者亦削籍安置云南省城矣。朝廷尚不欲绝凤氏之后，授凤氏宗人思尧为土经历，给以庄田百余处。思尧即索林支属也。其父凤历者，尚以不得知府怨望，阴结四川七州及水西宣慰安国亨谋作乱。知府刘宗寅抚谕之不听，遂聚众自称知府，夜袭府城。城中先有备，不能入。宗寅夜出兵斫其营，贼溃，追至骂剌山，擒历以闻，时隆庆三年也。上命诛历，以国亨谋叛未发，姑宥之。

武定四叛

凤历既诛，其余孽走金沙江外，心未尝忘武定也，雌伏者四十载。至今上三十五年，武定土酋阿尧即凤克，倚四川东川土知府禄氏为穴，始渐强盛，乘巡抚都御史陈毓台用宾之揸刻，夷汉俱不堪之，用其谋主郑举策，遂称兵攻城武定，陷府城，其乡绅傁尧司等附之，进围云南省城，索府印。时守备空虚，城垂陷，用宾乃与镇守总兵沐叡及二司大吏左布政薛梦雷等谋之，竟以印畀阿克，始欢跃辞去。克本夷奴之下劣者，既得印，自谓真为知府，且图拓地，遂并攻下府属元谋、禄劝等州县，并取云南府属之嵩明州罗次、富民、禄丰等县。禄丰知县苏梦杨死焉。用宾乃大发兵进征，生擒阿克，尽复所失州县，上功于朝，言路始昌言攻用宾失城弃印之罪，逮系入都论斩，以至知府陈典、推官白明遇、禄劝知州黄榜俱从极典。后陈瘐死狱中。武定凡四叛，皆夷灭，固夷性使然。然陈抚滇十六年，实少善状，弃印失地固可罪，旋复地俘逆，亦足稍赎一二。陈之子斗昭者，以父军功荫锦衣世千户，为北镇抚理刑，其父逮入诏狱，尚呵殿出入视事如故，人咸以为骇。

阿克之祖，改姓凤氏久矣，克称兵日，忽自改姓名曰鸟腾霄。人咸怪之，且臆之曰：鸟何物而能腾霄耶？是且立败，已而果然。

妖人王子龙再见

向来白莲、无为之教盛行，如宋人所谓吃菜事魔者，南北并起，盖不胜书，惟稍涉时事展转蔓延者，姑记其略。己丑年，广东始兴县人李圆朗者，习先天演禽，自云能剪纸为人马，飞剑斩人头，有起死回生之术。因结翁源人王子龙，称黄巢后裔，祖遗金十二窖，欲与人均用，因以聚众，托云弥勒下生，至龙南县亦有从之者。因肆焚掠，攻南雄府不下，虔抚秦耀檄兵讨捕，擒斩于阵，事已结矣。至次年庚寅，而两广督臣刘继文，因惠州异人王子龙能点化奇方，索之不得，诡称此真王子龙逃逸未获，欲以叛臣法诛之，为知府孙光启所持，乃潜毙之狱。孙弃官去，刘事彰闻，为给事王德完论劾罢归。光启从废籍再起，事始得白。乃知妖妄固当诛夷族灭，即九转真丹亦徒足杀身。但两人同姓名，同在一方一时，并罹非命，真天壤间怪事。刘既弄假成真，失官归家，寻亦郁死。大抵烧炼一说，高明士人溺之尤深，往日王昙阳辞世，以不信黄白男女为第一戒，真疗狂格论。曾见一二少年，躬亲炉火，被药物之毒，熏腹夭殁，安得见死水银分毫也。如王子龙遇真仙，授仙术，不幸横死者，万中无一。

妖人赵古元

庚子之冬，江南传闻淮沛间大盗起，且如赤眉黄巾，旦夕扰宇内，既而次第就擒，则当事张皇太过耳。时有赵古元者，本名一平，浙之山阴人，惯习妖妄。有丽水县妖妇人王氏，亦假佛号惑人，传派孙枝，与义乌县吏人陈天宠同志，淫朋传香，浙东一路愚民皆为所诳诱。会王氏夫死，一平构娶为配，造为《指南经》等妖书，令天宠等诸党投散各省会以及两京，其事渐彰。惧祸及，乃走杭州，复聚众逞妖，为诘盗者所谁何，辄拒捕杀人，窜走徐州，改今名。时税监陈增横于彭城，诸无赖狎集，颇从古元习其教。抚院李修吾侦得，密遣健卒搜捕，尽获其徒党。李欲张大其功，上捷于朝，云古元造反，窥伺神器，乃又改其名曰赵赶朱，意且将图革命，而徐州兵备郭光复又附会其说，益侈言立擒大逆，朝野之福。时四明当国，田任丘秉枢，皆谓事小不足当封拜重典，且古元祸首，逸去未获，遂迟其赏。未几，古元复亡命三辅，至宝坻县被获，械送都下，讯验具伏，法司会讞用妖言律，古元、王氏、陈天宠三人枭示，余或论斩遣戍有差。是役也，古元正与杨应龙俱授首。李中丞自负再安宗社功，出播州上，而为庙堂所排，怏怏见词色。次年辛丑外计，郭光复坐浮躁降级，以获古元功得复原职，独不及中丞，自是中丞益不平，与朝端如水火。又六年而刘天绪事起，一时持论者遂立意挫抑之。时中丞方拟入相，诸参疏攻孙司马，实代中丞泄愤也。不知古元罪状止此，无可加，而李中丞极力描写，谓古元为宋朝苗裔，生有异姿，题诗见志，伪帖总兵十万，约以二月二日八路齐起，先取淮扬，次取徐州，次取金陵、燕都，精兵十万，夹杂粮船帮内，其反状甚真。总皆风影之词，毫无证佐。比近畿获古元，则事在刑曹，情状毕现，有识者益笑李说之诞，而李亦咋舌退矣。若天绪之僭帝号擅拜官，且谋震惊陵寝，戕害公卿，逆谋显著，此岂可同日语哉？操白简者以意中所爱憎，评议公罪，而事变之大小，刑赏之轻重，弃置不论矣。

妖人刘天绪

万历三十四年之十月，南中获妖人刘天绪，本河南永城县人，流寓凤阳临淮县朱龙桥。尝奉无为教主，妄言近桥有退骨塘，入浴其中即脱骨成佛，里民王宗、张名、吴凤龙等皆信从之，各署伪号，有十二天、十二佛、十二星之名，久之徒党日众，至千馀人。天绪遂怀不轨，自称为辟地定夺乾坤李王，与南京寡妇岳氏通奸，与宗等约曰："若等以十一月朔旦，从我至神烈山拜天，即有蒙气上腾，如无此气，即吾无帝分。"至期，宗等如言与天绪登山，升志公说法台拜天，望气无所见。既下山至朝阳门外，果见黑气一道，状如天河，自西北至于东南。宗等遂信为真主，相与定谋购造弓刀器械、勇巾红服。天绪又自号为龙华帝主，岳氏为观音，僭封为后，岳氏子用赭帛书封护国将军，又伪封王宗等十余人为国公、侯伯、将军、指挥等官，约于是月二十三日长至节乘百官谒陵举事。会其党操府家丁陈维岳、张应登等惧事发祸及，先期告变。御史李云鹄密捕尽获之，实讯以闻，事下兵部。方妖民事起，南本兵孙矿以承平日久，人不知兵，南中十羊九牧，思乱者众，宜一大创之。上意以为然，而署南刑部大老力欲轻之，仅从妖言律，置刘天绪一人于斩，余悉宽贷。上不悦，以逆状甚显，岂得仅比妖言，驳发北刑部。乃以徐州赵古元例上请，天绪等二名锉尸，余五人坐斩，而赦其余，犹用妖言律也。时方议宣捷，且告庙叙功，于是南北科道孙居相、曹于汴等，齐起而攻孙矿以及南职方郎刘宇，指为悖旨殃民，贪功生事，上留中不下，意盖不直言者。而孙本兵辨疏甚激，上乃传旨欲重处言官以肃法纪，赖辅臣力救得解。于是仅告庙宣捷，而赏功之典一切报罢。自此孙愈为言路侧目。至己酉冢宰之推，遂用全力摈之，尚指及前事，刘宇先亦降级调外矣。时门户之说盛兴，但问趋向异同，不问事理曲直。自孙、刘被论后，一时当事者俱以诘奸为戒，日事姑息。妖党蔓延，充遍南北，白莲等教在在见告，致烦兴师动众，灭而复起者数年。人始有谓孙矿、刘宇当日处分非过者，终不敢讼言白之也。

随佥事

山东鱼台人随府，己丑进士，官按察副使，夺师之产，为师子屈瑶所奏。上方冲年，欲置重典，赖其座主张蒲州相公为力奏云：告讦不可长，乃止从勘处。后吾乡陆五台掌铨，独器爱之，从废籍起知州，超为宁夏河西道佥事。党石被戕，随幸免祸，为哱承恩诸贼劫以为谋主，遂执偏裨之礼，后事平论罪从永戍，议者犹以为漏网。又有宁夏乡绅穆通政名来辅，以奉命阅视暂归，亦为叛卒用，与随同戍，随为乡论所薄。上以其悖本，亦深恨之。不知何以见知于陆，然因见知而得重谴，倚仗自有不可知者。

盗贼赋形之异

史言防风身之大，姜维胆之大，皆疑非理所有，盖亦少所见多所怪，徒以臆断耳。成化初，四川反贼赵铎传首至成都，好事者戏秤之，重至十八斤，亦云异矣，古语岂尽诬哉！铎初谋为本邑医学训科，县令索赂，称贷献之，久而不得。富家索逋甚急，又为仇邻讦其窝盗。遂决计谋反，至杀都督何洪、绵竹典史萧让等，贻一方之害，损朝廷之威。其故甚微，墨吏富民实为祸首。

妇人行劫

乙未丙申间，畿南霸州文安之间，忽有一健妇剽掠，诨名母大虫。其人约年三十，貌亦不陋，双趺甚纤，能于马上用长枪，置一豆于地，驰骑过之，下一枪则剖为二，再驰再下，则劈为四，其精如此。遇之者不知其能，或与格斗，必为所杀，横行者三四年。前后有夫数人，稍不当意，即手刃之。有一徽人王了尘者，善用铁鞭，闻此妇绝艺，拼死与角，半日未解。此妇遂放伏讲解，留以为夫，有嫪毐之能，恨相见晚。王寻见此妇所杀太多，官兵渐谋取之，恐并入网，遂潜逃入京。此妇恨极，挈精卒数骑入京城踪迹之。都下见其异，亟集选锋辈往捕。此妇驰出城，追骑及之郊外，内一人败，为所杀，然诸军愈盛，其从骑俱逃散，就阵生擒之，磔于市。

发冢

冢墓被发，即帝王不免，然必多藏始为盗朵颐。如王荆公清苦，料无厚葬，其墓在金陵，正德四年，南京太监石岩者营治寿穴，苦乏大砖，或献言云近处古冢砖奇大，遂拆以充用，视其碣乃介甫也，则薄葬亦受祸矣。又正德九年，扬州府海门县城东有古墓见发，视其题乃骆宾王墓，启棺见一人仪貌如生，须臾即灭，盖英爽未散也，则义士亦受祸矣。顺德府邢台县有元刘秉恕墓，嘉靖初被发，不知主名，视其谶记云：发冢者李淮也，官司捕得其人正罪。秉恕即秉忠弟，盖精于术数者。嘉靖八年山东临朐县有大墓，发之乃古无盐后陵寝，其中珍异最多，俱未名之宝，生缚女子四人列左右为殉，其尸得宝玉之气，尚未销。以上俱本朝近事，故记之，远者不及详矣。又数年前，吾邑沈纯甫司马避湖州，彼中发一墓，碑记云：梁昭明太子妃，沈约女也。尚生能言，云我炼形已满，飞举在迩，慎勿见伤。盗不听，斩其一指，血缕缕出,遂死。其棺内外宝货不可胜计。沈得其冠簪一枝,长数寸而古,作绀碧色,出以示余。

按,史昭明传及沈约传,俱无沈女为妃事,乃知传纪失载多矣。

陶隐居墓,宋元祐中亦为内侍罗淳一所发,岂神仙亦难逃定业耶?

土　司

土　官　职　名

本朝土官之名,多仍元旧,如宣慰使始于唐,不过一时因事而设,初非兵官,亦非守土吏,事定即罢。又如宣抚使,则始于宋,其事权最重,文武大臣至两府始得拜,而安抚使少次之,尚得专僇大将;今去使字为从四品、从五品官,且属都司或府铃辖,而卑极矣。至若招讨使一官,在唐为制将,遇外夷不廷及藩镇违命,始暂设遣征,吐突承璀以宦官得之,白居易力谏而改命,其重可知,今秩亦与安抚同。然今海内惟四川有天全六番招讨使司一衙门,他方更无此官,不知何故。然而正副两招讨,一高氏,一杨氏,世相婚姻,世相仇杀,仅通西番入贡之路耳,无能为西陲藩蔽也。

夷　姓

传闻西南诸夷初无氏族,国初黔宁王出镇,诸夷来降,乞姓者凡三族。黔宁曰:"汝辈无他,但怕刀剁耳。"即以三字分作三姓,不知果否。今夷姓刀者最多,姓怕者惟孟艮御夷府土官一家,其剁姓则未之见也。滇载又云:云南夷酋姓曰刀、曰罕、曰曩者甚多。相传国初定诸夷时,高皇帝恶其反覆,赐以刀、曩、斧、斫四姓,其斫氏今作罕,亦作坎,但无斧姓者,意其已灭绝。即夷姓又别有荼、只、伽、卡(可打切)、阿、绞、㐌、㟝、矣、刺等字,俱中华所无。其所纪似不妄,然则云黔宁赐怕刀剁三字姓,或是他夷,抑本一事讹为二事也。

夷酋好佛致祸

靖远伯王骥之平麓川思任发也，事在正统初年，世所共传，而国初洪武间叛乱事，人或未知也。麓川本名平缅宣慰使司，其俗无不喜佛教。至是有僧自云南来，为因果报应之说，思任发之父名伦发者信向之。又有金齿戍卒，能为火器炮铳，逃入其境，亦为所喜，赐以金带，列诸部落之上。其所属酋刀干孟者恶之，遂偕其类俗内叛，率兵寇腾冲府。伦发畏怖，挈家走云南。守臣沐春送之京师，太祖仍遣还云南，赐之敕，仍赐黄金百两白金百五十两，又敕西平侯春令其且止怒江，谕干孟必归其主，如不从，然后加兵。春又奏干孟求入贡，别授土官，盖闻朝廷致讨震惧；而伦发故所部忽都亦据守腾冲怒江及黄东等处，俱向化归朝，干孟惧为所攻，欲挟朝廷之威以拒之。上谓远夷诡诈诚有之，今且抚谕忽都，而审度干孟诚伪。已而干孟终不肯纳伦发，乃大发兵直捣南甸，杀其酋刀名孟。会春炳卒于军，改命都督何福其讨干孟，始就擒，伦发得归国，未几卒，而太祖亦晏驾矣。初上之遣伦发也，敕谕曰："古云，民之所好，好之；民之所恶，恶之。此之谓民之父母，尔与民心好恶不同，故为下人所不容。"盖以古有国者待之，初不谓其佛之非也，大哉王言，远人安得不感服？其后思任发叛，讨平之，降为陇川宣抚司，更立多氏者为宣抚，腾冲府令为卫，怒江令为潞江，以长官司升安抚。

夷妇宣淫叛弑

弘治十二年六月，贵州巡抚都御史钱钺，始以夷妇米鲁叛入奏，盖米鲁之扰黔久矣。鲁为沾益州土官安民女，嫁普安州土官隆畅为妾，畅老，以其子礼代其职。时鲁以罪为畅所逐，乃依礼以居，而与营长阿保私通，礼亦烝焉。鲁谋夺其土地，因构礼令与畅成仇。畅怒，毁保居室，掳其财物。阿保与礼遂僭兵作乱，焚畅所部寨舍仓廪，杀其从者，畅遂大发兵诛礼。阿保见礼死，遂与米鲁图篡窃，乃命其子阿鲊莫、阿歹儿等发兵攻畅，破其寨百余，杀掠甚众。畅惧走遁云南亦佐县。镇巡官乃召阿保等与畅会盟，戒以息兵，会罢，米鲁潜令人掖畅上马，因中毒而死。保与鲁为乱滋盛，屡破堡寨，杀伤官军，抚臣屡抚之不听。先是畅有庶子隆珀，与其母居安南卫城中。阿保复欲害其母子而并其地，乃于安南城外筑阿先硬寨，自率兵守之，于普安城外筑普墨硬寨，令阿歹儿守之，于柂长江东筑猴场硬寨，令阿鲊莫守之，又筑查剌硬寨，据险自固，相去各三百余里，自称无敌大王，号所居为承天。都御史钺大惧，与总兵东宁伯焦俊等，大兴兵讨之，贼溃去，乃召沾益土知州安民赏之，令访贼所在，率兵为先锋深入，得阿保于查剌山箐中，阿歹儿、阿鲊莫亦被擒。俊、钺等以闻，谓贼阿保弄兵十一载，终就平殄，上功于朝，其辞颇张大，而米鲁及诸从贼张容保等，俱拥余烬遁矣。至十四年秋七月，米鲁久匿其侄沾益土官安民家，借以兵再出夜袭，杀故夫隆畅妾适乌，执其子隆珀、隆塔，俱杀之，凡十五人。其故营长福祐等迎鲁归本营，四出焚劫，又攻普安欲据之。普安危甚，并以上闻，乃命官兵会讨。都指挥吴达与战，大败被执，镇守太监杨友乃奏："大兵失利，主帅遭掳，臣躬亲招抚，赚出吴达，然后进兵征剿，巡抚总兵不听臣言，掣肘难行，乞命豁臣罪。"兵部覆议云："贼之未盛，不能早图扑灭；及米鲁福祐逃遁，不行追剿，使复归普安，纠聚众兵，戕其夫主及其子女，灭其宗裔；又临敌不知设备，以致败衄损灭。杨友每奏必自以名冠疏首，今事败妄言巧饰，宜并抚臣钱钺、总兵丰润伯曹恺取回，别遣大臣往剿。"上是之，命户部尚书王轼兼宪职以行。米鲁闻之，乃纳款于杨友，友信之，奏于朝，普安州土妇米鲁已听抚，送出官马，如其土俗以财物偿杀死官军，以求罢兵。事下兵部，议不可，且谓杨友专恣，初受鲁降，独奏以为己功，当罪。上是之。俄米鲁果兵围普安，几陷，时轼师未至，杨友贪功，统兵先入其地，米鲁又战胜，执友以去，监军右布政间铤、按察使刘福、将帅都指挥李忠武、郭仁、史韬、李雄、吴达俱战殁，贵州大震。王轼既至，乃大调汉土官兵及湖广云南各兵协剿，凡二十万人，起致仕都督王通于家，为大帅，立纪功御史监其军，八道俱进，苦战几匝岁。次年七月，各路俱奏捷。米鲁兵败欲遁，为逻者所获，福祐就阵授首。事平，升赏有差。未几，轼又械米鲁余党阿杂等五人至京师。上命不必覆奏，俱斩之，余给功臣为奴。是役也，西南驿骚十余载，两举大兵，丧失文武大吏数人,糜士卒金钱无算,而其祸止因一夷妇宣淫,尽灭隆氏之宗,其弑逆忍忮,唐之武、韦不足道也。盖始于隆畅之耄聩,成于杨友之幸功。何物牝孽,梗我全盛。衽席之上,篡贼兴焉,持太阿者,可以戒矣。

流官属土府

西南土府知府,仅得统土知州、土知县而已,惟广西思明府之上石西州,云南丽江府之通安、巨津二州,其知府俱土,而州守则为流官,不知堂属体统亦如内地否。又如广西泗城州,其属程县为流官,正德中土知州岑豹亡状,逼逐流官知县,而自领其事,朝廷遂不除吏以至于今。又思明府所属尚有禄州、西平二土州,正、嘉之间,为交阯所侵陷,思明既不能克复,大司马亦不能讨,漠然置之罔闻。国事如此,何以鞭笞四夷!

在内地则安乐、自在二州,其知州皆文臣流官,乃属辽东都司,亦奇。

土官之异

土官入为京朝近吏者,隆庆辛未进士宋儒为礼部主事;中国人出为土官者,近年思城知州赵天锡,皆奇事也。宋为麻哈州世袭土同知,冒北直隶定州籍登第,且选为庶常;赵本江南女优,游粤西见嬖于土酋,因得袭职,尤奇之奇也。宋以木天华选仕不得志,谪布政司经历,坐大计归。其父珠已老,乃以世官授儒之子袭替,儒擅用军兴法调土兵杀人构乱,至己卯年用叛臣法诛死。赵善笔札,曾与旧知书,婉媚纤弱,全是黛衾本色。乃闻其得官之故,则鸩所天及正室,而赵氏无他子,遂以夷法妇袭夫官,其人至今在。然则此妇虽夏而变于夷,似贤于宋多矣。

永顺彭宣慰

湖广永顺宣慰使彭元锦者,淫恶多狡计,遍遣把目渔色于外。偶一二土酋把目至京,遇溧阳监生冯泰运,与之往来。冯故富家,以歌舞六博荡尽，正无聊赖，诡云有所识名妓，可罗致以献。把目大喜，邀与俱至永顺，初亦礼为上客，其言渐不验，遂縻留之不遣，托以训子，授馆谷，畀夷婢四人侍之，虚拘者数年。冯虽强羁，忧挠无计，偶有邻洞土司本系世仇，久不相报，忽拥精骑袭之，彭以无备大败奔北，依其属长官栖托。冯得乘间逸出，弃其二婢，仅以二人出虎穴，既又弃去，仅留一孕者与俱，间关至都下。孕者自云姓申，本贵州思南府婺川县人，世为仕族，同胞兄名承文，曾登辛卯乡试，今已在官途。其女初为杨应龙入婺川掳入播，继彭元锦奉制府调遣征杨，又从播得之，久在永顺，习知元锦诸罪状，道之娓娓，冯亦不甚信也。其寓在玉河桥，偶有一浙江解银官至，僦寓比邻。问其官迹，则云台州府经历，以四川富顺知县谪是官。冯询名姓，云以孝廉起家黔中，申承文其姓名也。冯大惊异，立招邸中款之，令婢窥于屏后，果其嫡兄，因相持对泣，重叙亲谊，且诉向来兵燹乩离之苦，喜极而恸。冯故本有子，数日后申氏忽诞一儿，壮实可养。此皆余所目睹者。冯自得子后，家渐康，入赀，旦晚且得官矣。

樊哙祠

今祠庙之盛无过玄帝及关公，且遍天下。蜀中则诸葛武侯香火最盛，川北一路则独祀张翼德，盖阆州故其部内也。二公功德在蜀，宜其血食万世。惟楚中土司则不然，冯君自永顺司还，述彼中止尊舞阳侯樊哙，在在敬事，杀人亦献首于其庙，俗能徒手制虎，縻而生祭之，方敢开剥。闻楚徼外，保靖、石桂、酉阳诸土官皆然。不知狗屠有何神灵，独飨此夷方尊礼至今也。冯君又云：杨应龙为其姻家安强臣所匿，陈伪尸诡云焚死，今杨现在水西无恙，此亲得之彭元锦口述者。不知元锦数仇安氏，以此诬构之耶？抑真有其事也？冯又云：彼地无卤井，故盐特贵，非富贵人不得食，至有终身不识其味者。人家无宿舂，晨起则老幼共杵一日之饷，若食隔夜所舂，即头痛不起，有时不给，辄饭脱粟，云是诸葛公遗令，坐是二端，谋叛辄沮。余谓山川为蜀境，故应世奉武侯之禁，永顺在三国似为吴所辖，何以亦遵约束也？不知他土司亦然否？又云彭元锦为政，酷忍不忍闻，其所统三州六长官司，俱夷灭无余，自署其子弟为酋长。今入觐与承袭所列某司某司者，俱伪为之，且禁部中夷人不许读书识字，犯者罪至族。至此其蓄谋不小。因思各宣慰司亦有设学者，何不仿以遍行，使袭冠带称儒生，或少革其犷戾，免至他日为播州之续也。

按万历乙未进士喻政，贵州铜仁长官司人，登第后，奏长官李氏虐用其民，因废司为县，设流官知县，降李氏世官为主簿，故元锦尤有戒心。彭氏自五代从湖南马氏起，有土溪州刺史彭士□著节，马氏遂世袭，至今七百余年。与保靖之彭亦本一家，世为婚姻，世相仇杀，此故土夷故态，而传世之久与播州杨氏略同，过安氏远矣。安本蔼翠之后，奢香即其始祖母。

岳凤投缅

岳凤者，本江南之苏州人，其先世贾于陇川，至凤而多才有智数，因充宣抚多士宁记室，士宁倚以心膂，以妹妻之。凤既用事，谋篡其位，与三宣六慰各土舍交昵，而木邦宣慰使罕拔尤为同心，因相与歃血叛逆。乃诱士宁入摆古，谒缅酋莽瑞体，凤以计鸩士宁杀之，尽戮其妻子，攘陇川钦颁金牌印信以投缅。时瑞体正四出辟土，受其降，伪受宣抚，因为效死力。莽应里既嗣位，凤与子曩乌等俱为帅，诱天朝兵大败之，掳士宁母胡氏及其宗族六百余人，送应里，尽殪之。又谮杀诸同列并有其众，密约孟琏土司叛目刁落参同逆，力劝应里入寇，遂率众兵数十万，分道犯内地，陷千崖、南司诸土司，因腾冲、永昌、大理、蒙化、顺宁、景东、镇沅、元江等郡，破顺宁府焚之，又使其子曩乌领缅兵六万突至猛淋，指挥吴继勋等战死，声势大震。邓川土知州何钰者，凤友婿也，遣人以好言招之，凤辄缚以送缅，缅酋应里因督凤内侵愈急。时罕拔已贰于缅，其子罕效忘亦单骑归我师，应里怒，遂攻陷其城而据之。何知州又遣人说凤降附，时我中国大兵已四集，刁落参者被戮于阵，凤颇震惧，始命侄岳亨诣永昌军前听抚。时抚臣遣游击刘綎受其降，綎至陇川，则缅人之戍陇川者，已诇知情状，其酋名散夺者，已跨象率所部先一夕遁矣。万历十二年正月之朔，凤偕其妻子弟侄及所统夷汉归命，尽献所受缅书、缅银，及缅赐伞袱、器甲、刀枪、鞍马、蟒衣,并伪给关防一颗。抚臣刘世曾张大其功俘献凤等,上御午门受俘,及廷臣称贺,磔凤于市,尽诛其妻子族属。抚臣与黔公沐昌祚晋官,与世锦衣,辅臣申、余、许三公俱峻加公孤,荫子玺丞中书,而缅酋之称兵掠地则如故也。岳凤中国良民亡命裔夷,戕贼故主,夺据封壤,计已得矣,狼心未厌,招缅以抗本朝,连兵十年,蹂践数郡,比穷蹙受降,而缅人不救,天朝不赦,终于寸斩,噍类无遗,盖亦天网云。

叛酋岳凤

甲申年云南陇川叛酋岳凤,擒至京献俘,辅臣俱晋师傅,复推恩效劳诸臣,普行升赏。其实滇中文武诱使降而缚之,虽槛车到阙,其执见阁臣大臣于驯象所,俱好语抚慰,许以官爵,比就西市,犹懵不知当诛也。凤本华人入缅,性淫侈,装饰诡异,肌肤刻画异锦,如宋人所谓雕青者。阳道亦嵌数缅铃于首,寻为行刑者割去,以重价售于勋臣家。铃本振撼之物,即握之手臂犹摇荡不自制,不知此酋何以宁居也。嗣后壬辰宁夏之役,初亦以高爵诱之,许其党能杀罪魁以城献者,得进总兵,世有其土,故哱承恩戕刘东阳,而以镇城降。比俘至时,给之亦如岳凤,都人犹以哱大爷呼之,哱终不悟,以至寸磔。此亦朝廷爽约于夷虏,然承恩背父弑母,荼毒宁夏,罪浮岳凤数倍,直至势穷始执,恶党自解,即支解非过。但诏令既不见信,在行间者亦犯杀降不武之戒,以后播州构乱,杨酋惩前事,决计负固,合天下兵力,数年而后克之,则滇事为之俑也。

大候洲

今云南新设云州,故大候州也,先为长官司,宣德三年升州,其酋姓奉,与接境之顺宁府土官猛氏世为婚姻。今上丁酉戊戌间,大候之候袭土舍奉学者,顺宁土知府猛廷瑞妇翁也。翁婿素不叶,学又与三猛相仇杀。时参将吴显忠者,知廷瑞巨富,诬以助恶,索其金不应,遂诳于按臣张应扬而信之,转闻抚臣陈用宾,下檄责。廷瑞大恐,斩奉学以首献矣。抚台又入吴弁之谮,居为奇货,诬以伪款,又发其杀尼奸嫂事。两院具题，得旨会兵大剿。廷瑞出见，献印献子以候命。吴弁不从，直捣其巢，尽取其十八代之积数千百万，诱廷瑞至省擒之，伪献大捷于朝。廷瑞所部十三寨尽怒，遂真聚兵反，陈抚极兵力尽芟之。陈晋右都御史，荫子世袭锦衣，按臣亦受赏。未几张应扬改按闽中，卒于官，用宾亦坐武定府事逮下狱，诏坐大辟系狱，人谓有天道云。先是，泰和郭青螺子章抚黔，一日中夜，其夫人儗郭公觉，问曰："猛廷瑞何人？"郭咤曰："尔妇人，安知猛廷瑞？且中夜问何为？"夫人曰："适梦有人装束如庙中金甲人，来谒云：'我猛廷瑞也，过此，欲见中丞不得近，故来谒夫人耳。'"郭曰："汝曷问其所由来？"夫人曰："吾固问之，渠云吾为陈巡抚冤死，诉帝得请乃归耳。"郭心异之，不敢语人。逾月而用宾被逮之报至，时万历三十六年，去廷瑞死时几及十年矣。按猛氏为孟获之后，世效忠节，陈中丞以贪功一念，既覆其家，奏功后，又毙廷瑞子于狱以杜后患，于是猛氏绝矣。今云州与顺宁府俱改流官，且岁岁发兵戍守，其土所出，无一丝入府库，而岁费饷数万，至今滇人言之切齿。

大候之先土官奉禄者，娶顺宁知府猛雍女，雍惑后妻言，欲改嫁女于土舍奉诰，其女不从。诰纠木邦夷攻破大候，掳奉禄去。其妻偶先往父家，得免，雍与奉诰又强劫之，女以刀自防，为父所毒，临死作缅书辞其夫，词甚酸楚，亦夷邦所未见也。

大候州土知州先有刀奉汉者，以正统三年入贡，继又上疏愿同木邦宣慰司共起夷兵十万，协同征剿麓川，请给金牌符信以安人心。诏特赐之，仍降敕奖励。后奉汉男辞归，命赐文绮绒锦诸物，及厚赐奉汉之妻，与占城国王同遣，其宠遇如此。奉汉子名奉外法，为麓川思任发所掳，靖远伯王骥以奉汉弟刀奉送代为知州。麓川平，外法得归，与奉送共理州事，因遣弟刀奉辨朝贡，以原降金牌信符被掳为言。诏再给之，赐奉辨宴及彩币，又命奉辨赍敕并纻丝纱罗赐外法、奉送二人及其妻。则大候之恭顺异他酋，而英宗之厚待，亦非诸土夷可比。一旦以同类相戕，遂至夷灭，亦可怜矣。所谓三猛者，曰猛缅、曰猛猛、曰孟撒，而猛猛最强，世与大候相仇杀。大候本姓刀，宣德间其酋名刀奉罕，不知何以易为奉姓。及查《英宗实录》，则天顺三年刀奉送入贡,已有奉送、法两名矣,想恶其故姓不美而改之耶?

正统七年七月,顺宁知府猛盖勋加大中大夫资治尹,赐诰及金带彩币,与千夫长三十人,加秩赏有差,以助平麓川功也。

土酋名号

今土司衙门称号,其字多复叠,非内地州县一字二字之例,如湖广都司所属水尽源通塔平长官司入贡,当事者不知,折为三地。杨用修面驳改正,且笔之书,以讥当时大臣之不学。然六字土司又不止此,如贵州镇远府属邛水一十五洞长官司,臻剖六洞横波等处长官司,镇远金客金达蛮夷长官司,皆六字也。都匀府属九名九姓独山州长官司,合江洲陈蒙烂土长官司,至于西北番又有长河西鱼通定远宣慰使司,则俱七字。又东北夷有黑龙江地方葬亦帖站,则又至八字矣。其为五字者,则四川都司属占藏先结簇长官司,行都司属盐井打冲河中左千户所,贵州思州府属都坪峨异溪长官司,云南元江军民府属因远罗必甸长官司,永昌军民府属马龙他郎甸长官司,皆为五字。其四字而下不可胜纪也。

滇南宝井

云南宝井,环孟艮、孟养诸夷俱有之,惟孟养所出称最。孟养故木邦宣慰司所辖地,井所出色类不一,其价亦悬殊,有铢两即值千金者。世宗末年,索宝于户部,尚书高燿至倾全滇物力,不能如数,未几上晏驾得寝,即此地也。木邦既专宝井之利,四方估客麇集其境,乃命所爱陶猛名司歪者守之,陶猛即头目也。宣慰使罕撧至以女名囊罕弄者妻司歪,既擅有宝井,遂藐视其父家,因据孟密以叛。成化中南宁伯毛胜、太监钱能等镇守滇中,受其重赂,许其得自入贡,不复闻木邦,因略取木邦地以自广。继钱能者为王举,请征之,时有江西人周宾王者逃罪在孟密,私说罕弄曰:"今阁老万安,贪闻天下,而内结昭德万贵妃,若以重宝投之,不第免讨,可得世官如木邦。"罕弄喜,从其计。万安果遣都御史程宗往抚,以所略木邦地界之,开说安抚司令罕弄子孙世袭。万安大快意,即以程宗镇云南,官至尚书。于是孟密尽夺木邦故地，木邦酋罕窊出亡，云南诸夷俱怒，誓必共灭孟密。弘治间，孟养遂亦擅攻孟密，取蛮莫等十七寨，而西南夷从此怨朝廷，多跋扈矣。此后则嘉靖三十九年，孟密酋思真死，嫡庶争立，为缅甸所侵夺，势复中衰；又至今上之十三年，滇中多事，抚臣刘世曾请升孟密安抚为宣抚，而以蛮莫、耿马二安抚司属之，孟密益尊大不可复制。比癸卯甲辰间，矿税事起，太监杨荣入滇开采，朵颐宝井之利，与孟密争，屡抚屡叛，避入蛮莫，缅人乘之，蛮莫思政逃入中国。缅以大兵来索，抚镇惧祸至，斩思政首畀之，始解。而杨荣为滇人所切齿，忽聚众鼓噪，捕荣出杀之，焚其骨，扬灰于金沙江。朝廷惧生乱，悉贷不问，而滇中诸夷益轻天朝矣。一宝井耳，司歪以之反君，罕弄以之叛父，罕窊以之失国，毛胜、钱能、万安诸奸以之纳贿生边衅。当其时，滇中土司无一不思奋臂逆我颜行矣，赖孝宗初政清明，而林见素俊适备兵其地，百方招诱，抚之以恩，惧之以兵，孟密稍稍还故主侵地，夷心始宁帖，以至于今者百年。而杨荣凶竖，生事遐荒，又以宝井蛊上心，几令滇地摇动，犹幸积忿之极，夷夏蜂起，荣虽齑粉，而一方稍得安枕。宝井亦从此封闭，无敢议开，仅听孟密之独擅金穴而已。国体至此，已糜烂不可收拾，仅一切付之羁縻。古人不贵异物，有以哉。

外　　国

西天功德国

洪武七年，西天阿难功德国王卜哈鲁遣讲主必尼也来贡，并献解毒药石，诏赐文绮禅衣等物。古来不闻有此夷名，且会典朝贡诸夷不载其国，并金元诸史皆无之，但其时与和林国使同来，亦遣讲主朝贡献方物，及元所赐金玉铜银等印。按和林为元旧都，何以改称国，必胡僧赚赏，并功德国亦伪造美名，天朝始妄听之耳。

琉球女入学

洪武二十九年，琉球国入贡。先是，其国山南王遣其侄三五郎等及寨官之子麻奢里等入太学，既三年归省，至是复与贡使善佳古耶等来，乞仍入太学，许之。至三十一年，其国中山王察度遣其臣亚兰匏等贡马及方物。先是，其国遣女官姑鲁妹在京读书，至是来谢恩，因而入贡。本朝外国如朝鲜号知诗书者，间游国学或至登第，然未闻妇人亦来中国诵读，向慕华风至此，真史策未见。

西 域 记

中官李达、吏部员外郎陈诚等，使西域还，西域诸国哈烈、撒马儿罕、火州、土鲁番、失剌思、俺都淮等处，各遣使贡文豹西马方物，诚上《使西域记》，所历凡十七国，山川风俗物产悉备焉。

哈烈一名黑鲁，在撒马儿罕西南，去陕西肃州嘉峪关万一千百里。其地四面多山，中有河西流，城近东北山下，方十余里。国主居城东北隅，垒石为屋，平方若高台，不用栋梁陶瓦，中敞虚室数十间，窗牖门扉雕刻花纹，绘以金碧。地铺毡毯，无君臣上下，男女相聚，皆席地趺坐。国主衣窄袖衣，及贯头衫，戴小罩刺帽，以白布缠头，辫发后髢，服制与国人同，但尊称之曰锁鲁檀，盖华言君王也。上下相呼皆称名，相见惟稍屈身，初相识行大礼，则屈一足三跪，男女皆然。饮食不设箸，酿酒多用葡萄，饮则坐于地，大宴会则设小几案。尊者饮，下人皆跪，酒行则陈币帛，次进珍宝，又次进金银钱，布之坐上，余者撒坐间，左右执事者竞拾之，喧哗大笑，名曰喜钱。市中交易用银钱，大小三等，下人私造无禁，造成输纳税于国主用印记，无印者禁不用。市易诸物皆有征税，什取其二，以资国用，不置斗斛，惟用权衡，不设官府，惟设管事者，称之曰刀完。国王与管事者凡有事施行，用纸直书其事，各以花押为记。花押之制，以金银为戒指，上镌其名。国无法律，不施刑罚，伤人命亦止于罚钱。婚姻以姊妹为妻妾，同居男女相混。男子髡首缠以白布，妇女亦白布蒙首，略露双眸。丧则易以青黑，居丧止百日，葬不棺，以布囊裹尸瘗之，常于坟墓设祭。家不祀祖宗，亦不祀鬼神，惟重拜天之礼，凡拜天，若聚会，则择日行之。无月朔甲子，择日每七日为一转，周而复始。聚拜之所筑一大土屋，众列班其中，一人大呼则皆拜。每岁二月十月为把斋月，昼不饮食，至暮乃食，周月始食荤，则聚众射胡芦。其制：植长竿高数丈，竿末悬葫芦，中藏白鸽一只，跃马射之，以破葫芦鸽飞者为得采。国人有通回回教经典者，众称曰满剌，为国主所尊敬。城中置大土室，中设一铜器，周围数丈，上刻文字如古鼎状，游学子弟皆聚此，若中国太学然。有善步走者，可行二三百里，盖自幼习步，有急务令持箭走报。其俗侈靡，用度无节。其土饶沃，气候多暖少雨，土产有白盐、铜铁、琉璃、金银、珊瑚、琥珀、珠翠之属，多育蚕，善为纨绮。木有桑、柳、榆、槐、松、桧、白杨，果有桃、杏、梨、李、葡萄、石榴，谷有麻、豆、菽、麦、粟，兽有狮、豹、良马、牛、羊、鸡、犬。狮子生于阿木河芦林中，云初生时，目闭七日始开，土人恒于目闭之时取之，调习其性，稍长大则不可驯致云。

　　撒马儿罕在哈烈东北，去陕西肃州卫嘉峪关九千七百余里，去哈烈二千八百余里。地宽平，土壤膏腴，有大溪达城东北流。城广十余里，开六门，其北有子城，国主居室稠密，西南诸番百货多聚此，交易用银钱，本国自造。其俗禁酒，屠牛羊者瘗其血。城东北间有土屋，为拜天之所，规制甚精，皆青石雕缕花纹，中设讲经之所，以泥金书经，裹以羊皮。人物秀美，工巧过于哈烈，而风俗土产与哈烈同。

　　俺都淮在哈烈东北，去撒马儿罕千三百六十里。城居大村，周十余里，人民繁庶，风土物产同哈烈，今为哈烈属国。

　　八答商一名八里，在俺都淮东北，周十余里，居平川，地广无险要，其南近山，食物丰饶，西南诸番人亦聚此市货，今哈烈沙哈鲁遣子守之。

　　夫送里迷在撒马儿罕西南，去哈烈二千余里。城在阿木河东岸。城西外居民数百家，孳畜蕃息。河东岸西多芦林，狮子所产之处也。

　　沙鹿海牙在撒马儿罕东五百余里。城在小冈上，广数里，西北临河，名火站，水势冲急，架浮梁以渡，亦有小舟。南近山，居人依崖谷，多园林，西行过一大川，二百余里无水，间有水多咸地，生臭草，茎高尺余，枝叶如盖，煮其液成膏，即阿魏。又有小草高一二尺，枝丛生棘刺，叶细如蓝，秋深露凝结枝上如珠，食之味甘如饧，采煮为糖，名达郎古宾。

塞蓝在达失干之东，去撒马儿罕千三十里。城周二三里，四面平旷，居人稠密，树林深蔚，五谷蓄殖。秋夏间草中生黑蜘蛛甚小，噬人遍体皆痛，治之法，以薄荷枝扫痛处，又以羊肝擦之，诵经一昼夜，痛方息，而遍体皮肤皆脱，六畜被伤者多死，止宿必近水之地，可以避之。

渴石在撒马儿罕西南，约二百六十里。城居大村，周十余里，俱小山，多苾思檀果树。又西行三百余里，有大山屹立，中有石峡，高数十丈，如斧截齐，峡口有门，名铁门关，路通东西。

养夷在塞蓝之东三百六十里。城居乱山间，东北有大溪，西流入大川。行百里多荒城，盖其地界乎别失八里蒙古部落之间，别失八里沙漠之地也，今马哈麻王子主之。

马哈麻者，元之余裔袭封居此，无城郭宫室，随水草畜牧，居则设帐铺毡毯，寒暑坐卧于地。其王带小罩刺帽，簪鹔鹴翎，衣秃袖衫，削发贯耳。妇女以白布裹首缠项，衣窄袖衣，饮食惟肉酪，间食面，不酿酒，惟饮乳汁，间种穄麦，及织毛布为衣。地有松、桧、榆、柳、细叶梧桐，六畜羊、马最广。多雪霜，风气极寒，深山大谷，六月亦飞雪。人性犷戾，君臣上下无体统，询其国人云：故疆东连哈密，西至撒马儿罕，后为帖木儿驸马侵夺。今西至脱忽麻，北与瓦剌相接，东南抵于阗阿端。于阗有河，河中产玉。又有哈石之地，亦产宝石金银云。

火州在柳城西七十里。城北近山，其地多热，山青红若火，故名火州。城方十余里，僧寺多而居民少，东有荒城，盖古高昌国城治也。汉西域长史戊己校尉亦居此，今隶别失八里。

柳城古中柳县，在火州东，去哈密千余里，经一大川至其国，地皆沙碛，无水草，道傍多骸骨，土人相传有鬼魅，行旅或早暮失侣，多迷死。出大川度流沙河，有山青红如火焰，山下城屹然，广二三里，即鲁陈城。四面多田园，流水环绕，树木阴翳，土宜穄麦、豆、麻、桃、杏、小枣、瓜、葫芦之属，而葡萄最多，小而甘，无核者名琐葡萄。畜有牛、羊、马、驼。气候和暖，人皆醇朴，男子椎髻，妇人蒙皂布垂髻于额，俱依胡，男子削发戴小罩刺帽，号回回妆，妇女白布裹头，号畏兀儿妆，方音皆畏儿之语。风俗大略与火州相同。

土鲁番在火州之西古里，即古交河县之乐安城。城方二三里，地平气候多暖，少雨雪。土宜麻、麦，有桃、李、枣、杏、葡卜，畜多羊、马。城中有屋舍，居人信佛法，多建僧寺。故老云：其国在汉为车师，唐为伊西节度之地。城西二十里有小城，名崖儿城，下有断崖，其下二水交流，倚为城，故名，广仅二里。城中居民百余家，相传故交河县治所。又云古车师国王居此，今其地并入于土鲁番矣。

盐泽在崖儿城西南，去土鲁番城三千余里，城居平川，广二里，居民百家。城北有崖矮山，产石盐，坚白可琢为器，盛肉菜食之，不必和盐，故名盐泽。

哈密居平川，城周三四里，开二门，东有溪西北流，地咸卤，间有楸杏，农耕须粪壤，所种惟豌豆、二麦。其北有山，与瓦剌相界。其西接火州等城，故哈密为西北诸胡往来要路。人性犷悍，与蒙古、回回杂处，礼俗各异。

达失千在塞蓝之西，去撒马儿罕七百里，城周二里，居平原，四外多园林果树，土宜五谷，居民稠密，负载则任牛车。

卜花儿在撒马儿罕西北七百余里，城周十余里，居平川，民富庶，户以万计。地卑下，气候温和，冬月亦食鲜菜，土产五谷、桑、麻、丝、绵、布，羊、鱼、天鹅、鸡、兔皆有之。

使西域之赏

文皇初平内难，即遣给事中胡濙以访仙为名，潜行人间，又遣内臣郑和等将兵航海，使东南诸夷，最后则中使李达、吏部郎陈诚使西域，得其风俗程顿，纪之以还，正与郑和《星槎胜览》堪互读，但《星槎》板行已久，此则睹者甚鲜，且水陆亦不同程也。陈诚以永乐十一年十月返命，偕哈密等国使臣来朝贡，上厚礼之，次年六月遣归，又命诚及中使鲁安赍敕伴送。及诚还朝，仅得转布政使参议以出，后亦不显。文皇初以逊国伏戎为虑，以故轺车四出，几于上穷碧落下黄泉矣，其后胡濙阶此穷极荣宠，而陈诚所得止此，是必有说。先是洪武末年，给事中傅安等使哈烈、撒马儿罕诸国，留十余年，至永乐七年还朝，并带各国贡使至，得西马五百五十匹。上仍命安伴送诸使还国，亦无褒赏，仅以工科改礼而已，后安终此官。

瓦剌厚赏

　　北虏之赏，莫盛于正统时，其四年及十四年者，弇州异典已尽记之矣，惟六年之赏更异，今录之。赐可汗五色彩段，并纻丝蟒龙直领褡襆曳撒比甲贴里一套，红粉皮圈金云肩膝襕通衲衣一，皂麂皮蓝条钢线靴一双，朱红兽面五山屏风坐床一，锦褥九，各样花枕九，夷字《孝经》一本，销金凉伞一，绢雨伞一，箜篌、火拨思、三弦各一幅，并赐其妃胭脂绒线丝线等物。至八年又赐可汗纻丝盛金四爪蟒龙单缠身膝襕暗花八宝骨朵云一匹，织金胸背麒麟白泽狮子虎豹青红绿共四匹，八宝青朵云细花五色段二十六匹，素段五十六匹，彩段八十七匹，印花绢十匹；可汗妃二人，白泽虎豹朵云细花等段十六匹，彩段十六匹，花减金铁盔一顶，戗金皮甲一副，花框鼓鞭鼓各一面，琵琶、火拨思、胡琴等乐器，及钻砂焰硝等物。又赐丞相把把只织金麒麟虎豹海马八宝骨朵云纻丝四匹，彩绢四匹，素绢九匹，其余平章伯颜帖木儿小的失王、丞相也里不花、王子也先孟哥、同知把答木儿、金院南剌儿、尚书八里等，皆赏彩缎紬绢有差。上又赐御书，谕太师淮王、中书右丞相也先赐织金四爪蟒龙纻丝一，织金麒麟白泽狮子虎豹纻丝四，并彩绢表里，又赐也先母妃五人妃四人诸织金缯彩，所以怀柔之者至矣。而卒不免英宗土木之祸。至上皇陷虏后，尚有黄白金诸赐以羁縻之，直至彰义门一战得胜，嗣后挞伐既张，可汗弑死，也先以骄虐见戕，虏势渐衰，中国赏亦顿薄。盖御虎狼者饲以肉，不若制以阱也。

　　中国赐外夷最厚而缛者，如元魏明帝正光二年，蠕蠕主阿那瓌归国，命引见，赐坐，诏赐以细明先人马铠一具，铁人马铠六具，露丝银缠矟二张并白眊，赤漆塑七张并白眊，黑漆塑十张并幡，露丝弓二张并箭，朱漆拓弓六张并箭，黑漆弓十张并箭，赤漆楯六幡并刀，黑漆楯六幡并刀，赤漆鼓角二十具，五色锦被二领，黄紬被褥三十具，私府绣花一领并帽，内者绯纳袄一领，绯袍二十领并帽，内者杂彩十段，绯纳小口裤褶一具，内宛具紫衲大口裤褶一具，内中宛具百子帐十八具，黄巾布幕六张，新干饭一百石，麦面八石，榛麨五石，铜乌锸四枚，柔铁乌镎二枚（各受一斛），黑漆竹槛四枚（各受五升），婢二口，父草马五百匹，驼百二十头，牸牛一百头，羊五千口，朱画盘器十合，粟二十万石。乃次年即入寇，至执行台尚书元孚以去，未数岁而魏亦大乱，分东西矣。宋靖康初元，斡离不入犯，犒师银二千二百余万两，金三十余万两，又有以女乐百人、珍禽异宝等物，及斡离不还师，钦宗又赐以白纻束带一条，共北珠五十颗，正透金凤犀带一条，金陵真玉注碗一副，玉酒钟十只，细鞍辔一副，琥珀假竹鞭一条，为赆钱之礼，其媚之已不遗余力。次年再入犯，汴京遂不守。

夷王名之异

人名多复字者，至五胡元魏及辽金元止。而本朝入贡诸国更有异者，于正统十年三月，满剌加国王息力八密息瓦儿丢八沙，奏讨贡船以便往来者，其名凡十字；又成化二十三年，孝宗新即位，暹罗国王国隆哱剌略坤息利尤地西王入贡，其名凡十二字，亘古未之见。

两使外国不赏

今制：使琉球者，每报命，正使给事转四品京堂，副使行人转六品京堂，如取诸寄，无一爽者，皆谓旧例固然，而先朝不尔也。正统乙丑进士边永拜行人，以景泰庚午使安南，归无赏，盖或以陆行仅比朝鲜也；至壬申又使占城，则泛海，亦终无褒赏；会哈密入贡，又奉命馆伴来使，送至甘肃而还；至天顺间，又遣至楚府行礼，又遣至代府掌行丧礼，又使河南、山东、陕西、云南，后以九年再秩满，始得升户部员外郎，以年至乞致休。永为行人及户部者凡三十年，其在使署他劳不待言，而异域两度出疆，竟不沾寸赏，岂当时事例固然耶？今行人以三差为满，又有两差即转者，俸止四年，更无久任者矣。

边永，北直任丘人，林下垂二十年，以子潚贵封金都御史，及见其孙宪成化甲辰进士。同时万文康在内阁，子翼为侍郎，孙弘璧为吉士，其盛似稍胜，而名德逊之百倍矣。潚官至刑部右侍郎，宪至掌都院御史，宪弟亦以庶常中允至佥都御史。

赐四夷宴

本朝赐四夷贡使宴，皆总理戎政勋臣主席，惟朝鲜、琉球则以大宗伯主之，盖以两邦俱衣冠礼义，非他蛮貊比也。其侑席之乐，以教坊供事，两国尚循仪矩，侍坐庭下，若他夷则睢盱振袂，离坐恣观，拊掌顿足，殊不成礼。所设宴席，俱为庖人侵削，至于败腐不堪入口，亦有黠者作侏僑语怨詈，主者草草毕事，置不问也。窃意绥怀殊俗，宜加意抚恤，本朝既无接伴馆伴之使，仅以主客司一主事董南北二馆，已为简略，而赐宴又粗粝如此，何以柔远人？然弘治十四年，锦衣千户牟斌曾上言，四夷宴时，宜命光禄寺堂上官主其办设，务从丰厚，再委侍班御史一员巡视，上从之。今日久制湮，不复讲及此矣。斌于正德元年以指挥佥事理锦衣抚镇司事，坐救护言官，廷杖三十，降湖广沔阳卫百户闲住，此后再起再废，其人非庸弁也。

崔仲凫、王弇州记牟斌事小异，其称许则同，近日言官更为请谧矣。

活佛

正德十年，上用内臣言，西域僧有所谓活佛者，能知三生及未来事，遂传旨查永乐年间太监侯显迎帝师哈立麻事例，特遣司礼太监刘允为使入番，往返以十年为期，以珠琲为幡幢，金宝为法供，内府瑰异为之一空。至其地，活佛者匿不肯见，允及部曲怒甚，以至交兵。番众夜袭我营，尽夺所赍珍宝兵械以去，将士战死过半，允单骑逃归，上已宾天，世宗入继大统矣。此事颇涉妖妄，虽见国史，疑非实录。及万历五年，房酋俺答迎活佛于西海，求饮长生水。其人实乌思藏僧，姓锁南坚，其名曰错，或曰即阐化王答赖剌麻也，专以传经说法为教，戒淫杀，房中尊礼之。房酋顺义王俺答所部数十万众，出灵夏边外河套之间，以奉坚错教，不戕杀汉人，不轻戮部卒，往来寂然。至七年，锁南坚错献书于江陵张相公，馈以四臂观音大士、金刚结子及氆氇等异物，有"阁下分付顺义王早早回家，我就分付他回去"等语，张转闻于上，命纳之，俺答自此仁懦恶杀，而势亦渐衰。俺答传黄台吉以至其子孙，世世奉之不少懈。万历十八年，火落赤又往西迎活佛，遂盘踞甘凉之外，廷议大举用兵，旋以旧总督郑范溪洛经略七镇，遣使游说火酋，迄就戎索，敛所部东归，守款贡如往时。岂所谓活佛者，真能活夷夏之人耶？何以正德间荷非常之宠而坚不赴召，至为虏用，则数世而犹不绝？意者天生异人，使驯扰虎狼，安我赤子，即僭名曰佛，亦无不可。

元泰定间，以帝师之兄锁南藏卜尚公主，封白兰王，盖锁南本其姓，本朝永乐以后，帝师俱承锁南之姓以至于今。

顺义王

俺答款塞乞封，诏封为顺义王，一时称当事者善于制虏，特创美名，暗寓驾驭之旨，而不知先朝已有之矣。永乐七年，封瓦剌马哈木为特进金紫光禄大夫顺宁王，太平为特进金紫光禄大夫顺义王，把秃孛罗为特进金紫光禄大夫安乐王，此三王名号，亦系庙堂所创，以示羁縻，而阶勋为正一品，尤为妥当。使隆庆间亦冠于顺义王之上，则虏酋决不敢争礼，欲如代王体统，以致臣道受其折辱矣。

夷人市瓷器

余于京师见北馆伴□馆夫装车，其高至三丈余，皆鞑靼、女贞诸虏及天方诸国贡夷归装，所载他物不论，即瓷器一项，多至数十车。予初怪其轻脆，何以陆行万里，既细叩之，则初买时，每一器内纳少土及豆麦少许，叠数十个，辄牢缚成一片，置之湿地，频洒以水，久之则豆麦生茅，缠绕胶固，试投之荦确之地，不损破者始以登车，临装驾时，又从车上掷下数番，其坚韧如故者，始载以往。其价比常加十倍，盖馆夫创为此法，无所承受。偶阅周密《癸辛杂识》则宋宣和间艮岳取石之法亦如此，先以沙胶实填石窍，其外以麻筋杂泥固之令圆，日晒极坚，始用大木为车，致之舟中，抵汴，浸之水中，旋去泥土，则省人力而无他虑。此盖出朱勔父子小慧，何犷卤馆夫亦暗合乃尔。

册封琉球

本朝入贡诸国，惟琉球、朝鲜最恭顺，朝廷礼之亦迥异他夷。朝鲜以翰林及给事往，琉球则给事为正，行人副之。琉球小国，最贫，其随中朝奉使者，皆海上无俚游手，充中军诸名色官，造船于闽，先奉檄行八府，指林索价，云此堪桅，此堪柁，满欲饱橐，则又转他郡，动经数年始成。其船广不必言，深亦数丈，梯而下之，所贮皆麾下私货。一至彼行礼毕，其王即遁去，惧为天使诸役所需索，且责以偿物价也。其往返有程，在途不过半年，而留闽必四五岁，奉使近臣与守土长吏，未有不成深仇者。近年夏鹤田黄门子良出使，以壬寅衔命，丁未复命，在闽时，适福州缺守，阮坚之自华以司理署篆，因公事相构，抚臣徐石楼学聚又不善调停，几激大变。夏还，循例升太常少卿，以海中悸疾发，寻告归不起，阮亦用前事谪去。当廷遣时，夏不当行，而其僚有不愿去者，至秽詈礼官得免。夏以先上封事犯时忌，遂非次用之。往时，曾议置赦境上，令彼国来取，省费巨万，似亦可行。

出使琉球得罪

刑科给事中陈傅，福建人，奉命使琉球，道过其家，未行，礼科都给事中章瑾劾傅闽人，地邻琉球，当避嫌，乃朦胧给内府金织衣及钞以往。上命使回治之，比及反命讯治，法司比盗内府财物律，当赎斩为民，上命谪戍大同边卫，此正统间事也。至嘉靖末年，浙之仙居人给事中吴时来，以奉命使琉球未行，疏劾严分宜下狱，以避远差，诡托建言讯治，罪至遣戍。今上辛丑，省中有当使琉球者，其人亦浙之戊戌庶常也，时署宗伯为其姻家，因恨怨相詈，始改遣夏子阳，而浙给事至乙巳大计，以不及谪外，远差辞受，盖俱不免云。

乌思藏

乌思藏彼国止称乌藏，入贡陆行一万八千里，始至雅州，入京师。彼国皆祝发为僧，无城郭，有土堆，土堆内国王大臣居之。长茹素，披缁，王无宫眷，官绝妻室，土堆外僧有妻孥，食牛羊肉。国人称国王曰喇嘛令巴恤，三五年一换，将死日，语群臣曰："我以某年月日生某国中，父母为某，汝等依期来迎。"后如期死，死后果生某国，从胁下出，三日即能言，告其父母曰："我本乌藏王，我死日，曾语国人，国人亦知来迎，父母当送我还乌藏。"父母如其言送来，乌藏臣民如其言备宝物以迎，迎至国，五六月暴长如成人，即能登坛说法，往事来事无不通晓，经典自能淹贯。特新王面貌不似旧王，不过五年又生他国。大都多生房地，房人称曰活佛，迎送必以礼，国王持咒，房人不能动，故极敬畏。国王死不葬，新王到，方火旧王骸，骸中有舍利，齿间有宝石，其异如此。第国无刑罚，无兵革，无盐，亦无病，无痘毒，稍有病，食阿魏便愈。其人寿多百岁，甚至有百四五十岁者。其官章饰最上瑟瑟，瑟瑟者，绿珠也。妇人赭面辫发如房妇然。饮食重茶，其供国王用牛乳为献，犬马牛俱极高大，犬高至三尺，一牛能载二十人，则犛牛也。多经典，如《楞伽经》至万卷，此皆史书未载，并记之云。

此郭青螺司马所纪，即得于乌思藏僧蒋触匜巴者。然则活佛信有之，且至今不绝也。匜巴以万历三十年入贡，因留中国。

红　毛　夷

红毛夷自古不通中国，亦不知其国何名，其地在何所。直至今上辛丑，始入粤东海中，因峿夷以求通贡，且于彭湖互市，不许。次年又至闽海，时税监高采肆毒，遂许其市易，以抚按力遏而止。至岁甲辰，徐石楼学聚抚闽，忽有此夷船近海壖住泊，时漳州海商潘秀等，素商于大泥国，习与红夷贸易，且恃税监奥主，因先世于旧浯屿通贡市为辞，两院仍拒绝，遂罢议。而通番奸商，私与互市，与吕宋诸国无异，距今又十五六年矣。彼日习海道，而华人与贸易亦若一家，恐终不能禁。说者又以广之香山峿夷盘踞为戒，似亦非通论也。当此夷初至内地，海上官军素不习见，且状貌服饰非向来诸岛所有，亦未晓其技能，辄以平日所恃火器遥攻之。彼姑以舟中所贮相酬答，第见青烟一缕，此即应手糜烂，无声迹可寻，徐徐扬帆去，不折一镞，而官军死者已无算。海上惊怖，以其须发通赤，遂呼为红毛夷云。次年复漂洋出粤东，迫近省会，粤人谋之香山峿诸贡夷，皆云彼火器即精工，万无加于我曹,愿首挫其锋。比舳舻相接,硝铅互发,则香山夷大衄,所丧失以万计。及诱之登岸,焚其舟,则伎俩立穷,自此相戒毋犯。嶴夷因与讲解议和,往来大浸,听其贩鬻,然终无敢以互市请者。自来中国,惟重佛郎机大炮,盖正统以后始有之,为御夷第一神器。自此夷通市,遂得彼所用诸炮,因仿本式并方制造,即未能尽传其精奥,已足凭为长城矣。其人双瞳深碧,举体洁白如截肪,不甚为寇掠,亦有俘执解京者,大抵海上诸弁诱致取赏,非尽盗也。近且骎骎内徙,愿为天朝用,亦亘古未有之事。

大　西　洋

利玛窦字西泰,以入贡至,因留不去,近以病终于邸,上赐赗葬甚厚,今其墓在西山。往时,予游京师,曾与卜邻,果异人也。初来即寓香山嶴,学华言、读华书者凡二十年,比至京,已斑白矣。入都时,在今上庚子年,途经天津,为税监马堂所谁何,尽留其未名之宝,仅以天主像及母像为献。礼部以所称大西洋为会典所不载,难比客部久贡诸夷,姑量赏遣还。上不听,俾从便僦居。玛窦自云:其国名欧逻巴,去中国不知几千万里,今琐里诸国亦称西洋,与中国附近,列于职贡,而实非也。今中土士人授其学者遍宇内,而金陵尤甚,盖天主之教,自是西方一种,释氏所云旁门外道,亦自奇快动人。若以为窥伺中华,以待风尘之警,失之远矣。

丙辰南京署礼部侍郎沈㴶、给事晏文辉等,同参远夷王丰肃等,以天主教在留都,扇惑愚民,信从者众,且疑其佛郎机夷种,宜行驱逐。得旨,丰肃等送广东抚按,督令西归,其庞迪义等晓知历法,礼部请与各官推演七政,且系向化西来,亦令归还本国。至戊午十月,迪义等奏曰:"先臣利玛窦等十余人,涉海九万里,观光上国,食大官者十七载,近见要行驱逐,臣等焚修学道,尊奉天主,如有邪谋,甘堕恶业,乞圣明怜察,候风归国。若寄居海屿,愈滋猜疑,望并南京等处陪臣,一并宽假。"疏上不报。闻其尚留香山嶴中。

万历二十九年二月庚午朔,天津河御用监少监马堂,解进大西洋利玛窦进贡土物并行李时,吾乡朱文恪公以吏部右侍郎掌礼部尚书事，上疏曰："会典止有琐里国而无大西洋，其真伪不可知，又寄住二十年，方行进贡，则与远方慕义特来献琛者不同。且其所贡天主、天主母图，既属不经，而随身行李有神仙骨等物。夫既称神仙，自能飞升，安得有骨，则唐韩愈所谓凶秽之余，不宜令入宫禁者也。况此等方物，未经臣部译验，径行赍给，则该监混进之非，与臣等溺职之罪，俱有不容辞者。又既奉旨送部，乃不赴部译而私寓僧舍，臣不知何意也。乞量给所进行李价值，照各贡译例，给与利玛窦冠带，速令回还，勿得潜住两京，与内监交往，以致别生支节，且使眩惑愚民。"不报。公讳国祚，字兆隆，号养醇，秀水人，以太医院籍中万历壬午顺天乡试，癸未进士第一人，累官光禄大夫，柱国、少傅兼太子太傅、户部尚书、武英殿大学士，赠太傅。其在礼部请建储公私凡七十疏，又特参郑国泰，谓本朝外戚不预政事，册立非国泰所宜言。戚臣为侧目。公立朝无偏党，守至清，既卒，御祭文有云：忠著三朝，清风百世。又云：生且无居，殁焉能葬。闻易名之典初拟文清、文介，为顾秉谦所持，定下谥曰文懿，廷议不平，乃更谥文恪云。

利西泰

利西泰发愿力以本教诱化华人，最诽释氏，曾谓余曰："君国有仲尼，震旦圣人也，然西狩获麟时，已死矣。释伽亦葱岭圣人也，然双树背痛时亦死矣，安得尚有佛？"余不谓然，亦不以为忤。性好施，能缓急人，人亦感其诚厚，无敢负者。饮啖甚健，所造皆精好，不权子母术而日用优渥无窘状，因疑其工炉火之术，似未必然。其徒有庞顺阳名迪义，亦同行其教，居南中，不如此君远矣。渠病时，搽擦苏合油等物遍体，云其国疗病之法如是。余因悟佛经所禁香油涂身者，即此是也。彼法既以辟佛为主，何风俗又与暗合耶？利甫逾知命而卒。

香山嶴

丁未年广东番禺举人卢廷龙，请尽逐香山嶴夷，仍归濠镜故地。时朝议以事多窒碍，寝阁不行。盖其时嶴夷擅立城垣，聚集海外，杂沓住居，吏其土者皆莫敢诘，甚有利其宝货，佯禁而阴许之者，时督两广者戴燿也。又七年甲寅,则督臣为张鸣冈,疏言峤夷近状,谓峤中私畜倭奴,且私筑墙垣,抗杀官兵,倭已有妻子庐舍,今不亡一矢,逐名取船押送出境,数十年峤中之患一旦祛除,惟倭去而夷留。议者有谓必尽驱逐,须大兵临之,以弭外忧;有谓濠境内地不容盘踞,今移出浪白外洋,就船贸易以消内患。然濠禁地在香山,官兵环守,彼日夕所需,咸仰给于我,一怀异志,即扼其喉,不血刃而制其死命;若移出浪白,大海茫茫无涯,番船往来,何从盘踞?奸徒接济,何从堵截?勾倭酿衅莫可问矣。若以为非我族类,必拔而去之,此在庙堂断而行之耳。盖其说与卢廷龙疏枘凿之极,或者彼中情形实实如此。此与河套一议正同,当世宗时以为安边第一要着,今日谈虏事者以为套不可复,亦不宜复,其说甚辨。盖疆圉多故,时异势殊,不可执泥隅见。今峤夷安堵,亦不闻蠢动也。

朝鲜国诗文

朝鲜俗最崇诗文,亦举乡会试,其来朝贡陪臣,多大僚,称议政者即宰相,必有一御史监之,皆妙选文学著称者充使介。至阙必收买图籍,偶欲《弇州四部稿》,书肆故靳之,增价至十倍,其笃好如此。天朝使其国,以一翰林、一给事往,欲行者即乘四牡,彼国濡毫以待唱和,我之衔命者才或反逊之。前辈一二北扉遭其姗侮非一,大为皇华之辱。此后似宜遴择而使,勿为玄菟四郡人所笑可也。

外国王仪仗

浡泥国王之来朝也,上赐以仪仗,用银校椅、银水盆、银水罐、白罗销金伞扇、金装鞍马二,又赐锦绮衣,下逮王妃弟妹陪臣,其冠服男子皆如中国,惟女服从其俗。又命朝见亲王,一如公侯大臣礼,盖仪仗稍亚于帝师哈立麻,而稠缛则过之。至于朝谒朱邸,亦同群臣,贤于汉之位在诸侯王上远矣。

万历野获编补遗

列　朝

重修国史

《太祖实录》建文一修，永乐两修，盖以初本及续纂俱未允也，然而真是非愈不可问矣。嗣后直至嘉靖元年，御史卢琼建议，《孝宗实录》成于焦芳之手，贤否混淆，是非颠倒，乞乘今纂修《武宗实录》并令儒臣改撰。上曰："《孝宗录》虽焦芳笔削任情，但当时大政大议及人才忠邪，天下自有公论，不必改修。其系一人一事者，令纂修官因事别白之。"盖大典既定，恐改述者仍蹈前辙，复任私意，上虑远矣。

义惠侯

洪武十一年，诰封刘继祖为义惠侯，其词略云："朕微时罹亲丧，难于宅兆，尔发仁惠之心，以己沃壤，慨然见惠，安厝皇考妣，大惠云何可忘，因赠以侯。"并赠其妻娄氏为侯夫人，仍为文以祭。宅兆即今泗州祖陵是矣。不讳龙潜之事，不忘马鬣之恩，存故旧，报德施，大哉圣孝，真只千古矣。

刘继祖字大秀。

里士社士

洪武十九年，上下诏谓大诰颁行，民从朕命，吾民乐生有渐矣。今特命有司抚问高年及笃废残疾者，八十、九十乡党称善者，以时存问，给酒肉絮帛，惟应天、凤阳二府富民八十以上者赐爵里士，九十以上者赐爵社士，与县官平礼。其优礼耆寿及富室如此。其年五月，以嘉兴崇德知县毕辉、县丞齐搏执法不容奸恶，其年七月以苏州知府王观、同知曹恒、经历王□捶死奸宄府吏钱英，俱遣行人赍专敕往谕，并劳以醴。其裁抑奸恶及吏胥又如此。一年之间，圣谕屡下，无一不为良民计。今有司所行多反是，或以摧锄豪富为辞，惟恐殷实之不贫，而市狙衙蠹则傅以羽翼，令其恣吞良善，不知于圣祖法当何如。按里士、社士之名甚古。至次年闰六月，复下诏如前，其富民里社二士，咸许冠带复其家，命礼部以朕命申谕之。十九年，苏州常熟知县成蒉奇以府吏至县，径由中道上公堂，奇怒而执之，事闻，上嘉其能，遣使赐敕，以酒劳之。今上丁酉，崇德知县薛近兖以事捶府吏，比薛至嘉兴，府吏聚众辱之。薛诉于署印同知陈文炅，竟不罪吏，薛不能堪，投劾以去。其倒置如此。

禁殿更名

今大内建极殿，故谨身殿也，建文三年八月改名曰正心殿，盖方、黄诸公正以格致圣学歆少帝，故易今名，至文皇登极，始复旧。嘉靖三十六年三殿俱毁，比落成，又改为建极，此一殿名凡三易矣。建文三年九月，又改承天门为皋门，改午门为端门，改端门为应门，改前门为路门，盖仿成周之旧，亦靖难后还故名。当时辅政诸老，但知慕古，不知皇祖手定，无故议改，亦变乱旧章之一也。若金陵十五歌楼，中有醉仙等三楼，洪武间被火灾，至永乐八年，上命鼎新之，且仍旧号。盖先朝所建，有举莫废，即一教坊尚存故事如此，益觉建文纷更，总授燕师以口耳。

圣谕门工

嘉靖丁巳三殿及朝门俱灾，时上急于门工，谓朝会之地，观瞻不雅，急欲先立奉天门楼。时长工部者为赵文华，皇窘无计，支词以对，上怒逐之，而门工迄无建期。上乃谕大学士严嵩："昨徐杲言门楼不敢以杉材代，深恐不坚，欲俟材至，又虑延久。昨工部所覆门楼之料已有，所少者殿材耳。今其言又如此。若辈第弄纸笔支调，安有力任君事者。夫楠材坚矣，昨至大之质，未二日毁之，与烧材不异。久近非物可定，惟天神垂佑，苇亦可久。"于是门工不数月而就绪。圣谕真切,"苇亦可久"一语,真万世至言,令古来峻宇雕墙之主,愧汗入地。至辛酉年冬,万寿宫灾,次辅徐阶身任其事,仅三阅月告成。时永顺致仕宣慰使彭明辅、其子宣慰彭翼南,各以献大材济急用,上喜甚,进明辅湖广都指挥使,赐以蟒衣;翼南进云南右布政使,赐飞鱼服。此二服惟宠司礼大珰,其后乃及辅臣,间有特赐部院大臣者,以为异数,今二酋父子兼得之,最为殊典,且非军功之赏,尤特恩也。与门工时圣谕所云云夐别矣。

晋府交城王表㭎,先以庶孽纳贿故辅严嵩,冒袭郡爵,迨宗藩条例颁行,表㭎为滥封之首,应革,乃表进白鹿,自言得之平阳府藐姑射山仙洞中,且撰颂以献,其言俱妄也。上大悦,赐白金百两,大红金彩衮龙袍三袭。自来人臣赐服,以坐蟒为极,时犹以为逼上,至衮龙二字,非至尊不敢称。永乐间始有赐亲王及他王者,以为非常之典,然皆亲皇弟侄也。自英宗以来,间及疏属郡王,最为滥典,而无人救正。世宗英主,亟宜厘革,反以宠贡谀裨王,时乙丑年事,正大小臣工相率献瑞时也。穆宗以后藩府之得此赐者少矣。

赐夷王者止称蟒龙。

圣学心法

永乐七年上巡幸北京,赐太子《圣学心法》四卷,皆出上手纂。其纲曰:君道臣道,父道子道。御制序文亦至五千余言,且自比唐太宗《帝范》十二篇,以示仰止。盖两文皇靖内难,攘外夷,功德略同,故著作亦合辙如此。

宣宗击射

永乐十一年五月午节,车驾幸东苑观击球射柳,听文武群臣四夷朝使及在京耆老聚观。先是,命行在礼部议分击球官为两朋,是日天清日朗,风埃不作,命驸马都尉广平侯袁容领左朋,宁阳侯陈懋领右朋,自皇太孙而下诸王大臣以次击射。皇太孙击射连发皆中,上大喜,射毕,进皇太孙嘉劳之,因曰:"今日华夷毕集,朕有一言,尔当思对之,曰:'万方玉帛风云会。'"皇太孙即叩头对曰:"一统山河日月明。"上喜甚，赐名马、锦绮、罗钞及番国布，因命儒臣赋诗，赐群臣宴。时太孙侍上在北京。明年，上北征，仍以太孙随侍军中。比报大捷，劝上早还，遂以七月班师。盖太孙神武不杀，久为文皇所嘿契，即太子苦救汉王，文皇屡顾太孙，谓朕不欲以祸本贻尔，则神算托付，祖孙一揆，他年乐安州之叛，一举天戈，如摧拉枯朽，真天授非人力也。

今京师午节尚有射柳之戏，俱在天坛，俱勋戚中贵居多，各边文武大帅例亦举射行宴犒礼。至禁中则有走骠骑、划龙船二戏，上与宫眷临视极欢，命词臣进诗词对联，颁赐优渥，迩年亦渐减矣。

穆宗仁俭

穆宗御极不久，然仁俭性成，尝思食果饼，询之近侍，俄顷尚膳监及甜食房各开买办松榛粞饧等物，其值数千金以进。上笑曰："此饼只需银五钱，便于东长安大街勾阑胡同买一大盒矣，何用多金。"内臣俱缩颈退。盖上在潜邸久，稔知其价也。又一日思食驴肠，近侍请增入御膳中，上曰："如此则大官将日杀一驴以备上供矣。"竟不许。惟中宫偶以疾避别宫，御史詹仰庇闻之，具疏力谏。时中宫未有子，而今上生母已为皇贵妃，詹盖恐有容悦者，引先朝恭让后及孝恭后故事，以此预诤，其虑甚远。上虽怒而内惭其直，仅批妄言，姑不究，未几借他事命廷杖为民，自是恩礼中宫有加焉，盖已行其言矣。其后仁圣、慈圣两宫并享天下养，谓非当年主圣臣直之效不可。此事与近年王给事德完笃厚中宫一疏词旨略同，均有裨圣德不浅，惜詹晚致通显，为世所薄，不克保令名耳。

初穆宗好观武事，时江陵为末相，遂于条陈疏中时列一款，曰实武备，请上每秋大阅躬诣校肄。上大喜，褒美允行。自是而内教场习射等事起矣，此公善于逢君如此。

文华殿

文华殿在奉天门，今改称皇极之东北，其制度较诸殿稍小，而加精工焉。盖至尊所尝御便殿，且为开设经筵之所，中设镀金鹤一双，东西相向立，以口衔香，乃外国所贡，状如细蠋。遇开讲时，展书等官立鹤之下，及讲毕事，即知经筵大臣亦绕鹤下出。又赐酒饭于左顺门，今改会极之北，实奉天门东庑也。光禄官珍馐、良酝二署设宴，惟此为第一精腆，讲官家人以及隶胥俱得随入挈馂余以归。先人每自讲筵返邸寓时，余甫龀，亦得尝。今朝讲久不举行，此典希绝矣。本殿之侧，则为精一堂、恭默室、九五斋，皆世宗所建。殿之后则名玉食馆，为上进膳之所。又过小门西北，曰省愆居，本殿东西厢，则亦称左右春坊，宪宗再立为太子，讲学文华，以上频御，避居左春坊即此。文华殿对曰："念终始典于学期迈殷宗，于缉熙殚厥心若稽周后。"又曰："披皇图考帝文九宇化成于几席，游礼门翔艺圃六经道显于羹墙。"又曰："纵横图史发天经地纬之藏，俯仰古今期日就月将之益。"又曰："四海升平翠幄雍容探六籍，万几清暇瑶编披览惜三余。"又曰："西昆峙群玉之峰宝气高腾册府，东壁耿双星之曜祥辉遥接书林。"他不能复记。此等对联，想亦诸殿所无也。殿旧覆青琉璃瓦，嘉靖中易以黄瓦。廿八年庄敬太子行冠礼，故事在文华殿中，至是礼臣以黄瓦避尊上请，上命设座文华殿门左南向，然以侍卫未备，暂止之。太子加冠甫三日而薨，时年十四，不及御门。今上元子出阁，亦在文华殿之东楹，不敢居中。

总裁永乐大典

文皇帝修《永乐大典》，其书为古今第一浩繁，卷帙且至数万。嘉靖间遇大内灾，世宗夜三四传旨移出，始得无恙，后命重录一部以备不虞，辅臣徐阶等以此被升赏。然其初纂集，用人多不次，先是常州府武进县人陈济字伯载，中外荐其学行，文皇命召至京，以为大典都总裁，书成，拜右春坊右赞善，永乐十五年命侍皇太孙，后卒于官。其为总裁时，故布衣也。又都总裁之名惟元时有之，在本朝未之见，斯亦异矣。今人但知济曾为重修《太祖实录》总裁耳。

《大典》一书，初文皇命翰林学士兼春坊大学士解缙等修缉，未期而书成，上赐宴赏，拜恩者百四十七人，赐名《文献大成》，时永乐二年十一月也。既而上以记载尚多未备，仍命重修，以太子少保姚广孝及缙等董其事，翰林学士王景等为副总裁纂修等官，开馆于文渊阁。光禄朝夕给膳，且命礼部简四方宿学老儒有文学者充之，陈济之得召盖正此时也。至永乐五年十一月书成，凡二万二千九百余卷，共一万一千九十五本，上为更名曰《永乐大典》。御制序弁其首，时拜赐者广孝以下二千六百一十九人，盖效力编摩者，较宋太平兴国中不啻十倍。此书藏之秘阁，未几，文皇迁都往来无定，且犁庭四出，多修马上之业，未暇寻讨，即列圣亦不闻有简阅展视者。惟世宗笃嗜之，旃厦乙览，必有数十帙在案头。近李本宁太史云："其书冗滥可厌，殊不足观，绝非《太平御览》诸书可比。"盖当时以洪武正韵排比成帙，非有剪裁厘正之功，且太宗圣谕解缙等，欲仿韵府如探囊取物，毋厌浩繁，其义例可知矣。

禁革斋醮

嘉靖六年秋，时届圣诞，上谕辅臣曰："朕思每年初度，一应该衙门援例请建斋祈寿，夫人君欲寿，非事斋醮能致，果能敬天，凡戕身伐命事一切致谨，必得长生。今将内二经厂、外二寺凡遇景命初度，一应斋事悉行禁止，所谓省一分有一分益，止存朝天宫一醮以仿春祈秋报，庶见崇正之意。"上此谕洞达天人之际，杜革淫祀，可谓至严。又十许年而斋醮事兴，移跸西苑，躬尚玄修，自旱涝兵戎以至吉凶典礼，先则叩玄坛，后则谢玄恩，若报捷又云仰伏玄威，如此几三十年，视六年圣谕，遂若两截矣。

世庙改称

嘉靖十五年十月，上谕礼卿夏言："前以皇考庙比之世室，即名世庙，今思之不甚稳。且今分建宗庙，推尊太宗，世祭不迁，是矣，恐皇考亦欲让尊于太宗。且世之一字，来世或用加宗号，今加于皇考，又不得世宗之称，徒拥虚名，不如别议。"遂改为献皇帝庙。盖是时上已为身后谥号计，正与邵经邦所云谥为世宗者暗合，岂阳谴其人而阴用其言耶？何渊小人，议立世室，不数年而改称。时张孚敬去位，而桂萼死久矣。至十七年，用丰坊言，尊献帝为睿宗，祔太庙，并改太宗为祖。时夏言拟称烈祖孝皇帝，上改为成祖，与睿宗主同入庙。盖上亦虑后世以亲尽议祧，故并尊二祖，则上为中兴有德之宗，永享禋祀。其后庙号果不变，亦辅臣徐阶辈能仰体上遗意也。

建吴二庶人

天顺元年十月，上命太监吴昱送建文君子孙建、吴二庶人并其母杨氏共一十八口凤阳居住，每月支食米二十五石，柴三千斤，木炭三百斤，听自择婚配衣食，许出市交易，仍令内使鲁傅等看守门户，诏谕在廷文武知之。按此诏则从京师送至凤阳，而《吾学编》谓久锢中都广安宫，赦从自便者，误也。弇州亦因而不改，又误以为天顺四年出之凤阳，亦非是。建文少子文奎既释后，未几而逝，终无子。吴庶人之卒在永乐十三年，亦无子。懿文太子遂绝嗣。而吴庶人之妹锢在高墙者，直至成化二十一年始卒，年八十六岁。上命为营葬域，然不闻所适者何人，盖竟以室女终身也，悲夫。

圣祖兼三教

太祖深于竺乾之学，如御制《护持朵甘思乌思藏诏》及《明施修教》诸论，《游新庵灵谷寺》诸记。又宋濂所撰《洪武四年蒋山佛会诸灵应纪》，皆昭然耳目。至七年，上手注《道德经》，出以示群臣。至十年，上与群臣论日月五星之行，翰林臣傅藻等，皆以蔡氏书传之说为对，上曰："天左旋，日月五星右旋，朕自起兵以来，与善推步者观天象十有三年矣。天气清爽夜，一宿为主，则太阴渐逼而东，则是左旋，此历家亦尝论之。蔡氏谓为右旋，此则儒家之说。若不折而论之，岂格物致知之学乎？"其后遂召诸名儒考订损益，成《书传会通》一书。盖上于吾儒及释道二氏，精究秘奥，虽专门名家有不及。然崇佛而无封帝师西天佛之异典，讲道而羽流辈无孤卿伯爵之横恩，即表章圣学而不屑屑议笾豆舞佾升降及改革公侯等事。至三教一论，和合同异，具在御制集中，尤为抉微掘要，万古至言，真天生圣人也。

天顺初元盛德

英宗初复位，诛殛郕邸故臣，自于、王诸大臣外，以至内宦武夫稍有微隙者，俱谴责无遗，亦有为曹石辈私怨滥及者不少。至本年八月，上谕户部曰："王竑为首犯当死，朕不忍加诛，已遣为民，今念其漕运有功，户部可遣官送原籍陕西安置，该管官司，务待以礼，不许欺侮。"竑即上北狩时以给事中捶死王振党指挥马顺者。上初复位，以都御史谪参政，又令为民，兹复念旧劳而安置之，且命待以礼，想廉知其受侮不堪也。未几，遂复大用矣。十月，又命太监吴昱管送建文子孙庶人凤阳居住，任其自便，仍许亲戚往来，此心真天地之心也。时徐有贞已远谪，石亨亦渐疏，此等仁厚，俱出圣断。独僧道坚者，故西域僧也，景帝爱之，至召入禁中缉熙殿亲受法，后以复辟时谪戍矣，至是召还为右阐教。又命召故礼部尚书掌太常寺蒋守约还旧任，守约直隶宜兴人，为道士，以郦邸旧臣例遣归，至是复起。此二事俱在元年内，似于新政不免少损。盖二氏之教，入人易深，自古然矣。

道士为大宗伯者，自蒋守约始，继之者成化四年之李希安，弘治十七年之崔志端，以黄冠领夔伯之寄，不谓乃见之清朝。李文达、陈庄靖、刘文靖诸公能辞责乎？

大峪山用舍

献皇帝葬承天之纯德山，后崇为显陵，尊极矣。自张、桂辈以议礼骤贵重，垂涎者纷纷起，凿空妄议，创为迁奉献皇之说。始于百户随全，继以厨役王福等，又继以千户陈昇、缘事监生詹启等，屡请屡不行，至听选官王维臣等被重谴，而此议遂息。至十四年四月，上恭谒诸陵寝，并营寿宫于西山，于是京师遂有讹传迁陵者。时顺天府儒士潘谦、锦衣军匠金桂，各上疏请迁显陵于天寿山，盖预为希恩地也。旨下礼部参看。尚书夏言等奏往者千户陈昇等，尝以迁陵为言，陛下奉慈训寝之矣，今因上亲谒七陵，预建山陵，将谓有奉迁之心，潘、谦等望风进言，必有奸人主使，希冀非望，宜重惩治。上深然其言，下锦衣送法司讯治。于是议者益晓然知上意，无一人言及矣。至十七年十二月，章圣太后崩，上忽下诏迁显陵梓宫，改葬于北，六飞亲阅，得吉壤于天寿山之大峪。诏云：林茂草郁，冈阜丰衍，别在诸陵之次。命太师翊国公郭勋知山陵建造，总督工程，以十七年十二月十五日辰时兴工。大学士夏言、尚书严嵩等,各具献皇梓宫启行图及奉迁仪注上呈矣。上忽颁谕,谓奉藏体魄已二十载,启露风尘,摇撼道途,朕心不宁。于是嵩等又会议,从上圣意,停启欑三使不发,别遣锦衣指挥赵俊者往视,而迁事中辍。上命次年二月十五日,太后梓宫南祔显陵,择日发引,礼部已移文所司遵行矣。已而赵俊自承天还,言显陵玄宫有水,于是众啧啧,又谓显陵当北迁。上命梓宫且停,待驾南行,还京再奏。而上以二月朔立太子、裕王、景王,时车驾濒行,工部郎中岳伦上言:梓宫南祔,未足遂陛下孝思之诚,请坚北迁之举,勿惑群臣之议。上怒,命锦衣逮讯,已而褫职永不叙用。盖犹祖迁陵之说以媚上,不意其拂旨也。至十六日发京师,至四月朔自承天回銮,上谕行在礼部曰:"吉壤重卜,何为来此?惟纯德山皇考圣灵,安悦宁妥久矣,视地悉已之,行宫道路止勿治。"盖上意欲皇考仍旧葬,而北葬太后于大峪,故示意如此。又途中得御史谢少南疏,请庆都尧母祀典。上喜曰:"尧父母异陵,可征合葬非古,少南才识可嘉,改司直郎兼检讨。"至四月十五日还京,十九日丙辰,上谕辅臣曰:"大峪之工,玄寝已成,不奉梓宫早安,恐夏雨流入,枉费人力,可于五月三日子时发引,五日抵陵,六日掩玄宫,七日神主还京。"盖力斥南行之说矣。是月廿七日,上复亲至大峪,视太后陵工,既阅毕,召礼部尚书严嵩谕之曰:"朕南巡谒陵,今又视大峪山,峪地空凄,岂如纯德山完美。决用前议,奉慈驾南祔,其发引吉辰另择。"至是显陵合葬之议始定,而太后梓宫仍南行矣。三数月之间,陵寝大事,或南或北,或行或止,更改数番,一惟圣意自裁,宰执大臣惟惟诺奉行,不复设一谋出一见,如傀儡之受牵,可恨亦可哂矣。

方大峪之初兴工也,御史陈让上疏引舜葬九疑二女不从之事,谓宜奉睿宗衣冠与章圣太后合葬大峪山,以章圣衣冠合葬显陵,若必欲迁显陵于大峪山,则承天旧陵为二圣衣冠几杖别藏,以当荆襄旺气。上曰:"并建二陵,用衣冠交葬,从古所无,尤见乖谬。"命斥为民。当时显陵建白惟此一疏耳,然其乖谬则诚如圣语矣。

章圣后而祔显陵已竣事矣,次年五月锦衣千户李拱辰上言,圣母南祔之后,灾异屡作,乞迎二圣梓宫俱葬天寿山。上斥其狂悖庸愚,下镇抚司逮治。

大峪山再用

大峪今为今上所建寿宫,向年江、李诸公谓其地不吉,归咎于首揆申吴县及旧宗伯徐嘉定,举朝聚讼,至烦圣驾再出而始决。想世宗何等英断,始而曰丰衍,既而曰空凄,尚未有定见如此,况臣下书生臆断乎?

太仆少卿李植江东之议寿宫,止以大峪有石为言,而不及世宗改卜一事,想未谙先朝故实也。当时辅臣、礼臣岂不知世宗再阅不用,特轻信钦天监官张邦垣等之言,致此纷纷,亦幸上不以皇祖空凄之语致诘耳,不然,诸大臣祸且叵测矣。其后训导庞尚鸿等又谓大峪开凿时,玄宫有水,督工诸臣用火炙干,不使上知,未知信否。但显陵遣阅时,赵俊亦有有水之言,世宗竟以梓宫南迁,何也?

孝宗山陵初起,吏部郎中杨子器亦上言石中有水,时内臣主其事,上不允行,仍切责子器。

禁中演戏

内廷诸戏剧俱隶钟鼓司,皆习相传院本,沿金元之旧,以故其事多与教坊相通。至今上始设诸剧于玉熙宫,以习外戏,如弋阳、海盐、昆山诸家俱有之。其人员以三百为率,不复属钟鼓司,颇采听外间风闻以供科诨,如成化间阿丑之属,以故恃上宠,颇干外事。近日圣意颇觉之,进膳设剧,顿减于旧,此辈亦少戢矣。又有所谓过锦之戏,闻之中官,必须浓淡相间,雅俗并陈,全在结局有趣,如人说笑话,只要末语令人解颐,盖即教坊所称耍乐院本意也。今《实录》中谓武宗好武,遇内操时,组练成群,五色眩目,亦谓之过锦,似又是八虎及许泰、江彬辈营伍中事,即王恭襄琼亦在其中,非剧也。

供御茶

国初四方供茶,以建宁、阳羡茶品为上,时犹仍宋制,所进者俱碾而揉之,为大小龙团。至洪武二十四年九月,上以重劳民力,罢造龙团,惟采茶芽以进。其品有四:曰采春、先春、次春、紫笋,置茶户五百,免其徭役。按茶加香物捣为细饼,已失真味。宋时又有宫中绣茶之制,尤为水厄中第一厄。今人惟取初萌之精者汲泉置鼎,一瀹便啜,遂开千古茗饮之宗,乃不知我太祖实首辟此法,真所谓圣人先得我心也。陆鸿渐有灵,必俯首服,蔡君谟在地下,亦咋舌退矣。

年号别称

文皇靖难兵起,屡进表章自雪者所不论,即他指斥书檄俱用建文年号,直至建文四年六月登极,改次年为永乐元年,以本年不宜复称建文,乃仍洪武号为三十五年,实无所谓革除也。至正德十四年,宁王宸濠反,初欲改元顺德,为李士实力谏,乃止称己卯年,则逆状昭然,未几而败。按李煜为宋太祖所攻,遂罢开宝年号不书,竟署乙丑年,宸濠盖用此故事。尝见故老云:国初历日,自洪武以前,俱书本年支干,不用元旧号,又贸易文契如吴元年、洪武元年,俱以原字代元字,盖又民间追恨蒙古,不欲书其国号,如南宋写金字俱作今字,曾见宋列帝御书及妃后翰墨皆然,则又不共戴天仇也。以上各有所谓,且有所本,今人多不知,创见者则以为骇矣。

一岁两元,本朝所无,惟景泰已称八年,而正月十七日英宗反正,改称天顺元年。

承天大志

《承天大志》者,世宗既追崇献皇,益务张大其事,以明得意,遂作《承天志》一书。时工部尚书顾璘以督显陵工程在事,即命之总理,璘乃聘楚人颜木、王廷陈等纂修,盖诸君俱高名废弃,欲借此为出山计也。书成而圣意不惬,遂报罢不复议。嘉靖末年,给事丘岳复迎上意,请重修,乃命阁臣徐阶等总裁,而诸词臣分领之。时情咸谓书成必有异擢,争求入局,以至徐华亭与袁慈溪之相左,瞿文懿与高新郑之相诟,俱起于此书。比进呈乙览,上以卷中脱简,不复叙劳,仅各得赏,诸公大失望,时去鼎湖不数月耳。独丘岳以建议始功,超为礼部右侍郎。次年穆宗大计京官,岳坐降调外任。

是时侍讲学士廖道南，亦修《楚纪》以求媚，既而世宗南幸承天，又献《圣皇南巡江汉赋》，上以付史馆。又上《瑞应颂》四篇，亦命留览。既而朝见时，廖居忧乃服绯袍，上大怒，褫其职，迨《楚纪》成，终不召。

今上史学

今上以冲圣御宇，张江陵相公进《帝鉴图说》，以劝讲，内列圣哲芳规、狂愚覆辙二项，以寓劝戒。上固天纵，自是益勤史学，更命进讲《贞观政要》。至十六年，阁臣进太祖御札在内阁者，凡七十余通，上命留内恭藏，因索累朝实录进览。阁臣对以实录成时，史臣俱会同焚稿于芭蕉园，人间并无底稿，惟皇祖、世宗时建皇史宬，以藏列圣实录宝训，但册样稍广，宜减为书册，庶便展阅，容令中书官誊进，陆续上呈。上允之。由是金匮石室之藏俱登乙览矣。今上举动，每以祖宗为法，自冲年即有小世宗之号，然亦繇《帝鉴》一书启沃圣心，故孜孜讲究不辍。宋朝大儒如王荆公以《春秋》为断烂朝报，不列六经，如程伊川以看《资治通鉴》为玩物丧志，禁人弗习，宜其末造之不竞也。

初修《帝鉴》时，分派各词林编纂，江陵特总其成耳。比进御时，江陵竟以己名独上，上褒谕甚至，无一语及他臣，一时有事笔札者，相顾愕眙愤叹。此公之失欢于后辈，此亦其一事也。近年焦漪园之进《养正图说》，亦不以闻之同事，遂至被口语挂谪籍，专之一字为祟如此。

直谏奇刑

李忠文时勉初为侍读，以疏忤旨下狱，时永乐初年，至二十一年始得释复官。已而洪熙改元，复上二疏，言人所不敢言，其一乞留中。疏入召问，对不屈，命金瓜士扑之，凡十七瓜而肋断，恍惚中见有朱衣人庇之，曳出下狱。先是折肋内向不相续，及用梃纽，断骨忽自接。至宣德初，以学士晋祭酒，至正统中，又以忤王振枷项，寻得释告归。此李本传所纪也。又宣德间，有刑部主事郭循者，以开拓西内皇城大兴土木，极谏不可。上命以毡裹至大内，问之不屈，乃射伤其颅，血流被面，下锦衣狱。至正统改元，遇恩宥复职，仕至广东参政，卒于官。此见英宗史者。以仁、宣二圣神明，而二臣不免奇刑若此。李为安福人，郭为庐陵人，俱吉州产也。

宣宗御笔

宣宗皇帝天授奇慧，所御书画，俱非臣下可及。幼时曾见御笔一扇，上画折枝花及竹石，即自题六言于端云："湘浦烟霞交翠，剡溪花雨生香。扫却人间炎暑，招回天上清凉。"烘染设色，直追宋人。书学颜清臣而微带沈度姿态。今上御书，几出宣宗上，第不知绘事曾留意否。

宣宗此诗，屡见御笔，想得意之什。

宫闱

妃谥

本朝典制，大行皇帝尊谥十七字，大行皇后十二字，皇妃及太子与太子妃止二字而已。惟永乐间，高庙惠妃崔氏薨，谥庄靖安荣，四字谥始见于此。而文皇嫔御如淑妃杨氏之端静恭惠，惠妃李氏之谥恭和荣顺，丽妃陈氏之谥恭顺荣穆，顺妃王氏之谥昭惠恭懿，贤妃王氏之谥昭肃静惠，贤妃喻氏之谥忠敬昭顺，丽妃韩氏之谥康惠庄肃，顺妃钱氏之谥惠穆昭敬，惠妃吴氏之谥康穆懿恭，此皆殁于永乐间，亦谥四字，斯为异典。但文皇宾天后，从殉诸妃，史皆失载，今遂无可考据。至天顺七年，敬妃刘氏薨，上辍朝五日，特赠惠妃，谥贞顺懿恭，盖仿文皇诸妃例。然前是天顺五年，宣庙贤妃吴氏薨，上仅辍朝一日，谥曰荣思。妃故景帝生母，景泰即帝位，尊为皇太后，上复辟乃为贤妃，而丧礼仅仅止此，曾不敢望敬妃万一。上友于素笃，惟此举似有遗憾。至成化间，惠妃王氏之谥端静安和，德妃惠氏之谥恭庄端惠，顺妃樊氏之谥恭和安靖，安妃杨氏之谥庄僖端肃，贤妃王氏之谥昭肃靖端,宸妃万氏之谥靖庄安穆,皆英庙所遗簪履,得谥四字,于礼亦称。其后直至正德中,英宗淑妃高氏薨,年八十二岁,谥曰庄靖安荣,英宗丽妃刘氏薨,年八十七,谥曰安和荣靖,皆四字。此二妃于上为庶曾祖母,盖又仰体先朝遗意,以慰裕陵在天之灵,且从来妃嫔寿考未有及二妃者,此英宗独见,禁止殉葬,使得享高年,其遗泽远矣。成化十一年六月,淑妃纪氏薨,时谥恭恪庄僖,则孝宗生母,用天顺间刘妃礼,崇进四字,非过也。而宪庙贤妃柏氏,为悼恭太子生母,至嘉靖六年始薨,于上为庶祖母,盖亦八十余,仅谥端顺,他典亦杀,似乎过薄。惟成化二十三年正月,皇贵妃万氏薨,辍朝至七日,谥曰恭肃端慎荣静,遂至六字,此本朝创见,则以上异宠特加,然较之唐宗之追谥贞顺武皇后,宋仁宗追谥温成张皇后,大有间矣。此祖宗家法之严,不敢逾僭也。嘉靖十八年□月,贵妃阎氏薨,赠皇贵妃,谥荣安惠顺端僖,盖仿成化年间万妃之例,以阎为哀冲太子生母也。三十年庄敬太子生母皇贵妃王氏薨,谥端和恭顺□僖,又用阎妃例,可谓恩礼兼备。至三十三年正月,康妃杜氏薨,杜为裕王生母,尚书欧阳德等引先朝淑妃纪氏为比,宜令裕王服斩衰三年,上不从。辅臣严嵩等引太祖《孝慈录序》为证,上复谕当避君父之尊,不当服斩三年,欲用贤妃郑氏例,赖德等力争,裕王得于府第燕居终丧,时上辍朝止一日。及议谥号,止用荣淑二字,而无赠,且改仪注为赐祭赐谥,行礼之时,礼官读祝宣册,皆平立不拜,所以剪抑之者至矣。上意以先有哀冲、庄敬二太子在前,则穆宗为庶第三子,故阎妃当从厚,杜妃则杀其仪耳。然宪宗庙纪妃薨时,皇第一子及悼恭太子亦已先殁,孝宗独非庶第三子乎？宪宗虽嬖万氏,而于纪妃犹备礼不少贬,固诸辅臣匡正之力,亦以圣心无所猜忌,非如嘉靖末年,动有久待之嫌,因并简礼于所生也。

嘉靖四十五年,未封妃杨氏薨,追封为荣妃,谥恭淑安僖,丧礼如皇贵妃阎氏例四之一,赠其父骠骑将军、锦衣都指挥使,授兄廷美锦衣指挥佥事,妃仍祔享奉先殿,而穆宗生母康妃不与焉。又皇贵妃沈氏薨,谥庄顺安荣贞静,此妃不闻有所出,而六字谥遂同阎、王二妃,尤异。

仁庙殉葬诸妃

《会典》云：献陵七妃，三葬金山，余俱从葬。按仁宗上仙，宣宗谥皇庶母贵妃郭氏、淑妃王氏、丽妃王氏、顺妃谭氏、元妃黄氏五人，又益以先赠张氏顺妃、李妃、丽妃，俱系潜邸，追共七人，是矣。然前是登极所封贵妃郭氏、贤妃李氏、惠妃赵氏、淑妃王氏、昭容王氏，仅郭贵妃、王淑妃在所殉中，何也？况贵妃所出有滕怀王、梁庄王、卫恭王三朱邸，在例不当殉，岂衔上恩，自裁以从天上耶？又上未崩前之两月，曾封张氏为敬妃，为荣国忠显公主之孙，今太师英国公辅之女，册文中赞美甚备，亦不从殉，盖以乃祖父勋旧特恩也。是时六宫止以贵妃为极贵，下中宫一等，至宣庙始加孙氏为贵妃，寻正位中宫矣。

万妃晚幸

史云万贵妃生于宣德庚戌，四岁选入，侍圣烈慈寿皇太后，即宣宗孝恭皇后孙氏也；云及笄，侍上于青宫，宪宗以正统十四年立为太子，时方三岁，妃已二十岁矣；后至天顺元年，宪宗从沂邸复储位，年仅十一，而妃则已二十八矣；又云上即位，遂专宠，此年七月大婚，圣龄十八而妃则已三十五；次年妃举皇长子，未晬而薨，进封贵妃，此后遂不复孕；又进皇贵妃，嬖幸终宪宗之世，以成化二十三年正月初十日薨，计其年盖已五十八，而上以是年秋八月上升，圣寿仅四十一，则妃实长于宪宗十七年。窃以为必无之事，或者史臣纪载之讹。然成化四年秋彗星见，大学士彭时上疏，乞正宫闱以绵圣嗣，且言专宠者年日以迈，宜子者恩或未逮，宜更新以回天意。又云凡女子年过四十虽有所生亦多不育，盖谓皇长子之薨，已直指其事不复讳。是年妃盖已三十九矣，彭文宪谓之年迈，似史臣所述又未必诬矣。自古妃嫔承恩，最晚而最专最久，未有如此者，然则夏姬之三少，宜主之内视，信乎有之。

北周宣帝天大皇后朱氏，静帝生母，亦长于宣帝十余年，然而无宠。

宫　　词

嘉靖中叶，上饵丹药有验，至壬子冬，命京城内外选女八岁至十四岁者三百人入宫；乙卯九月，又选十岁以下者一百六十人，盖从陶仲文言供炼药用也。其法名先天丹铅，云又进之可以长生。王弇州嘉靖宫词所云"灵犀一点未曾通"，又云"只缘身作延年药"是也。

选江南女子

洪武五年选苏、杭二府妇女愿入宫者四十四人，授内职，蠲其家徭役。其三十人年未二十，各赐白金遣还，任其适人。洪武十四年，敕谕苏、松、嘉、湖及浙江、江西有司，民间女子年十三岁以上十九岁以下，妇人年三十岁以上四十岁以下无夫者，愿入宫备使令，各给钞为道里费，送赴京师。盖女子以备后宫，而妇人则充六尚也。时孝慈皇后正母仪天下，其注意江南如此。此后天顺间，命内臣选南方女妇，已昉于此。

女　　官

宫中六尚之职，国初凡三定，最后则洪武二十八年重定者为准。先是，分局曰尚宫、曰尚仪、曰尚服、曰尚食、曰尚寝、曰尚功，又有宫正司其长，为正六品，嗣又升为正五品，最后官秩如之，而僚属加详焉。尚宫之属有司纪、司言、司簿、司闱，尚仪之属有司籍、司乐、司宾、司赞，尚服之属有司宝、司衣、司饰、司伏，尚食之属有司膳、司酝、司药、司馈，尚寝之属有司设、司舆、司苑、司灯，尚功之属有司制、司珍、司计。其司之长为正六品，而堂属佐贰以次递降焉。宫正司主纠察宫闱，视外宪臣，其局各有女史六人或四人，如外官掾吏，盖斟酌周汉唐之制而损益焉。初设官时，为七十四人，其后盖倍之矣。

采　女　官

天顺三年，上命镇守浙江太监卢永、江西太监叶达、福建太监冯让曰："宫中原设六尚女官以纪内事，须识字妇人充任，近年多放还家，及老疾不任事者，缺人任用，敕至即密访良家女子年十五以上，无夫妇人四十以下，能读书、写字，并谙晓算法者四五十人籍记之，待明春遣人同尔会选，令其亲属送来。"观此敕则禁中须女官甚急。向来宫掖充满，俱系北产，不谙文理，故命江南选择，不独取其美丽，亦以慧黠堪给侍左右也。且是时孝庄钱后正位中宫，故浙之仁和人，宜其追念桑梓，注意南人。第不知次年所选者，果几人当圣意耳。

选江南女子入宫，洪武时已两见矣。

女秀才

凡诸宫女曾受内臣教习读书通文理者，先为女秀才，递升女史，升宫官，以至六局掌印，则为清华内职，比外廷通显矣。但止六品衙门，盖太监亦仅四品，此又次之。然监局各内臣用事者，俱有蟒玉之赐，盖竟用一品章服，不知六尚亦有递加者否。若外廷士子，惟翰林院有秀才，先朝名臣如李西涯、程篁墩、杨石淙辈俱曾为之，受词臣教习，非寻常诸生比，至修实录等大典亦得预焉。然不登第授官者，仅得鸿胪寺序班，与铸印局儒士出身无异，其不逮女秀才多矣。

永乐二年，左都御史陈瑛诬驸马梅殷与女秀才刘氏为邪谋，则女秀才之名久矣。嘉靖初年，行皇后亲蚕礼，内赐酒饭，以夫人、秀才为第一等，而供事命妇辈反次之，以地在禁密，厨役难办，命尚膳监祗待，则女秀才与夫人并称，其贵近可知。

宗藩

亲王娶夷女

太祖第二子秦愍王，娶故元太傅中书右丞相河南王扩廓帖木儿女王氏为正妃，至二十八年愍王薨，王妃以死殉，遂得合葬，而次妃邓氏则功臣清河王愈女，反屈居其下。时洪武十八年戊辰科状元为襄阳人任亨泰，其妻亦蒙古人，赐国姓朱氏，而亨泰母为乌古论氏，亦色目人也。至文皇帝时，纳高丽所献女数人中，其一人为敬妃□氏，侍上北征，回师薨于峄县，遂槀葬焉。盖是时尚仍元旧俗，未禁属国进女口也，此后遂不闻此事矣。

古来中国娶夷女者，如魏文帝悼后郁久闾氏，为蠕蠕主阿那环长女，文帝至废元配乙弗氏而纳之，复以悼后妒，令乙弗自杀，而阿那环次女又为齐武神后，盖中国仰其鼻息以为盛衰。及突厥灭蠕蠕，其强大弥甚，中国争倚以为援。宇文与高氏本欲共求其女为后，终为周所得，赖以灭齐，则唐诗所云"安危托妇人"者，又不在中国之和亲公主矣。本朝英宗北狩时，也先欲进其妹，上毅然不许，迄不能进，圣主英概，奚止羞耻百王已也。

谷王反覆

谷庶人穗初封宣府，会燕邸靖难师起，走还京师，建文君命守金川门。文皇临城下，穗开门纳燕师，以此宠异冠诸邸，本年即改国于湖广长沙府。至国，诈造图谶，伪作妖言，谋制灯入贡，潜纳壮士于御前。会蜀府崇阳王悦燇以事逃入长沙，穗邀入府，诈云建文君实不死，此即真故主来归，欲奉以举事，崇阳不从。蜀王椿，其同母兄也，闻其谋，遣使谕止之，弗悛，乃以闻于朝。于是太宗遣兵取之，穗仓卒不及发，遂就执，至京锢西门内，时永乐十五年也。是时建文二弟，惟庶人允熞一人在，自穗有此举，是年即以讣闻，盖上虑不逞者复欲借以干纪，不得不除之也。穗初意欲为刘濞、杨谅之举，然一叛义师，再献都城，全似司马消难、刘知俊之举动，上赏其功，心已疑其心矣。即建文果从田间再起，谷王佐之收合余烬，亦徒成将帅功名耳。金川门之役，曹公李景隆与谷王同启扉纳义师，皆受文皇上赏，景隆至为班首重臣，列淇、成二公功臣上。永乐四年以嫌被幽，举族锢钥，其子孙至自相婚耦，至正统间始释自便。盖景隆之死，竟以冻馁终，太祖神灵在天，与谷王同殛矣。

公 主

主婿遭辱

今上丙戌正月望后，驸马都尉侯拱宸夜归府，遇一人偃塞太甚，执而挞之。少顷，则有中使赵祚者倚醉入府，扭结拱宸，窘辱甚至。询之，则被挞者其家奴，而祚则永宁公主所役也。拱宸愤甚上疏，旨下笞祚而已，仍戒拱宸毋生事。侯所尚寿宁公主，与永宁公主俱今上同胞妹，而永宁则嫠居久矣。小竖横恣已极，而处分仅止此，使在江陵柄国时，必无此事，即有之亦必大创矣。拱宸事后，至戊子冬，驸马万炜奏司宫老婢沈银蟾与内使李忠盗金银等物，反遭诟辱，上大怒，谓圣母生辰烦渎，尽革其蟒玉，并夺所掌宗人府印，送国子监习礼三月再奏，而宫婢内使盗窃诟辱等事不问也。

公主下嫁贵族

本朝公主俱选庶民子貌美者尚之，不许文武大臣子弟得预，为虑甚远，然亦有偶值不尽然者。如高帝长女下嫁太师韩国公李善长子琪，次女宁国公主下嫁汝南侯梅兴祖子殷，第五女汝宁公主下嫁吉安侯陆仲亨子贤，第八女福清公主下嫁凤翔侯张龙子麟，第九女寿春公主下嫁颍国公傅友德子忠，第十一女南康公主下嫁东川侯胡海子观，第十二女永嘉公主下嫁武定侯郭英子镇，第十五女汝阳公主下嫁都督佥事谢彦子达，懿文太子长女江都公主下嫁长兴侯耿炳文子璿，以上俱开国功臣，因结肺腑，且其时禁制未定也。至文皇则长女永安公主下嫁都督袁洪子容，第三女安成公主下嫁西宁侯宋晟子琥，第四女咸宁公主下嫁宋晟子瑛，盖宋氏兄弟俱尚主，亦皆靖难功臣也。至正统间，则禁例已大定矣，而宣宗第二女常德公主下嫁薛桓，则鄞国公薛禄子，以上虽贵臣，然皆右列也。英宗长女重庆公主下嫁周璟，则参政周颛子；第二女嘉善公主下嫁王增，则靖远伯王骥孙；第四女崇德公主下嫁杨伟，则兴济伯杨善子。周颛进鸿胪卿不任事，二伯俱以文臣起家，拜五等，得连姻帝室，亦是奇事。此后则宪宗长女仁和公主下嫁齐世英，为尚宝卿齐佑子，佑亦进鸿卿奉朝请，用周颢故事也。其后公主出降，例皆白屋，直至今上长女荣昌公主，选尚驸马都督杨春元，为故太仆卿维璁孙，正德辛巳状元也，始复为衣冠之族云。荣昌为中宫王氏出。

尚主见斥

嘉靖六年永淳公主及筓，选禁脔而得陈钊，既为仇家所讦罢矣，上命再选。盖主为兴献帝第四女，上加意怜爱之，必欲得佳偶。时高中玄相公年十六，随父少卿尚贤在京邸，风骨秀异，因而见收。故事三人入宫，惟内廷所择。时宫嫔内臣皆目属中玄，乃章圣太后取中者为河南谢诏，高同里人也。中玄归之次年，即以礼经魁其乡。主既下降，因谢寡发，为时所嘲弄，意已不怿，既闻高才貌，又未娶登贤书，不无心艳。又数年而成进士高第，居词林有盛名。主滋介介，形之悔叹，谢惧无计，侔以好语谋之主，欲借桑梓招中玄宴会，主欣然允之，比至而窥于青琐。高时已伟躯干，美须髯，俨然河北伧父，无复少年姿态。主夙慕顿尽，忼俪遂加笃。人谓谢能以小智回天人，亦非凡碌粉侯所办。

内　　监

封　朝　鲜

朝鲜为守礼之邦，朝廷待之亦与诸夷迥异。然国初册封多用内官，自成化间，内臣郑同、翟安二人并使，而言官纠其非，事得寝。此后多用文臣，亦有内外兼用者，至嘉靖间，则大珰例不遣矣。隆庆元年，始又命中官姚臣同行人欧希稷吊祭朝鲜，封其侄署国事李昖者为王，即今王，为日本所侵，几至亡国者是也。其时华亭当国，不宜有此，至今上屡遣使其国，皆用词臣及使署充之，体统始正矣。

内府诸司

内宫十二监四司八局，总谓之廿四衙门，俱在禁地，惟浣衣局则在皇城之外为异耳。又有宝钞局，今称司，此外则有鞍辔局、内承运库、供用库、司钥库、赃罚库、甲乙丙诸库、内灵台、御酒房、弹子房、牲口房、刻漏房、更鼓房、甜食房、汉经厂、道经厂、盔甲厂、王恭厂，又洗白厂（一名䌷作，即织造兜罗绒之所），不许外人窥视传出者。而乾清宫内则有汤局、荤局、素局、点心局、乾煠局、手盒局、冰膳局、馏膳局、面筋局、冻汤局、司房、管库房，又有御药房、弓箭房、御茶房、猫儿房，俱有大珰主之，所役殆数万人。此外则鹰房、豹房、百鸟房、御花房、虫蚁房之属，其名目最夥，其役日多，其费日繁，莫可稽核。盖中官相承，窟穴深固，虽以世庙初年新都相之肃清，今上初年江陵相之严刻，亦无所措手。国计之匮，此第一漏卮也。

孔庙内臣降香

太祖废天下神祇王公等号，而独存孔子文宣皇尊称及塑像，盖有深意。至世宗用张璁言，改王称师，毁像用主，儒者至今饮恨。惟太祖初制，每月朔望遣内臣降香，历朝遵行，亦至嘉靖九年始罢之，此璁独见也。

内廷豢猫

大内自蓄虎豹诸奇兽外，又有百鸟房，则海外珍禽靡所不备，真足洞心骇目。至于御前，又最重猫儿，其为上所怜爱，其后妃各宫所蓄者，加至管事职衔。且其称谓更奇，牝者曰某丫头，牡者曰某小厮，若已骟者则呼曰某老爹，至进而有名封，直谓之某管事，俱随内官数内同领赏赐，此不过左貂辈缘以溪壑，然得无似高齐之郡君仪同耶？又猫性最喜跳蓦，宫中圣胤初诞未长成者，间遇其相遘而争，相诱而嗥，往往惊惕成疾，其乳母又不敢明言，多至不育，此皆内臣亲道之者，似亦不妄。又尝见内臣家所畜骟猫，其高大者逾于寻常家犬。而犬又贵小种，其最小者如波斯金线之属，反小于猫数倍，每包裹置袖中，呼之即自出，能如人意，声甚雄，殷殷如豹。

劾大珰子弟

武宗朝刘瑾败后，次年礼科给事中陈鼎劾奏河南乡试第七名廖铠，乃镇守太监堂之侄，参随锦衣指挥使鹏之子，本福建人，冒河南籍乡试入彀，乞命礼部削去试录铠名，照例问革，并治有事科场者之罪。上命除铠名而贷执事试院者。继而巡抚河南都御史邓洋又奏河南盗起，皆由镇守太监廖堂与其弟鹏括利害人所致，乞正典刑。诏降鹏二级为指挥佥事，南京闲住，仍鬻其私宅。鹏大窘，欲求救于朱宁，思宝货无当其意者，乃令后房所宠出入宁家，宁遂留之，因其兄疏辨，并鹏复职。是时逆瑾虽诛，八党正炽，而鼎一言遽革权珰从子之籍，又贼宁方冒国姓，自称皇庶子，仅能止廖鹏之镌秩，而邓洋之言初未尝以为非也。及陈鼎以言事忤旨，内批鼎附瑾估价匿，下之诏狱，固权幸为廖鹏报仇，然以吏部尚书杨一清之救得释罢归。盖是时公道犹仅有存者，此后渐不然矣。

万历初年，弹治江陵公者尚不乏人，至冯珰则无片言及之，即其侄都督冯邦宁及名下用事大珰张大受，亦无人指及之。迨冯珰将败，最初言者亦不过借司房徐爵牵及之耳，未几追论者连篇累牍，谚所云打死虎也，可以观世变矣。

冯邦宁者，珰保之侄，以恩泽历官左都督，恃保势横于长安，莫敢与抗。偶与江陵之长班名姚旷者遇，诃辱之，旷不逊，因相争斗，为邦宁徒御捶击稍过，归诉于主人，即遣人述其事于冯珰。珰呼邦宁至杖之四十，褫其冠服，不许朝参。当时江陵曲媚冯以固权宠，而能折辱其侄乃尔，珰以江陵片言，不难笞犹子以谢过，似亦非他内官所及。

邦宁又遇大司寇刘白川应节不避道，刘叱之下马，今六卿未必有此事矣。

内官定制

太祖定宦官之制，亦历五次而始有成规，其初吴元年，内史监至有正三品者，洪武四年降为正五品，其长曰令；十七年又降其长为正六品，盖爵秩逊女官之六尚焉；至二十八年，始定为十监，以太监为之长，秩正四品，不复更矣。监曰神宫、曰尚宝、曰尚膳、曰尚衣、曰司设、曰内官、曰司礼、曰御马、曰印绶、曰直殿，又增御用监凡十一；至三十年，又增都知监，掌内府各监行移一应关支勘合，其设官品秩一如各监，今通呼为十二监云。又设六局：曰兵仗、曰内织染、曰针工、曰巾帽、曰司苑、曰酒醋面，而先所设皮作、司牧、颜料三局废不复见，想并统于他署矣；三十年又增银作、宝钞二局。其库有三：曰司钥、曰内承运、曰内府供用。其司有二：曰钟鼓、曰惜薪。今中官辈例称为二十四衙门，然今又有浣衣等局与混堂诸司，未审何属也。司礼今为十二监中第一署，其长与首揆对柄机要，佥书秉笔与管文书房，则职同次相。其僚佐及小内使，俱以内翰自命，若外之词林，且常服亦稍异。其宦官在别署者，见之必叩头称为上司，虽童稚亦以清流自居，晏然不为礼也。内官监视吏部掌升选差遣之事，今虽称清要，而其权俱归司礼矣。御马监虽最后设，然所掌乃御厩兵符等项，与兵部相关，近日内臣用事稍关兵柄者，辄改御马衔以出，如督抚之兼司马中丞，亦借拟甚矣。内职惟钟鼓司最贱，至不齿于内廷，呼曰东衙门。闻入此司者，例不他迁，如外藩王官然。而正德初刘瑾乃以钟鼓司入司礼者，又传先朝曾召教坊司幼童入侍，因阉之为此司之长，以故其侪鄙为倡优之窟，不屑列班行，未知然否。近又闻内臣辈云：惟都知监为下等衙门，不得他升。今内府所称十二监与前无异，而六局之外，又以浣衣、银作为八局，而司则钟鼓、惜薪外又益以宝钞、混堂为四司，是为二十四衙门，与国初制小异，不知何故。

洪武四年命吏部定内官散官，正四品正中大夫，从四品中侍大夫，五品中卫大夫，从五品侍直大夫，正六品内侍郎，从六品内直郎，正七品正奉郎，从七品正卫郎，正八品司奉郎，从八品司直郎，是时未有太监也，后以四品授太监，遂为中官极品。盖其名肇于金元，本朝因之，以至于今。唐制宦者阶官与廷臣同，最为失体。宋则别置勋阶，神宗尝曰祖宗为此名有深意，至徽宗一变其制，遂至建节矣。本朝内臣俱为吏部所领，盖用周礼冢宰统阉人之例，至永乐始归其事于内，而史讳之。

内臣罪谴

内臣得罪，祖宗时俱下法司，近代以来多自内批出，其轻者云降作奉御私宅闲住，盖犹为六品官也。又降奉御者，或云发南京新房闲住，或云往凤阳祖陵司香，其重者降作小火者，发去南京孝陵司香。则无官矣。又重者则云降充净军，发去南京孝陵卫种菜。其更甚者至云夹四夹、桚四桚、打一百，发南海子常川打更，则示意杀之，十无一全者矣。

闻之中官辈云：种菜者至南京，其守备大珰坐堂皇，喝云取职事来，则净军肩一粪桶并杓趋过前而去，虽司礼首珰得罪亦然。又昼夜居菜圃，非赦不得越寸步。

禁自宫

永乐二十九年，仁宗初即位，长沙府民有自宫求为内侍者，上曰："游惰不孝之人，忍自绝于父母，岂可在左右？发为卒戍边！"未几兴州左屯卫军馀徐翊奏有子自宫，今为内监，乞除军籍。上曰："为父教子，为子养亲，尔有子不教，自伤其体，背亲恩绝人道，皆原于尔。"出其子使代军役。又谕刑部尚书金纯等曰："今后有自宫者死不贷，若加宫刑者，朕亦恶之，宫刑下死刑一等，须严禁止。"因顾学士杨士奇等曰："此事须以诏书行之。"其禁止自宫并宫刑如此。然洪熙元年，宣宗登极赦书内，又云在京工人犯罪被刑剜刺已成残疾者，即与开除差役，是年行在工部奏旧经阉刺银匠周阿佛等七十六人，自陈老疾，乞免役，上曰："刑余之人，其称老疾必不妄，令免役闲住。"则肉刑在太宗朝未除也。至本年有军民任本等数人，自宫求用，上曰："皇考时有自宫者，皆发戍交趾，此人尚敢尔耶？"即循例发遣。以上两朝两年事也。未几，宣宗又下太仆卿戴希文子怀恩及前翰林吉士成敬于蚕室，岂仅禁自宫，而腐刑仍用耶？宣德以后始废论腐，英宗禁自宫尤严，犯者俱戍极边。正统十三年，江西鄱阳民樊侃、陕西盩厔民李回汉自宫，诡云病疳及坠马损伤求用，上以故违禁令，俱发辽东铁岭充军，仍著为令。景泰三年七月，景帝谕礼部尚书胡濙，闻民间自宫者甚多，可榜谕敢犯者及投王府势宦之家，俱如旧例处以不孝。然天顺二年七月，命宫监徒四十四名女口八十人送浣衣局，又何也？此后不复用宫刑，而禁自宫加厉，弘治六年五月，军人马英妻罗氏自宫其幼男马五，事觉，罗氏坐下手之人当斩律，刑部郎王嘉庆等三人改议杖罪，上怒，谪嘉庆于外，罗氏坐死如律。以孝宗仁恕而痛嫉此事乃尔。正德二年九月，申严自宫之禁，但有潜留京师者论死。时宦官宠盛，愚民尽阉其子孙以图富贵，有一村至数百人者，虽禁之莫能止，是月即审录重囚有自宫坐罪者十二人，拟以可矜，上谓年幼姑系之勿释，至八年三月，又严自宫论斩之法。武宗最任内臣，亦力禁如此。嘉、隆而后，自宫者愈禁愈多，其入内与宫婢配偶不必言，乃出外恣游狭邪，即妓女亦愿与结好，娼家所云守死哭嫁走者，靡不有之。昔南宋大珰陈源，得宫人菊部头为妇，为高宗再宣入禁中，源结恨而死，岂此曹之前茅欤？古人以宫者守内，今虽宫不足以止淫矣。余谓都下椓人之闹坊曲，江南髡牝之溷闺房，违男女之性，变交接之具，真宇宙间两大妖孽，若其中每伏勾引奇祸，则髡牝之毒尤烈矣。

　　自宫之禁，惟今上壬辰年处滇事用律文，先是黔国公沐昌祚以纵下人贪虐为抚按所参，内有私阉男子李时孝名，上命立斩之。按杨用修云：黔公府旧有内使二十人名到坐。

中官荫胄子

　　内臣恩泽荫弟侄为锦衣者，累朝俱有之，惟任子则罕见。弘治十五年太监庄旺死，其名下尚膳太监王安等，为旺侄，比例乞恩，送监读书。给事倪仪劾安故违成宪，妄请宜罪，礼部亦谓昔无此例，近太监孙振侄汉得请，故安等引以为例，并汉遣回。上从其言。自是中官无复敢以胄子请者矣。

　　天顺三年，左顺门正忽思忽奏臣海西女直人，自洪武入内廷，有侄佟预在京生长，粗知章句，故乡万里，无家可归，欲图报效，无由进身，乞入国子监读书。上从之。盖又不始于孙振矣。是时曹吉祥侄钦方封昭武伯用事，又何有于一胄子也？

考察内官

弘治十七年以四方灾异日闻，吏科给事许天锡上言，乞定京官考察之制，谓十年太疏，宜以六年为率。又言辅导之臣不能引咎避位，今纵不能如古策免三公，欲将文武大臣暂革宫少之衔，待天意既回还职。又内府二十四监局，掌印金书太多，乞敕司礼监会同内阁将各内官内使考察，严加裁革，南京监局亦行一体考察。上曰："此奏深切时弊，其详议以闻。"既而吏部覆奏京察六年一举，永为定制，其大臣兼宫少衔者，惟英公张懋、大学士刘健等凡六人，其革留惟上命。上是其议，惟宫少衔免革而考察中官一事，吏部不覆奏，内阁不张主，即言官亦不再请，遂使给事谠言，付之逝波。时秉铨者马端肃，当国者刘文靖，值孝宗圣主而扞格如此，岂路马不当齿耶？何况因循至今日，敢复纠及阉尹耶？令人浩叹。

许天锡在省垣建白最多，俱中肯綮，至正德二年为工科都给事中，为刘瑾所憎，欲罗织之，于六月初一日自经死，盖畏横祸凌辱，甘心沟渎也。天锡福建闽县人，弘治癸未进士。

镇滇二内臣

太监钱能，女直人，兄弟四人俱有宠于成化间，曰喜、曰福者，俱用事先死。能号三钱，出镇云南，其怙宠骄蹇、贪淫侈虐，尤为古所未有。其时有二事最可资笑：云南有富翁病癞，其子颇孝，能召其子曰："汝父癞，传于军士不便，且又老矣，今将沈于滇池。"其子大恐，出厚资乃免。又王姓者业卖槟榔致富，人呼为槟榔王家，则执其人曰："汝庶民也，敢惑众僭号二字王？"复尽出所有方免。后继之者，虽贪求无厌，闻斯事未尝不失笑也。能后守备南京，弘治末老死京师，正德初赐葬最胜寺，人疑无天道。其幼畜钱宁于滇，晚俾专锁钥，能病，宁利其所有，遂进毒于能而死。宁，初名福宁儿者是也，本李巡检之家生子，然则能之恶，亦不为漏网。钱宁后被武宗异眷，至赐国姓，其投刺公卿，直书皇庶子朱宁。后以交通宁庶人为同类江彬所发，夺爵下狱，至世庙登极，宁坐寸磔，其子永安官后府右都督，时方八岁，亦坐斩，报应之说似亦不诬。至弘治中，内官吉庆出守金齿路，选京师恶少从行，括民财不遗锱铢，势若掳掠，所收货皆宝石，择最珍者椟以自随，籍扃一室，昼夜守之。群僇垂涎不能得，日谋所以死庆者，会庆病渴，各僇禁水弗与，医来私赂之进金石药，庆燥极，呼亲信出椟中宝易水活命，得宝驰去不顾，庆突地而号，发焦肤裂死，从者各载货逃去，尸蛆逾月，官司方为瘗之。成化中无足论者，孝宗朝号极治，而中官之横至此，即滇南一方，而普天可知矣，究皆为舆台所毒，多藏之能杀身至此哉！世庙初政，毅然尽革之，真千古卓见。今上二十六年，又遣中使杨荣入滇开采诸矿，因而搜取宝石，诈扰诸夷，土司俱蠢蠢谋乱，若不撤回，西南忧未艾也。若天津之马堂、福建之高采、辽东之高淮、徐州之陈增、湖广之陈奉、广东之李凤、李敬、通湾之张烨、湖口之李道、仪真之暨禄、两淮之鲁保、山西之孙朝、陕西之梁永、江西之潘相、宣大之王虎、河南之胡滨，几遍天下，其播毒皆杨伯仲也。

请内官体访考察

正统五年，南京御史魏淡为堂官右副都御史朱与言，论其老疾致仕，乃疏言南京诸司，富者比朋为私，贫者孤立无助，若凭风宪考察，少合公论，守备太监刘宁忠直公平，乞令体察。上不许，并其疏不行。景泰二年，镇守福建刑部尚书薛希琏奏请会同右监丞戴细保考察文武方面官员吏，科纠之云："考察之任，向不以属内臣，希琏乃借以媚权，殊失大体，有负重任，乞正其罪。"上诏考察仍如旧例，宥希琏不问。正统初年，王振已盗权，魏淡以此逢迎求复官，而其计不得行。景帝待中官最严，希琏献媚，至欲以斥陟大权归宦寺，其罪正合结交近侍、紊乱朝政之律，乃帝终不怒，自福建任满，又改镇山东，英宗复辟，又召入为南京刑部尚书而卒于位，皆不可解之事也。

老儿当

武宗初年选内臣俊美者以充宠幸，名云老儿当，犹云等辈也。时皆用年少者而曰老儿，盖反言之。其后又有金刚老儿当，其人皆用事，大珰如张忠辈皆在其中，则见之弹章者，此则不得其解矣。

正德末年，京城内建造镇国府及老儿院等大工，盖又与至尊并列，俱嘉靖初年拆毁。

阉幼童

英宗朝最严自宫之禁，而臣下不奉行者则时时有之。如正统十四年麓川之役，靖远伯王骥、都督宫聚奏征思机发，擅用阉割之刑，以进御为名，实留自用，为四川卫训导詹英所奏。上以骥有功，姑宥之。至天顺四年，镇守湖广贵州太监阮让阉割东苗俘获童稚一千五百六十五人，既奏闻，病死者三百二十九人，复买之以足数，仍阉之。事闻，上降旨切责让，并责巡抚都御史白圭以不能救正而已。此两事犹曰用兵诛叛，剪其逆种也。至如正统间福建总兵宁阳侯陈懋进净身幼男百八人，收之；又如正统四年，云南三司拣选黔公沐斌家阉者福住等十六人年幼堪用，上命送司礼监；又景泰间，镇守福建右监丞戴细保送净身小口陈石孙等五十九人，帝命送司礼监，此又无罪而刑矣。岂闽中为唐宋中官窟宅，至今尚然，即古所称私白者耶？又如景泰五年七月，永兴王志濮擅收阉者十四人，诏宥其罪，收入司礼监，则又勋臣藩府违禁阉割，不究其罪，且收其人，是主上先置三尺于高阁矣，欲厘弊习，不亦难乎？

内臣辱朝士

成化二十一年尚宝司丞许澣遇太监邓才㩭于途，不避，令人以杖捶之，碎其牙牌，事闻，下澣及才于锦衣狱。既而才、澣送司礼监治之，澣杖三十复职。弘治二年，掌尚宝司□政□溥为尚宝监奉御姜荣所殴，破鼻流血，事闻，上怒，杖荣三十，降小火者，以溥忍辱不言，有玷朝列，亦冠带闲住，则内官为得计矣。后至隆庆二年，亦有内官许义诈人财事发，巡城御史李学道不待奏请，竟笞之。群阉忿恨，次日聚殴学道于左顺门。上大怒，杖之百，戍为首者于烟瘴，其余俱发孝陵充净军。又万历三十年，礼部侍郎敖文桢过宣武门，遇三醉阉乘马突过，无端肆詈，且行凶肆殴，碎其扇轿，敖避门官郭成家，比锦衣官校至救解，亦被殴，或云郑妃宫内侍也。明日疏控于朝，今上亦大怒，痛治此宦,斥为净军。此二事为得体云。然迩年矿税诸珰凌轹督抚大臣,属视藩、臬、监司,参提郡邑长吏缙绅,惨祸又不可胜纪矣。

内臣被劾重谴

嘉靖二十六年,南京守备司礼少监丘得请复守备厅诸役,科道官雷贺等劾之,谓得为江彬余党,向充孝陵净军,又夤缘起用,已为幸矣,今明旨清役而得故违冒请,宜正其罪。上即命革去新增军丁,丘得仍充净军。从来参及大珰,未有立断快意如此者。肃皇真圣之英者也。

又内臣侯章之母,杀使女而支解藏之,事发拟绞,世宗命立斩之。又己亥岁,世宗自幸承天还,献后梓宫南发,御史刘士逵劾内官监丞阎受、锦衣指挥赵俊奉命整理梓宫,乃受狼戾,俊贪秽,乞赐裁断。上曰:"赵俊屡差未闻若是,必是同阎受习染为非,俊令改过任事,受着捕系解京治之。"其裁抑中官如此。

内臣赐私印

先朝多赐大臣印记,自蹇、夏诸公始,后渐及大珰。世宗朝凡文武贵幸者俱有赐,独不闻及大臣。今上初赐冯保,曰光明正大、曰汝作舟楫、曰尔惟盐梅,则直以宰相待之,非复先朝所刻金貂贵客之比矣。又有曰鱼水相逢日,风云会合时,盖又对联也。冯印俱牙刻,未几籍没,不知诸印亦入天府否。冯保之初得罪也,止降奉御南京孝陵司香,其后数年名下官某上疏,乞上恩召保还京,始谪保为净军,发孝陵种菜。冯别号双林。

纪述内臣

古来史册,自范蔚宗始纪《宦者传》,后代述史者因之,然未有特作一书者,惟唐末致仕枢密使严遵美有《南北司治乱志》,遵美于阉官中号贤者。是时呼朝士为南司,而宦者为北司,以典兵在禁城之北,所谓左右神策,两中尉居之,盖犹以枢密及两中尉与宰相对称,不专属中官也。丘文庄在先朝曾上《大学衍义补》一书,孝宗嘉纳,累朝俱置之讲幄,然当时讥其中独无内官一款,实迎合中涓,遂蒙圣眷,或论者苛责之过。近日今上二十年,四川佥事张世则上所撰《貂珰史鉴》,则专指中贵人,盖采掇载籍而有评有考有论,又为赞为箴为诗,其中备列善恶。上下其章于礼部,时部覆极称许之,谓内书堂宜进世则所进,与《忠鉴录》同立课程,使其口诵心维,可以迁善改过。上命留览,但不闻发付史局,人间亦无刻本,恐遂湮没不传,可惜!可叹!

王振恩恤

正统己巳之难全由王振,英宗锢南内者七年,亦良苦矣。复辟之冬十月,即用太监刘恒等言,命招魂以葬振。次年又下广西参政罗绮于法司禁锢之。绮磁州人,为仇家告其本州同知龙约自京还,传言当今又宠宦官,镂香木为王振形葬之,绮闻而笑,遂有是命。约与绮俱以妖言论斩。又一年,智化寺住持僧然胜又奏故太监王振有功社稷,已赐祠名旌忠,立碑于祠前,再乞赠谥为万世劝,上命礼部议之。至天顺六年,然胜又奏智化寺成于太监王振,旧有赐经及敕谕,正统十四年散失无存,乞仍颁赐以慰振于冥漠。上又从之。盖振之罪上通于天,而英宗之宠眷生死不替,正如唐德宗奉天围困,解后尚思卢杞欲召用之也。王振像尚存智化寺中,至今香火不绝,异哉!

天顺七年,河南裕州民告其知州秦永昌贪暴,上命锦衣官校核之,逮至京师鞫,籍没其家,斩永昌于市。时五月初旬,非行刑时也,且以部民讦州官,至论殊死,此古来奇事。时曹、石虽诛,而告密之风转炽,始掌锦衣者为逯杲,以酷暴激曹钦,及杲见杀,门达继之,酷加甚焉,故终天顺一朝,刑僇乃尔。

陪臣飞鱼服

正德初年横赐,如武弁自参游以下俱得飞鱼服,此出刘瑾右武,已为滥恩。至湖广荆州知府王绶者,贪暴一方,遇朝觐时,都察院署其考曰:"两司畏其胁制,而考语欺天;百姓苦其诛求,而怨声动地。"时以为实录。然为刘瑾所厚,终不敢去也。绶自陈有捕盗功乞恩,上命赐以飞鱼服,日衣以坐堂,愈肆其虐,以郡守得此,真异事矣。其时有日本国使臣宋素卿者入贡，赂瑾黄金千金，亦得飞鱼，则本朝外夷陪臣未有赐者，尤奇之奇者也。素卿名朱缟，本浙之鄞人，至嘉靖间遂启倭贼入犯之祸。

勋　　戚

武　定　异　封

武定侯郭勋，以六世祖母永嘉大长公主请谥，世宗允之，赐谥贞懿，已为异典；比进拜太师兼太子太傅，复请追赠其始祖郭英，亦许之，命赐诰追爵英如其官，此古今未有之事。

国　公　文　臣

国公爵虽至贵，然历朝勋号俱称武臣，惟太祖朝韩国李善长，生前疏封时得称文臣，至太宗则姚广孝赠荣国，亦被文臣之称，以缁徒得比隆开国元勋，亦异矣。益国朝止此二人，若通侯则无之，至伯爵之称文臣，不胜纪矣。

朱　勇　恤　典

成国公朱勇，自宣宗时已总禁兵且二十年，后英宗北征扈驾以出，为大营总兵官，还至宣府，虏骑渐逼，勇以精卒四万为前锋，大败身死，无匹马得还，越二日，大驾遂陷于土木。至景泰元年，其子仪以父殁王事，请祭葬，景帝曰："勇为大帅，丧师辱国，致陷乘舆，尚可以公侯礼礼之乎？"斥不许。至英宗复辟，即赠勇为平阴王，谥武愍。勇统兵败绩，其事与英公张辅等不侔，景皇帝圣语严正，何啻斧钺，乃英皇反贵以真王，且为易名，比开国靖难功臣有加焉，不特忠义解体，而赏罚之无章亦甚矣。

朱氏凡赠三王，最后为定襄希忠，事在今上初年，其后言者谓出自江陵公受贿私予，破坏祖宗典制，竟从追夺。希忠虽无裹革之绩，亦免舆尸之凶，且与陆炳同出世宗于行宫火中，厥劳难泯，若勇者罪浮于丘福十倍，使在文皇时，必夺公弗嗣矣，后生知今不知昔类如此。初，希忠之追王也，引武宗朝英公张懋卒得封宁阳王例为比，至言官追论希忠夺王爵，遂并张懋之宁阳而追褫之，真池鱼之殃也。然懋生前宿卫微劳，大逊希忠。

陆炳恤典

陆炳以三公兼三少，殁赠忠诚伯，谥武惠，诚为滥典，但世宗追念卫辉行宫翼卫，且有发仇鸾逆状功，恩恤不免过隆，至穆宗朝夺爵夺谥，法如是止矣。至高新郑再起，复嗾言路劾其罪状，籍没其家，且谓当斫棺戮尸而姑宥之。盖高与炳无大仇，特以炳为华亭故相连姻，欲诬其寄赃而并籍之也。时新郑于王俊民补荫、唐枢复官事，抗疏力争，谓初年用事之臣，凡先帝所斥者尽褒显之，几同武王反周，欲以坐华亭之悖。然则陆炳者又非先帝所褒显者乎，何以必僇尸籍没而后快也？专恣诬罔如此，即不遇张江陵、冯保，能无败乎？

内　　阁

阁臣事寄

高皇帝自丞相胡惟庸谋逆，革中书省，置四辅官，秩从一品，以代丞相；至洪武十五年，以王大中败事，革四辅，置殿阁大学士以备顾问，刘仲质为华盖殿，吴伯宗为武英殿，宋讷为文渊阁，吴沉为东阁，俱称大学士；十八年，朱善又为文渊阁，盖太祖朝所拜大学士止此矣。建文朝以尚书卿寺参国政，方孝孺仅文学博士，亦预政地，无殿阁之名。文皇即位，始以词臣解缙等七人直文渊阁，其后列圣辅臣，以保傅尚书入为殿阁大学士者，不过曰直文渊阁，或曰直内阁，或曰入阁办事，俱为真相，而徐有贞至以掌文渊阁入衔，则阁名之重，实昉于永乐初年，至今称政地诸公，及诸公自称，亦曰"阁臣"如故也。洪熙元年正月，仁宗肇建弘文阁，盖昉太祖弘文馆而改阁名，谓大学士杨士奇等曰："卿等各有职务，朕欲选端谨老儒数人备顾问。"于是铸印章命翰林学士杨溥掌阁事,亲以印付之,命之曰朕用卿等于左右,欲广知民事,为治道之助,如有建白,即以此封识进来,其委寄几出文渊阁之上。时杨溥未为辅臣,而士奇以少师进华盖殿,杨荣以少保进谨身殿矣,因以侍讲王进及儒士陈继等三人改授官以佐溥。至仁宗升遐,宣宗嗣立,溥乃以弘文阁印缴进。上命溥入内阁辅政,王进等各还原任,人知阁臣之有文渊,而不知有弘文权任之重也。

阁臣丧子赐赙

本朝阁部大臣闻丧赐赉者,如仁宗朝夏原吉,以至今上张四维,俱有恩恤,至于卑幼之丧则未之及也。惟弘治十四年,大学士李东阳以胄子兆先夭殁在告,上命太监宁诚赐赙金五十两,曲加慰谕,命丧毕即入阁办事,则前代所无之典。他日长沙公受孝宗末命,辅翼嗣皇,值逆瑾八党诸变乱,当亦追念此等恩遇。至嘉靖十八年,大学士李时子光禄少卿坦卒,上亦命赙三十金,盖用长沙公例。

内阁密封之体

弘治十四年九月,大学士刘健奏:"昨太监陈宽传旨,今后但有票拟文书,卿等自书自封密进,不许令人代写。仰见上委任腹心,防闲漏泄之意。但内阁事情,诚为秘密,在祖宗朝,凡有咨访,或亲赐临幸,或召见便殿,屏开左右,造膝密谕,以为常制。且如宣宗,屡幸内阁,今阁臣不敢中坐,英宗不时召李贤,宪宗亦召李贤、陈文、彭时,上有密旨则用御前之宝封示,下有章疏则用文渊阁印封进,直至御前开拆。臣等所目见,今朝参讲读之外,不得复见天颜,即司礼监亦少至内阁。上有命令,必传之内侍,内侍传之文书房,文书房传至阁臣等,有陈说亦必宛转如前,达至御前。今圣上若有咨议,乞仍照祖宗旧事,或召臣等面谕,或亲洒宸翰数字封下,或遣太监密传圣意,庶事无漏泄。"上是之。盖自十年三月一召之后,至是已两期余矣,上虽纳其说,直至次年四月廿九日,始召刘、李、谢三阁臣至平台,面商英国公张懋等辞兵柄疏。五月初三日,又召,亦为勋臣请解兵权,其后亦不复召。至十七年三月十六日,以圣慈太皇太后崩,复召辅臣刘健等三人至内暖阁,议陵寝祔葬事。盖自十三年后,又阅四期矣。廿二日又召对,为祀孝穆皇后奉先殿也。史臣云:自庚申之召,不奉接者已五年,至是始连奉顾问,以为幸云。本年六月廿二日,上以虏中逃回人口,又召三臣入对于暖阁。至七月十五日,又召三臣对于暖阁,为边上用品字坑也。九月三日以来日开日讲,召三臣入对暖阁,又半载为十八年四月十六日,上又召刘健等至内阁议吏、户二部事,自此遂不豫,以及大渐矣。故《孝宗实录》于召对一事但纪内阁三辅,而刘华容之为本兵,戴浮梁之为总宪,其召对频数十倍于三辅,而一字不之及,则揆地总裁雅意可知矣。孝宗凭几之诏,仅命三辅臣受遗而不及刘、戴二公,则内外亲疏之别也,二公尚不能见几而作,华容远戍,贻于此矣。但孝宗朝最称宫府一体,而阁臣密奏,与主上密谕,上下传达,必内臣数转而始得寓目,盖扞格之端,开已久矣。孝宗虽能与刘、戴诸公屏人谋断,不免为政地所忌,至今日内阁之权日轻,百叩不能一答,况部院之长,敢望昼日之接耶?

儒生保辅臣

嘉靖九年八月,桂萼被给事中陆粲弹章,与张璁同罢,以尚书致仕。未几,璁即召还,而萼仍家居。史馆儒士蔡圻揣知上意,上疏颂萼功,请召之。上即俞其言,赐萼敕奖谕,敦促上道矣。至十二月萼未至,听选监生钱潮等又上疏,请遣使趣大学士萼还朝,与璁共辅政,时去岁终禁封三日耳。上怒,谓大臣进退断自朝廷,乃敢狂率奏扰,且倡自蔡圻,并圻下法司逮讯,时人快之。时萼尚在家,宜即坚辞,未几赴阙,然已与张隙,不得行意,邑邑岁余,仍致仕去,遂死。盖患得患失,兼而有之。蔡、钱二生何足责也。

伪画致祸

严分宜势炽时,以诸珍宝盈溢,遂及书画骨董雅事。时鄢懋卿以总鹾使江淮,胡宗宪、赵文华以督兵使吴越,各承奉意旨,搜取古玩,不遗余力。时传闻有《清明上河图》手卷,宋张择端画,在故相王文恪胄君家。其家巨万,难以阿堵动。乃托苏人汤臣者往图之。汤以善装潢知名，客严门下，亦与娄江王思质中丞往还，乃说王购之。王时镇苏门，即命汤善价求市，既不可得，遂属苏人黄彪摹真本应命，黄亦画家高手也。严氏既得此卷，珍为异宝，用以为诸画压卷，置酒会诸贵人赏玩之。有妒王中丞者，知其事，直发为赝本，严世蕃大惭怒，顿恨中丞，谓有意绐之，祸本自此成。或云即汤姓怨弇州伯仲，自露始末，不知然否。以文房清玩，致起大狱，严氏之罪固当诛，但张择端者，南渡画苑中人，与萧照、刘松年辈比肩，何以声价陡重，且为祟如此？今《上河图》临本最多，予所见亦有数卷，其真迹不知落谁氏。当高宗南渡，追忆汴京繁盛，命诸工各想像旧游为图，不止择端一人；即如《瑞应图》，绘高宗出使河北脱难中兴诸景，亦非止一人，今所传者惟萧照耳，然照笔亦数卷，予皆见之。

弘治召对

弘治十年三月，经筵毕，召对大学士徐溥、刘健、李东阳、谢迁、商辂，处分本章，史谓宣召顾问实始于此。先一日，刑科都给事中庞泮等、监察御史黄山等，论救内臣何文鼎素著狂直，请宥其罪。上严旨切责，谓事在内廷，何由而知，令其回话。次日，四臣召对而不敢及此事。召对之次日，礼部主事李昆、吏部主事吴宗周，又各特疏力救何文鼎，上报闻而已，四辅臣终无一言。盖鼎疏正纠张鹤龄兄弟溷浊宫闱，中宫方盛怒，必欲杀之，以故大臣杜口，文鼎竟死于杖下。焉用彼相哉！其负孝宗恩礼甚矣。

桂文襄受赂

云南巡抚傅习者，桂少保萼同乡进贤人也。在滇时，令仆以金宝二罐通于桂，求内转，标题曰黄雀银鱼。桂时方秉铨，受而语仆曰："语尔主，此处来不得，南京去罢。"逾月，遂擢南廷尉，行至镇远而死。此嘉靖戊子年事，时人纪以一绝曰："黄雀银鱼各一罂，长安陌上肆公行。若教冢宰持公道，安得南京大理卿。"滇人至今能道之。旧传桂见山有素丝之节，谬矣。

阁臣奉使

辅臣出使者，人知嘉靖中杨文襄之督关陕，翟文懿之阅九边，而不知二公之前，景泰五年命太子少师吏部左侍郎兼翰林学士江渊往山东河南，抚安军民，时渊以故相从丁艰，服满至京也。又命太子太保兼吏部尚书翰林学士王文往江南诸处抚安赈恤，时文正居三揆，从阁中出，俱许便宜行事。较之改官兵部行边落阁衔者，又不同。然江、王之前又有永乐十年谕德杨荣之经略甘肃，虽系阁臣，亦因边事，与嘉靖同。

阁臣夺情奉差

阁臣百僚师表，夺情不丧，何以示天下。成化间，李南阳与今上张江陵，俱以此蒙大诟，然在先朝则有之。永乐间，杨荣先丁父忧，继丁母忧，两情俱夺；黄淮母丧，胡广母丧，俱以特旨夺情。宣德初金幼孜母忧，张瑛父忧，杨溥母忧，亦遵眷留之旨起，未尝终丧。内惟张瑛无所建立。若诸公俱表表人杰也，自以主上心膂所寄，不忍恝然，犹为有说，未有借纶扉而就辒车者。惟景泰间阁臣江渊以忧请，景帝留之，不数月，即以江淮大浸，奉敕往赈，时同使者为阁臣王文，亦以夺情赈济江南，皆同时报命。又二年而英庙复位，渊以出理工部仅谪戍，而文则西市矣。辅臣苴麻，下充赈使，宁不汗颜？此景泰四年事。是年巡按陕西御史王越闻父丧，不候新任御史威宁交代，为右都御史罗通所纠，命宥之。以王威宁生平有此一事，人固不可量，至若李南阳甫为罗纶所纠，即持节立皇贵妃万氏，张江陵甫为吴、赵等所纠，即持节立今上中宫王氏，无论于国家吉典为不祥，且何颜对同衙门建言三词臣？较之江、王，抑更异矣。

成化三相之去

宪宗中叶，自首揆商文毅去后，则万眉州安代之，最为不才，次揆为刘寿光翊，三揆为刘博野吉，虽贪险稍亚于万，其为庸碌一也。三公自成化十三年同执政，直至二十年寿光始行，二十三年眉州亦逐，时去宪宗升遐仅匝月耳。惟博野在孝宗朝当国,直至弘治六年始去位,然寿光以受德王名酒、眉州以认万贵妃同族,且进淫药,俱见摈于宪宗末年。及孝宗初政,为天下所快。博野因撰寿宁侯张峦诰命稽迟忤旨,正在极治之世,反得美名以行,真小人之幸也。

正德三相之去

阁臣自三杨以后,体貌渐成真相,拜罢俱以礼,惟天顺初元王千之、陈芳洲诛窜,最为重典。然鼎革之际,所不论也。其后则万眉州之斥,狼狈为甚。至孝宗一朝,而隆礼辅弼有加矣。正德初年,逆阉窃柄,如焦、如刘、如曹,固厮劣下材,品尤在眉州之下,然泌阳稔恶最久,其败乃在逆瑾之前,虽云致政,毫无礼遇,钧州入阁仅三日,亦为张彩所挤,借省墓以行,未几瑾诛,而二公削夺及之矣。曹含山拜相最后,不三月而去位,自知为瑾亲旧,上疏愿赦罪为太平之民,遂斥为编氓。是三人者,即仆隶亦羞称,然而黄扉之体,糜烂已尽。驯至嘉靖中叶,贵溪槛车之征,今上初元,新郑羸车之遣,已权舆于此矣。至若往年翟诸城之削籍,挤由同列;近岁张新建之闲住,指出内廷,虽俱踉跄就道,识者皆知其故。

隆庆七相之去

穆宗初政,在揆地者凡六人,江陵张公为末相,次揆新郑高公既与首揆华亭徐公失欢,南北言路连章攻之。张故徐门生,为之调停其间,怂恿高避位,三揆安阳郭公为公同乡厚善,亦非徐所喜,张亦佐徐逐之;未几,徐首揆被言,张又与大珰李芳谋令归里,兴化李公代徐为政,益为张所轻,乃市恩于高,起之家,且兼掌吏部,而次揆南充陈公与兴化俱为张与高所厌,相继逐矣。其最后入阁者,内江赵公、历城殷公。赵有时誉,时时凌高、张二公,出其上;殷人在下中,且与高隙,张既乘间挤去,赵亦与高争权,张合策排之行。至穆宗凭几,仅高、张二公受遗,而仁和高公入不两月,悒悒不得志卒于位。盖隆庆一朝首尾六年,与江陵同事者凡八人,皆以计次第见逐,新郑公初为刎颈交,究不免严谴。此公才术,故非前后诸公所及。

阁臣赐蟒之始

蟒衣为象龙之服,与至尊所御袍相肖,但减一爪耳。正统初始以赏虏酋,其赐司礼大珰,不知起自何时,想必王振、汪直诸阉始有之,而阁部大臣固未之及也。自弘治十六年二月,孝宗久违豫获安,适大祀天地,视朝誓戒,时内阁为刘健、李东阳、谢迁,俱拜大红蟒衣之赐,辅弼得蟒衣自此始,最后赐坐蟒,更为僭拟。嘉隆间,阁臣徐、张诸公俱受赐至三至四,沿袭至今,此前代所未有也。至于飞鱼、斗牛等,服亚于蟒衣,古亦未闻,今以颁及六部大臣及出镇视师大帅,以至各王府内臣名承奉者,其官仅六品,但为王保奏,亦以赐之,滥典极矣。

大帅得赐蟒,始于尚书王骥,正统六年南征麓川时,次年即封拜,此虽边功,实系恩泽,且出自王振,不可训也。

阁臣横恩之始

阁臣预边功始于正德初年,然云帷幄之劳犹为有说;至嘉靖中叶,遇万寿圣节,加恩阁臣,如夏贵溪之加宫衔、严分宜之由宗伯进阁及后拜上柱国、徐华亭之子进玺卿,俱以此得之。严虽辞上柱以倾夏言,而其子世蕃亦因以进太常卿,其他圣节进秩加禄,则与华亭岁岁拜命,已可异矣。至主上婚礼,何关臣下,而嘉靖十三年立孝烈后,首揆张永嘉以少傅进少师,次揆方南海、李任丘,礼卿夏贵溪,俱以宫保进少保;至今上戊寅大婚,次辅吕桂林以少傅进建极殿,三辅张蒲州以宫保进少保,首揆江陵虽力辞,而取偿于服阕之日,此何说也。至壬午年今上元子生,首揆蒲州公以少傅进少师,次揆吴县公以宫保进少保,三揆鄞县公以尚书进太子太保,俨然与戚畹及大珰辈同拜恩命,尤本朝所未闻。

弇州谓辅臣受大婚之赏始于江陵者,误。若边功武荫,则自华亭后惟江陵受之,其后皆力辞以至于今。

赠上柱国

弇州述异典,大臣为上柱国者,生拜则夏贵溪言,殁赠则张江陵居正。按，生拜者固止夏一人，而赠官尚有江阴侯赠特进江国公吴良，以开国功殁于洪武年，得追崇上柱国，其生前勋号为开国辅运推诚宣力武臣荣禄大夫柱国，仅袭一辈，至永乐失侯。又太子少师姚广孝以靖难功殁于永乐年，得赠推忠报国协谋宣力文臣荣禄大夫上柱国少师荣国公，其生前以未开五等，且无子不袭。盖得上柱国于身后者共三人，一文一武一僧，其后人俱泯泯，亦异矣。

吴良赠上柱，见吴伯宗所撰神道碑；广孝赠上柱，见文皇御制神道碑。

内阁失印

文渊阁印一颗，用银铸玉箸篆文，乃宣宗所赐，止许阁臣用以进奏，不得施于外廷，历世相传珍护。至万历十四年四月廿六夜，忽为何人连篋盗去，大学士申时行等上疏请罪，上命穷追严治，竟杳无踪迹。上不得已重铸以赐，今所用者是也。自此阁权渐轻，宫府日以隔绝，至今日而天颜咫尺，辅臣不得一望清光，或云失印致然，恐亦揣摩之说。当失印时，典籍吴果司其事，仅夺俸两月而已，识者已为罚太轻。果杭州人，后加官至太仆卿。按失印一事，与唐裴度中书印相类，但裴旋得之，而此终于失耳。

嘉靖十一年，大学士李时藏上所赐图记所谓"忠敏安慎"者于内阁，亦被窃去，具疏以闻，上命所司遍缉，亦不得。

阁臣久任

自永乐以后，阁臣始专为辅弼，而在事久者，如胡吉水广在阁十七年，杨建安荣在阁三十九年，杨太和士奇在阁四十三年，金新建幼孜在阁三十年，此辅政之最久者。次则杨石首溥两任，实在阁十六年。正统以来，则陈太和循十四年，而不免于戍；彭安福时两任，实在阁十八年；高兴化榖十三年，商淳安辂两任，实在阁十九年；李南阳贤十年，万眉州安十九年，刘寿光翊十一年，刘博野吉十八年，徐宜兴溥十二年，刘洛阳健二十年，李茶陵东阳十八年，杨新都廷和两任，实在阁十六年，费铅山宏三任，实在阁十二年，谢余姚迁十二年（再出止半年),梁南海储十二年,翟诸城銮二任,实在阁十二年,张永嘉孚敬三任,实在阁十年,夏贵溪言二任,实在阁十一年,严分宜嵩二十一年,徐华亭阶十七年,张江陵居正十六年,申吴县时行十四年,王太仓锡爵十一年(今再召未出)。

国初真为宰相则有李善长,自高皇帝建元帅府,称都事、称参议、参政、司马以至丞相,凡十七年;胡惟庸自参政至相共十一年,然皆以逆伏法,自此罢丞相,置四辅官。仅三年,乃改置大学士,终高帝之世;至建文帝即位,又废大学士,而以各卿佐参预国政;至文皇复设阁臣,以至于今。

宰相前世僧

前代宰相如房次律、张天觉辈,以比丘转世为大官者不胜纪,若南宋杭州之觉长老,因见史浩姬妾环侍动心,遂投胎为史弥远以偿其淫佚,此真佛家所谓一念堕落也。本朝杨文襄公一清,本云南安宁州人,徙居丹徒,因终老焉。自云前生为安宁老僧,薰修颇久,当得小果,因欲心尚炽,被罚为士人,生而天阉,虽出将入相,穷极富贵,犹之内廷一大珰耳。以世福论之,杨逊史百倍,然史以再世恣其渔色,杨以再世断其淫根,慈氏所以警悟文襄而玉成之,不可谓不厚矣。杨自号石淙,盖安宁胜境也,以示不忘本云。杨生于滇,楚人,又曾流寓巴陵,晚始定居南徐。杨为提学时,年甫三旬,即立侄为嗣,盖久以不男自安矣。

世传其夫人晚年,有讽以畜妾生子者,夫人笑曰:"老身尚是女儿。"人始知杨之隐宫。此妄传也。

辅臣掌都察院

都察院之长即汉御史大夫,号为亚相,今为风纪重臣,主纠察百僚,未有以阁臣兼者,本朝惟有嘉靖六年丁亥张永嘉、隆庆四年庚午赵内江二人而已。张初用大礼暴贵,又起大狱以媚郭勋,遂以侍郎学士兼掌西台,下三法司官刑部尚书颜颐寿等、原问官山西巡按御史马录等于狱,尽反张寅、李福达之案。狱成,戍斥者百余人,永嘉因以功进兼文渊阁大学士，再晋尚书仍掌院事，次年晋少保，始归阁。赵因高新郑踞吏部，欲非时考察科道，恐人议之，乃以内江掌院共事，然举计典时，赵多所牴牾。察究未匝月，高即嗾门人吏科都给事中韩楫论其庸横，赵辩疏直发其谋，云横非庸人所能也。臣真庸臣耳，若拱乃可为横臣，且有楫为之腹心羽翼，他日将不可制。其言甚辨，终不胜而去。二公兼署，虽各有本末，然总非制也。

张寅即妖贼李福达，人人知之，著辨者亦众，后蔡伯贯于蜀被擒，其谳词中载有甚详。虽永嘉以一时私臆，且邀上命刻《钦明大狱录》，以钳天下，而是非终不可灭，福达孙仍以叛诛。庚午高、赵同事，所斥谪台垣如魏时亮、陈瓒等数人，俱先后起废登八座，称名臣，则阁臣领宪，亦未足为重也。

参高新郑疏反覆

徐、高二相之相倾也，御史齐康劾徐华亭，兵科陈瓒等、十三道凌儒等各公疏攻康，谓康座师高新郑实嗾之。六卿亦各有疏，吏部杨襄毅将以太宰为首，至户部公本则葛端肃守礼当首列名，力辞不可，左侍郎刘自强，新郑同里素厚也，奋然代为首上之，其劾康与新郑，大指同台省。康既重贬，新郑去位，葛亦请告归。又次年，华亭复为给事张齐所劾，六卿复有疏留，仍杨襄毅为之首。华亭既去，左都御史王廷乃发齐奸利事，坐枉法受赃遣戍。至三年而新郑再起，以辅臣兼吏部，时自强已为南司徒矣。新郑终以乡曲故旧，未忍遽逐，且召为北司寇，至则面数其罪，诟厉甚至，久而释之。自强乃为张齐白冤状，谓王廷阿当事意，比附成狱，齐所坐毫无实事，上命昭雪齐罪，召补州佐，寻进京堂，而自强仍为新郑所昵如初。至六年，新郑为给事曹大野劾以十大不忠，时穆宗方重眷新郑，众意其必不去，于是九卿科道复参大野，保新郑如初元之于华亭。时杨襄毅再起，以太宰领兵部，仍为疏首。高、徐相业与疏之是非不必论，然前后背驰一至于此。刘自强何足言，若杨襄毅亦竟作两截人，可惜！可叹！

江陵议分祀天地

夏贵溪之议天地分祀也，本世宗圣意，又因张永嘉微露其旨而独疏上请，举朝莫能抗。至隆庆初，即有言其非者，而太监李芳主之尤力，时礼卿为高仪，以议出中官力阻之。至今上登极之三年，张江陵当国，深以分祀为谬，欲仍太祖合祀之旧，乃上《郊礼图考》一书，首叙分合沿革之由，次具坛壝陈设规制等项，厘为二册，以呈御览，名曰《新旧考》。其末断以己意，其略曰："臣等按，国初分祀天地，至洪武十年乃定合祀之制，以正月上辛行礼于南郊大祀殿，行之百六十年。至世宗始按周礼古文，分建南北郊，坛而不屋，南郊以冬至，北郊以夏至，复有孟春祈谷、季秋大享，凡四郊焉。隆庆初，议者请罢祈谷大享，复合祀天地于南郊。先帝深惟三年无改之议，独罢祈享二祭，而分祀姑仍其旧，盖有待云尔。夫以冬至极寒而祼献于星露之下，夏至盛暑而骏奔于炎歊之中，一岁之中，六飞再驾，时义斯为戾矣。且文皇再造宇宙，功同开创，配享百余年而罢之，故世宗虽分建方圜，而中世以后，竟不亲行，虽肇举大享，而岁时禋祀止于内殿，斯礼之在当时已窒碍难行矣，况后世乎？臣以为宜遵高皇定制，岁一举合祀之礼，而二祖并配，斯时义协人情顺矣。今未敢轻议，以候圣明从容裁断。"此疏上，不匝月即有御史刘台参劾一事，江陵后亦因循不复谈及。按，合祀一说最为确当，使其久柄政府，必仍旧贯无疑，然江陵身后攻之者，寻弊索瑕，以功为罪，若此说得行，必又以悖逆皇祖，无将大不道第一案坐之矣。任事盖难言哉！

辱宰相使者

吾宗少河公讳玄荦，当万历间以银台秩满当迁。时申吴门领首揆，遣人询之少河公，谓京堂缺有左都大理，然廷尉清苦，恐非所宜。公缚其人于柱，鞭而遣之，复之曰："吾家世守清白，位之冷淡，非所患也。"申亦不罪，遂转南大理。申与公为同年，故不至责，然十年廷尉，终申之相不得再迁，则申亦不能无讥焉。

朱成国张真人

成国朱希忠卒,诏赠定襄王。朱宿卫多年,谨厚无过,然从无军功,忽得异姓王,中外骇之,而无一人敢指言者,则江陵相主之也。又龙虎山张真人,自隆庆初年革其一品衔,降为提点,天下快之,万历初复还其故秩,亦无有拟其非也。江陵公专擅不必言,若此二事,谓非苞苴所致,我不敢信。壬午以后,追劾江陵,毛举瘢索,不遗余力,犹未有举张真人事以实其罪者,朱亦最后始有言者夺王,然江陵罪不因之加,而真人爵终亦如故。孔褎论至今验如此。

天启圣聪

顷自乙巳大典,四明密揭留科道诸臣,为朝论所不与,杜门不复出。时次揆归德代为政,群贤辐辏其门,末相山阴捧手受成而已。归德既在事,亦毅然以天下自任,凡诸政事不便者,屡进揭诤之,上或可或否,既而以其烦数稍厌之。归德无计,乃于阁之中堂设一木简,上横书"天启圣聪"四字,下细书列为六款,曰复御朝讲,曰批发章奏,曰补用臣僚,曰考选科道,曰起用遗佚,曰停止矿使,置之南面,每晨进阁,辄肃拜稽首,且有祈吁之语,以冀挽回天听,无日不然。内珰素憎其权,且笑其迂,遂以其事上闻,四明因得乘隙间之。上意始渐怒,谓此伧父,且公然诅我,其所献替,若水投石,十不得一矣。丙午春二沈并去,盖圣意已久定,而恩礼之厚薄,亦遂复别矣。

归德去国

归德得请未行,有传其服赐蟒游西山观形胜者,有传其未归且迁途南行访所厚者,将因缇骑以迁禁廷,归德忧甚,作书辨之良苦。其书首云"甫仁乡兄",不知定属何人,或云即归德门下士,伪造此榜并此书,以实四明通内逐归德之罪。未知孰是。

致堂胡氏

胡致堂名寅字明仲,为胡安国长子,虽垂髫孺子亦知之。孝宗一日在宫中阅《通鉴纲目》，有致堂胡氏断语，未知其人，因出御札付内阁问其本末。时洛阳刘文靖诸公在阁，俱茫然失对，遂直陈以谢，比出阁翻阅故籍始得之，具揭以复，且以寡学引愆，上亦不罪也。是时李长沙为次相，以博雅称，岂不谙此？或恐刘护前，故韬晦示拙耶？胡所著《读史管见》等书，初非秘册，想刘亦未尝寓目，宜丘仲深笑其"一屋子绳，却无散钱"。其后马端肃有宰相须用读书人之语，盖亦不止正德年号一事也。

荫玺丞

故事，首揆任子得拜尚宝司丞，系在京堂上官，以为极荣，次揆虽一品，不过中书舍人，间亦有得玺丞者，则主上特恩，不以为例。惟世宗时桂萼、席书辈皆以参揆得此荫，则议礼贵人，亦非故事也。惟泰和伯陈万言以中宫父，荫子绍祖为尚宝司丞，其后秉一真人陶仲文，以一品六年满，荫子世恩为尚宝司丞，一则戚畹，一则方士，一在嘉靖初年，一在嘉靖末年。其始泰和伯拜恩，尚有上疏谏止者，至仲文则举朝无一人非之矣。仲文考绩时，至加授特进光禄大夫柱国，兼支大学士俸，竟是在任宰相体例矣，尤为创见。仲文先名典恩。先是，致一真人邵元节已荫子启南为太常寺卿矣。

两州同

江陵夺情，词林自吴、赵抗疏之外，有张新建、赵兰溪俱有违言，因以辛巳大计，谪为州同知。后辛卯，二公同起拜相，时人改宋诗嘲之云："龙楼凤阁九城重，新筑沙堤走相公。我贵我荣君莫羡，十年前是两州同。"

宰相下狱

古来宰相下狱而得全者，汉惟萧何、周勃，出而复位，唐则狄仁杰、魏元忠，皆重贬再相，盖雄猜之世使然。本朝永乐阁臣，则解缙外论仅得谪死；惟杨士奇凡再下狱再入相，以功名终；黄淮锢狱凡十年，至仁宗始赦出，亦危甚矣。至天顺元年，徐有贞下狱，几继王文而诛，贷命戍金齿,仅得赦归死牖下。至嘉靖间,夏言以少詹事与张孚敬互讦下狱,赦出,未几拜相,后三逐三召还,再下狱,即死西市。本朝二百余年,宰相蒙殊眷又罹极法者,惟夏一人而已,王文不足道也。

词　　林

考吉士变体

　　吉士一科两试者,为永乐之甲申、嘉靖之壬辰;一年三试四试者,为宣德之癸丑;仅选江、浙、闽、蜀、南直隶而他省无一人,为永乐之戊戌;仅选中原、江北、四川而南士无一人,为正统之戊辰;仅选两直隶、江、浙、闽、蜀而中原及楚、秦、两广、滇、黔无一人,为景泰之辛未;不试而中旨竟传改者,为正德之戊辰;已改庶吉士而无一人留为史官者,为嘉靖之丙戌、己丑二科;临考拟题已进呈而又罢不考者,为嘉靖之壬戌;正卷已定呈御览而馆元斥不许者,为万历之辛丑,皆词林中异事。至于吉士员数,文皇初为二十八人,当循其例,然未久已大不然。如永乐乙未科至六十二名,正统戊辰三十名,成化丁未三十名,弘治乙丑三十名,正德辛未三十三名,正德丁丑三十四名,嘉靖乙未三十名,嘉靖辛丑三十三名,隆庆戊辰三十名,隆庆辛未三十名,此皆溢于额者。若不及数者,二十名外不具论,永乐丙戌十四名,永乐辛卯十一名,永乐壬辰十七名,永乐戊戌十六名,永乐辛丑十五名,永乐甲辰六名,正统丙辰十三名,景泰甲戌十八名,天顺庚辰十五名,天顺甲申十八名,成化乙丑十八名,弘治癸丑二十名,弘治丙辰二十名,弘治壬戌二十名,正德戊辰八名,嘉靖丙戌二十名,嘉靖己丑二十名,万历壬辰十八名,万历乙未十八名。

吉士阁试诗

　　嘉靖壬辰科庶常王梅,吾郡之平湖人,是年选改后,初进馆,赴阁试《长安新秋感兴》七言律,诗云:"鹓鹭楼高灏气横,尧蓂商律又敷荣。六龙扶日明华衮,五凤骞云薄太清。西北烽烟新入警,东南民力未忘情。青袍际遇浑无补,退食迟迟愧友生。"当时以为第一,后授官止得主事。少年隽才,乞假归里,未几夭,无子,其名遂无传,并问其邑人无知者。是年馆选凡两度,以后选者改入,梅前后皆预焉。凡二十一人,馆元为吕怀,拜给事,盖用前二科袁衮、唐顺之例,末名两度俱郭希颜,仅留为史官。时留者七人,而主事至九人,皆首揆永嘉意也。首甲状元林大钦年二十二,授官,寻以酒色亡;第二孔天胤,以王亲出为提学佥事,终于外僚;第三高节,授编修而不免遭戍。其吉士中受极刑者二人,一为胡守中,其一即郭希颜。

次科为乙未,吉士三十人,留者至二十人,主事止一人,其前列十二人者,俱以廷试策有御批不试即改庶常,后散馆俱授史官,惟任瀛一人出为给事中,时李任丘为首揆也。虽圣主有意抑扬,而当国者之立心厚薄亦略见矣。

王辛卯浙江第七名,廷试二甲,与绍兴沈炼同榜;戊戌三甲同邑冯汝弼、赵伊,乡会同登会魁。

乡绅异法

成化初罗一峰以修撰劾首揆李南阳夺情,虽外谪,而名震天下。未几复官,请告里居,立乡约以整顿风俗。其法甚严,莫敢不遵,独有强梁二人不服,且屡违教令,乃命其徒共执投水中,一峰旋亦下世。乡人白其事于所司,其徒数十人俱坐谋杀人为从者律受重辟。使罗尚在,不知当时何以置对。此公品格岂可议,但此等举动太觉出格,贻累多人,亦学术未纯所致欤?先是,章枫山闻罗行乡约,作长书峻词力止之,比书到已无及矣。

又崔后渠《洹词》云罗一峰行乡约而戮族人,或即此事,抑又一事耶?

吏　　部

大计添浮躁

旧例考察,自老病贪酷外,则素行不谨、疲软无为二项一切罢斥,无降级调用者。后以立法太苛，谓疏放者似不谨，迟缓者似罢软，概弃不无可惜，乃创为浮躁浅露、才力不及二款为次等，官京降一级调外任。若外计皆以贪酷等项罢斥，无降调之例。成化丁未年，太宰李裕始奏设才力不及一条，对品调用；嘉靖间不及者俱降一级，其后渐有降二三级调用者。此法行之已久，至今上辛丑外察，延津李太宰、三原温御史为政，乃建议外吏亦岂无负才而轻佻者，亦宜增入浮躁，为不谨之次，其降级亦视罪之大小为轻重，上允之，今遂遵用之。或云是年有才士被妒，难处以不及，故立此例，未知信否。其年拾遗即以浮躁处李本宁宪使，降一级矣。

外计及大京兆

三年外计，六年内计，初无定期，至宪宗朝渐有成议，且内外官亦截然分两察典矣。惟成化二年丙戌，则应天府尹王弼坐老病罢，以大京兆而屈居有司之列，已异矣；次年丁亥应内计，却不举行，至五年己丑止当外察，而南京吏部察郎中潘孟时等九十六员，与外官同斥谪，何也？八年壬辰内外计后，次年癸巳当内计，又不行矣；而三年外计竣后，又不时遣侍郎等官巡行考察，时府同知毛琼以为言，上不省也。盖官评之严于外而宽于内，自昔然矣。

士绅怪癖

缙绅有性癖可笑者，如周洪谟在成化间为祭酒，酷恶鸦声，募监生能捕者与之假，人遂目为周鸥鸦。近日陈经济为湖州太守，酷恶鸦声，偶闻之必痛笞其隶人，遂目为陈老鸦，亦与郑鹧鸪、袁白燕等异矣。

二胡暴贵不终

世宗所进用者，后多不终，而无如二胡御史之奇。胡守中以庶常为刑部主事，用翊国公郭勋力改御史，扈上幸承天，以治具精办得异眷，改春坊司直郎，寻进佥都御史，又晋副都，俱兼詹事府丞，时去登第时甫八年耳。会上恶郭勋，将穷其奸，守中惧株及，乃极论勋罪自解,时人笑而恶之。时议设重臣经略蓟州,上特升守中兵部侍郎以往,而赐飞鱼服,勉以努力,行且大用,守中贪暴不法,为言官所劾,逮下狱论斩,又二年与建昌侯张延龄同死西市,年才四十。其后则胡宗宪,以御史按浙江,用幸臣赵文华荐,超为佥都御史御倭,寻以功进副都,进侍郎,进右都御史、兵部尚书兼太子太保。言官劾其贪淫,逮下狱论罪,上以献瑞有劳,释归。又三年严世蕃、罗龙文坐法,言官复论其与同乡逆贼汪直交通,又与同乡罗龙文行贿于严氏,再下诏狱,始斥宗宪为编氓,再下刑部讯问,死狱中。二胡皆以权奸荐用,亦以材谞受上知,皆骤贵而死非命。守中初为郭勋所厚,自言善彭祖御女术,郭信爱之,使出入卧内,因与勋诸妾媵通。宗宪在江南,亦恣情妓乐,自负嫪毒之器,至拥诸娼女与幕客宣淫于制府,乘醉狎御史门役,至发旗牌斩之,又通健步徐子明之妻,纳乡官洪梗之女为妾。盖二胡功罪稍不同,其以淫肆扞罔则一也。

嘉靖初年超擢者如议礼诸臣,结托最深,例得保功名,他如夏文愍之以侍讲学士兼都给事中,与胡守中之都宪兼宫僚相似,而皆不令终。胡梅林之升与王思质不异,而受祸亦同,惟赵文华以侍郎告讦,遂晋尚书加太子太保,盖以三品直跻一品,败在胡宗宪之前,其人盖不足数矣。君恩如朝露,信然哉。

夏文愍之兼都谏虽极异,然以从五品带正七品,犹之可也。天顺间商文毅荐林庄敏聪,以春坊司直郎兼吏科都给事中,则以宫臣之从六品带侍臣之正七品,从来并未有此体制,实一时特恩,亦省垣中佳话也。

后辈侮前辈

嘉靖间上不次用人,朝士多骤贵,往往凌前辈每出其上。如初元时张璁劾杨廷和得志,既而与杨一清、费宏辈同事,又百端侮之,使不安其位。然张恃圣眷深重,虽屡斥而仍屡召,不及祸也。继之者为夏贵溪,与严分宜同里也,夏举丁丑科骤贵,严为乙丑科,相去十二年,而官每蹑其后,夏作意狼籍之,严伪为逊让,而夏不悟,卒为所陷,死西市。至甲寅乙卯间,王思质怀用御虏功骤贵,以右都御史兼兵侍督蓟辽。时唐荆川顺之从田间起，以职方郎中阅视各边，与王亦同吴人也，唐举己丑科，王辛丑科，相去亦十二年。王位已重，视唐为堂属，唐自以前辈盛名，新被简用，公卿俱下之，恚王之简倨，复命疏内讥其一卒不练，致触圣怒，不免极典。是虽介溪之险，荆川之褊，然二公亦自取之。至世宗末年，袁慈溪入与徐华亭并相，袁举戊戌，徐举癸未，相去十五年，袁又徐督学时诸生也。袁倚上恩幸，遇事辄专决不少让，徐故为赞叹，自以为不及，袁深信之不疑，居半岁，以病去，卒于途，徐积前憾，仅与下谥。徐虽非严比，然亦可为凌轹前辈之戒矣。

汪徐相仇

汪雅堂名在前，歙人也，嘉靖之末以诸生侍其父炎为崇德县丞。其父故明经，性迂癖，与同僚不叶，被其构于上台，因得罪，下讼牒于嘉兴知府徐必进。徐亦素憎其倨，立意罗织之，潄日当受笞，雅堂蒲伏哀泣，愿代受扑，且口称生员。徐益怒，即出题试以文，立成以献，则又呵骂谓文理乖谬，称儒必伪，命痛捶，丞胥靡之。汪归应试，即以是年贤书，明春戊辰举进士，筮仕即得嘉兴府推官，徐已惊怖。汪奉丞夫妇来廨舍，徐礼接殷缛，馈饷无间，汪亦伪与周旋，久之自谓忘故隙，且欢好矣。徐有吏才，但乏素丝之誉，汪潜瞰其簠簋，默籍日月，纤毫不爽，及用事之司狱与衙役俱备侦详记，上之直指，白简纠之。时新郑高文襄兼领吏部，正加意惩贪，得旨提问追赃，则徐已升福建海道副使行矣。遂从闽中逮至对簿，则所坐皆实，锢浙江按察司狱，久之赃完，始发遣。徐庐州府六安州人也，与汪为桑梓，初处丞固无香火情，比汪报东门之役，人亦尤其已甚。汪以常调仅转南刑部郎以去，至今上辛巳以计典罢官。其人性慧多才，未究其用，暮年尚未忘再出也。

朝士匿丧

永乐七年，御史方恢父丧不丁忧，太子曰："御史，朝廷纪纲之官，彼既不孝，何以纠正百官？"执送上行在治之。永乐十四年，刑科给事中丁钰者，本淮安府山阳县民，以刁讦著名，因里人赛社，诬告其聚众为妖，坐死者凡数十人，法司上言以为忠，特授今官；后坐母忧未满辄随众大祀斋宫，为御史所劾，时上亦行幸北京，逮至行在，以大不敬论戍。正统元年，礼部司务范继先闻母丧匿不举，命降边远杂职。正统五年，博兴知县梁吉、襄阳训导马坐俱坐匿母丧为民。正统十四年，给事中王汝霖父永和死于土木，不知哀而嘻笑自如，为刑部侍郎耿九畴等所发。嘉靖九年十二月，吏部侍郎董玘闻父丧不去位，御史胡明善发其事，上命都察院行勘，既而都御史王廷相言御史所奏不安，下部覆议命革职为民，永不叙用。夫方恢、丁钰、王汝霖皆列台省，继先亦在部署，其余亦士人读书，乃敢悖逆至此，固可怪恨。董中峰以会元鼎甲，负一代重名，乃作此丧心事，已无面目居人世，他日何以得昭雪复官，身后崇赠大宗伯，赐上谥文简，似不可解。穆宗初元滥恩，亦其一也。

不跪部院

吏部都察院纲维百辟，京官自堂上官及词臣科臣而外，见于公署未有不廷参长跪者，若外吏则上自藩臬之长而下，一切行跪礼，不敢少异。惟正统初，江西提学副使王钰，以考满至都察院不跪，左都御史陈智怒其失礼，呵斥之甚厉，钰遂引疾挂冠归。杨文贞士奇其部民也，重其节，为诗送之，称其直道，此时正为首揆，不能挽之留也。弘治初年，原任行人司副庄㫤以荐召用，至京见吏部，亦三揖不跪。时耿文恪裕为冢宰，以其夙望留之茶，令司官送之，丘文庄濬最憎之，谓为背叛朝廷。比转南吏部郎中，值京察，则倪文毅岳为南冢宰，以老疾去之。倪与庄俱应天府人也，盖亦嫉其傲云。夫上下自有等威，即跪亦屈于官非屈于其人也。两公抗颜自高，甘心废退，谓之存品则可，谓之知体则未然。

考察科道

高新郑再起，以首揆秉铨，追恨台省之聚劾也，乃从中构得特旨，谓朝觐考察在迩，纠劾宜公，先将科道官奸邪不职者严加考察，其去隆庆己巳京察甫一年耳。时言路俱听考不敢言，赵内江方以次揆掌都察院,特疏谏止,云恐所司承望意旨,过于严切,未免忠邪并斥,且引汉、唐、宋钩党之事为鉴,更有"未有群数百人一网打尽"之语,疏末又云臣兼掌都察院,亦有考察诸臣之责,与其调停营救于下,孰若输忠哀恳于上。赵意专指新郑也。新郑知其意,事后必将驳正,莫若引与同莅以杜其口,乃又请会都察院共事,疏中尚引阁臣李本掌部管察,而都察院不与为言,以尝上意。上命赵同往察。于是新郑不尽得行其意,而斥不谨者九人,以前给事魏时亮为首;浮躁者八人,以前给事陈瓒为首,皆往时弹高最峻者。事既竣,恨赵终不解,乃以疏授门人都给事韩楫劾内江去位。甫逾年而上登遐,新郑见逐,楫亦以考察斥,而时亮、瓒等各从废籍中召用,驯至卿贰。盖计典仍不足锢人,而韩楫为世大诟不复振云。高新郑生平仿佛桂安仁,其才锋气魄同,恔忍专愎同,其受主上眷知亦同,故皆能乘权行意如此。顷今上乙巳一察,则又不然矣。时沈四明为政,台省寥寥晨星,吏部上应谪者数人,皆内批留用,时考察久不举,四明密揭以言路乏人为言,故上下此旨,此嘉靖间留彭泽、留赵文华辈之后所仅见也。沈揣其时其势,非可用亢壮之时,别为此术以结言路,正如韩平原攻道学而败,贾秋壑继之,自度必不能胜,乃厚加宠命以博其誉,事若相反而作用则一也。

星变考察

成化四年彗星见考察,南京御史杨智等、给事朱清等劾章纶外,又及刑部侍郎王恕,谓其到任半月,即托本部郎中黄绶娶已故刘指挥妻文氏为继室,以大臣而耦失节之妇,宜加斥责。上并命叶盛等按治之,亦得实,上亦以革前姑宥。按,章恭毅、王端毅二公俱一代名卿,生平无玷,犹不免为庭闱之爱、闺阁之私受一时指摘,情昵之难割如此哉。然而纤瑕终不损完璧,则大节昭昭耳目也。

辰巳考察

朝觐以辰戌、丑未年考察外官,巳亥年考京官,此成化后例也。而亦不尽然,如弘治九年丙辰朝觐,去布政叶萱等是矣。至三月终,上复命考在京五品以下堂上官数人,如例致仕闲住,而不及庶僚,已为异矣。至十年丁巳，正大计京官之年，吏科都给事李源又请考察浙江布政雍泰等，十三道御史徐昇等奏亦如之，事毕逾月，始考京官，此皆事理之难解者。时徐文靖溥当国，而刘晦庵、李西涯、谢木斋为佐。

宫臣词臣兼吏科

永乐中，李准以太子宾客兼吏科都给事中，景泰中林聪以春坊司直郎兼，嘉靖中夏言以侍讲学士兼。而李准者初以凤阳府照磨得升宾客，盖以九品冗员升三品宫僚，尤为异事。其他词林言路，互换官职，如金达、李昊辈之以检讨改给事者，储懋以吏科给事升翰林修撰者，仪铭、耿裕、刘夔、张思、许诰以给事改检讨，御史许瓒改编修者，又不足异矣。

徐晞三代遭际

吏员徐晞仕国初，至正统间正位兵部尚书致仕，以异途仕六卿，世所共艳，然不知其子孙所遇更异。晞之子讷，以荫授后军都督府都事，养病归，至天顺元年复任乞升，上命升为尚宝司丞，是直以首揆任子待之，已为奇事。讷之子世英者，以善书入中书科写诰敕，授中书舍人，积劳至通政参议，又进南京左通政，成化九年致仕归，弘治三年卒，赐御祭如例。又非吏员非任子，竟以白身致九列，均有清流所不敢望者。噫，晞何修而得此。

施丐

好施固是天性，又是阴德，然亦有尽可商者。如予幼时在都中，见故相许新安，遇冬月辄令人负钱随舆后，遇寒馁者辄乞之。每出则鹑衣千百绕其左右，有时钱不给，则争夺喧呶，间至诟詈，至命促舆急去。时首揆申公、三揆王公辈以非体劝止之，许行之自若也。近年南中则李九我宗伯、丁敬宇廷尉亦行之，贫丐无厌，每值一施，辄三四反，诡名以博青蚨，天街阗拥，时或枳道不得前，亦闻有讽之者，终不纳也。三公俱具菩萨行，遑恤人言，倘得请于朝，如唐之病坊，宋之施药慈幼局，行于辇下，为惠更溥。诸公岂见不及此，想限于时势物力，不能遂其志耳。

户部

安南户口

古今户口之盛，至一千万户而极矣。永乐六年荡平交趾，新平侯张辅奏安抚人民三百一十二万有奇，获蛮人二百八万七千五百有奇，总得华夷户口五百余万。此弹丸地，乃居汉唐极盛时天下之半矣。又粮储亦一千三百六十万石，象马牛亦二十三万三千九百余，俱太盈溢，恐未可信。

江南白粮

江南白粮之为害，至今日而极矣。吴中士大夫亦攒眉相对，而无能上控。惟先朝詹事霍韬曾有疏陈时弊，内一款云："成化已前粮户解纳白粮及合用料物，户、工二部委官同科道官验收，乃运送内府，粮户不与内臣相接，故内臣不得多取，小民不致亏害。弘治以后，部官避嫌不肯验收，责小民运送内府，是故有白粮一石加至一石八斗乃能上纳者矣，各项料物有索取银四百余两乃得批回者矣，虽有法禁，小民敢与内臣抗乎？虽有号诉，九重万里，曾无为之上闻者。乞敕各部改正旧法，俾贪暴不肆苛虐，小民不致重困，庶几弊政少除，民怨少息。"疏入，上令所司议之以闻，而弊犹故也。至隆庆二年，苏州知府蔡国熙奏民运白粮，如内官监白熟细米，每石加耗一斗，供用库白熟粳米，酒醋局白熟糯米，每石加耗五升，至于铺垫等费，每石酌议三分，与光禄寺禄米仓白糙一体收纳，监收者不得越例需求。户部覆奏如其请，上命允行。盖两朝亦知白粮之害，故允二臣之奏，然当时已未必能行。侵寻至今，其加耗且十倍，内臣需索日增无已，江南膺此役者，家立破矣。

额设白粮一十八万八百六十余石有奇，南浙之苏、松、常、杭、嘉、湖六郡征解，然苏州府则长洲、吴、昆山、常熟、吴江五县，太仓一州而嘉定县无之；常州府则武进、无锡、宜兴、江阴四县，而靖江县无之；湖州府则归安、乌程、长兴、德清、武康五县，而安吉州、孝丰县无之；松江府华亭县、上海、清浦三县俱有；嘉兴府则所辖七县俱有。

贡　　害

今南直江阴县贡子鲚，起自洪武间太祖幸江阴侯吴国兴宅，以鲚供御膳，上赏其味，命岁贡万斤，为一县大害。至隆庆二年用光禄寺赵锦言，始减其半。国兴即吴良，时未改名也。松江府大红云布，至今为巨害重繁之役。相传其乡人钱文通溥为翰林时，服以进讲，为英宗所属目，问之出于松江，遂命岁充御服。又太仓州白苎布，本间左所衣，不足供上方，偶有以饷寿宁者，服以侍内廷曲宴，孝宗与孝康后亟称其嘉，命本州岁贡六千匹。时州治初建，军民未安，抚臣彭礼力争之，乃得稍减，又数年而停止。盖圣主皆无心厉民，无奈邪臣导诱，为害一方，遂至于此。

岁　　入

今宇内岁入各项帑金不及千万，然惟正之供入太仓者，不满四百万。前元取民最轻，固不可法，乃稽之宋则大不然。太宗至道中，岁入一千二百余万，已可骇，然犹全盛天下也。南渡以后，宪宗朝岁入乃至六千余万，以偏安一隅乃得此数，固为横征。然以此支方强之蒙古，苦战五十余年而后亡者，不可谓非事力之裕也，而民尚不告病，当时主计者胜今日万万矣。

茶　　式

饮茶精洁，无过于近年，讲究既备，烹瀹有时，且采焙俱用芽柯，无碾造之劳而真味毕见，盖始于本朝，然在宋已有之。时以散片为下等，故缙绅则不贵之耳。宋制贡茶有三等，第一曰团，有小龙、小凤、大龙、大凤，乃入香不入香之别，此即蔡君谟作俑者；次曰片，用茶蒸造实棬模中串之，其名有石乳、的乳、白乳（为狭片）、头金蜡面、头骨、次骨、末骨、粗骨、山挺等（为阔片），皆闽产也；其他则进宝、双胜、宝山两府出兴国军；仙芝、嫩蕊、福金、禄合、运合、庆合、指合出饶州、池州；泥片出虔州；绿英、金片出袁州；玉津出临江军、灵川、福州；先春、早春、华英、来泉、胜金出歙州；独行灵草、绿芽片金、金茗出潭州；大拓枕出江陵；大小巴陵、开胜、开卷、小卷、生黄、翎毛出岳州；双上绿芽、大小方出岳州、辰州、澧州；东首、浅山、薄侧出光州，总三十六名。两浙及宣江、鼎州止以上中下第一至第五，号散茶，有太湖、龙溪，次号、末号出淮南岳麓，草子雨前、雨后出荆湖，清口出归德州，总十一名，然供御者只以碾茶为重，故失之远耳。宋榷茶法最奇，徽宗之初，茶利至五百万缗，盖始于唐之贞元而极于宋之崇宁止矣。宋世闽漕郑可简制茶不用香，名曰胜雪，不特其名韵，即其事亦佳。本朝贡茶亦惟闽产最多，建宁府至二千三百余斤。若庐州次之，仅三百斤。宜兴茶止百斤，长兴止三十斤，二地所出皆今所珍也。地方最少者至贡一斤。

礼　　部

郭宗伯论谥

近年郭宗伯明龙上疏议补谥夺谥，以身犯众怒而不顾，天下壮之，然其中亦有未确。以予所知，如嘉靖中户部左侍郎唐胄，正直忠谠，法宜补而不议及，又如吏部尚书汪铉，邪佞狠恶，盖世无两，法当夺而亦不议及，岂智者之千虑乎？

文庙不祀周公

文庙自唐以前俱祀周公为先圣，南面坐，以孔子配为先师，东向坐。至开元二十七年，孔子始得并坐南面。其后又以孔子为先圣，颜渊为先师。今制独崇孔子，固为至当，但颜子犹得降居四配；以周公上圣，仅祀于文华殿之东室，则五帝三王之后，虽与孔子东南相向，然不得复享大祭，是亦当讨论。

议革张浚祀

南宋宰相张浚，万口吠声以为圣贤，朱晦翁晚年深自悔咎，轻信其子张栻家稿，遽草行状，以致天下不信，本朝安阳崔铣极憎之，语见《洹词》中。又长洲祝允明《罪知录》深讥其失。近日娄中王衡力诋其人，俱千古快论，然俱未及闻之朝。至万历十六年十一月始有马比部一疏，今载其略，仅十之二云：

刑部署员外郎马贯奏为议革滥祠前代宰臣、以正大典事。臣惟国家设立帝王庙，其臣之辅佐有功者旁列焉，皆合祀典，无可得而议，独宋臣张浚者，亦与列，则与诸贤否顿殊，不可概论也。宋高宗之不能中兴者，岂特坏于秦桧之主和，张浚之为将，有累中兴者多矣。张浚受宋重任，三命为将，三至败绩，盖以量狭，果于自用，而不能听谏，智黯昧于兵机，而不善用材故也。建炎初，浚奉命出兵，合熙河六路兵四十万人、马七万匹，鼓行而前，使人告曲端。端曰："彼将士精锐，因粮于我，我反为客，未可胜也；若按兵据险，扰其耕获，使不得耕，必取粮河东，则我为主矣，如此一二年彼必困敝，乃可图也。"浚以为不然。王彦谏曰："陕西兵将之情未相通，若不利则五路俱失，不若且屯利、阆、兴、洋以固根本，敌入境则檄五路之兵来援，万一不捷，未大失也。"浚复不然。吴玠、郭浩谏，浚又不然，顾以为东南事方急，不得不为是，遂次富平县。娄室引兵骤至，诸军皆溃，自是关、陕不可复。此富平之败，一也。绍兴七年，复视师淮西，帝本委岳飞图大举矣，诏飞诣浚议事。浚问："王德淮西军所服，以为都统，命吕祉以督府参谋领，如何？"飞曰："德与郦琼素不相下，一旦厌之在上，则必争。吕尚书不习军旅，不足服众。"又问张俊、杨沂中如何，飞曰："张宣抚，飞之旧师也，然其人暴而寡谋。沂中视德等耳，岂能御此军哉。"浚怫然曰："浚固知非太尉不可。"飞与浚忤，即日上章终母丧服，步归庐山。浚怒，奏飞积虑在于并兵，奏牍求去，意在要君。遂以吕祉为都督，以王德为淮西都统制，郦琼副之。琼与德列状交讼，琼以众叛降于刘豫，吕祉死之。此郦琼之叛，二也。孝宗即位，命浚都督江淮，总率李显忠、邵宏渊二帅，显忠与宏渊不相能，而显忠则竭忠报国，宏渊则怀私误国者也。浚不能辨，乃使之并战，金孛撒引兵来攻，宏渊则按兵不动，显忠独以所部力战，又用克敌弓射却之。宏渊顾众曰："当此盛夏，摇扇于清凉且犹不堪，况烈日中被甲苦战乎？"人心遂摇，无复斗志，诸将各遁。浚不能声宏渊之罪，而领职仍前，反安置显忠，使怀恨而殁。此符离之溃，三也。然其经理图谋之不善非止如是而已，富平之役李纲尚在，浚忌之而不能用；淮西之举，岳飞在营，浚恶，听其归而不能留；符离之战，虞允文远在川陕，浚虽闻其贤而不能举以自副，然则宋高之不能中兴者，秦桧为之首，而张浚为之从也。然浚之罪又不止是也，以曲端之将才，足以辅岳飞而恢复中原者，乃不听其谋，受谗而远谪之。既谪矣，又假设端之旗以惑虏，而不知其事已泄，遂至大溃。既以溃为惭，复图用之，而又听吴玠之谮，陷之狱中，端仰天长吁，指战马云："天不欲复中原乎？"泣数行下。浚又必欲置之死地，随使康随坐之铁笼，炽火逼之，一时九窍流血而死，此何异于秦桧之死岳飞乎？岳飞之见杀，百世之下，虽妇人女子亦知怜其冤；若曲端之见杀及浚之屡败，史册事俱难掩，而中不无掩饰。故不谓其杀戮忠良败坏国事，而反谓其能雪仇复土，谬归以中兴之功。后世儒臣不加详察，误入帝王之祠，享我祖宗俎豆，即古帝王与忠良之心，必羞与之列矣。

疏上，得旨下礼部会议以闻，竟以众论不同而止。马疏虽正大，然皆世共传之事，如富平之败，归罪赵哲，斩之，盖讨苗、刘时，哲为首功，浚欲尽归于一身，故忌而杀之，正如正三岁儿僭位之罪，杀太子勇同一肺肠，无非张大其复辟功也。符离败后，尚叙赏诸将，疏云杀伤相当，而私遣使诣金请和。孝宗始大怒逐之。近有友人云："张浚游谈惑世，似王衍；自以为是，执拗不回，似王安石；不知兵而妄谈兵，似李元平；擅封拜专生杀，似王浚；掩败为功，似鲜于仲通；厚结幕客抗胁朝廷,似王敦;创设小使输情于敌,似王黼;报恩私门,不恤公家,始终庇黄潜善,似张全义;妒贤疾能党同伐异,巧谮李纲、岳飞,又似元载、李逢吉诸人。"其然,岂其然乎?

按,高宗崩时,将祔庙,史官杨万里、宰相周必大辈,凡号理学大儒,俱欲以张浚配,独翰林学士洪迈谓宜以赵鼎、吕颐浩陪祀,廷臣右浚者纷起争之。孝宗卒用洪迈议,祀赵、吕二臣,浚终不得侑食,则浚在当时已有定论矣,岂有见摈于本国而崇祀于异代者?马比部之论,百世不易也。马号具泉,吴郡人,与祝枝山、王辰玉俱同里,三君子不谋而合,真卓见哉。

浚弑太子旉,并乳母同埋,其事与朱全忠杀故太子德王极类,但浚不反耳。今谓宫人触金香炉有声,致旉惊殒,此李煌太子事,浚党妄移之以饰浚罪。正如以韩琦处元昊刺客事,亦移之浚,谓遇苗、刘行刺于秀州,同一呓语。

孔庙礼乐

弘治九年孔庙春祭,太常寺奏祭先师孔子已用天子礼,增为八佾之舞,惟乐器之数尚用诸侯,为未称,请增文庙乐器人数为七十二人,如天子制。礼部覆请通行天下,并南京国学一体遵行。上谓所言良是,如拟,以副朕肃奉先师之意。阅五日为丁祭,即如议行之。时太常寺卿为崔志端,本黄冠也。至嘉靖初大学士张孚敬迎合上意,改八佾为六佾,乐器亦递减之,是孔子之徒反背其师,不如犹龙弟子有人也,惜哉!

孔庙尊称

孔子徽号久已有定称,即加至百言不足揄扬,而弘治间议加美名有可笑者,如刑科给事中吴世英请加孔子为文祖大成至圣,已属未安;至十三年,常熟知县杨子器又请加孔子为配天广运大成至圣万世帝王宗师,虽褒颂倍尊,似更支衍,当时俱置不行,此又非礼之礼,正如唐宋间人主尊号至二十余字,极古今之懿美,总之皆赘也。此等建白,恐夫子闻之亦未必乐。

景泰三年，国子助教刘翱乞尊孔子为帝，增乐舞为八佾，事下礼部。时胡濙为尚书，不许，然八佾之议成化间竟行之。

成化间周弘谟请加孔子号广运圣神，会议不允，则周正为礼官。

考察官议礼不纳

嘉靖四年，大礼集议书成，加礼部尚书席书太子太保，书乃上言："自臣等正议五人外，附议者六人，则参议熊浃等；正国是定人心者一人，则侍郎胡世宁；乞附名礼书者二人，则百户聂能迁等；请附太庙一人，则署丞何渊；助大礼一人，则先任给事中陈洸，以议礼为人嫉恶，诬其妻郑以奸离异，诬其子柱杀人重辟，乞为开释。"得旨如议。洸免解为民，郑免离，柱免死，于是人思荣进、求升、求复职者，俱如所请。至是考察罢闲御史虞守随者，袭百户随全之说，撰述皇陵正议数千言以进。上以陵寝重事，守随前为言官，不闻献议，今以罢去妄议惑人，有希进心，下御史按问。又谕大学士璁与萼密议，璁言廷臣谓太祖不迁皇陵、太宗不迁孝陵，皆正论，当从。上嘉纳之。至七年，礼部祠祭郎中毕廷拱坐考察谪知州，乞原衔致仕，并言："章圣后谒世庙时，侍郎刘龙执不可，臣力诤之不得。近闻纂礼书，倘于圣母谒庙之条，大书礼臣昧礼违诏之失，而系臣名于下，则臣之心白矣。"疏入，上不省。盖世宗之严慎计典，不肯轻破成例如此，固不待丰坊之献谄不收也。

命 名 禁 字

宇文周天元帝好自尊，令臣下不得有高、上、天、大之名，至改高祖称远祖，后世非之。至宋政和中，给事中赵野奏："陛下寅奉高真，世俗以君、王、圣三字为名字者，悉令厘正，尚有以天字为称亦当禁约。"徽宗依奏。本朝正德初，刘瑾盗柄时，亦矫诏禁官民名字有天字者俱更正，总皆非盛世事也。惟避讳一事，古今最重，而本朝最轻，如太祖旧名单一字，及后御讳下一字，当时即不避。宣宗、英宗庙讳下一字，与宪宗潜邸旧名及再立东宫所改新名下一字，则士民至今用之，无一避者，斯为异矣。

尚书被嘲

施纯者，顺天东安人，由庶吉士为给事中，迁鸿胪少卿。时宪宗因恙口吃，每奏答之际，以舌本出是字为艰，纯乃密奏请改用照例二字，上允之，玉音遂琅然，大喜，立擢侍郎，以至礼部尚书、太子少保，时登第仅十年也。时人为之语曰："何用万言书，两字做尚书。"又顾可学者，常州无锡人，由进士官布政参议，罢官归且十年，以赂遗辅臣严嵩，荐其有奇药，上立赐金帛，即其家召之至京。可学无他方技，惟能炼童男女溲液为秋石，谓服之可以长生。世宗饵之而验，进秩至礼部尚书加太子太保，至命撰进士题名记，用辅臣恩例事。吴中人为之语曰："千场万场尿，换得一尚书。"盖吴人呼"尿"、"书"二字同一音也。二人同起甲榜，同位秩宗，但被恩非正，为时所薄如此。

科　　场

永乐补试再试

永乐元年癸未三月，礼部言，科举旧制，应子午卯酉年乡试，去年兵革仓猝，有未及举行者，请以今年秋八月，令应天府及浙江等布政司皆补试，其北京郡县学校近废于兵者，宜暂停止，俟永乐三年仍旧乡试。制曰可。本年秋八月，命侍读胡广、编修王达为应天考官，次年甲申即会试，取四百七十二人，为本朝稀有之盛，盖补癸未会试且仿洪武乙丑科例也。至四年丙戌会试，始为正科，仅取二百十六人，放榜后，廷试已取林环等三人为一甲，授史官如制矣。再命乙榜举人廷试，取周翰等三人如一甲例授翰林，则异典也。至七年己丑会试，取中陈璲等八十四人，其数益少。时文皇幸北京，未及赐廷对，皇太子命授副榜第一孔谔为左中允，竟赐出身，虽用丙戌例，而正榜多士尚未试，先拜一榜为宫僚，尤为殊宠。会御史劾试官侍讲邹缉等出题误谬下狱，命再试下第者，得熊概等十数人，俱候至辛卯年上自行在回同廷试，盖数年间乡试、会试事，俱非寻常所有也。

试官王达者，先以编修主应天试，次科乙酉，以侍讲学士再主应天试，次年丙戌，复以读学主会试，连司文衡三次，亦前后未有。而熊概等十余人，其后多至亚卿中丞等官。

按，洪武十八年乙丑会试，取中四百七十二人，盖罢科举者已十五年，不妨多收。文皇靖难开科，与开国无异，故所录如其数。又洪武十七年甲子，应天乡试中式廖孟瞻等二百二十九人，亦乡闱所绝无，但不知永乐壬午乡试数若何。孟瞻登进士，为承敕监庶吉士，以受赃论斩。

乡 试 怪 事

正统六年辛酉，江西主考官礼部主事林璧、湖广岳州府通判林文秸、同考官浙江鄞县致仕教谕钱绅取中举人胡皞治《易》，刊程家人卦象辞义"九五阳刚"误作"六五柔顺"，为御史丘俊所劾，并言湖广试录自增知贡举官二员，俱有罪，皞当斥回肄业，三考官宜治罪，如湖广例者亦宜禁革。上允之。国初外省考官俱用教职，至弘治间始闻用京官，寻废罢矣，何以英宗初年即有京官典试？且与副林文秸者，为永乐乙未庶常，虽云名士，乃邻省有司也，何以得并列？又分考教官岂少人，而以休致者承乏耶？又会试始有知贡举官，岂乡举所得僭称？当时典制了不可晓，即纪述诸书，更无有及此等事者。惟宣德己酉编修董璘主浙江试，正统丁卯修撰许彬主福建试，则奉钦遣以出，亦未定制也。

又正统十二年，山西乡录内《诗经》题"维周之桢"，以"桢"字犯楚昭王讳，为礼部所纠，上宥之，但令罚俸，今若如例回避，将无题可出矣。又景泰五年，山西乡试录，刊《中庸义》一篇，考官徐霖批云："文与人同，理与人异。"宣府巡抚都御史李秉劾之云："如霖所云，则蹈袭雷同之文，且戾旨背理，今其文不然，宜追霖彩币入官。"景帝从之。此等批语亦常事，何至吹毛若此？

科 目 别 举

国初以洪武三年开科，至六年罢勿举，十三年正月诛左丞相胡惟庸，罢丞相官不设，别置四辅官，命天下举山林之士，其科曰聪明正直、曰孝悌力田、曰贤良方正、曰文学术数，其至者凡八百六十余人，各授以官，至有竟拜方面大僚者，然杂科举选止此矣。其名称最繁者无如唐，其次则宋，唐设科自进士之外，从高宗显庆二年至文宗太和二年，其目皆可纪，有志烈秋霜幽素科、词殚文律科、岳牧科、词标文苑科、蓄文藻之思科、抱儒素之素科、临难不顾殉节宁邦科、长材广度沉迹下僚科、文艺优长科、绝伦科、拔萃科、疾恶科、龚黄科、才膺管乐科、才高位下科、才堪经邦科、贤良方正科、抱器怀能科、茂才异等科、文以经国科、藏名负俗科、文经邦国科、藻思清萃科、寄以宣风则能兴化变俗科、道侔伊吕科、手笔俊拔超越流辈科、直言极谏科、哲人奇士逸沦屠钓科、良材异等科、文吏兼优科、文儒异等科、博学通议科、文词雅丽科、将帅科、武足安边科、高材沉沦草泽自举科、高才未达沉迹下僚科、博学宏词科、多才科、王霸科、知谋将帅科、文词秀逸科、风雅古调科、词藻宏丽科、乐道安贫科、讽咏主文科、文词清丽科、经学优深科、高蹈丘园科、军谋越众科、孝弟力田闻于乡闾科、博通坟典达于教化科、识洞韬略堪任将帅科、清廉守节政术可称堪任县令科、详明政术可以理人科、才识兼通明于体用科、达于吏理可使从政科、军谋宏达才任将相科、详明吏理达于教化科，乃至上勋上相如郭子仪者，又出翘关负米科，则纪载尚有未尽者。而考功之法亦甚详缛。流内之官，叙以四善，一曰德义有闻，二曰清慎明著，三曰公平可称，四曰恪勤匪懈；善状之外有二十七最：一曰献可替否拾遗补阙为近侍之最，二曰铨衡人物擢尽才良为选司之最，三曰扬清激浊褒贬必考为考较之最，四曰礼制仪式动合经典为礼官之最，五曰音律克谐不失节奏为乐官之最，六曰决断不滞与夺合理为判事之最，七曰部统有方警守无失为宿卫之最，八曰兵士调习戎装充备为督领之最，九曰推鞫得情处断平允为法官之最，十曰雠校精审明于刊定为校正之最，十一曰承旨敷奏吐纳明敏为宣纳之最，十二曰训导有方生徒充业为学官之最，十三曰赏罚严明攻战必胜为将军之最，十四曰礼义兴行肃清所部为政教之最，十五曰详录典正词理兼举为文史之最，十六曰访察精审弹举必当为纠正之最，十七曰明于勘覆稽失无隐为句检之最，十八曰职事修理供承强济为监掌之最，十九曰功课皆充丁匠无怨为役使之最，二十曰耕耨以时收获成课为屯官之最，二十一曰谨于盖藏明于出纳为仓库之最，二十二曰推步盈虚究理精密为历官之最，二十三曰占候医卜效验多著为方术之最，二十四曰察检有方行旅无壅为关津之最，二十五曰市廛弗扰奸滥不行为市司之最，二十六曰收养肥硕蕃息孳多为收官之最，二十七曰边境清肃城隍修理为镇防之最，其至明备矣。宋世制科初为贤良方正与茂才异等，又增博学宏词，建隆间增书判拔萃，开宝又增孝弟力田，又奇材异行、文武材干等科，至仁宗天圣七年乃酌旧制，定其名曰贤良方正能直言极谏科、博通坟典明于教化科、才识兼茂明于体用科、详明吏理可使从政科、识洞韬略运筹帷幄科、军谋宏远才任边寄科，凡六科；又置书判拔萃科以待选人，又高蹈丘园沉沦草泽科、茂才异等科以待布衣之被举者。司马光为相，又奏设十科，一曰行义纯固可为师表科，二曰节操方正可备献纳科，三曰智勇过人可备将帅科，四曰公正聪明可备监司科，五曰经术精通可备讲读科，六曰学问该博可备顾问科，七曰文章典丽可备著述科，八曰善听狱讼尽公得实科，九曰善治财赋公私俱便科，十曰练习法令能断请谳科。崇宁三年，又设八行，其等第：孝弟忠和为上，睦姻为中，任恤为下，苟备八行，贡入太学，免试补为上舍，释褐优升，然而当时贱之，后迄不行。其最重无如制科入等者，不十年至卿相，然屡罢屡行。南渡后尤重之，有博学宏词与词学兼茂两科，盖即本朝馆选意也。太祖自洪武十八年再开科试士，遂迄今循其制，他途并废不得进矣。

不求闻达科

宋自诸科之外，又有律科、明法科，其后罢明法科，而置律学，又有日应百篇科，则一日作百诗也，仅得赵百昌一人，然止成数十首，率无可观，宋太宗特命赐及第，后无继者。又有不求闻达科，然非有司所敢举也。本朝陈静诚、吴康斋、陈白沙皆由此立登侍从，最为盛典，此后荐辟渐多渐轻，授官亦渐卑矣。

场题成谶

建文元年己卯，应天乡试首题为"可以托六尺之孤"一节，是时燕邸靖难兵已渐动,衡文者有意责备方、黄诸公耶?抑偶出无心耶?即云无心,与时事暗合,亦不祥甚矣。

场题犯讳

世宗朝章奏触忌者,例得重谴,至中年而乡、会试录尤多讳忌,然亦有不尽然者。如初登极时不必论,嘉靖十六年丁酉顺天乡试,次题为"天地之道博也"一节,则犯御名上一字;次年戊戌会试,出"博厚所以载物"一节,又犯御名;十九年庚子福建出"至诚无息"五节,凡四犯御名,然是时犹未逮治考官也。至二十八年己酉,浙江题为"博厚配地"一节,亦犯御名,是年山东以"无为而治"程文语涉讥讪,逮按巡御史叶经死于杖下,何以独不问浙江也?至三十一年壬子,四川出"博厚所以载物"二节,则两犯御名;三十七年戊午,山西、云南、贵州俱出"征则悠远"三节,则三犯御名,俱置若不闻;至四十年辛酉,顺天、山东俱出"久则征至博厚则高明",湖广出"征则悠远"一节,俱两犯御名,以上俱不见诘。虽云二名不偏讳,然张永嘉嫌名亦已奉钦改,何诸臣不照顾及此?盖上是时方修祈年永命故事,臣下争进谀词以求媚,故"至诚无息"一章层见迭见,初不计及御名上一字也,揆之唐、宋臣子避讳同音者,何啻千里云。

预传考官

各省改遣京官主试,定于今上之乙酉,至辛卯则三举矣。时山东乡试预传为吏科左给事李周策、户部主事杨凤二人为正副,于时巡按山东御史何出光贻书于同官李以唐言其事,以唐未遽发,及差试官疏上,果系二臣,李始具疏云:"臣于六月初八日,得何出光之揭,已云主考为李、杨二臣,直至今七月十三日,礼部具题与向所传闻不爽,此实尚书于慎行之罪。"盖以于为山东人,他有所私也,于具疏力辨,李、杨二人亦各上疏辞,乃改差刑科给事刘为楫、吏部主事蔡应麟。俄何出光亦有参疏至诋慎行抗违明旨,蒙蔽弄权。时于方负时望,旦夕且大拜,坐是事诘责之,未逾月即允致仕归。于非行奸作弊者,第不密则有之,然被白简,则难解释矣。

李周策次年壬辰会试已升礼科都给事中，充同考官，盖偿其不赴山东之差也。又次年癸巳，以京察左官稍迁兖州府判，又分考山东，时讥其辞主考而受分校，且俱在东省，似乎厚颜，于是外计再坐谪归，遂不出。

士子谤讪

武宗初年貂珰盗柄，国事不必论，即科场亦被姗笑。如正德三年戊辰科，少傅大学士王鏊、吏部尚书学士梁储为主考，放榜后，以取舍不惬士心，流谤入禁中。大内演戏，优人为主司问答状，或讥其不公，则对曰："王良天下之贱工也，安所得佳文字？"盖以良为梁也。是科或传刘瑾以片纸书五十人姓名入闱，主者有难色，瑾特为增额五十名，其事未必真，而刘宇之子仁、焦芳之子黄中，俱以奸党冒上第，又传奉黄中等八人为庶常，俱非常之事，士子之肆诮固宜。六年辛未科，少傅大学士刘忠、吏部左郎学士靳贵为主考，首题为"德行颜渊"一节，程文破题用十哲字面。忽有投状于阁部者，内称冤诉人颜渊，为乞恩改职事，某蒙累朝圣恩，久为四配，忽降居十哲之列，使四人虚一位，又使子张无处可居，乞为辨明复职。盖亦不得志者为之。是科会元邹东郭，状元杨升庵，真无忝科名，即谤词何足为主司损！但言官有纠靳京口家人通赂鬻题者，疏上不报。时瑾虽除，而八虎正恣也。

赠进士

天顺七年会试，科场遇火，焚死士子九十余人，国子学正阎禹锡请赠以进士，上切责不许，既而如其言皆赠进士出身，上亲制文祭之，敛其骸为六大冢，葬于朝阳门外，题曰天下英才之墓。至弘治十七年，南礼部主事王伟奏其父王照，以是年会试被焚，亦九十余人之一人，今棺无主守，岁无祭祀，各家子孙道远不能省视，以致民居侵毁，乞令有司修筑立祠坛与之祭。上命顺天府葺其墙垣，题其门扁，且立祭亭三间，奏刻英宗御制祭文，令人看守，禁绝樵采。两朝圣恩加意于士子者厚矣，岁久事湮，渐不可问。至嘉靖末年，增筑外城，则并六冢遗址俱夷平陆矣，其如英庙圣制何？

建文庚辰榜

建文帝在位，止开南宫一次，是科为庚辰，以礼部左侍郎兼学士董伦为主考，太常寺右少卿高逊志副之，知贡举为礼部尚书陈迪、礼部侍中黄观，监试御史为王度、俞士吉，同考试官为右拾遗朱逢吉、编修吴勤、叶惠仲、赵友士、徐旭、张秉彝，所得士如崇仁吴溥、吉水王艮、庐陵胡靖、新淦金幼孜、常熟黄钺、武进胡濙、莆田陈继之、建安杨子荣、石首杨溥、太康顾佐，俱知名于时。金今官大学士少保，谥文靖；东杨改名荣，官大学士、太师，谥文敏；南杨官大学士、太师，谥文定；顾佐官左都御史；吴溥为是年会元二甲第一名，特授翰林编修，虽官不振，而其子与弼为大儒，陪祀孔庙，亦荣异甚矣！惟状元胡靖本名广，建文赐改今名，后文皇御极，仍复其名为广，虽官为宰相少师，得谥文穆，然依阿附会，时人以配汉之胡广。若胡濙受知文皇，为礼部尚书逾三十年，官至太保，得谥忠安，亦以循谨致大位。以上诸臣人，品格不同，要皆建文所植以济后世之用，亦奇事也。但榜中诸公皆以降附登进，独王艮一人能徇节，而知举两大臣、监试两御史亦以死难见称，斯为可贵耳。高逊志者，本产徐之萧县，后以元乱徙居吾邑，遂为嘉兴人，洪武中以布衣征，修元史，授编修至今官，而故老无能举之者，因并一时在事诸人纪之。

初，胡广对策，极谈藩王之横，有晁家令之谋，故建文帝喜而首拔之；此后宣力永乐间，备极勤瘁以结主知，颜亦孔厚矣。高逊志字士敏，靖难后匿迹不出，竟免于难，且全节善终，较之殉国诸贤，忠稍后而智足多矣。

庚辰科一甲三人，首胡靖，江西吉水人；次王艮，亦吉水人；第三李贯，为庐陵，俱同郡人，真奇事。而永乐初元开科，一甲三人亦皆吉安，尤奇。又董伦前序云是年入试者千余人，较之洪武辛亥会试，已五倍之矣。

勋戚司文衡

国初以左都督李文忠兼掌国子监祭酒事，以驸马都尉梅□司山东学政，今人或知之。至洪武二十九年，国子学正吴启上言，国子生文学优劣，分隶六堂，迩来俱无甄别，高下不分，宜考次之。上命嗣魏国公徐辉祖及翰林官同诣考试，仍令吏部尚书杜泽以次录用，则又兼冢宰铨衡词林校文之任矣。盖圣祖手刈群雄，颠倒豪杰，故从横用之以示不测，非右武人也。

陈尚书陪所

陈陪所长祚尚书，父名瑞，故张江陵癸丑房考门生，抚楚时值张封公殁，苴麻号哭以谒太夫人，骤迁至户部尚书，为世所嗤笑。陪所又为江陵公辛未大主考门生，以两世通门，入幕无间，癸未以兵部职方郎分考南宫，今首揆万福唐、今冢宰张汉阳其所得士也。陈官至参政，以病告归，其人在下中，林居凡二十四年，无一慰荐及之者，何论启事。至万历戊申，则福唐已大拜当轴，汉阳以都谏转太常，为西北正人领袖，遂起升宪长以至方伯，比福唐去位，遂以白简归。又七年而福唐再起当国，汉阳又正统均，复起故官以至清卿佐部，直拜大司空，时论遂厌薄之，然以两门人故，无敢指摘复及之者。两世尚书，俱用扫门得之，又因缘师生，屡踬屡起，终以通显，无惑乎时情营求典试，至争讦同事，蔑廉耻不顾也。

陈瑞曾为苏松巡按御史，有祠在吴之虎丘，久圮无迹，近因乃子为司空，复鼎新巍焕，吴绅有欲毁之者，未知能行否。

兵　部

武　庙

唐高宗上元初，封太公为武成王，开元间始置亚圣十哲以从祀，寻加七十二弟子。宋太祖初即位，即议修庙与国学相对，未几幸庙，以白起杀降，命去之；至徽宗宣和间，又升张良配享殿上，以管仲、孙武、乐毅、诸葛亮、李勣西向，穰苴、范蠡、韩信、李靖、郭子仪东向，为十哲，而两庑则白起、吴起各为之首，凡七十二人；南渡后又升管仲、郭子仪于殿上,又增曹彬一人。至本朝洪武间,礼部请如前代故事设武学,仍建武成庙,上谓是歧文武为二矣,但以太公从祀帝王庙,而废武成庙,并武学不设。至建文四年正月,始建京卫武学及教授等官。景泰三年,废武学,天顺二年复设,成化四年用国子监丞阎禹锡言,古者学必有庙,乞将武学余楹改为庙,使知礼先勇后之义,上许之,而太公不得祀犹故也。嘉靖间,世宗修举旷典,无不明备,至诏修太医院三皇庙,仍厘正祀典,正位以伏羲、神农、黄帝,配位以勾芒、祝融、风后、力牧四人,其从祀僦贷季天师、岐伯、伯高、鬼臾区、俞跗、少俞、少师、桐君、太乙雷公、马师至十人,盖拟十哲,复增伊尹、神应王扁鹊、仓公淳于意、张机、华佗、王叔和、皇甫谧、抱朴子葛洪、巢元方真人、孙思邈药王、韦慈藏、启玄子王冰、钱乙、朱肱、刘完素、张元素、李杲、朱彦修十八人,从祀两庑,殿曰景惠,门曰咸济,牲用太牢,器用笾豆、簠簋,以仲春、仲冬上甲日,遣大臣行礼,著为令,盖几与文宣庙并峙。而武成之庙,直至嘉靖十五年四月兵部议以武学太窄,请拓其制,改建于大兴隆寺故址,上命会礼、工二部共议,皆言宜仿唐制立武成王庙,其配食者益以尉缭子、黄石公、李广、赵充国,宋将则增韩世忠、岳飞,本朝则徐达、常遇春、张玉、汤和配享,每年夏秋致祭,至仲冬请车驾幸学之讲武殿大阅。上允之,即命拟议图说以闻。于是文武两庙并医王,凡三大祀鼎立于京师矣。

今郑州立药王庙,专祠扁鹊,盖扁故郑人也。神庙违豫,慈圣祈祷有效,遂鼎新之,香火繁盛,为畿南冠,然鹊居专位而三皇反侍于旁,倒置甚矣。

武　臣　刺　背

嘉靖末年,用故将杨照为辽东总兵官,照感上知遇,涅"尽忠报国"四字于背,其与巡抚侯汝谅、户部管饷郎中何东序互讦回卫,久之复起,感愤不平,誓死与虏角,因之战殁,无子有母,贫不免饥寒,巡抚王之诰以闻,上命月给米三石,复其家,此累朝旷典,然以励各边将士,不为过也。按,刺背一事,始于宋岳少保飞。元顺帝末年,杭州巡检胡仲彬举兵,其徒皆文背曰"赤心报国"、"誓杀红巾"。至我明正德间，锦衣卫匠馀刁宣自言背刺"尽忠报国"四字，上怒，命本卫杖而戍之岭南。至嘉靖初，南礼部侍郎黄绾为白简所攻，亦自疏言背有"尽忠报国"字可验，上虽不罪，而天下至今嗤笑，盖至照而五矣。割股剖肝，固忠孝美事，然效颦不已，亦成故套，胡仲彬、刁宣不足言，惜黄、杨之见不及此。

请武举殿试

成化十四年，宦官汪直擅权，方务边功，右武人，乃上疏请武举设科，亦用乡试、会试、殿试悉如进士恩例。上下其疏于兵部，时余肃敏为大司马，不敢决，请廷臣集议，于是会同英国公张辅、文武诸大臣及科道议之。众知不可，然不敢迕直，遂条上大略：选武臣嫡子就儒学读书习射，乡试以九月，会试以三月，初场试射，二场试论，三场试策，以四月初一殿试，赐武举及第出身，恩荣次第刻录立碑，一如进士制。时万文康当国，心知其非，恐沮之且得祸，须有术以缓之，乃密奏上内批出，武举重事，未易即行，宜令兵部移文天下，教养数年，俟有成效，巡按提学具奏起送，事方得止。文康生平以阿媚取宠，独此事调停最妥。然至弘治中毕竟行之，但不殿试耳。以孝宗亲礼儒臣，四方清晏，犹不免为缨弁破格，今南北多事，武夫俱有跃冶之心，或议及殿试，未可知也。嘉靖十九年，兵部请武举乡试，上以累科未见得人，命已之，给事中王梦弼请六年一举，亦不许，未久复行之。

刺 军

宋健儿刺面以防逃逸，韩琦欲刺陕西义勇手，司马光争之不从。南宋有八字军，自刺其面云"誓杀金贼，报效赵皇"，后从刘琦败兀术于顺昌者是也，然未有刺臂者。本朝极重黥刺，太祖厉禁不许，嗣圣滥用，乃有极可笑者。如景泰中武清侯石亨为总兵，请征剿也先，军人一胜二胜者得保家产，四胜五胜者左右臂各刺"赤心报国"四字。景帝曰："领军胜虏刺字，是刑罚加于无罪，不近情，不许。"武人不学妄议至此。

戚帅惧内

汪太涵与戚元敬少保,生死交也,戚没而汪志其墓,述其为妻所困,几至绝祀,其说甚备,内所称一品者是也。然汪之怕妇亦与戚相伯仲,即汪长君无疆,为其妇所阉,亦母夫人导之也。蝙蝠不自见,笑他梁上燕,自古然矣。

武弁之横

正统十三年,大宁都指挥佥事李嵩道遇祁州知州李玉,不避道,杖之,为巡按御史段信所劾,其时都司之横如此。又二年为景泰元年,万全参将杨浚以挟私杖死都指挥佥事陶忠,初拟斩,未几景帝宥之,令随父昌平侯杨洪立功而已,都司之贱又如此。夫以五品刺史,反见挞于健儿,其时缙绅道丧,可为短气。又宣德间,宁州知州刘纲,河南钧州人,以进士起家,出守凡历九考廿七年,加至二品服俸,竟不迁,致仕归。然则甲科郡守,将终身为偏裨箠耶? 当时典制,亦难解矣。

倭 患

比岁倭犯朝鲜,中朝倾兵力救之,一时大帅非人,蹂践其境,剽掠淫恣,更倍于倭。顷闽人谈及嘉靖癸亥十一月,倭至兴化府,伪为官军赴救,城中开门纳之,倭遂入据其城,逾岁方去,其惨毒不必言。其时立功大将如刘显者,即今刘綎父也,其在东南号为良弁,然御军全无纪律。兴化城逃出妇人,显军即掠夺之,即原任参政王凤台者,其新继妻年少姝丽,亦为显所纳,诸大吏俱不敢诘。显后以积劳奏凯登坛,入蜀平九丝夷酋,与蜀抚曹尚书省吾同为江陵公器重,其子綎从滇黔起,屡奏功,其后朝鲜之役,亦以凯旋,为时向用。方倭事起时,吾乡有朱先者,以贩盐拒捕伤官兵论斩,会募壮士为前锋,先奋身应募,以貌伟充队长,一日馘倭十三人。胡襄懋为督府,即以便宜拜守备,逾年至参将,然性倔强不能事上官。俄进副总兵,被台使白简论斩,久之事得白,降参将,再进再谪,终为福建大帅,廉勇善战,有惠爱,能抚士卒,得其死力,闽人爱之,以年至请老,优礼允归。今卧林下,四壁萧然,尚健无恙,余幼熟识之。其同时立功者,如沈希仪、俞大猷、戚继光,皆以征倭取富贵,能结交文士,表章战绩,遂为世所侈谈。朱先为将军,有古人风,似不在诸弁下,竟没没无闻,惜哉!

军　　令

胡襄懋提兵在吾郡时,有健儿买酤肆醇酒肉鲊饮啖之而不酬其值,且痛殴之。酤者不能平,诉之行台,胡立命缚卒至,卒力辨云无之,胡不能决。时徐文长在坐,谓当剖腹以验之。胡笑以为然,谓酤者曰:"腹中有鲊则已,不然,汝当抵偿。"酤者听命,立剖之,则鲊尚在,遂释酤者而倍偿之。军中股栗,不复敢肆。徐以书生而有胆决乃尔。

武弁僭服

今武弁所衣绣胸,不循钦定品级,概服狮子,至锦衣自指挥金事而上,则无不服麒麟者。人皆谓起于嘉靖间,后乃知事在景泰四年,锦衣指挥同知毕旺疏援永乐旧例,谓环卫近臣,不比他官,概许麟服,亦犹世宗西苑奉玄,诸学士得衣鹤袍,尚为有说。至如狮子补,又不特卑秩武人,今健儿荷刀戟者,无不以为常服。偶犯令辄和衣受缚,宛转于鞭靴之下,少顷即供役如故,孰知一二品采章辱亵至此。

武职比试

今武弁袭替至京比试,徒应故事,其目不识丁、射不穿札者俱金紫银青而归,徒縻廪饩,缓急不得丝毫之用。偶检得隆庆二年二月十四日兵部题浙江巡抚赵都御史陈将材一节而申明之,请饬各抚按、督学、宪臣,将应袭舍人年十五以上,资质可进者,送学充附作养,凡遇袭替,年及二十应比试者,学臣考韬钤策一道,转送抚按覆阅,韬钤贯通、弓马闲熟者为上等,韬钤疏而弓马熟者为次等,韬钤弓马俱不习为下等,送部比试。上等候缺管事,中等带俸差操,下等与支半俸,候第二年再考赴部覆比。二次不中者,照邦政例仍支半俸,三次不中者,革发为军,别选子弟袭职。奉旨依拟行。按,此法于武弁考最严,亦最恕,久而不废,此辈必思自奋,竟不知废于何年,而穆宗史亦不载,何也?

家　　丁

家丁盖昉于唐季藩镇,如田承嗣之魏府牙兵,吕用之之莫邪都、杨行密之黑云都、杨师厚之银枪效节都而始盛,至沙陀以健儿为义子而极矣。今西北将帅所蓄家丁,其廪饩衣械过额兵十倍,每当大敌,用以陷阵,其善战者多以首功自奋,间至登坛。亦有以降虏效顺者,尤称骁健,近辽左李宁远专仗此树勋。癸巳朝鲜之役,平壤大捷,李如松以平殄在迩,不欲他兵分其功,潜率家丁二千人夜至碧蹄馆,遇伏,一举歼焉,其家丁李友昇者,积劳已至副总兵,只身殿后战没,如松始得脱。昇初为健儿,昵一妓,因违令失期当斩,如松惜其勇,因用重赀买妓,为制奁具共费千金赐之,至是以死报云。

土　　兵

土兵之设,始于成化初年,巡抚延绥都御史卢祥建议以营伍兵少,而延安、庆阳边民骁勇,习见胡虏,敢与战斗,宜选民兵之壮者编成什伍为土兵,量免户租,凡得五千人训练之。土兵强盛时,毛里孩入寇,为之退却,祥去而此法遂废。今内地所谓民壮者,始于正统己巳之变,亦非祖制。初招募时,器械鞍马俱从官给,地方有司春秋训练,遇警调用,弘治二年复命行之,此后照例编佥,徒供迎送之用。然正德季年,王文成尚用之以歼宸叛,沿至今日,竟列舆皂之中,捕拿民犯,虚费工食,毫无所用,各边将领又专倚家丁为锋锐,并土兵亦久不讲矣。然延绥之兵至今为诸边冠,他镇则不然,以故嘉靖间,蓟州练兵,终不能成列,王思质中丞以此坐重辟。隆、万间戚少保继光为帅,反用浙兵于蓟,由是精兵称朔方第一,亦时势使然。若土兵之在东南,则倭警时赵文华誓师浙江,故令乡官领兵团结出战,又查籍间田百万亩以赡新兵。时蒲坂杨襄毅新从蓟辽召领中枢,覆疏谓乡绅为帅,督责未便,且间田出于何所?事遂得已。赵之说盖欲借以笼桑梓、张威福,尤舛谬之谈也。

解　军

　　解军一役,以本图里长充长解,先为娶妻备赘装,事之如严父,防之如大敌,尚恐中途逃逸相累,其践更得此遣者,举家震怖哀号,至有因而抵罪破家者,近年则稍不然。曾记幼年侍先人邸中,有吴江一叟号丁大伯者,家温而喜谈饮,久往来予家。一日忽至邸舍,问之,则解军来,其人乃捕役,妄指平民为盗,发遣辽东三万卫充军,亦随在门外。先人语之曰:"慎勿再来,倘此犯逸去,奈何?"丁不顾,令之入叩头,自言姓王,受丁恩不逸也。去甫一月,则王姓者独至邸求见,先人骇问之,云已讫事,丁大伯亦旦夕至矣。先人细诘其故,第笑而不言。又匝月而丁来,则批回在手。其人到伍,先从间道遁归,不由山海关,故反早还,因与丁作伴南旋。近闻中途亦有逃者,则长解自充军犯,雇一二男女一为军妻,一为解人,投批到卫收管,领批报命,时竟还桑梓。彼处戍长以入伍脱逃,罪当及已,不敢声言,且利其遗下口粮,潜入囊橐,而荷戈之人,优游闾里,更无谁何之者。向来长解凡遇逃叛,必告所在官司追捕,即羁留之,然后发卒追讨,百中不得一二,自陷重典者比比,抑何拙也。

刑　部

山 人 飞 语

　　山人乐新炉者,江西临川人,本监生也,来京师,以捭阖游公卿间,多造口语,人多畏恶之,然颇有才智,以故士大夫亦有与之昵者。时为今上之辛卯冬,刑科给事中王建中特疏纠之,内云新炉捏造飞语,以邹元标、雒于仁、李沂、梁子琦、吴中行、沈思孝、饶伸、卢洪春、李植、江东之为十君子,以赵卿、洪声远、张程、蔡系周、胡汝宁、陈与郊、张鼎思、李春开为八狗,以杨四知、杨文焕、杨文举为三羊,又为谣曰:"若要世道昌,去了八狗与三羊。"又与听补佥事李琯改作参申阁下本稿,并与原任给事中罗大弦为同乡交好,讲究禅学,及他诸不法事。上命逮新炉于诏狱,鞫之,具伏诸罪状,上命荷立枷戍之,寻死。张鼎思故为吏科都给事中,谪为幕僚,上疏自白其冤,云身本蓟州人,首揆申为会试大座师,次揆王为庶常时教习师,俱同里人,因在言路伉直,不附二相被贬,今新炉所指自有人,独臣为人所易,致招词中,遂改入臣姓名,不得不辨。其易与否不可知,而吴吻儇薄,遂嘲为张换狗云。王次年外补佥事,又一年癸巳大计,以不及谪,盖坐此疏云。

新炉事先为东厂所发,已得旨讯鞫,王给事参疏继之,非王始祸也。新炉先年曾入大珰张宏幕下,称契厚,冯保之得罪,宏授意新炉以转授言官论之,原任顺天通判周弘禴建言疏中曾发其事,盖新炉之倾险有素矣。

戊戌谤书

吕新吾司寇初刻《闺范》一书,行京师未久,而皇贵妃重刻之,且为之序,光艳照一时。朝士争购置案头,亦渐有噞訾而无敢昌言者。吏科给事中戴士衡首发大难,参吕包藏祸心,有敬宗林甫之谋;而前任御史、今全椒知县樊玉衡者继之,举朝骇愕。盖以首篇明德马后进封一事,不免稍碍眼耳。其时有为图说跋者,又专攻吕司寇,其语深文,且杂引在事知名大臣数人以实之。于是诸与张新建相左者,遂指及之。前二年吕与秀水沈继山争为少宰,俱不得,而沈独见逐。沈与新建素厚,吕遂疑新建为沈报复矣。吕先有疏,其朱语为直陈天下安危,而疏尾云敬上忧危之疏,以故跋语之前又标名云忧危竑议以讥切之,其云燕山朱东吉者,诡名也,竟不知何人所造。又书本名《闺范》,易名《闺鉴》,亦不知出自何人。今《闺范》改本人间尚行,而贵妃所刻原本及《郑婉辨冤录》世已不多见矣。恐国史他日未必全载本末,今录其全文于后。至若吕刻书之有成心与否,张相士衡疏果预闻与否,则冥冥中有鬼神察之。两家聚讼正如妇女勃豀,俱不足凭也。

附 重刊闺范序
大明皇贵妃郑重刊闺范序

尝闻闺门者,万化之原,自古圣帝明皇咸慎重之。予赋性不敏，幼承母师之训，时诵诗书之言，及其十有五年。躬逢圣母广嗣之恩，遂备九嫔之选，恪执巾栉，荷蒙帝眷，诞育三王暨诸公主，渐叨皇号，愧无图报微功。前因储位久悬，脱簪待罪，幸赖乾刚独断，出阁讲学，天人共悦，疑议尽解，益自勤励，侍御少暇，则敬捧我慈圣皇太后《女鉴》庄诵效法，夙夜兢兢，且时聆我皇上谆谆诲以《帝鉴图说》与凡训诫诸书，庶几勉修厥德以肃宫闱。尤思正已宜正人，齐家当治国，欲推广是心，公诸天下，求其明白易简足为民法者。近得吕氏坤《闺范》一书，是书也，首列四书五经，旁及诸子百家，上溯唐虞三代，下迄汉宋我朝，贤后哲妃，贞妇烈女，不一而足，嘉言善行，照耀简编，清风高节，争光日月，真所谓扶持纲常、砥砺名节、羽翼王化者是已。然且一人绘一图，一图叙一事，附一赞，事核言直，理明词约，真闺壶之箴鉴也。虽不敢上拟仁孝之《女诫》、章圣之《女训》，藉令继是编而并传，亦庶乎继述之一事也。独惜传播未广，激劝有遗，愿出宫资，命官重梓，颁布中外，永作法程。嗟嗟！予昔睹河南饥民图，则捐金赈济，今观闺范图，则用广教言，无非欲民不失其教与养耳。斯世斯民，有能观感兴起，毅然以往哲自励，则是图之刻，不为徒矣。因叙厥指以冠篇端。万历二十三年乙未七月望日序。

此贵妃旧叙，妃兄郑国泰之伯郑承恩重刻，今行于世。但图说第一段明德马后居首者，今已删去不存，不知何故。戴给事既疏参吕司寇矣，承恩辨疏即以跋语为出于给事之笔，此仇口往复之常，亦无足讶。惟是樊知县疏承恩以为远臣不宜构此大逆，必士衡之党，大奸大权主使之，则明指张新建矣。盖士衡曾为新建知县，故直坐张主使，而御史赵之翰一疏又附会戚畹，谓新建实造此谋，而同谋者则刘楚先、刘应秋、徐作万、建崑等诸人。上怒益不可解，不两月，张相遂借东事见逐，初旨位冠带闲住，第二旨谓张位倡言为首者，革冠带为民，盖直用周之翰及承恩疏中语矣。

郑承恩上疏后，又刻《辨冤续言》，尽载贵妃序并跋矣。承恩辨疏云图说乃皇贵妃颁自内府，重加再叙，即贵妃叙中亦不过云近得吕氏

《闺范》一书而已。而明旨忽下,云《闺范》是朕付与贵妃所看,于是臣下缄口,不敢复为戴樊陈冤。至癸卯妖书起,上密旨忽问陈矩:张位怎么打发了?盖旧疑未释也。矩回奏云:以东事打发。上意始解。

附　闺鉴图说跋

东吉得《闺鉴图说》,读之叹曰:吕先生为此书也,虽无易储之谋,不幸有其迹矣,一念之差,情固可原。或曰:吕素讲正学,称曲谨,胡忍辄与逆谋?曰:君知其一,未知其二。昔吕欲得铨部以行道,诚恐秀水捷足,势迫无奈,遂诺鲰生之计,邀内禁之援,出门有功,诗书发冢,未尝不出于正也。或曰:吕意广风化,胡不将此书明进朝廷,颁行内外,乃奴颜戚睆,岂不失体?曰:孔子圣人也,佛肸应召,南子请见,志在行道,岂得为屈?或曰:吕序中直拟继述先朝母后,置太后中宫何地?且称脱簪劝讲,毋乃巧为媚乎?曰:公言误矣!曾见从古以来,有宫闱与见任大臣刻书者乎?破格之恩良厚矣,恩厚则报斯隆,身为大臣,胡忍自处以薄?或曰:叙中又引先朝《女训》、《女诫》,彼乃母后临子,儒臣纂编,兹相比拟,得无不伦?曰:尊称不极,恐取信不笃,但求内教弘宣,又何计较及此?或曰:古今贤后妃多矣,胡图说独取汉明德一后?明德贤行多矣,胡图说首载其由贵人进位中宫?曰:吕先生自办精矣,明德无子,故以取之,若进中宫,偶然相类,彼诚何心哉?且彼时大内被灾,中宫减膳,以妃进后,事机将成,吕乘此时,此亦值其会耳。或曰:五十宝锱,四四彩币,十目所视,胡为而来?曰:此贤妃敬贤之礼,却之不恭,是当谅其心矣。或曰:人谓吕因败露难容,乃上忧危一疏,号泣朝门,无乃欲盖而弥彰?曰:忧危一疏,人称忠肝义胆,况此一副急泪,何可遽得?安得而少诸?或曰:国本安危,宁逾太子,窃见忧危疏中列天下事备矣,胡独缺此?曰:公何见之晚耶?夫人意有所专,语有所忌,倘明奉册立,将属之谁?若归此则前功尽弃,归彼则后患自招,何若不言之愈也?或曰:固矣,闻吕所进金龙命书,称在长之命,不过清淡藩王,称在三之命,异日太平天子,令内廷咸睹缩舌,是亦不可以已乎?曰:管仲、魏徵,天下才也,子纠、建成,均号国裔,人各有见,子何责备太苛?或曰:吕之为此,本谋铨部行道,今铨部不可得,司寇不能安,不终付浩叹乎?曰:有是哉,子之迂也!夫有非常人,斯有非常事,今古成则王败则盗者何限,岂宜以成败论英雄哉?流芳遗臭,断非凡庸卑鄙能为,况事尚未定,策国元勋终有召起之日矣。或曰:吕之为此,人皆薄之,子独与之,何也?曰:子真井蛙见矣,当世名人,若张公养蒙、刘公道亨、魏公允真、郑公承恩、邓公先祚、洪公其道、程公绍、白公所知、薛公亨,皆称吕见极高,所举极当,咸举春秋大义子以母贵之说,共建社稷奇勋。夫唐阁执命,天子门生;宋奸弄权,神器宵易,今盟约既定,羽翼已成,子韦布之士,岂知国家大计?宜从此三缄,无自取祸可也。余故曰吕先生为此书,特其一念之差,情固可原也。或人不能难,惟惟而退,因援笔记之。燕山朱东吉顿首跋。

癸卯妖书

东宫未建,自乙酉姜给事应麟、孙比部如法、沈吏部璟三君抗疏后,无岁不以建储为请。至壬辰春,申吴县以密揭被疑,癸巳春王太仓以并封被议,上怼言者滋甚,册立再三缓期。至辛丑年,而明旨忽从中下,立东宫,封福王,不由群臣建白,天下共晓然知圣意久定,特不欲臣下居以为功耳。至癸卯岁,则震方久安者已阅三年,乃妖书陡起,复借改易东朝为名,而指朱次㩪姓名以实之,其立意甚毒,造语甚巧,而其词旨甚不经。时上怒莫测,举朝鼎沸,仅捕皦生光服上刑,聊以塞责完局耳,至于造撰之人,终莫能明也。余向已述其概,今录全文于后。

附　续忧危竑议

万历三十一年十一月十二日提督东厂太监陈矩奏称:办事

蒋臣等，访得《国本攸关》刊书一本，封进圣览。《国本攸关》本书用缸连纸刷印，皮面上签是此四字，无边栏，"续忧危竑议"本书第一张第一行是此五字。或有问于郑福成曰：今天下太平，国本已固，无复可忧，无复可虑矣，而先生常不豫，何也？郑福成曰：是何言哉！今之事势，正贾生所谓厝火积薪之时也。或曰：亦太甚矣，先生之言也！得毋谓储宫有未安乎？曰：然。夫东宫有东宫之官，一官不备，何以称乎？皇上迫于沈相公之请，不得已立之，而从官不备，正所以寓他日改易之意也。曰：改立谁其当之？曰：福王矣。大率母爱者子抱，郑贵妃之专权，回天转日何难哉。曰：何以知之？曰：以用朱相公知之。夫在朝在野，固不乏人，而必用朱者，盖朱名赓，赓者，更也，所以寓他日更易之意也。曰：是固然矣，朱相公一人，安能尽得众心而变乱乎？曰：陋哉子之言矣，夫蚁集膻，蝇逐臭，今之仕宦者皆是，岂有相公倡之而众不附者乎？且均是子也，长可立而次未必不可立也，侯之门，仁义存，谁肯舍富贵而趋死亡乎？或曰：众附姓名，可得数否？曰：余数之熟矣，文则有王公世扬、孙公玮、李公汶、张公养志，武则有王公之桢、陈公汝忠、王公名世、王公承恩、郑公国贤，而又有郑贵妃主之于内，此之谓十乱，鲁论所谓有妇人焉，九人而已，正合文王舍伯邑考而立武王之意也。曰：然则何以知此数人之所为乎？曰：数公皆人杰，无不望分茅胙土如姚广孝，岂其富贵终其身其而已乎？故有王世扬、陈汝忠，则靖难之兵取诸京营而自足矣；有李汶，则三边险要有人控之矣；有孙玮于保定，则扼天下之咽喉，四方勤王之兵无由至矣；有王之桢，则宿卫禁城有人，谁能斩关而入乎？曰：是固然矣，若张养志、王承恩、王名世者何欤？曰：养志，朱公私人也，而二王者则朱公之乡人也，无不愿借相公之余光者，况有以招徕之乎？曰：然则事可济乎？曰：必济。庸人倡议，人尚景从，而此数公皆人杰也，且复有郑妃与陈矩朝夕比周于帝前以为之主，共举大事，何谓无成？或曰：蛟门公独无言乎？曰：蛟门为人阴贼，常用于人，故有福己自成之，有祸则规避而不染。何以见其然也？夫锦衣卫西司房，类奏有名，祖宗来无有不升者，而皇亲王道化本内有名竟不升，岂其才力出诸菜佣下哉？盖沈相公欲右郑而左王，故核实之时，令亲家史起钦抑其功而不录，王之桢有以默授之也。曰：然则子何以处此？曰：天之所兴，不可废也，天之所废，不可兴也。余止听天耳，安能反天乎？或人惟惟而退。万历三十一年吏科都给事中项应祥撰，四川道御史乔应甲书。

此妖书立意踵前图说跋而作，故名《续忧危竑议》，但其所倾陷者别是一番人耳。所云郑福成者，则指郑贵妃与福王所谋必成，前之诡名朱东吉，亦是此意。其时文武要津，各缘天怒以报夙仇，如缇帅王之桢亦何足言，若郭江夏、沈归德诸公，俱几不保首领，实此书为之祟，真所谓交乱四国豺虎不受者。曾闻一巨公云：此锦衣郑朴者实为之，其意借以倾其同类，不虞贻祸至此。郑为故大司马洛之第三子，素狡狯无赖，先于壬寅年与棍徒吴中□诓大将刘綎金，事发革职。居京益多秽状，即侪辈亦畏恶之，其后患恶疾不起，五官俱溃丧始绝，识者快之以为报应，理或然与。都下之人又有云出自中书赵士桢手，赵为浙之乐清人，生平甚口好讦，以故人亦相疑，但赵以布衣能书，选入文华殿，与所指诸公毫无忌隙，何以作此伎俩，是殆不然。

奴婢逆弑

往年松江董幼海少宰以御下过苛，为群仆所脔割；近年嘉兴府之平湖陆生号二顽者，亦世家之裔，酷遇诸奴，奴辈共手刃之，俱自首正法。盖怨毒之极，甘心抵偿也。又万历十七年六月，南监生潘文锡者，湖州人，名家子也，年甚少，性淫而佻，弃其诸旧仆，独与爱婢春桃、嬖奴朱廷及廷妻金氏入金陵，婢与奴私通甚昵，惧主知而加罪，与金氏共三人杀潘，割其阳道，去其双趺之半，挈赀逸去。不数日臭达四邻，启户见尸，认为女子，咸谓潘杀婢逃去。官司远捕，逾半岁始获三弑逆伏法，其家人辈始拾潘生残骸以归。盖淫虐之得祸如此，而潘事则更奇矣，且俱在三吴一方，可戒，可戒。

辱及父兄

语云：父子兄弟罪不相及。往年甲申，刑部尚书潘季驯请宽故相江陵子孙，而御史李桢劾其往年自叙河工，以发踪人功推江陵，而以徇功自居，又云父访察充军，兄人命拟死，父子兄弟济恶不才，则太甚矣。潘兄故以甲科官词林，亦名士也。自是而后弹章所指，诬及家门，蔓延闺阁，其秽令人掩耳矣。

赌博厉禁

今天下赌博盛行，其始失货财，甚则鬻田宅，又甚则为穿窬浸成大夥劫贼，盖因本朝法轻，愚民易犯。宋时淳化二年闰三月，太宗下令开封府凡坊市有赌博者，俱行处斩，邻比匿不闻者同罪。此法至善。盖人情畏死，自然衰止。又有嗜赌者将妻妾卖奸以偿负，进亦有并妻注而输去者。按洪武二十二年圣旨：学唱的割了舌头，下棋打双陆的断手，蹴圆的卸脚，犯者必如法施行。今赌博者亦皆当以肉刑如太祖初制，解其腕可也。

正统间，大兴知县马通建白治赌博之法，法司覆议已定，犯者运粮口外矣。今此法何以格不行？仅从初制议杖，即加重者不过枷示，何耶？

天顺议罚之异

英宗复辟后，刑赏最为失平，而杀人抵偿，更有极倒置可骇者，今聊记一二。如天顺二年九月，有湖广常德卫指挥使夏瑄杀依己以居者妻子三人，俱焚之。按察司冯诚奏鞫凌迟处死，刑部郎中许振以审刑至，辨所杀为雇工人，减论绞，后瑄数陈冤，法司俱置不理。瑄子虎上疏愿代父刑，且谓父杀家奴，非雇工人，都察院谓其情可悯，瑄遂得复职，诚以失入人死下锦衣狱。至三年四月，沂州卫指挥佥事王有忠发其所部为盗者，遂嗾所部杀之，事觉，所部七人皆瘐死，忠坐谋杀人造意斩。巡按山东御史郝渊之谓杀一人而死者七人，况忠非亲杀者，情可悯，上命有忠发充甘肃卫军。夫杀人至三人七人，此宇宙大变，一得复官，一仅遣戍，此何律也。至三年六月，御史何楚英巡视光禄，笞作奸厨役朱辛，逾月而死，命锦衣讯之，下刑部狱，拟赎杖还职，上命枷于都察院前三月，满日以闻，至九月始释枷，降为广西平南典史。以御史杖一厨役，且死在保辜限外，何至荷三木，且至三月，较之两指挥杀多命者，何啻天壤。盖是时曹、石擅权，专右武人，以至台臣僇辱至此。

台　省

御史墨败

世宗末年，宠赂滋彰，上下相蒙，无闻以赃吏上闻者。至嘉靖四十四年，巡按浙江御史黄廷聘回籍，过衡山县，不礼知县陈安志，陈怒发其箧，得金银诸物甚夥，廷聘惶惧逊谢，始还之。其事传闻入都，掌院左都御史张永明发其状，上命廷聘冠带闲住，台长可谓能举其职矣。四十五年，给事中何起鸣追论巡抚郧阳都御史陈志先，任御史按江西，归家过崇安县，亡其四橐，建宁府推官吴维京为捕获得之，其中皆金宝，且有簿一扇，载赂遗不下数万，上亦命革职闲住。盖以省垣纠西台也。至穆宗初年，屯盐都御史庞尚鹏疏劾淮扬巡盐御史孙以仁侵匿盐银千余两，宜令先革职听勘。上允之。是又同事宪臣相纠，与前两事稍异矣。今上丙戌年，南京掌院右都御史辛自修疏劾巡视下江御史沈汝梁赃贿数万，奉旨追赃遣戍，此以堂官参治台臣，正与张永明同。至辛卯年，原任江西庐陵知县、新任试御史钱一本，追论巡按江西丁忧御史祝大舟临行票取多赃，上命刑部主事马犹龙往勘得实，乃命缇骑逮大舟至京，下诏狱，遣戍追赃。盖以旧属吏新台臣，发同官秽状也。至壬辰年，御史李天麟又劾大理丞原任御史苏酂按滇贪肆，赃盈巨万，次年大计以贪例斥为编氓。是两事皆同寅自相讦，较前事更大不同，而主上处分，亦较世宗朝加重。盖巡方不检，固自取之，而兰台体面扫地尽矣。

永乐八年，北京御史邹师颜劾监察御史白春巡视驿站贪受贿赂，皇太孙命都察院鞫之。时上北征未还，太孙留守北京行在也。宣德中御史严皑受贿事露，为御史刘洪道劾罢；又宣德末年，英宗登极，御史刘桢劾御史郑禧侵欺物料，受匠吏银两；御史廖文昌巡按广西扰害军民，命逮下狱；又御史孙纯、郑夏劾御史胡正巡视仓粮，为表兄千户纳粮嘱托徇私，亦下法司逮治。盖国初台臣已相evaluate如此，近日有台不攻台之说，虽非国体，亦近于厚。

科道互纠

嘉靖六年丁亥大计，张璁以兵部左侍郎为北科道所纠，桂萼以礼部右侍郎为南科道所纠，虽俱奉旨留用，而心恨甚。萼乃疏请谓杨廷和私党犹在言路，引宪宗初年例，于拾遗后互相纠察，吏部谓此弘治十七年事，而宪宗无之。萼又以成化三年八月宪纲载其事，上以萼言为然，命吏部勒科道互相纠拾。时考察内六科已去四人，十三道已去十人矣。科臣王俊民、道臣刘隅等执奏，愿听吏部再考，于是吏部同都察院考，上不谨御史储良材，浮躁给事黎良、御史王道、曹弘，上命黎良留用，王道、曹弘终养家居，不必考，惟储良材一人罢职闲住。而中旨批出兵科都给事郑自璧一门三爨，户科给事孟奇被劾勘问不回避，各降二级调外。此二人罪状昭然，部院掩覆，而以无关系者为解，殊负委任，今再稽舆论严察，乃又上四人被谪而止。未几，良材上章自辨，谓臣为杨廷和所恨，今吏部左侍郎何孟春、右副都御史刘文庄素党廷和，将引用攻议礼之臣，仍主大宗之论，时孟春署部，文庄署院也。上责部院不持公论，为人报复私怨，且良材素行非不谨者，今以不及调外任，侍郎桂萼等又疏救良材，任怨遭诬，去非其罪。上从之，命良材复职。按，部院初考止四人，其三已不动，惟良材已罢而降，已降而留，是终无一人去位也，惟内批谪二科臣，乃张桂初不嗛者，附出以报私怨耳。然则奚以考为？桂萼所引成化三年例亦不然，是时惟延绥巡抚缺不当，上因命互纠，一时外补者七人，初非考察拾遗例也。至于吏部所引弘治十七年例，则更无之。是年惟给事中吴荐等论马文升等不当，为御史所劾，因罢荐职。然则不惟桂萼恣意妄引，而何孟春等亦懵然典故，欲以拒萼辈方张之焰，难矣。内计大典，似此颠倒披猖，书之史册，令人戟手追詈权奸。且萼始终引杨廷和及大礼为言，耸动上听，以要必允，心虽狠而识则陋矣。

苛求姓名

古来以姓名谤人者，如裴度之绯衣坦腹，宋郊之国姓祀天，谗口造言，为千古痛恨。近日儇薄成俗，亦有串合名字供嘲谑者，然未敢达之天听。不意年来惯以此陷人，登之章疏，如科臣齐世臣初保张居正，再保大峪山，则目之为齐人齐保山。吏科都给事连有陈姓者，则曰陈陈相因。近日左通政徐申者，吴人也。初名申锡，后去下字，举进士，言官追论之，以为逢迎同里申、王二相，其弹章云去太仓之嫌名，附吴县之同姓，亦巧而刻矣。最后则癸卯冬之妖书云上起朱山阴于田间，专以易储示意，朱乃国姓，而赘者更也。穿凿矫诬，惑乱远近，其罪殊死固宜，但未必果出于皦生光耳。

御史阿内侍

正统二年五月，御史郑颙奏张家湾宣课司及崇文门分司，商货贩到，积至数多，方命抽盘，不无停滞，张家湾宜专委内官抽分，崇文门宜令本门收钞内官兼管。上曰："但戒所司勿滞，不必专委内官。"事竟不行。当时台长顾佐号为清正，甫去位，而御史辄有此等建白。时王振初窃柄，颙奏非结交近侍而何？今崇文门税课属之户部郎，尚或厉民，若行颙言，贻害无穷矣。是时三杨在内阁，故尚能杜祸萌，但不知此御史尚堪处班行否？成化六年，巡按云南御史郭瑞奏镇守太监钱能刚果有为，政务归一，今能有疾，恐召还京师，乞圣恩悯念，永令镇守。上报闻而已。能之秽恶，天下所恨，瑞以宪臣奏保，寸斩不足蔽辜也。未几，御史戴缙之谀汪直，此已见其端矣。

台疏讥谑

海忠介为房寰所论列，愤极上疏辨析，其辞甚激，房乃再疏攻之，以鄙臣挟忿妄辨、大肆鸱张为名。其他所指破靴易带诸事，及讥诮孔孟不廉诸说，俱不必录，惟其矢口笑谑者，最堪捧腹，今节录于后：

瑞谓臣论其一言一动，无不为士论所嗤笑者之诬，请举一二实之，可乎？瑞为牍，令兵马司申之于给事钟宇淳，宇淳批其牍尾曰：海外奇谈；又送监生到国子监，令祭酒黄凤翔责治，凤翔批其来文曰：本堂先生，且将《中庸》"君子素位而行"一章与他讲解。凡此皆为嗤笑，瑞岂以是为二臣褒美之词耶？至于诸臣往来，宾主之间借端而供谈笑者，何可胜数。臣一日偕司业习孔教，适见其属官屠谦、陈文衡等，座中有问及瑞之举动者，曰："贵堂翁放告受状，不见发行如何？"谦曰："他要行，我四司执定不肯，说问理词状，原不是本部衙门职掌，所以没奈何，只得住了。"臣又问曰："然则近日何为？"文衡曰："在家请程策。"臣曰："读策经生事，大臣何用为之？"文衡曰："要条陈。"笑曰："要条陈不过就事论事可矣，何必程策！"顷瑞所陈一日治安天下之疏，固即自来终日杜门熟读程策而有得者也。然疏之将成，竭心思于匝岁之久，而效之速，能计治安于一日之间，臣终未敢信之。谦又曰："近日又要我改一道招拟，甚是苦事。"臣语谦曰："老法家何难于此？"谦曰："题目古怪难做，他招题说南直隶之有徽州，犹十三省之有福建，考日诸吏俱不喻其意，吾堂翁晓譬之曰：徽闽人多欲，你每只将殷正茂与沈汝梁两个来取供问罪就是了。"题内又有"汉汲黯秉公出首被徽州知府重责二十、汲黯气愤不过抱石投江而死"，如此题目，教人怎做？习孔教叹曰："此老不出，反获盛名；今此一出，露出许多本相，此见造化之妙，不容人窃取虚名也。"此皆臣去年八月回京之时所习闻于诸臣者皆如此。近过苏、松，会抚臣王元敬、按臣邓鍊，又相与言及瑞之为人，二臣皆自广东而来，臣问其居家何状，应曰："此老大概好异，作事多不近人情，居家九娶而易其妻，无故而缢其女，是皆异常之事。"臣问其妻女有可出而杀之罪否，曰："如有可出可杀之罪而出之杀之，则贤者之能事，非所谓不近人情矣。"臣长叹曰：吴起杀妻，易牙烹子，斯其人欤？奈何世之贤瑞者啧啧耶？今瑞已毙而妻方艾，人欲固无所不极，女既杀而子亦无，天道或不可尽爽也。

时万历十四年之七月，疏至，举朝骇惑，俱相顾未及有言，惟诸、顾、彭三进士合疏攻房保海，卒不胜而见逐，未几，房亦外转副使以去。大抵忠介之清，冠绝一时，无端性褊而执，既以清骄人，又以清律人，至形之谩骂，人多不堪，然服其名不敢抗，惟房首撄其锋，遂有泼皮无赖之称。房言虽不尽诬，但谓海迂憨则可，乃曰大奸、曰极诈、曰穿窬，则失之矣，宜三君子之不平也。不数日南冏卿沈继山参房之疏亦至。

言　　事

疏论夺情

景泰四年，吏科给事中李秉彝上疏，止左通政王复夺情，内云：曩者吏科都给事林聪奏凡京官非与机要者，有父母丧，悉听终制，不必夺情，或有以夺情为善事，视父母如路人，子道既亏，臣节安在？其时已蒙俞允，今又令复夺情，复发身科第，名教中人，又非职典机务者，乞上收回纶命。上不允。秉彝所引，盖林聪先一年疏也，其持论可谓正矣。至天顺三年，则林聪已为右副都御史，以忧归里，奉旨行取来京，林亦有疏请终丧，然一辞不允即赴任矣。当时倘有以前疏质之者，林何词致辨？岂以中丞典机要可视父母为路人耶？林庄敏一代名臣，非后生所敢擅议，此事亦完璧之瑕云。

京　　职

刘文泰

刘文泰先任右通政管太医院使，以投剂乖方，致损宪宗，为给事中韩重等、御史陈毅等交章公疏参劾，孝宗命降为院判。至弘治十六年，上因本草讹误，命官改修，以刘文泰等充其役，而文泰等于本草实懵然，乃请用翰林官任校正。阁臣刘健争之云："岂有词臣为医士校书之理？"上乃命翰林专修其书，而太医官不预。盖文泰曾得故大学士丘濬所著医书，俱在十三科之外者，欲另奏以为己功，因有此议也。刘健又力争臣等职在论思，理难侵越，太医院官数多，宜令纂修。上又改命该院自修，取回词臣，以太监张愉主其事，文泰因此益与愉相表里，于是援引专侍禁中，遇上及中宫有疾，无论内外科俱命文泰入直矣。乙丑之夏，上本以患热得疾，文泰误投大热之剂，烦燥不堪，以至上宾，盖孝康后素亦信任文泰及愉，以故不行遏止。比武宗登极，法司会奏张愉向与文泰为奸，又荐文泰纂修本草，先帝不豫，文泰药不对症，宜比诸司官与内臣交结作弊扶同，奏启各斩。上允之。于是南北科道刘蒫等咸谓请速诛文泰以慰先帝在天之灵，上仅报闻而已。久之二人苦辨不已，俱免死遣戍。史云是时大臣昵厚文泰者，故不用合和御药大不敬正条，而比他律，因得为后日解脱之地。所指大臣，盖谓谢、李二相也。文泰一庸医，致促两朝圣寿，寸磔不足偿，竟免于死，若其诬陷王三原，又不足言矣。

马　从　谦

光禄少卿马从谦，嘉靖间劾提督光禄太监杜泰干没内帑数万，泰亦诬从谦诽谤不忠，上信而怒之，诏杖八十，即毙杖下，盖马先有疏弹相嵩，留中不发，至是嵩因而下石，其死可谓至冤。及穆宗登极，凡先朝忠谏得罪者，悉荷褒恤，言官建白屡为马请恩典，而中官辈追恨之，哗言从谦实谤先帝，死有余僇，上竟抑不许。直至今上之辛卯，从谦之子马有骅吁请甚哀，上始命"与他祭葬"，而他恤尚未之及。

光 禄 官 窃 物

光禄寺大官署丞张冕奏本寺卿李亨借供祀盗取猪鹅肉及面食为私用。上命亨对状，亨具状，上曰："尔为寺官，贪饕如此，论法难容，姑宥之。"此正统六年事也。至万历十八年，光禄署丞茅一柱盗署中火腿，为堂官所奏，上命送刑部，追原物，问徒为民。两事略同，而处分大异。按，亨以厨役得官，盗窃固其长技，然宥罪之后，至正统十年十三年，两以户侍郎充廷试读卷官，又荫子镛为中书舍人；十四年亨以久疾乞免朝参，但出视事，上又许之，亨之厚颜不足责，而恩宠之滥亦甚矣。

历　法

算　学

算学亦书数中要事，而于稽勾钱粮尤为吃紧。本朝定制：以浙江及苏松二府为财赋之地，江西土风谲诡，遂禁此三处士人不得官计曹。然户部胥史尽浙东巨奸窟穴其间，那移上下，尽出其手，且精于握算，视官长犹木偶，释褐版曹者，又视簿书为脂地，漫不留意，其在外司民社者，亦持筹不知纵横，任其下为溪壑，皆坐算学不讲之故。惟宋崇宁三年，特立算学，其业以《九章》、《周髀》及假设疑数为算问，仍兼海岛、孙子、五曹、张丘建、夏侯算法，并唐历算三式天文书为本科，本科外人占一小经，愿占大经者听。大观中命算学如庠序之制，三年三月诏以文宣皇为先师，兖、邹、荆三国公配享十哲从祀，而列自昔著名算数之人，绘像于两廊，加赐五等之爵，于是风后、大挠、隶首、容成、箕子、商高、常仆、鬼臾区、巫咸九人封公，史苏、卜徒父、卜偃、梓慎、卜楚丘、史赵、史墨、禆灶、荣方、甘德、石申、鲜于妄人、耿寿昌、夏侯胜、京房、翌奉、李寻、张衡、周兴、单飏、樊英、郭璞、何承天、宋景业、萧吉、临孝恭、张恭、张会元、王朴二十八人封伯，邓平、刘洪、管辂、赵达、祖冲之、殷绍、信都芳、许道、耿询、刘焯、刘炫、傅仁均、王孝通、瞿昙罗、李淳风、王希明、李鼎祚、边冈、郎襄楷二十人封子，司马季主、洛下闳、严君平、刘徽、姜岌、张立建、夏侯阳、甄鸾、卢天翼九人封男，其后又改黄帝为先师，且试学与太学三舍同。以上舍三等推恩，其重如此。又洛下闳与鲜于妄人俱同定太初历者，而所习亦似以天文书为本科，则兼通历学，有禆世用更大，今日钦天监世学诸生，有能通《九章》、《周髀》者乎？宋人识见，固非今世所及。

按，《广典故》云以赀为郎，非赀财也，赀即訾字，訾，算也，积而算之，士人挟此技效于官，及格者酬以职，谓之赀郎，即汉世自有此一途,如张释之、司马相如之属皆是也,后世误以为纳钱买爵,如今开事例耳。然则算学之重,正不始于宋季矣。

佞　幸

太　极

太极本无极,自宋周子加以一圈,其后迁儒铸太极图,其式如图,人遂云今乃知太极之为物,匾而中空。而本朝大儒吴康斋每对人辄以两手作圈势,自云无时不见太极,浮薄者遂以芦菔投其中。又有一显官以隶人裸露,发出治罪,云冲破太极。又有作太极诉冤文者,而圣贤道理,受人亵慢至矣。至世宗朝,罢任府丞朱隆禧,作太极衣以献,盖房中术也。上大喜,进卿进侍郎。又今滇中文武,上下以缅铃相馈遗,登之简牍,曰太极丸,侮圣至此,可痛可恨。

两六卿之进

河南鄢陵人刘睿者,为吏科都给事中,路遇王振,跪于道旁,振大喜,升为户部左侍郎,后升户部尚书,致仕归,至成化七年始卒。河南汤阴人李燧者,历官工部尚书,致仕归。其后张永西征还京,过汤阴,燧敝衣破冠而束上所赐玉带跪迎于路。永惊曰:"何至于是。"燧因以情乞怜。永至京师,吏部荐之,召复故官,再长冬曹,又十二年致仕归,嘉靖七年始卒。二人俱起中州,以甲榜位六卿,乃其媒进之术如此,然皆功名始终,老死林下,不罹诃谴,燧得谥恭敏,崇赠太保,后仅夺易名而已。

正德二歌者

武宗南幸至杨文襄一清家,有歌童侍焉,上悦其白皙,问何名,曰杨芝,御赐名曰羊脂玉,命从驾北上。芝妻父宋闵以人命问抵偿,系常州府狱,芝尚未娶,而驾行已迫,巡按御史李东急命常州知府李嵩唤闵出狱,免罪归家,取女送府,官为具衣饰,送之从上至京师,厚赏而还。先是，上出宣府，有歌者亦为上所喜，问其名。左右以头上白为对，盖本代府院中乐部，镇守太监借来供应者，故有此诨名。上笑曰："头既白，不知腰间亦白否？"及上起，诸大珰遂阉之，盖虑圣意或欲呼入内廷，故有此问，后此优竟不召。同为歌童而幸不幸至此。

按，唐人谓不由诏命而自宫为私白，本朝无此名，今圣语云云，必从史册得之者。

宣德间，汉府军余王敏善蹴踘，宣宗喜之，阉为内侍，后进太监，镇守陕西，此则与唐太宗阉伶人罗黑黑，命教宫人琵琶事相类。

名臣一事之失

嘉靖大礼之议，自张、桂倡之，至称宗至入庙配上帝，以至奉迁显陵，下至厨役王福、随全等贱隶，亦尤而效之。然士君子无一人以为可者，惟汪铉独主迁移一说，则章圣太后尚无恙也。铉元恶大憝亦何足责，奈何阿谀成风，即一时号为正人亦献谀希宠，有中人所不为者。如魏恭简庄渠，因桂萼引用，得以祭酒侍讲筵，则托桂密进种子秘方；高文瑞南宇为礼卿时，则撰玄文叩坛求媚，俱著在耳目，比之蔡君谟之龙团、寇平仲之天书，更堪呕哕。士风披靡，即贤者不免，谓非张、桂作俑不可。

论　芝

嘉靖丙辰八月，上问礼臣古用芝草入药，当求之何所，今可得否？尚书吴山对云：《本草》论芝有黑、赤、青、白、黄、紫，其色不同，其味亦异，然皆云久服轻身。王充《论衡》云芝生于土，土气和故芝草生。《瑞命记》云王者德仁则芝草生，《文选》云煌煌灵芝，一年三秀，《汉旧仪》云芝有九茎，金色绿叶，朱实夜有光，《黄帝内传》云王母遣仙人歌万年长生之曲，授帝以石函玉笈之书，会阆风瑶池之上，授神芝图十卷，其条对甚析。上诏有司采芝于玄岳、龙虎、鹤鸣、三茅、齐云诸山及五岳，又访之民间，于是宛平县民张巨佑首得芝五本以献。上悦，赉以金帛。于是臣民献芝者接踵，采芝使亦四出。次年九月，礼部类进五岳及名山所采获鲜芝已千余本，直至末年王金献芝大得圣眷，召为御医，炼芝为药，杂进他不经之剂，致损圣躬上仙，后坐子杀父律论剐，最后贷出。当炼芝时，用顾可学、陶仲文等言，须真龙涎香配和，并得矿穴先天真银为器，进之可得长生。于是主事王健等以采龙涎出，左通政王槐等以开矿出，保定抚臣吴岳等献金银砂，所至采办遍天下矣。

吴山为礼部尚书，时值辛酉年正旦，以日食不及分数，当免救，上欲臣下称贺，山不从，遂罢归，盖借以饰昔日之逢迎也。此吴山为江西高安人，今上初谥文端，非河南抚臣进白兔者，然其人亦至刑部尚书，直隶吴江人。

督　　抚

周　文　襄

周文襄忱之抚江南最久，功最大，三吴人至今德之，然亦正谲兼用。时王振新建私第，文襄密令人规度其厅事、内室广狭长短，命松江府织绒地衣以馈，振铺之不爽分寸，因大喜，凡有奏请，其批答无不如意，以此得便宜展布。及振死房中，景皇命籍之，得一金观音，背镂云孝孙周忱进，为司籍没御史钱昕所目睹。盖委曲以从事，亦豪杰作用，如李德裕之于中尉杨钦义、马存亮也。

秦桧造格天阁成，蜀帅郑刚中赂其匠，侦量广袤，造毯为献，尽如其式，桧愠，谓探其阴事，因事窜之，幸王振无此见解耳。

前乎此则唐李璋为宣州观察使，时宰相杨收造白檀亭子，会亲友落成之。先是，璋潜度其广袤，织成地毯，至日以献，后收败，璋亦得罪，盖藩臣以地衣赂权要，亦有所本。

白　兔

唐有白兔御史之诮，盖以不得爪践民园也。若真有其事，无如嘉靖十一年四川巡抚御史宋沧获白兔于梁山县以献，礼部请贺，上辞以菲薄不敢当，再请，乃许，以献于太庙世庙，呈于两宫太后前，百官表贺。于是吏部尚书汪铉、侍讲学士蔡昂献诗,礼部尚书夏言、少詹事张瀚、翰林学士席春、祭酒林文俊、编修张家献颂,礼部侍郎湛若水献演雅,侍讲学士廖道、南侍读学士吴惠、王教、修撰姚涞献赋,修撰伦以训献歌,上皆优诏褒答,惟侍讲学士郭维藩以献赋忤旨诘责,革职闲住。盖抚镇重臣贡瑞取媚,自嘉靖八年汪铉献甘露后所仅见,且下及禽兽,从此进瑞物者接踵。若宋沧者,亦可呼为白兔都御史矣。嗣后则十二年河南抚臣吴山得白鹿于灵宝县,上命献庙、呈两宫,受贺如前。汪铉等又献颂赋,而掌詹侍郎顾鼎臣则献乐章,辅臣李时、方献夫、翟銮谷以白鹿呈瑞诗为献,上皆优答。是年又有应天抚臣陈轼献白兔,上曰:"白鹊、鹿、兔重出,不必举献。"汪铉又作诗三章美上谦冲之德,上益大怿,然四方抚臣以禽兽瑞物进者史不绝书,终上之世。盖肇于宋沧云。

先宋沧而献白鹊者,有嘉靖十年之郑王厚烷,后吴山而献白兔者有十六年之徽王厚爝,十七年之伊王典楧,俱系宗室,不足道也。然他日厚烷发高墙革爵,典楧革爵削国,厚爝之子载坅至削爵自杀。最后则四十一年淮王厚焘进白雁,不数月王亦薨,吁,亦异矣。

罗 汝 敬

罗汝敬初为吉士,被文皇帝召,背诵古文不能称旨,谪戍江西,越数月召回释之。寻擢修撰,升侍讲,坐事降监察御史,受宣宗知,超为工部右侍郎,往谕交趾黎利,以利设女乐不悦,尽碎其饮器,黎惧,遣使驰谢。寻提督陕西屯田,受指挥傅敏等金银器貂鼠皮,事觉论绞,追赃入官。未几,蒙恩宥,充为事官,再往陕西,赐之敕曰:"尔不能治身以取罪,朕特屈法以伸恩,宥而复用,仍往总督,遇有诉讼,重则付都司、布政司、按察司及巡按御史究问,轻则量情责罚。"汝敬甫脱死囚,遽膺重任如此,且巡按御史尚承受抚臣词状如属吏,亦可废祖宗时制度。汝敬抚陕未几,又以妄引例复职坐斩,屡疏称枉;英宗甫即位,令再谳,以在陕有劳,宥死,戍赤城卫;再起,又以原官抚陕西,以老罢归,卒于家,讣闻,与祭葬如例。按敬一坐斩,一坐绞,两谪戍,又以贰卿善去,得饰终之典,遭际亦不常云。弇州奇事云:汝敬为吉士时，曾充刑部吏，又谪戍交趾，果尔，则更奇矣。汝敬曾为侍卿，为于谦所戏，扃之空室，命赋诗三十韵始启之出，俄顷诗成，盖才而不羁士。

司　道

监司创势家

苏松兵备广平蔡国熙，华亭徐相讲学高足也。既应高新郑幕，百方窘华亭，没其产，戍其子。时陆五台太宰以卿士居家，与蔡同侍讲席者，曲为排解，屡以门墙谊动之，蔡曰："吾此举正深为相公也，不如此徐氏不安。"同时有嘉湖兵备无锡张子仁，吾郡吴少参绍同年也，绍为太宰鹏中子，兄弟凡五人，每诟詈之曰："吾侪俱曳白，若安得独叨甲第。"少参不堪其凌，诉之兵使，时太宰居乡，颇纵其舍人子为不法，张乃法绳之，长公为郡伯者，日扶服顿颡于邑令，禾郡为谚曰："有眼不曾见，太守跪知县。"士绅辈尤其已甚，张曰："吾此举深为太宰也，不如此吴氏不安。"两事俱在一时。松嘉又接壤，刁诈四起，鼠狐纵横，闾巷鼎沸者浃岁，华亭几欲投环，吴太宰父子不胜忿，相继死，迨蔡斥去，张调任方解。二公即真为两家造福，无奈当之者难堪耳。

吴公偶病不出，先人往候，谈于榻前，时正苦久雨，忽问曰："君居乡间，农人皆得计矣。"先人以愁霖妨稼事为言，吴曰："不然，吾谓乡村刁顽，正将借此为图赖租债地耳。"先人大骇，谓身一品，富一郡，何出此语？是且不久矣。未几祸发，逾年谢世。

士　人

周解元淳朴

周用斋汝砺，吴之昆山人，文名籍甚，举南畿解元，久未第，馆于湖州南浔董宗伯家。赋性朴茂，幼无二色，在塾稍久，辄告归，主人知其不堪寂寞，又不敢强留。微及龙阳子都之说，即恚怒变色，谓此禽兽盗丐所为，盖生平未解男色也。主人素稔其憨，乃令童子善淫者乘醉纳其茎，梦中不觉欢洽，惊醒，其童愈勶之不休，益畅适称快，密问童子，知出主人意，乃大呼曰"龙山真圣人"，数十声不绝，明日其事传布，远近怪笑。龙山为主人别号。自是遂溺于男宠，不问妍媸老少，必求通体。其后举丁丑进士，竟以好外，羸惫而殁。

沈 祖 量

吴中才士，好为小令，大抵不过闺闼烟粉中语。吾友沈祖量同生赠妓作一词，末句云"任他百般打骂百般羞，也只是书生薄福难消受"，余谓柔情亦吾辈佳事，何至卑下委媟乃尔。此君虽有才名，其如风云气短何？沈未几以贫郁早世。

妇　　女

命妇以妒受杖

礼部致仕左侍郎杨宣妻王氏，素妒悍，杖杀侍婢十余人，宣不能制。东厂上其事，命逮治，刑部拟赎如律，宣则赎杖仍致仕。上曰："王氏虽命妇，例应纳赎，但肆意残酷，仍命刑部杖之五十，使知所儆。"此成化末年事也。此例若行于今，足使士绅之妻惭惧不敢恣，但恐贵臣如杨宣隐忍不敢发耳。

宣直隶新城人，进士起家，天顺初为御史，时更化之初，宣建白多可采，上目属之，立拜鸿胪少卿，历宪宗朝，甚被眷注。上作连环诗以赐之，以今官致仕归家。后妾生子，匿之邻家，其妻又来搜之，不获，子始得全，此其妻被杖以后事也。宣至弘治十年始卒。弘治十一年泗州知州许弼妻孙氏，妒妾朱氏有娠，以药毒之，不死，用铁锥击其脑，朱惧，自缢死，复以石压其腹，羊毛塞其口鼻，以棺载出复活。事发，上命杖孙氏八十，离异。

宣德六年，御史傅敬妻殴妾，中其要害，妾自经死，当治罪，有司以敬妻曾受封为疑,上曰:"妇妒已是恶行,况以妒杀人,其恶甚矣。"命罪之如律。成化十二年十月,朝审诸囚,有殴妻死者,坐抵偿。时礼部侍郎尹直独曰:"人以无子娶妾,遭妻悍妒,殴之,初恐绝嗣,今顾绝其命,世之妒妇长气矣。"众翕然书可矜,遂得不死。

元太宗时命妇人有妒者,乘以骡牛徇部中,论罪,即聚财为更娶。

南和伯妾

僧官常琇者,拜故南和伯方瑛为父,因与修武伯沈煜等交好。琇至各家饮,俱设妓乐,比更衣,即与妓乱,又通瑛妾,为其徒所告。诏下锦衣卫狱,以琇奸义父之妾,杖一百,充铁岭卫军,煜停禄带平巾闲住。又御马监左监丞龙闰,娶方瑛妾许氏为妻,事发,上命离异,闰送司礼监治之。彼瑛生前屡为大帅,颇著劳绩,而身后姬侍,或耦妖秃,或配淫阉,俱彻圣听,亦可笑矣。此俱成化年间事。

畿　辅

元夕放灯

永乐七年正月十一日,钦奉太宗文皇帝圣旨:"太祖开基创业,平定天下,四十余年,礼乐政令都已备具。朕即位以来,务遵成法,如今风调雨顺,军民乐业。今年上元节,正月十一日至二十日,这几日官人每都与节假,著他闲暇休息,不奏事,有要紧的事,明白写了封进来。民间放灯,从他饮酒作乐快活,兵马司都不禁,夜巡著不要搅扰生事,永为定例。恁官人每更要用心守着太祖皇帝法度,爱恤军民,永保富贵,共享太平。钦此。"又宣德二年正月十二日,钦奉宣宗皇帝敕谕文武群臣:"朕恭膺天命,嗣承大位,仰惟祖宗创建守成之艰,夙夕兢惕,一遵成宪以抚天下。赖上天垂佑,海宇清宁,雨旸时若,年谷遂成,嘉与臣等共享太平之乐。今岁维新,上元届节,特赐百官假十日,凡有机务重事,封进来闻。在京军民如故事张灯饮酒为乐,五城兵马弛夜禁,但戒饬官员军民人等不许因而生事,违者罪之。永为定例,钦此。"以上二例,皆载在令甲,每至年终,礼部上疏援引前例请旨,许来岁新正民间放灯凡十昼夜,盖比之宋初钱俶买宴增三日之外,又展二日。自永乐七年己丑至今上明年三十五年丁未,恰已一百九十九年,四海承平日久,辇下繁富百倍,外方灯市之盛,日新月异,诸司堂属俱放假遨游,省署为空。惟辰戌、丑未年系入计定期,吏部都察院官及朝觐外吏旧皆有禁,而微服私观者仍不乏也。其时南宫试士,大半鳞集,呼朋命伎,彻夜歌呼,无人诃诘。至若侯门戚里,贵主大珰,则又先期重价各占灯楼,尺寸隙地,仅容旋马,价亦不赀。初至京师者骇异瞠眙,正如宋汴京"春如红锦堆中过,人似青罗幕里行",真太平佳话也。余儿时目睹繁华,至今入梦,闻近年亦稍稍减旧观矣。盖圣主游幸渐稀,而鳌山之设久已停止,亦事理使然。

按,文皇朝正用官妓,至宣德二年尚未有顾佐之疏,是时朝臣退食俱得拥蛾黛为娱,则灯楼之盛,尤为奇艳,士生斯时,抑何多幸。近偶与黄贞甫谈及官妓,余谓若修唐宋及国初故事,则公辈真神仙不如矣,时黄以外吏拟部候考选,乃振声曰:"不可,不可,果如兄言,则曲中佳丽俱为吏部科道所据,其与吾辈周旋,必麻瞎跛秃之属,令人益不堪耳。"为之大噱。

宣德四年正月朔,特赐文武节假二十日,元宵夜召群臣悉赴御苑观灯,至五年八年亦然,此又系特恩,非常例也。

内 府 畜 豹

世宗初年革内府鹰房,诸鹰犬令放纵几尽矣。至嘉靖八年。鹰房内臣又以祖庙献新,奏请存留,盖以禘祀大典尝上,仍溪壑其中也。上严旨不许,且命礼部查议献新时物以闻。礼部言宗庙献新及奉先殿岁荐品味,不过鹿、雁、兔、猪、鹅、鸡、鸭等物,载在会典,掌之太常,后因畜有鹰犬,或间以奉荐,然非例也,请一切罢之。上纳其言,遂悉依会典罢去。至嘉靖十年,兵部覆勇士张昇奏西苑豹房畜王豹一只,至役勇士二百四十名,岁廪二千八百石,占地十顷,岁租七百金,其实皆典守内臣侵牟,请量留勇士四十人,馀还营差操,仍令该监核其奸利以报。上从之。按，内廷鸟兽之畜，所费不赀，举一豹而他物可知矣。余近得游苑中，见虎豹之槛者，及牡牝白额之在虎城者，不可枚举，唊大官之奉，皆民膏血也。

建酒楼

洪武二十七年，上以海内太平，思与民偕乐，命工部建十酒楼于江东门外，有鹤鸣、醉仙、讴歌、鼓腹、来宾、重译等名，既而又增作五楼，至是皆成，诏赐文武百官钞，命宴于醉仙楼，而五楼则专以处侑酒歌妓者，盖仿宋世故事，但不设官醖以收榷课，最为清朝佳事。宴百官后不数日，定正蔡氏《书传》，上又命宴博士钱宰等于新成酒楼，各献诗谢，上大悦。比书成，赐书名曰《书传会通》，命礼部刊行天下。按，上初观蔡氏《书传》，日月星辰运行，与朱子《诗传》不同，及他注与鄱阳邹季友所论间有未安，遂征天下儒臣定正之。于是翰林致仕编修张美和、国子致仕博士钱宰、致仕助教靳权、教授高让等共二十七人俱遣行人驰传征至。上命学士刘三吾总其事，开局翰林院，礼遇诸儒甚厚，至御制诗以赐，命之属和，及其归，又赐宴，驰驿而还。以修书钜典，而令之歌馆为欢，非开天圣人，无此韵致，但邹季友者何人，致勤高皇蒭菲之采。至永乐二年，又有饶州人朱友季献《书传》，攻程朱，文皇命杖逐之。其人同生一地，姓名又相似，其为一人二人，未可定也。

禁歌妓

太祖所建十楼，尚有清江、石城、乐民、集贤四名，而五楼则云轻烟、淡粉、梅妍、柳翠而遗其一，此史所未载者，皆歌妓之薮也。国初临川人揭轨以举明经至京，宴南市楼，有诗云："诏出金钱送酒炉，绮楼胜会集文儒。江头鱼藻新开宴，苑外莺花又赐酺。赵女酒翻歌扇湿，燕姬香袭舞裙纡。绣筵莫道知音少，司马能琴绝代无。"则知不第儒臣锡宴，即举子亦叨圣赐高会其中矣。今南市楼虽居六院之一，而价在下中，第为商贾所游集耳。至宣德中以百僚日醉狭邪，不修职业，为左都御史顾佐奏禁，廷臣有犯者至褫职，迄今不改。好事者以为太平缺陷，远逊唐宋，但唐以宜春、教坊二地为内廷供奉之所，如阿布思妻为女优之类，非士大夫所得游，至季年而翰林学士亦得阑入教坊，此僖宗以后事，非盛世之旧也。惟藩镇军府例设酒纠以供宴享，名曰营妓，其知名者如薛涛、刘采春之属，而京师则无之。宋世朝士各有家姬供客，若官妓不过州郡守倅应奉过客及佳节令辰侍觞侑酒，与之狎者仍有厉禁，如秦弱兰之制使臣，王宫花之诱勘吏，及南渡大儒之坐唐仲友，皆是物也。则顾佐一疏，保全士人实多。

今人但知金陵十四楼，而不知有十五，盖因续建五楼，其一偶失其名耳。

安乐堂

禁城北安门外有安乐堂，为永乐十五年所建，以处工匠之疾病者。近来则与工匠无涉，惟内臣卑秩无私宅可住、无名下官可依者，遇疾且殆，即徙入此中以待其殒，且槥送净乐堂焚化，不欲以遗骸污禁掖也。其中或气未绝，稍能言动，尚为摊钱博塞之戏，争胜哓哓，闻者叹笑。

内廷宫人无位号名秩而病故，或以谴责死者，其尸亦传达安乐堂，又转致停尸房，易朱棺再送火葬。其有不愿焚者，则瘗之地，亦内中贵嫔所舍焚冢也。

门宫不避讳

今禁城北门名厚载，即玄武门也，相传已久，但二字俱犯世宗、穆宗庙讳上一字，上下通称不避。又如今上皇贵妃郑氏所居宫名曰翊坤宫，上一字即今上御名，何以银榜高悬而内外所称、章疏所列，俱公然直呼，恬不为怪，亦无一人议及之者，此等事俱不可解。

淹九

京师正月灯市，例以十八日收灯，城中游冶顿寂，至次日都中士女倾国出城西郊所谓白云观者，联袂嬉游，席地布饮，都人名为耍烟九,意以为火树星桥甫收声采而以烟火得名耳。既见友人柬中称为淹九,或云灯事阑珊,未忍遽舍,取淹留之义,似亦近之。既得之都下老耆旧则云:全真道人丘玄清以是日就阉,故名阉九。丘初从黄得祯出家,洪武初以张三丰荐为五龙宫住持,有司又以贤才荐为御史矣。上以二宫人赐之,丘度不能辞,遂自宫,今观其遗像,真俨然一妪也。后转太常卿,封三代,殁于京师。丘之事迹甚著,但自宫之日月不可考,然京师是日,不但游人塞途,而四方全真道人不期而集者,不下数万。状貌诡异,衣冠瑰僻,分曹而谈出世之业,中贵人多以是日散钱施斋。闻京都无赖亦有趁此时腐其童稚者,则阉九之说亦似不妄。全真有南北二宗,起于金海陵王中孚,其后有谭、马、丘、刘之属,其教始盛,大抵以收摄精气为主。今并阳具去之,不知何以谋长生也。京师自此日后,冠绅闺阁寻春选胜,继以上冢踏青,宝马钿车,更番杂沓,竞出西阐,水边林下,壶榼无虚日,至端午射柳南郊,而游事渐歇矣。

魏文帝《典论》云:左慈到,人竞受其补导之术,至寺人严竣往从问受。奄竖真无事于斯术也。今观丘玄清事,则严竣不为谬妄,而魏文之论失之矣。

风　俗

契　兄　弟

闽人酷重男色,无论贵贱妍媸,各以其类相结,长者为契兄,少者为契弟。其兄入弟家,弟之父母抚爱如婿,弟后日生计及娶妻诸费,俱取办于契兄,其相爱者年过而立尚寝处如伉俪。至有他淫而告讦者,名曰㚢奸。㚢字不见韵书,盖闽人所自撰。其昵厚不得遂意者,或至相抱系溺波中,亦时时有之。此不过年貌相若者耳。进乃有称契儿者,则壮夫好淫,辄以多赀聚姿首韶秀者,与讲衾裯之好,以父自居,列诸少年于子舍,最为逆乱之尤。闻其事肇于海寇云。大海中禁妇人在师中,有之辄遭覆溺,故以男宠代之,而酋豪则遂称契父。因思孙恩在晋，以诸妓妾随军，岂海神好尚亦随今古变改耶？但契父亦有所本，嘉靖间，广西上冻州土知州赵元恩者，幼而失父，其母尚盛年，与太平陆监生者私通，久之遂留不去，元恩因呼陆为契父，事之如严君。其尊称与闽寇同，第其称谓之故，大不侔耳。

南宋王僧达族子确，年少美姿，僧达与之私款，后欲逼留之，避不往，乃于屋后作大坑，欲诱确来杀之。男色之嗜，至不避族属尊卑，且行凶忍如此，亦闽俗之祖欤？

著　述

经传佚书

永乐中，御史刘有年，沅州人，上《仪礼逸经》八篇，上不省；其后朝鲜国进《颜子》一部，亦不收。《颜子》在彼国今当尚存，若《仪礼》则不可问矣。二书无论真伪，当非汉以后人所办，今《乾坤凿度》等赝书盛行，何独置二书不录也？近年癸巳，日本议封贡，礼部主事刘元卿疏言：先秦徐福入海时，必携古经传同往，此时焚书事未起，必有壁经全书在倭，宜诏取以补伏生之缺。盖祖宋时欧阳永叔《日本刀子歌》中语也。时议以为迂，亦罢不行。

祝唐二赋

成化弘治年，吴中祝枝山、唐六如先后负隽声，饶艳藻，唐有《金粉福地赋》甚丽，惜予未之见；祝先有《烟花洞天赋》正堪与唐作对，其后又有《风流遁赋》，则皆俳语也。余少时曾与友人睹抄本，尚忆得一二联，如："画堂内传杯递斝，参辕著玉帐牙旗。""绣帘前品竹弹丝，掩荫出高牙大纛。"又云："四边厢眼里火，假捏妖言；一会子耳边风，虚张声势。"又云："急邓邓通红粉脸，不过是诈败佯输；颤巍巍咬定银牙，无非是里应外合。"又云："寸心千里，坐守老营；一日三秋，肯离信地。"又云："欢娱嫌夜短，惟求却日挥戈；寂寞恨更长，那讨闻鸡起舞。"其他皆不及记，词虽淫媟，亦自有致。盖二公皆老公车不得志，多寄迹平康以销壮心,即见嗤于礼法士,非所计也。

忠 义 录

景泰元年,山西天城卫令史贾斌上言:"汉唐宋信用宦官,驯致败亡,今宜法高祖,事无大小必归宸断,阉人不许窃柄。臣于历代忠义之臣,撮其尤者为《忠义录》,及恃宠宦官附之,乞刊布臣僚,庶宦者不得行其奸宄矣。"此奏盖惩王振之乱也。礼部尚书胡濙言斌语虽有理,然章圣皇帝《臣鉴》已行,此书不必,且斌擅自离役,宜押发回卫。上从其言。后斌不知所终。濙素柔佞不足道,然以景帝素狎宦官,而不免为濙所惑,谗口可畏哉。

季 汉 书

近年新安人谢少连名陛者,祖朱子《纲目》,尊刘备为正统,作《季汉书》,附魏、吴于蜀汉之后,尽斥陈延祚《三国志》,自以为千古卓识,一时钜公如李本宁,亦为之叙,其推许甚至。间有议之者,谓吴中先辈吴尚俭者,已曾为此书。吴为明经不仕,今大参安国之父也。然不知古人又先编葺成全帙。元世祖初年,翰林学士郝经被命使宋,请践鄂州和议,贾似道留之真州凡十六年,遂买书作《续汉史》,既成而叹曰:"辛苦十余年,莫不被高头巾已做了。"经被放还,甫至燕而殁。然南宋初年,庐陵有萧常者,固已修成《续后汉书》,而周必大为之序,惜乎郝又未之见也。可见前人识见高出后学,遇事便出手做成,盖不特谢生之书非出创见,即吴之旧本亦徒自苦耳。

尊刘一说,儒家奉为律令,而摈魏者至与新莽、周翠同科,此不必论。当时刘姓同制一方者,如虞、如焉、如表,不幸而败亡耳,后来刘渊之绍汉,李雄之兴汉,不幸而他姓耳。唐之后,存勖称唐,然虽夷虏而实赐姓,编入属籍系郑王房者。至南唐之李昪,则固吴王恪之后也,据有江淮垂四十年,其事与蜀汉无异,何故不以正统与之?岂其辅相庸碌,无孔明其人者能声大义致然耶?

献异书

本朝谶纬之书皆有厉禁，惟奇门六壬之属，人间多习之，士大夫亦有笃好且奇验者，若不得秘本真传，徒以影响推测耳。太祖洪武二十二年，河南开封府封丘县民刘安寿进禁书，其目曰："五符太乙书一十种：景祐太乙书一十卷附淘金歌，太乙新历十品各二卷，九宫太乙，太乙入运，太乙草算，太乙祭法，太乙神算，五福十神太乙各一卷，太乙局成书二卷。遁甲书六种：景祐符应经、六壬心镜、祭法局算、祭法符、六甲乾经、奇门五总龟各一卷。六壬书十种：兵帐赋、玉律、铃法、中黄五变经、草里寻针法、诀心印诸赋、大六壬断诀、杂六壬书、东方朔射覆、禽书各一卷。"意其中必有秘术秘诀，今不知内府尚存此等书否。至嘉靖末年，世宗好玄修，遣御史姜敬、王大任访天下法秘，归而骤进学士。于是方士赵天寿者，进献符法三十六本，上曰："法秘皆出真传，特授道录司右演法，敕还乡。"已乞留静虚观为上祈祝，不许。至四十四年，天寿又献法秘二十三种，上留览，终无他赏。盖上是时已觉方术之不足信矣。太祖时刘安寿进书，亦不闻有赐，盖亦竟罢归去。

玩具

玛瑙

玛瑙以西洋为贵，其出中国者，则云南之永昌府，以色红者为上，红白相间者为缠丝，品最下，制为酒杯、书镇之属。凡市骨董者俱云宋做，盖本朝此石最少，故属之宋以昂其价。二十年，西洋玛瑙遍行天下，其值不过玉之十一，而色之奇幻、质之莹润远胜旧物，闻出辽东宣府一带，每块至有重百斤者。按，宋政和四年，汝、蔡等州上言岩石多变玛瑙，地不爱宝，圣瑞非常，乞下诏封禁以供御用。后数十年果不复再见，今偶尔盛产，他时乏绝，必更踊贵，亦理势然也。至如碧玉，亦重西番，向最难得，迩年亦大至中华，以故云南碧玉顿贱。

书 画 学

本朝列圣极重书画，文皇特眷云间二沈度、粲兄弟，至直拜学士，然其书不过元巙子山、周伯琦绪余耳，尚不能敌宋景濂也。画学则宣宗笃嗜，御笔渲染传世不少，而宪宗、孝宗尤精绘事，特人间不恒见耳。又当时承制待诏者，仅仅林良、吕纪之属，无能为圣艺役，较之宋画苑诸公，不啻重儓矣。宋制书、画二学，俱令习《说文》、《尔雅》、《方言》等书，并《论语》、《孟子》，又各占一大经。书以篆隶草三体隶法，又以虞、褚、欧阳楷体为宗，画以佛道人物山水鸟兽花竹屋木，人主时出新意校试，以第其上下，至出身略与算学同，以故宋世书画远非本朝可企万一，以今太平盛世，亦宜讲究及此。

秦 玺 始 末

秦玺传授，其说不一。据元世祖至元三十一年甲午正月御史台通事阔阔来告，太师国王木黎华之孙拾得之家得玉印，命御史杨桓辨其文，为"受命于天，既寿永昌"。真古传国玺，且以出处始末考据以上。云子婴奉玺降沛公，传至孺子，藏于长乐宫。王莽篡位，使安阳侯王舜迫太后出玺，投之于地。更始灭莽，校尉公宾得之，献于更始，赤眉杀更始立刘盆子，为其所有，盆子奉玺降于光武。至董卓等作乱，掌者投于井中，孙坚征卓得之，袁术夺之于坚妻，术死，荆州刺史徐璆闻献帝为曹操迎在许昌以献之。帝逊位，以归魏，魏归晋。至怀帝遇害，玺归刘聪，传曜，因入石勒，及石虎灭冉闵，为其将军蒋幹所得，以送晋征西将军谢尚，晋始复有此玺。隋灭陈得之，隋亡，萧后携入突厥。至唐贞观四年，后奉玺归唐，后朱温篡唐入温，庄宗灭温，入后唐，传至明宗子从珂，石氏入篡，珂自焚，玺不知所在。至宋哲宗，咸阳民段义得之以献。至徽宗为金所虏，宝玺俱去。此玺在焉，今出者是也。杨桓之说如此。后顺帝出亡，玺归沙漠，宣德、景泰、天顺三朝，房酋挟以自夸，称欲进献者，俱祖此说。今儒生辈皆尊信其言，以为秦宝未入中国，乃圣朝缺事，而实不然。宋李心传云：曹魏刻玺，如秦之文，但秦读自右，魏读自左，秦玺已不在魏矣。晋人自刻玺曰

"受命于天，皇帝寿昌"，永嘉之乱，没刘石而仍归江南者晋玺也。晋太元十九年，西燕慕容永以玉玺求援于郗恢，传侯景，北齐辛术得之以献高氏，传至隋，皆以误为秦物，而实慕容玺也。晋义熙十三年，刘裕入关，得于关中，历宋齐梁陈而复为隋有者，姚秦玺也；后晋开运之乱，没于耶律者其文曰"皇帝景命，有德者昌"乃石敬瑭仿唐太宗旧文为之，此石晋玺也；当时皆误以为秦玺，而秦物亡已久矣。据心传考证，其详核胜杨桓远甚，则今北虏所宝者，正不知何代所作。《五代会要》又曰：梁台城之破，侯景得之，景败，其将侯子鉴匿之，投于栖霞寺井中，僧永行又匿之，至陈永定二年，永弟子始以玺上，不云入于高齐也。又云：隋江东之祸，为宇文化及得之，化及败，归窦建德，及建德败，其妻曾氏以献于唐。不云隋萧后以携上太宗也。又云：同光间内难，宝为火灼，文字讹缺，清泰之败，以宝随身自焚，宝遂亡失。然则秦玺之灰，正在此时，后来宋元符元年咸阳民所得者，元至元末拾得所售者，又何物也？况秦初刻时，既以为赵璧，则卞和所宝、蔺相如所夺，皆是物矣。世本又云：秦取蓝田之玉，命李斯以大篆书之，王孙寿刻之，制如鱼龙凤鸟之状，希世之至宝，但不明著其文云何，而《晋书》直云始皇刻蓝田玉曰"受天之命，皇帝寿昌"，汉高祖佩之，名曰"传国玺"，是秦自有两玺，其文本不同。至晋谢尚所得，正与蓝田玉玺文同，但其文非"受命于天，既寿永昌"，故李心传断以为晋刻。而当时说者又云其文龙飞凤翥不足拟其势，为摹印之祖，则又似真秦制，非典午时所办矣。然魏太武太平真君七年，毁邺中五级佛图，于泥像中得玉玺二，其文皆曰"受命于天，既寿永昌"，其一刻其旁曰"魏所受汉传国玺"。按，此则秦玺又入元魏，而邺为曹魏旧都，浮屠所藏，正祖疑冢故智，李心传所云秦玺不在魏，又属臆说，且并晋书所纪亦不足信矣。元所得玺上刻螭形，其旁无所谓魏受汉玺字，其非秦玺明甚，杨桓何所据而定以为传国玺耶？且当时考订更属可笑，杨桓所辨既书"受命于天，既寿永昌"，皇后弘吉烈氏手授成宗于即位之日矣，而《杨桓传》中又曰"受天之命，既寿永昌"，何耶？况秦玺为汉元后所掷，已缺一角，今相传者不言其形，似又完好如初，想后世得玺者，皆知非故物，姑借以涂耳目耶？《通鉴》又云：石敬瑭作受命宝，其文云"受天明命,惟德允昌",又与仿刻唐太宗受命宝不同,则开运间献于契丹者,果属何玺耶?今但就近世验之:后唐庄宗得魏州僧传真所献传国宝,遂即大位,不三年而死于乱兵;宋元符得不二年而哲宗崩,徽宗即位,天下遂乱;元世宗亦即以得玺之年殂于大都矣,即阿鲁台也先辈攘窃纷纷,不旋踵屠僇,设使真为赵璧,亦非嘉瑞,宜圣明之无取也。

汉元后之掷玺也,已目为亡国不祥之物矣,逮后殁于刘石,北人珍之,至称东晋诸帝为白版天子,及永和间得玺于后赵,始以正统归之,而晋人以玺至建康,百僚毕贺,其重又如此。至若郗恢所得西燕之玺,传之萧梁,为侯景侍中赵思齐与郭元建因携入北,献于齐文宣,历宇文入隋文帝,命为传国玺,又改名受命玺。及平陈,始得秦真玺,然谓秦玺为后世,且来自亡陈,仍以北朝所传为第一,而秦玺次之。隋亡,窦建德妻以二玺俱献长安。至唐末,业已亡失。迨宋哲宗受段义之献,遂改绍圣之三年为元符,以绍神贶,蔡京请以五月朔受宝,其礼一同大朝会,命名曰受命宝,其时何等张皇。至徽宗大观元年,又得美玉,用旧印文摹刻,曰"承天福、延万亿、永无极"九字,尊之曰"神宝",而元符受命之宝遂斥不用,其轻之又如此。至高宗南迁,又自作受命宝,其文一如秦玺,曰"受命于天,既寿永昌",为十一宝中之第二。至北军入临安,宋遣贾余庆等奉传国玺纳降于伯颜,伯颜即遣囊加驰献于世祖,则拾得所收与阿鲁台也先所攘,又安知非宋南渡时物也?杨桓所考首云"受命于天,既寿永昌",此秦玺本文,传至石勒冉闵仍归之晋,正与拾得所藏吻合,其说似矣。然当时冉闵太子智献晋求救,都督戴施驰先入者,其文乃为"受天之命,皇帝寿昌",与太元间郗恢再得于西燕者无异,然与桓所称秦玺全文判然不同,何以强合之也?其说之矛盾背驰乃至于此。因思东晋穆帝与孝武两朝所收北方二玺,俱非秦初刻之文,最后刘裕入关上之晋恭帝者,始为"受命于天,既寿永昌"八字,李心传但知驳晋三次得玺之非真,而谬云郗恢所献文如秦玺,又失纪魏太武邺下塔中之物,俱不免挂漏,然终不谓哲宗所受为真。若杨桓曲讳后唐潞王焚玺之事,遂直以宋元符所献者当之,傅会以实其事,以故亡元遗种,犹得珍为异宝,夸示中国耳。然其误又不始此也。后赵石虎克上邽时，既得刘曜传国玺送之石勒矣，至石虎僭称天王，又得玺于韩强，其文如秦初刻，则石氏已自有两玺。前燕慕容儁之灭冉闵也，其玺已进之江南矣，而儁又自谓获传国玺，为闵后董氏所献，封之为奉玺君，因僭即帝位，改元曰元玺。是时鲜卑与中国又各据一玺为重。及后秦姚苌之擒苻坚，索其传国玺，坚怒叱之，以玺送晋为言，则燕晋之外又有一玺矣。北齐天保三年，得玺于辛术，以为即永和间冉智归之晋者，然其文为"受命于天，既寿永昌"，与《晋书》所辨文相左。盖高氏习闻刘石得于永嘉者真为秦物，以此玺属之，其误何待言。此后南北又隔，至隋唐俱称得玺，然所宝用者果为谢尚所上耶？刘裕入关所得耶？高齐所受于侯景耶？魏太祖所剖于佛像耶？总不可得而知。至后唐庄宗时，魏州僧献玺，自云其师得于僖宗广明元年黄巢入长安时，至是已四十年，则后来光启二年幸蜀，僖宗付王建负之以从，及唐禅梁命，杨涉奉以入汴，朱温末年付朱友文妻，及朱友贞将汴，郑珏请怀以诈降唐军者，不知又皆何物，何以俱云传国玺也？若杨桓所言，宋哲宗时段义献之朝者，为金房去，元时始出，其说亦似可信。但金太祖天辅七年，斡离不败辽主于应州，因得传国玺以献，此时金宋两邦方睦，尚未交兵也。又史称金哀宗走蔡州，宋会元兵入城，自焚，与传国宝同烬，则辽宋破败时各失传国玺，而金亡又并玺一炬，为真为伪，漫无证佐。况《御览》又云：天子有传国玺，文曰"受命于天，既寿且康"，其文又与秦两玺不同，今世传宋薛尚功旧本玺文尚有三种，既博洽通人未敢定其孰为秦物，况蒜酪虏奴可责以博古耶？

拾得一作世德，又作硕德，赵思齐一作思贤，戴施一作戴僧施，杨桓所云王莽校尉，乃姓公宾名就，今但云公宾，亦误，况公宾就得玺以与王献，献自收之，李松入长安斩宪，始送玺诣宛，上之更始，亦非公宾就自献也，事详《御览》。

辽兴宗重熙七年试进士赋，以有传国宝者为正统八字为题，其宝之如此。至天祚帝保大二年出亡，失宝于桑乾河，因以失国，得非谶耶？

印　　章

古来印章俱用铜，王者玺用玉，次则王侯用金。汉人私印间亦有玉，今多传世，价颇不赀。唐人自名与字之外，始有堂室私记，如李泌端居室是也，然皆铜耳。银印自魏晋间光禄大夫有银青金紫之异，然止施之官署。本朝自玉玺外，凡国宝及亲王或赐番王俱用金，其二品以上俱用银印。其私印用牙始于宋时，我朝士人始以青田石作印，为文房之玩，温栗雅润，遂冠千古。

谐　　谑

兵 法 用 烟

宋桐江应昌侍郎经略朝鲜，命将士积草发烟以御倭奴，众谓此等兵法，古不经见。冯开之先生云："此法不载六韬三略，仅于《孟子》见之。"坐客骇问故，冯徐曰："首篇即有之矣，不曰'齐人伐句燕胜之'乎？"一坐绝倒。

嗤　　鄙

大 臣 异 服

马尾裙者，不知所起，独盛行于成化年间，云来自朝鲜国。其始阁臣万安服之，既而六卿张悦辈俱效之，独礼部尚书周洪谟至重服二腰，尤为怪事。万眉州亦何足责，如洪谟素以理学自命，哆口谈天下大事，服之不衷，下僚且不可，况司风化重寄，何以示四方？虽遭弹射，直至弘治初元始去位，亦靦颜甚矣。似此服妖，与雉头裘、集翠裘何异？今中国已绝无之，向在都见高丽陪臣出馆，袍带之下摺四张，蓬然可笑，意其尚服此裙耶？

侮人自侮

吴中人士好为滑稽，向有一年少庠士，吻流也，一日遇所善僧，戏曰："秃子之秃字若为写？"僧应声曰："即秀才秀字掉转尾去。"士为屈服。又嘉靖间吴中缙绅有文名者伯仲三人，俱高第，以建第出劳木工，因谑之曰："汝大辛勤，当买一绿绢为汝制帻裹之。"匠谢曰："安敢烦制新帻，但得主翁所戴敝者见惠足矣。"此绅家门素有范蔚宗之谤，竟惭恧不能对。

释　　道

道家两府

宋道君崇道教，至有道家两府之目，谓其尊贵如中书省、枢密院也。然林灵素著衔不过曰大中大夫冲和殿侍宸金门羽客通真达灵玄妙先生，在京神霄玉清万寿宫简豁提举通真官。其官称本与朝士复异，而待宸视待制，亦正四品而已。至陶仲文于真人之外，加至少师兼少傅少保，并拜三孤，带礼部尚书，封恭诚伯，则文武极品矣。林灵素尚守本教，不畜妻子，仲文之子既比执政受京堂荫矣，至仇鸾死后败僇，仲文亦以玄功荫次子世昌为国子生，其义何居？

陶仲文先拜真人，即封父母并妻给诰命，盖用龙虎山张氏故事，而其妻封诰乃得一品夫人，不称元君，又张氏所不敢望。

道官封爵

太祖既封张正常为大真人，掌天下道教矣，其子宇初又袭职，封为正一嗣教道合无为阐祖光范真人。仁宗封刘渊然为冲虚至道玄妙无为光范演教庄靖普济长春大真人，而弇州异典误以为宣德间事。又封道士沈道宁为混元纯一冲虚湛寂清净无为承宣布泽助国祐民广大至道高士，阶正三品，宣德元年从礼部尚书胡濙请，进封正一嗣教清虚冲素光祖演道崇虚守净洞玄真人，张宇清为大真人领天下道教。

盖宇清以刘渊然已为大真人，意欲与之并，上不得已勉从之，且示训于其号中。至三年，又赐张懋承为正一嗣教崇修至道演法真人，周思得为履和养素高士。盖道教之崇，仁、宣二庙已然，世宗朝之邵元节、陶仲文，已权舆于此矣。

番僧封爵

永乐三年赐尚师哈立麻法王佛号，十年又赐其徒尚师毗泽思巴法王佛号，弇州纪之异典矣，而不知宣宗亦崇佛教也。宣德九年六月，遣礼部尚书胡濙同成国公朱勇持节封释迦巴失为万行妙明真如上胜清净般若弘照普应辅国显教至善大慈法王回天正觉如来自在大圆通佛，盖又不待成化年间之尚师札巴坚参与领占竹辈矣。且宗伯掌文学，而下行赘御之役，其品安在哉？

真君进爵

成化二十二年，进封二徐真君为金玉二阙上帝，上命少傅大学士万安往灵济宫致祭，太常寺谓祭旧用素馔，今既封帝，宜改用牲，上命惟朕诞辰用太牢，余如旧。至弘治十八年冬至，遣大学士李东阳祭灵济宫，少师刘健等言二徐之庙建于石晋时，二人生为叛臣，死为逆鬼，不当使辅臣往祭。时武宗初即位，乃改命太常寺官。若刘晦庵者可以言礼矣，彼万文康者，其柔佞倍于胡忠安，以预遣为幸。要之，释道二家均不足烦阁部大臣也。

按，永乐十五年，加封徐知证、徐知谔二真君曰九天金阙明道达德大仙显灵溥济清微洞玄冲虚妙感慈惠护国庇民崇福洪恩真君、九天玉阙宣化扶教上仙昭灵溥济高明弘静冲湛妙应仁惠辅国佑民隆福洪恩真君，凡三十四字，至加上帝号则仅十八字，爵虽崇而徽称减矣。弘治初年，追寝帝号，仍称真君。

废佛氏

除佛之禁，莫酷于元魏太武帝，时用崔浩言，尽诛沙门，焚毁经像，下令人间不出沙门者门诛，浩至以妻所诵经投厕中，不三年而浩受诛，至夷三族，其得祸亦最酷。次则唐武宗会昌中用李德裕议，毁寺四千六百，招提兰若四万余区，归俗僧尼二十六万人，不一年而德裕贬珠崖以死。次则周显德中毁天下寺院三万三百有奇，僧四万二千，尼万八千，而江浙湖广吴越并晋不与焉，并毁佛铜像铸钱。又次则宋宣和中除佛教，改佛为大觉金仙，佛寺为神霄宫，僧加冠簪为德士，其事皆徽宗独断。法师永道一疏，历陈往事以谏，不免刺配，而蔡京附会将顺，又结左街道录徐知常以媒进，又欲令方士王仔昔着黑幞头铁简以取燕山，然与林灵素为深仇，其罪差轻。故周世宗出师幽州，疽发于胸，旋军而殂；道君北迁，终殒沙漠，而蔡京仅贬死潭州，盖大祸独萃于两主焉。本朝嘉靖十五年，上既敕废禁中大善佛殿，建太后宫矣，礼部尚书夏言以殿中有佛像及佛骨佛头佛牙等，乃建议请敕有司俱瘗之中野，以杜愚冥之感。上曰："今虽埋之，岂无窃发以惑民者？可议所以永除之。"于是言复议投之火，上从之。凡毁金银佛像一百六十九座，金银函贮佛头牙等一万三千余斤，燔之通衢。此举皆夏一人力主之，亦越十年夏坐法死西市，竟无后。岂真竺乾氏能为祟耶？抑数之偶合也？

札巴坚参

据宪宗史，札巴坚参外，同时封者有札实巴为清修正觉妙慈普济护国演教灌顶弘善西天佛子大国师，锁南坚参为静修弘善国师，端竹巴失为净慈普济国师，俱赐诰命。西僧以密秘教得幸，服食器用，拟于王者，出入乘金棕舆，卫士以金吾仗前导，达官莫不避路。召入大内诵经咒，散花米，赞吉祥，日给大官酒馔牲饩者再，锦衣玉食者几千人，中贵跪拜，俱坐受，法王等号有增至数十字者。考秘密法即胡元演楪儿法也，元顺帝以此宠信淫秃，致乱天下。至是番僧循用其教以惑圣主，然元时所封以西佛子为贵极，今以为第二等号，所称法王者直呼曰佛，即于彼教亦僭紊极矣。幸逃显戮，至孝宗而仍还京师，岂秘密法真如元人所译为大喜乐耶？

二徐真君之始

今都城灵济宫二徐真君，故五代徐温子知证、知谔，初祀于福建之会城，名洪恩灵济宫。我成祖永乐十五年圣躬不豫，或云神灵异，旋祷之而效，又云梦授灵药，因并封为金阙、玉阙真人，立庙京师，赐额如闽中。次年加封真君，正统初又加为崇福、隆福真君，至成化二十二年加伯号曰九天金阙总督魁神洪恩灵济慈惠高明上帝，加仲号曰九天玉阙总督罡神洪恩灵济仁惠弘净上帝，先已有四时皮弁冠大红云龙服，至是又加平天冠、明黄罗纻衣，神父亦加高上神主慈悲圣帝。其袍在京四时更换焚化不必言，且每遣内官入闽赍送如京师。至弘治元年，礼部尚书倪岳疏正祀典，废诸淫祀，他神俱已得旨，惟二真人仅革帝号及冠袍，而福建冠服仍六年一次差官，不尽革也。成化末年滥典，俱李孜省、邓常恩辈为之，倪青溪毅然奏革，孝宗断然力行，足光新政。但福建之祀，谓二徐提兵平福建，闽人德之，图像以祀，至宋而赐今额。按，徐氏专政时，全闽尚为王延钧所据，至王曦遇弑，延政乱国，南唐遣查文徽、边镐等入闽取其地，寻为留从效所据，而福州入于吴越钱氏。是时李昇篡位已没，其子璟嗣位，二徐足迹何由涉闽境也？则不但本朝祀典为不经，并宋时君臣于近代事亦殊愦愦。

萨王二真君之始

国朝永乐间，杭州道士周思得居京师，以王灵官法降体附神。所谓灵官者，为玉枢火府天将，在宋徽宗时先从天师张继先及林灵素等传道法，又从师蜀人萨真君讳坚者学符术，因请于上，建天将庙于禁城之西。宣德间改庙为大德观，封萨真人为崇恩真君，王灵官为隆恩真君，成化年间改观曰宫，又加显灵二字，每年四季递换袍服焚化如灵济宫，而珠玉锦绣岁费至数万焉。按，元人杂剧有《萨真人夜勘碧桃花》者，盖祖此。至王灵官今神庙俱有之，若武当山则处处皆是，如释氏之伽蓝，不知何以独显于都城乃尔？此二宫者俱在京师兑隅，雄丽轩厂，不下宫掖，而他正神列在祀典者，顾寂寂无闻，岂神之庙食亦有数欤？

张天师之始

张天师名道陵，字辅汉，生于汉光武十年，居吴之天目山，以符水治病，灵帝永寿元年白日上升，年百二十岁。唐天宝七年册赠太师，中和四年封三天扶教大法师，宋熙宁中加辅玄二字，大观二年册号正一清应真君，子孙相传以至于今。东晋王羲之父子俱奉其道，后魏寇谦之以其教授太武帝及宰相崔浩，至宋真宗赐其裔信州龙虎山道士张正随号真静先生，立授箓院及上清观，盖其时崇奉天书，故有天师之称。胡元至元十三年，始命张氏三十六代道士张宗演为辅汉天师演道灵应冲和真人，遂真拜天师，至于今俚俗相传犹循此称。本朝洪武元年八月始革教主天师之号，封张正常为正一嗣教护国阐祖通诚崇道弘德大真人，秩二品，隆庆中降为提点六品，至今上丁丑，仍复真人，其中有故，一时言官不能救正。然每子孙赴吏部承袭时，必青衣小帽，进验封司门，报道士进来，叩四头，司官坐受，至袭号见部始加礼貌。

洪迈云：徽宗正和间，张氏三十代孙虚静天师治同州白蛇事最异，至宣和二年又治蔡京孙媳被魅，更为灵怪，后知汴京将乱，潜归乡尸解去，复隐峨眉山，蜀人时见之。虚静平生不娶，遂无嗣，以族人绍其后，盖其嫡派自北宋已绝，宜其法之无传也。

真人张元吉

天顺元年，正一嗣教冲虚守素绍祖崇法妙契玄机弘悟大真人、掌天下道教事张元吉进封为冲虚守素绍祖崇法安恬快乐清净玄同大真人，妻胡氏封志和履善冲静玄君，赐以诰命；至天顺八年宪宗即位，又疏请加封号，且请改母封为太夫人，并乞加六字为号。吏部执奏云无故事，上曲从之，改封体玄悟法渊默静虚阐道弘化妙应大真人，其母加慈和端惠贞淑太玄君，独不封太夫人耳。至成化五年，元吉杀人事发，其死者皆下私狱，幽暗惨酷，或缢之，或囊沙压之，或缚投深渊，凡杀四十余人，至有一家三人者，其他僭用器物、擅易制书、强夺良人妇女、诈取平人财物，不可计数。上命械至京廷鞫之，具服，刑部拟凌迟处死，流其妻子党与，绝其荫封，仍籍其族而徭役之。上命监候待诛。刑科都给事中毛弘等执奏云：元吉于十恶之内干犯数条，万一死于狱中，全其首领，无以泄神人之愤，乞即押赴市诛之。上命仍监候。未几赦，元吉杖一百戍甘肃卫，又以母老乞恩，复命还家，竟死牖下。其子元庆仍得嗣为真人，又传至嗣孙张永绪荒淫不检，死无嫡子，为吏部主事郭谏臣所奏不当复袭，江西守臣又言张无功于世，有害于民，宜永裁革。礼部复奏请革封号，以裔孙张国祥为上清观提点，改铸提点印。上从之。其后复袭真人，即以国祥嗣爵。其人时时入朝京师，频留主斋醮，与其子为狎邪之游，各买乐妇为姬妾，至今遨游诸贵戚间，饮博谐谑之外，他无所解。

神　　仙

神名误称

近来狭邪家多供关壮缪像，余窃以为亵渎正神，后乃知其不然。是名白眉神，长髯伟貌骑马持刀，与像略肖，但眉白而眼赤，京师相詈指其人曰白眉赤眼儿者，必大恨成贸首仇，其猥贱可知。狭邪讳之，乃驾名于关侯。坊曲娼女，初荐枕于人，必与其艾豭同拜此神，然后定情，南北两京皆然也。又蹴鞠家祀清源妙道真君，初入鞠场子弟必祭之，云即古二郎神，又云即徐知证、知谔。余思二徐已祀于京师灵济宫，恩宠逾制，何又司白打之戏耶？是未必然。

祯　　祥

黄衣人歌

洪武五年，中书右丞王溥奉命督工，取材于建昌，至蛇舌岩，众见岩上有衣黄衣者，歌曰："龙蟠虎踞势岩峣，赤帝重兴胜六朝。八百年终王气复，重华从此继唐尧。"其声如钟，歌讫不见。溥遣人来言，上以事涉妖妄，不之信。细按其语，龙蟠虎踞本金陵旧语，赤帝为汉，而汉高祖以乙未称汉王，我太祖亦以乙未渡江建元帅府，用李善长、汪广洋等为僚属，与萧曹正同。六朝之祚讫于陈后主贞明之乙酉，自此金陵不复为正统都城，至太祖始定鼎，恰七百八十年，比文皇靖难师入，则距陈亡时八百十三年，正所云八百终而王气复者。文皇即位，已决燕都之计，重华绍唐，正合二祖尧舜相传故事，盖于两朝开绪，靡弗合者。意黄衣者固即周颠仙、张三丰之前茅，而陈希夷、邵尧夫、刘秉忠辈之后身也，因阅史，僭为解之。

宫殿被灾

永乐十九年辛丑夏四月初八日庚子三殿灾，正统十四年己巳夏六月南京宫殿灾，弘治十一年戊午冬十月两宫灾，正德九年甲戌正月乾清宫灾，嘉靖二十年辛丑夏四月辛酉九庙灾，嘉靖二十六年丁巳四月十三日丙申奉天门并三殿午门灾，嘉靖四十年辛酉十一月万寿宫灾，万历二十四年丙申三月初九丙子南宫灾，万历二十五年丁酉六月十四日戊寅三殿灾，其年月支干俱己酉午戌及丙丁戊辛，说者以为此天道实为之，窃不敢谓然。今按宫殿被灾，惟世宗丁巳与今上丙申丁酉尤为酷烈，前殿正殿虽毁，而外门尚存，若非大庆及朔望升殿，尚可御门及常朝之礼，今禁廷一望，俱为瓦砾之场，殊非全盛景象，虽天心示儆，或者圣主心固与天通耶？今一切大礼俱改行于文华殿，逼窄浅隘，大损观瞻。忆嘉靖丁巳之灾，至壬戌年已落成，相去仅五六年，今矿税流毒，遍满区宇，动以三殿两宫大工为辞，且去停止有日，正不知告竣何日也。

清明日天变

成化六年庚寅二月二十八日为清明节，节后三日辰时，都下大风从西北起，下雨如血，天色如绛纱，日色如暮夜，空中非灯烛不能辨色，直至午未间始开朗。后至隆庆元年丁卯二月十八日清明节，是日骤寒如穷冬，至晚大风雪，京师城内九门凡冻死者一百七十余人，崇文门下肩舆中妇人并所抱孩子俱僵死,并舆夫二人亦仆,俄亦僵踣不复活。去成化凡九十八年,暮春有此异事,不知征验何属。

圣主征应

孝宗初在东宫,以万贵妃相厄,日在危疑,值成化二十一年乙巳二月初五日丑时,泰山忽震,三月一日丑时大震,戌时又震,五日丑时又震,十三十四日又各震一次,十九日震二次。内灵台奏泰山震方,此青宫不安之象,宪宗大悟,立命选婚储位,从此益安。至弘治十八年春,朝钟新成,其钮忽绝,奉天门宝座之石忽自裂。至五月初七日,上已大渐,忽黄雾四塞,加以大风,咫尺不辨,午后上遂升遐。盖龙潜之年与鼎湖之年山岳金石以至风雾各著灵异如此,宜其列圣中第一圣也。

妇人髭

妇人有髭者,唐则李光弼之母宋氏、酒醖朱氏,元则顺帝至正十一年正月京师齐化门东一妇人生髭尺余。本朝则弘治十六年湖广随州应山民张木华妻崔氏生髭三寸余,见之邸报;鄱阳邸妇人美髭,人呼为三须娘,见之纪载。若宦官则惟宣和间广阳郡王童贯颔下须数十茎,他不多见;本朝太监刘马儿为帅西征,临戎必戴假髯以令其众,盖取威重,如兰陵王假面入阵耳。

不男

男子生而隐宫者,内典以为人中恶趣,有五种不男:曰生、坚、妒、变、半,且有五种不女:曰螺、筋、鼓、角、线,俱终身无嗣育,如古帝王贵人亦有之。晋废帝海西公有隐疾,汉武阳侯樊市人不能为人,元魏仇洛齐生非男,北齐临漳令李庶之天阉,隋大将军杨约之为□所伤,皆是也。本朝藩王则楚王英㷿,亦传闻不男,大臣则杨文襄一清、倪文毅岳及近年士人闵工部梦得,俱云隐宫,无嗣息。其有无罪而自宫者,国初太常卿丘玄清以辞赐宫女,金吾指挥同知傅广以求入内廷,隆庆间戚畹李文进以随侍今慈圣皇太后入宫,仕至御马监太监赐蟒玉,即今武清侯李文全同产弟也。今莆田王继祀以少年读书苦思欲,自去睾丸。又闻嘉靖末年闽人户部主事柯维麒以修《宋史新编》,求绝房室专功,亦如太史公下蚕室故事,此冯开之祭酒及于中甫比部者。王与柯乃孙茂竹同年进士,其言或有据。

宋宦官梁师成自诡苏轼出子,及用事后,复应进士举,登上第,仍供内役,此古今所无。若本朝翰林庶吉士敬成,坐晋王熺事,腐刑为郦府典宝,以潜邸恩升太监,尊宠一时,其宦迹竟与司马迁无异,却与梁师成相反。又元顺帝至正间,有赵伯颜不花者,年三十余,有妻子矣,为顺帝所阉,后官至枢密院使,大贵用事。此夷虏之俗,与元魏制仿佛。

牡猿化牝

隆庆二年,山西男子李良雨化女一事,见之奏牍,天下所信。近日有传其伪者。后见郎氏《七修类稿》之雄黑猿多有化为雌者,余怪笑谓郎老儒,为人所绐;及见嘉靖间吴兴王济者曰《询堂手录》,则云广西横州山中猿皆黑,老则转为黄,其势与囊俱溃去,化为牝,与黑而牡者交辄孕。此王济彼中所亲见者,盖其地凡为猿者皆然矣。猿既变黄,又数百年则化而为白,但既白之后,为牡为牝,遂不得而知矣,然则白猿公剑术,亦属老牝耶?宇宙非目睹者断不可臆断。

向传兔生俱牝,望月而孕,近偶畜兔,则雌雄各具,其挚尾如恒兽,古语盖难尽信。

并蒂瓜

史云洪武五年句容民献二瓜俱同蒂,礼部尚书陶凯奏曰:"句容,上祖乡,连蒂之瑞独见于此。"上曰:"草木之瑞,如嘉禾并穗、连理合欢、两歧之麦、同蒂之瓜皆是,以归德于朕,朕否德不敢当,且草木之祥,亦惟其土之人应之,于朕何预?"但赐其民钱一千二百而已,史不著其民姓名。按,其民为张观,产瓜未几,兄弟坐事并斩于市,太祖之卓识不必言,更似有先知之哲焉。意者同蒂即骈戮之象欤?近日民间池塘开并头莲者,俱非吉征,如嘉靖九年杨石淙相公家并丁卯桥及他庄三处,开莲俱作并头,人以为召还吉兆,秋八月杨以疽背卒。且予所见开并蒂莲家,其人多夭亡,不特杨也。又顷甲辰岁,湖广抚台署中池内,有莲一茎开七花,楚中士人盛为诗歌美之,是年抚臣赵宁宇迁尚书,人以为瑞莲休征,至闰九月,有宗室之变,赵殒于非命,去莲瑞亦仅数月耳。嘉靖十年,曲周县产瓜并蒂者二,瓜中更生枝者一,县丞侯廷训绘图以献,上奇之,以示礼部以为本支繁衍之兆,上亲献内殿。时前星尚未耀也,逾年而生哀冲太子,然弥月后即薨,安见其瑞耶?

致大鸟

后汉杨震以忤孽幸死,葬日有大鸟高丈余集震丧前,此忠直所致。至震孙奇为侍中,灵帝问曰:"朕何如桓帝?"奇对以陛下于桓帝,亦犹虞舜比德唐尧,帝曰:"真杨震子孙,死后必复致大鸟矣。"此不过忿极之言,乃于杨斛山验之。斛山名爵,嘉靖间为御史,时方以言为讳,爵独抗疏指上过举,语甚切直,下狱拷掠无完肤,濒死者数次,救爵者周天佐至不胜楚毒死。爵锢狱久,忽遇赦放还,抵家甫一夕,复捕至,仍锢之,前后在锦衣狱七年,始赦归。未几有大鸟集其舍,爵曰:"吾殆将死。"自乃为墓志,果卒。爵为陕西之富平人,岂关西苗裔耶?何其亦致大鸟也?汉灵之为灵,其言乃验于千载后,亦异矣。隆庆初,赠光禄少卿,人尚以未得谥为歉,近已谥忠介也。

鬼怪

凶宅

今京师全楚会馆,故江陵张相第也,其壮丽不减王公,然特分宜严相旧第四分之一耳。会馆之右一小房,虽不及大第十之一,然亦轩敞,先人以价廉僦居,不意其有祟也。迁寓不数月,妖魔百出。时龙虎山真人在都,面请手画一符悬中堂镇之,是夜魅投瓦石,专投符上,比明则糜烂无存,先人寻大病,给假南还。此房为京师富人徐性善所得，重构华甍以馈吏部侍郎徐检庵，侍郎先与先人比邻，至是拓为大第，未久，亦以白简告归，不数年性善坐他事被籍没，此房亦为官物矣。盖自严相、张相以迄性善，未及三十年，凡三遭抄没，断非吉地，宜其为邪魅所窟穴也。先是春月移植一梨树，命工掘地稍深，见一巨石板，叩之空空有声。先人疑其有伏藏，亟命掩土，梨亦他徙，观后日安福邹太史之被蔑，则亟掩之见卓矣。

京师最多凶宅，归德沈宗伯为史官时，从里居补官入都，僦居亦敞洁，与先寓密迩，告先人云："连夕内室燃烛不明，加至十数炬亦然，不知何故？"先人劝其他迁，未举。一日拆坑，则一少妇尸在焉，宛然如生，宗伯大惊，立移他所。此等枉死伏骼，京中往往有之。

土　司

人　化　异　类

隆庆间，云南陇川有百夷夫妇，入山伐竹，剖其中有水，水中得活鱼六七头，持归烹食之，夫妇俱化为虎，残害人畜不可胜计，百计阱捕终莫能得。又杨用修《滇程记》云：百夷家畜一拨斯鬼，无形而善噬人魂，中者越宿即死，死则百夷取其尸为醢，然其鬼畏犬，闻犬声则远遁不返。又夷人中有号为仆食者，不论男女，年至老辄变异形，或犬或豕或驴之属，于人坟前拜之，其尸即出，为彼所食，盖亦百夷一种也。按，小百夷为熟夷，在永昌府西南，大百夷在陇川之西，俱为滇中内地，而幻化丑秽乃尔。古来人化虎食人，记载中时有之，至于鬼噬人魂，则未之前闻，其亦蜮射人影之类欤？至于拜冢吞骼，则又异类中之下劣矣。百夷即僰夷，以音相近讹称。

又四川建昌行都司有人变鬼者，亦名扑厮。

《菽园杂记》云：北方老妪八九十以上齿落更生者，能夜出外食婴儿，名秋姑。邹继芳郎中云：历城人油张家一妪如此，其家锁之室中。盖西南之外又有此一类，此则妖异而非种族矣。

夷　兵

土司兵最不宜调,其扰中国甚于胡虏。嘉靖间倭警,调阳麻兵、调瓦氏狼兵,俱贻害东南最惨,而终不得其用。顷救朝鲜,又赦播州杨应龙之罪,调其兵五千,半途不用遣归,以此恨望再叛。正德间流贼刘六、刘七之乱,亦调永顺保靖两宣慰兵协剿,一路聚劫,人不能堪。流贼戏谓我民曰:"吾辈来,不过为汝梳;彼土司兵乃为汝篦矣。"盖诮其搜剔之愈密也。

应龙,播州宣慰。

土司文职

本朝设土司,除知府、知州、知县俱文职,其品秩一如流官,此外夷官则有宣慰司,宣抚司、安抚司、长官司、蛮夷长官司,俱为文官,属吏部文选司除授,是宜竟为左列矣。然查《会典》则又不然。户部所开州县,凡宣慰司三,仅四川之播州属焉,四川宣抚司三,一属户部,二属兵部,长官十六司属户,廿九司又属兵,何也?至云南之宣慰司凡七,俱在徼外,即朝贡亦不尽如期,而亦载之户部版图中,抑异矣。至若湖广一省,则永顺、保靖二宣慰以至四宣抚、九安抚及诸长官司,又俱隶兵部,无一人入户曹者;而贵州宣慰一司,则又属户部矣。似此职掌分裂,当以守土管军民者与掌兵不同耶?但自宣慰而下,既为文臣,何以俱属都司钤辖?又如云南之澜沧军民指挥使司,乃武官也,何以又统浪藁州文官耶?此皆官制之綮当议者。且宣慰司虽从三品文职,终是夷人,嘉靖末年以献大木功,加永顺致仕宣慰彭明辅为都指挥使,则文而以武优之,是矣。其子彭翼南先以倭功加右参政,至是又加云南右布政使,遂跻藩臣极品。若正德间加播州宣慰使杨域为四川按察使,是以纲纪重臣,下领夷酋,抑更异矣。

缅甸盛衰始末

缅甸古朱波地,汉谓之掸国,和帝永元中其王献新乐及幻人,能变化吐火,自支解易牛马头,或云即大秦国也。唐谓之骠国,贞元中亦来朝献,宋谓之缅国,元世祖征服之,大德中封为缅国王。其城有江头、太公、马来、安正国、蒲甘,所谓缅中五城也。地在腾冲西南千余里,其夷柔而诈,屋庐象马舟楫之类俱备,又制缅铃,为媚药中第一种,其最上者值至数百金,中国珍为异宝。男子善浮水,绾髻于顶,以青白布缠之。妇人髻绾于后,不施脂粉,专事佛,有大事则抱佛说誓,或诣僧决之。其文字进上者用金叶书之,次用贝叶,谓之缅书,西南诸夷文契皆用之。其国最为广大,本朝洪武间,遣使往谕,尚称为缅国,二十九年,始内附入贡。永乐元年,缅甸头目那罗答遣使郎寻蹇来朝贡方物,以木邦、孟养阻遏贡道为辞,上优诏答之,为开立缅甸宣慰司,以罗塔为宣慰使。未几罗塔加兵孟养,杀其宣慰刀木旦,事闻,上严谕之,始以地归孟养。五年又违父遗命,夺其弟马者速所辖地,其弟来诉,上又镌戒令还弟资产,不听。既而木邦宣慰罕宾法代孟养报仇,破缅城寨二十余处,获其象马诸物以献,上受之,时永乐十一年也。其后入贡屡愆期,朝廷亦不深诘。未几,缅甸宣慰新斯加又为木邦所杀。至宣德五年,缅甸宣慰莽得剌贡方物,盖斯加子也,自是始以莽为姓。宣德八年,莽得剌欲杀东倘长官,其子入奏,得剌又奏木邦宣慰罕门法入境,朝廷两解之。正统元年,麓川宣慰思任发侵孟养及缅甸,欲尽有其地,云南总兵沐晟奏之,上命计议抚捕,盖麓川之征,张本于此矣。正统三年,大征麓川,命土官协剿,至七年,任发大败走,过金沙江,缅甸宣慰男卜剌浪马、哈省速剌以兵夹攻,任发走入缅,为莽得剌所得,囚之阿瓦城,奏请并其子思机法械送,仍要中国分以麓川故地,云南屡檄往取未发。至十年十二月,以兵临之,以地赂之,始以任发副千户王政杀之,函首入献,寻机法又叛。景泰二年,缅人入麓川,又执思机法以去,至五年三月献俘于朝,自是麓川与缅世为血仇。成化中,麓川有遗孽思陆发者,思任少子也,以兵入孟养,据其地,又取缅甸之听盏等城,缅甸遂微弱不振。弘治元年,缅甸宣慰卜剌浪奏成化间蒙给金牌信符,不戒于火,乞并批文底簿及勘合给赐,诏如其请,进贡头目奏此行路经孟养,恐为思陆发所阻,乞官兵护送,上又许之。至嘉靖五年,孟养夷酋思伦攻缅甸,破阿瓦城,虏其宣慰莽纪岁,杀掠无算,遂与木邦酋罕烈瓜分其地,诏遣永昌府知府严时泰往谕之,不听,纪岁竟为孟养及孟密土酋思真所杀。其幼子名瑞体者,本名哒喇,避思伦难,奔洞吾且二十余年。洞吾与古喇相近,古喇酋兄弟相攻,瑞体和解之,遂部署众夷,绝其道路,二夷皆死,尽有其地,缅自此复盛。瑞体已并有古喇,因以兵胁服邻国,至嘉靖三十年,遂入孟养、八百、老挝,于是缅势益张,即木邦先以征缅功受赏,构怨非一日,至是亦臣服于缅,反为向导以窥中国矣。至嘉靖三十九年,而孟密酋思真与其子思汉相继死,嫡庶争立,境内大乱,哒喇为报父仇,乃纳思汉之次子思琢为婿,遣还孟密教以篡国,夺其兄思宋印,因假道以攻孟养、迤西诸夷,必尽复世仇而后已。会所遣将卓吉为乃头目别混所杀,瑞体大怒,自将征之,生擒别混父子,于是威震诸夷,陇川、千崖、南甸三土司亦听其役属矣。隆庆六年,陇川宣抚司目把岳凤弑其主多士宁投缅,至万历四年,缅遂大举入寇,攻迤西,云南副使罗汝芳拒却之。至七年,缅兵破迤西,据有其地,至十年岳凤以缅兵破千崖宣抚司,执王妇罕氏以去,未几缅酋莽瑞体病死。体生时值大雪,惟瑞屋上独无,夜居室烨烨有光,及长,沉鸷狡谲,善用兵,信赏必罚,故孑然亡命,拓地万里,滇为之敝。既死,子应里嗣事,尤险诈有谋略,瑞体展土开疆,多赖其力,十一年,缅酋莽应里纠陇川贼岳凤寇顺宁,破施甸、猛淋、盏达诸寨,杀掠无算,诏以刘𫄨为游击将军,邓子龙为参将,会诸夷兵共击,大破之,俘岳凤至京,寸磔之,应里遁去。十五年,缅酋应里复攻迤西,陷密堵、送速二城,金腾兵备李材击破之,复二城,时刘𫄨、邓子龙功居多。至十八年,缅入孟养,二十年,缅入蛮莫,邓子龙击却,二十年缅又入蛮莫,破等练城,与投缅叛夷猛卯多俺诸酋首分道入寇,巡抚陈用宾、广南知府漻文昌议于腾冲筑关城凡八,以防缅深入。二十一年,始擒其将多俺,斩之,用宾复檄属国暹罗同攻缅,暹罗阳诺之,然畏缅不敢加兵也。二十三年,应里托孟琏、孟良二土司伪请纳款,朝议许之,比差官赍银币以往,既至境,托词不受,其侮慢不恭至此。至二十七年,缅攻孟养,三十年缅又攻蛮莫,土官思政败奔内地,缅以重兵入滇索之,抚臣大惧,斩思政首畀之,缅乃益骄。三十一年,缅酋雍罕始遣使款贡,雍罕盖应里子。三十四年,缅酋阿瓦攻围木邦宣慰司,我军不能救,遂失之。因是五宣慰司复尽为缅所陷，而庙堂置不闻矣。此后缅地转大，几埒天朝。凡滇、黔、粤西诸边裔谋乱者，相率叛入其地以求援，因得收渔人之利，为西南第一通逃薮，识者忧之。按瑞体初年，众无一旅，寄食异邦，奋臂一呼，修复旧业，转弱为强，蚕食殊邻，威行蛮服，其材亦何下慕容垂、赵元昊哉。应里少有父风，出奇制胜，益辟故封，云南自此虚耗矣。此父子者虽圣朝之獯鬻，亦酋豪之骐骥也。云南所统自府州县外，被声教者凡有九宣慰司、七宣抚司，其底马撒与大古剌、靖安三慰，久为缅所夺，滇中可以调遣者，惟车里等五夷并缅甸为六慰、与南甸等三宣抚而已。迨至今日，三宣六慰尽入缅舆图中，他时南中倘有征发，严急不可，姑息不可，蜀汉之张裔被缚送吴，天宝之李宓全军俱覆，非前车耶？迤西者盖俗名，实孟养宣慰司也，世为刀姓，正统间为麓川所侵夺，诉于朝，王骥因而三出师。迨思任走匿，朝议以孟养故地赂缅人，缅始以思任献，既而思陆复取孟养土，私据之，于是孟养宣慰司不复在属国之列矣。弘治初，例徵外夷金牌信符，兵部忘旧事，亦误给孟养，于是思氏遂自立为酋长，屡请复称宣慰，朝廷不许，然与缅为世仇，自缅再盛，无岁不攻之，亦互有胜负，至万历十三年，始许降称孟养长官司。按，麓川之灭，兆于孟养之入诉，其酋父子相质，膏斧质矣，彼思陆者，以逆子逋诛，潜复奋起，复父祖仇耻，反夺其地，据为己有，虽故封失守，而取偿于仇邻，再领民社者又将二百年，思氏之有后，亦何减莽瑞体哉！是皆未可以夷裔忽之也。

孟养，旧名蒙样。

六　　慰

云南徼外土官，以永乐二年给铜铸信符，又给勘合如外国，盖例外得之者仅六宣慰司，曰车里、曰木邦、曰缅甸、曰麓川平缅、曰八百大甸、曰老挝，视他宣慰加重。初，四夷馆通事仅译外国，惟缅甸亦设数名，其后八百亦如之，盖二司于六慰中又加重焉。凡宣慰差人俱称头目，惟木邦及缅甸又有陶孟及招纲等名，孟养司又有招八，俱夷称，本朝亦因其俗，不以华音厘正，馆中译字官于是失职矣。

大古喇

大古喇者亦称宣慰,不在六慰中,与底马撒最先为缅甸所并,其先世不知所起,亦不知何姓。按,今禁中诸香,极重古喇水,为真龙涎之亚,其价超苏合油、蔷薇露加倍,意即其国所产耶?又欧阳永叔《归田录》云:西南夷法锦有鬻至中国者,其上织梅圣俞《春雪》诗,真宝玩也,其地即古喇,亦名古剌锦。殆谓是欤?自嘉靖中叶见吞于缅,久不入贡矣。蔷薇露夷言为阿剌吉,今中国人能伪为之,然其芬馥减真者远矣。永乐四年,大吉剌土酋泼的那浪入贡,立宣慰司,又立小古剌为长官司。洪熙元年,底马撒宣慰使司署司事妹婿跌倒怕莽入贡。此后不复再见。

老挝之始

老挝者,俗呼挝家,亦六慰之一,本古越蒙氏之国,自周后不复通中华。至本朝永乐初年,始备方物入贡,因为置老挝军民宣慰使司,其地在云南徼外,去八百媳妇尚二千余里,为六慰尽处,称中国皇帝为天旺,盖天王之讹也。其俗自来无姓,窃意姬公何等声教,越裳已列皇会,何独吝锡氏耶?其酋居高楼,见人不下,即天朝使客至彼亦然。又酋长每代止生一子袭爵,绝不生女,亦无支子,此土司之极怪者。至万历二十六年,遣使入贡,且请给新印,上允其奏,重铸老挝军民宣慰司印赐之,近闻亦入于缅矣。宣德十年,老挝宣慰司遣使刀揽掌入贡,景泰元年宣慰刀线歹死,其子板雅兰掌者袭职。弘治十二年,老挝土舍招揽章遣使入贡,并请金牌信符。嘉靖九年老挝宣慰招揽章上疏,言安南事状。嘉靖四十四年,老挝宣慰怕雅简章献驯象。然终不晓其何姓。

老挝反覆

永乐二年八月,老挝军民宣慰使刀线歹遣人护送安南王孙陈天平来朝,诉胡季犛、胡奁父子篡逆之罪,请上吊伐。上命纳而廪之。未几,安南使至,上出天平示之,使者识其故王孙,皆下拜感泣,则老挝实能于交趾兴灭继绝,其加意邻邦甚厚。及天平归国,胡奁兵杀之,上大怒,兴师南征,边臣又奏老挝刀线歹与安南交通,上赐敕责让何也。及交趾黎利第三次反逆时,为宣德二年,南征大帅安远侯柳升卒于军,保定侯梁铭战死,王师大衄,黎利又上表请降,云陈氏有陈暠者,为故主陈日煃三世嫡孙,窜身老挝者二十年,欲立之以事中国,上许之,命罢兵,则老挝又再造安南人也。陈暠既立,已入贡奉矣,宣德三年四月,云南总兵沐晟复奏刀线歹协助交趾,罪不可容,上命不必深究;又阅月,而黎利以本年正月陈暠病死上告矣。上以师老兵疲,遂废交趾布政司,以黎利权署国事,然则老挝反覆狡猾,始终与胡氏、黎氏朋比以侮天朝,真夷酋中之穷奇梼杌也。朝议既弃安南,交人益肆,举兵侵老挝,竟欲郡县之,不意为老挝所败,丧失无算。正统间又举兵攻老挝,杀其宣慰板雅简章,八百夷来援,安南又败归,于是与交趾仇不解矣。

夷酋三公

夷酋得王号者,如瓦剌之顺宁王马哈木,贤义王太平,安乐王秃孛罗,至近日北虏顺义王俺答之属,皆以穹秩羁縻之耳。若忠勇王金忠,直以胡人仕于朝,得授王爵,最为异典,然自永乐至洪熙始拜太子太保,盖宫秩之不轻畀如此。惟永乐十一年,封鞑靼夷酋阿鲁台为特进光禄大夫太师和宁王,则直拜三公,且勋阶与在朝文武同号,最为殊宠,又赐以诰命金印金盔鞍马文绮绒锦,又封其母为和宁太夫人,妻为和宁王夫人,俱有赐诰,是时文皇方将讨瓦剌,故褒赏以携其交。至永乐二十年,鲁台遂叛,是以文皇三大征之后,宣德间为瓦剌所杀,盖负上恩宠敢逞螳臂,卒致屠灭,而金忠富贵考终,一如勋旧,顺逆之报不爽矣。

土教官

土官以文职居任,与流官同称者,自知府以下俱有之,惟教职必用朝廷除授,盖以文学非守令比也。惟宣德间,有选贡李源为四川永宁宣抚司人,入监,宣抚苏奏本司生员俱土僚,朝家所授言语不通,乞如云南鹤庆府事例授源教职。上允之,命源为本司训导,盖是时滇蜀皆有之,然皆夷方也。又江西泰和县学儒生王槟为本县训导,则王文端直子也,时文端正任礼部侍郎在内阁,亦宣德年事,则异甚矣。又土官之设,惟云、贵、川、湖及广西,而广东琼州府亦间有抚黎之土县佐,若内地则绝无,惟江西赣州府安远县、信丰县、会昌县内四巡司各置流官一员,土副巡检一员,以土人李梅五等为之,亦宣德间事,从巡抚侍郎赵新之言也。又成弘间赣州之龙南县又设土官主簿一员,则不忆何年间,容再考。

成化间广东琼州府感恩县有土官知县姜鉴。又永乐三年秋七月,刑科都给事中杨弘升陕西左布政使,弘西安人,疏辞不允,则土人任本处藩伯,其后以兵事拜督抚隶本土者,盖不可胜纪矣。

土官承袭

武官袭替例有赀为凭,其纪载生时邻佑及收生妇人甚详,盖防异姓假冒及乞养之涸也。近世作伪者多凭空捏造,苟得金钱,兵部武选司吏胥概为准行,虽奸弊可恨,然仗此为隄防,稍杜争竞,至于土官则全凭宗支一图为据。今惟云南布政司贮有各土司宗系,以故袭替最便,而贵州广西诸土官竟自以所藏谱牒上请,以致彼此纷争,累年不决,称兵构难,而不肖监司又借以收渔人之利,此最大敝事。

外　　国

华人夷官

弇州纪琉球国相程复,以饶州人为琉球相四十年,至年八十乞致仕归故乡,许之,命以相国兼长史赐四品服,以为奇事。然正统元年更有爪哇国入贡使臣,名财富八致满荣者,自称福建龙溪县人,姓洪名茂仔,取鱼为业,被倭虏去,逃至爪哇,为改今名遣充使进方物,今乞复业。上命给口粮脚力送还其家。正堪与程复作对。时爪哇同遣使臣名郭信，其国王名杨惟西沙，上赐特敕具海船遣回，并以永乐间真腊等十一国贡使附之同行。至正统三年，爪哇使臣亚烈马用良、通事良殷南、文旦奏：臣等俱福建龙溪人，因渔飘堕其国，今殷欲与家属同来者还乡，用良、文旦欲归祭祖造祠堂，仍还其国。上命殷冠带还乡闲住，用良、文旦但许祭祖，盖援洪茂仔例也。弘治十年，又暹罗国通事奈罗自言为福建清流县人，因渡海飘至其国，今使回，便道乞展墓归国，许之。至正德间，鄞人宋素卿为日本国王婿，更异矣。

成化十三年，暹罗使臣坤禄郡谢提素英必、美亚二人入贡，其名美亚者，汀州士人谢文彬也，官拜岳坤，即中华学士。

外夷夸诞

小说载仙居落成，称清宁几千几百几十年，此《齐谐》、《虞初》之说，与道经所云赤明开皇诸年号相类，非实有其事。宋世日本国僧来朝，云其国一姓相传，已千余年，然亦未可信。惟本朝宣德七年，爪哇国入贡，其移文乃称一千三百七十六年，但不著年号，其果为一姓与否，亦难诘问，但如此夸诞，近于戏侮，当时典属国者何以不拒回，想虑失远人之心耶？

也先夸国宝

景帝四年，北虏也先已弑其主自立，至是遣使通书朝贡，自称大元田盛大可汗。田盛者华言天圣也，末称天元元年，其纪号鄙俚不经甚矣。书中言：凡受天命，已得其位，尽有其土地人民及传国玉宝，宜顺天道，遣使和好，且致意于太上皇帝。帝加礼宴赏，答书即称为瓦剌可汗。时也先气已骄盈，敢为嫚书，几同敌国，然而不言献玺也。迨天顺元年，则也先已授首，太师孛来与阿哈剌知院以上复辟，遣使来奏，欲将宝玺来献。上谕之曰："尔欲献传国宝，此意可嘉，但此宝已失真，即真亦秦始皇所造，不祥之物，我朝自有祖宗相传之宝，亦不用此，其进与否，任从尔便。"北虏自此心折，此后不敢复言进玺矣。然先朝已有之，永乐八年，上谕太师阿鲁台曰："尔言元氏子孙已绝，瓦剌非有诚心归附，故不献传国宝，自昔尧舜禹汤文武王天下岂有此宝？如必以此为宝，则元氏当永保天位，何至衰败如此？今脱忽歹等回时，遣使偕行谕朕意。"时阿鲁台方强盛，故峻词折之。至宣德九年，瓦剌顺宁王脱欢杀鲁台得其玺玉，遣使朝贡入请献之，上报曰："王克绍先志，遣人进马，具见勤诚，杀阿鲁台尤见克复世仇，欲献玉玺，亦悉王意。然前代传世之人，历年之永，皆不系此，王既得之，可留自用。"大哉，王言！与成、英两朝圣谕虽严婉不同，皆千古卓见。

奉使伏节

工科给事中傅安、郭骥等自洪武二十八年奉使西域，留撒儿马罕者十有三年，至永乐五年，始遣使臣送还安等，因言元帖木儿驸马已死，哈里嗣之，仍帖木儿之孙。上乃命发使往祭，而赐哈里玺书银币，安等仅以原官改礼科，其赏比之苏属国更薄。是时胡文穆、黄文简、西杨、东杨在政府，蹇忠定为冢宰，皆建文故臣，岂愧见伏节之士，故有意抑之耶？

先是洪武二十七年，撒马儿罕遣使奉表贡马二百匹，其表中颂上圣德光明广大，昭若天镜，又云钦仰圣心，如照世之杯，使臣中心豁然光明。盖照世杯者，其国旧传有杯，其明光彻照之可知世事，故表文云然。上因而遣使答之。但其国本古罽宾国，与蒙古道里隔绝，何以知彼国驸马事？且既向化归诚，又何以久留使臣？史皆不言其故。及观周王孙睦㮮为安传，乃云安奉使时，酋长讽安使降，安叱之，因留虏廷凡十三年，备尝艰苦，知终不可屈，乃以礼送还，并献名马珠玉以谢。归时以老病乞骸，上赐一品服致仕，仍月给米十二石，夫八人，宣德四年卒，上遣官祭，仍治葬。据此则安之宠数厚矣。然考之曾襄敏棨所为《傅安西游胜览诗卷序》则殊不然：安字志道，世为中州名家。太祖方怀远人，乃遣安往使，出玉关八百里，往流沙二千余里，至哈迷哩，涉瀚海，又千三百里至古高昌，又西行至亦剌八里，自此水皆西流，又西三十里始至撒马儿罕。其主与群下骄倨，欲夸其土地之广，遣人导安西至讨落思，安至乙思不罕，又南至失剌思，还至黑鲁诸城，计万千余里，凡六年及其国，以终不为屈，遂不遣，至其主死始得还。蒙给禄免朝，又屡出使西域，马哈麻诸国皆入贡狮子名马珍宝，既而以母夫人年高，俾之奉养，因不复远遣出使。户部侍郎王瀹送安祭扫序曰：公竣事还朝，文皇屡加赏，赐第东华门外，宣德二年追崇先考，封母安人，许归祭扫。是安归后又仕宦出使二十余年，初未尝告老，并无一品服、人夫之赐，死后亦不闻赐祭葬也。睦樨过佟其乡人，近陈眉公又因其说而笔之，未及详考耳。

奉使被议

累朝以奉使被谴者不胜纪，即今上辛卯以后，东西兵事起，奉命出使者多以不能其职得罪。初火酋横于西北，上用廷议，遴侍从有时名者阅视九边，楚中周二鲁弘禴以尚宝少卿兼御史使宁夏，事竣，荐副总兵哱拜可为大将。拜本降虏，以善战知名，次年镇兵杀抚臣以叛，推拜为主。朝议责周不能先事发觉，谪为典史。甲午年，关白事兴，行人司晋台宪奉使辽东。司中州人，负气而躁，妄自尊大，为抚臣赵楫所怒，尽发其受将领赂遗，至革追没其参貂等物。丁酉年楚人职方主事丁元甫应泰以简命赞画辽左，与督臣邢少保不咸，时给事中泽州人徐涵碧观澜奉使勘功，至则与丁协力倾在事诸文武，军中数十万人皆切齿恨之，遂为朝鲜人所讦，至揭榜指名目为天朝贼臣，约日杀之，丁、徐俱弃使事逃归。己亥大计，丁坐贪，徐坐浮躁斥降去。此数君俱才谞著闻，以出疆偾事，一时同入废籍，且近在七八年间，皆一蹶不复振云。同时使日本者，有临淮侯应袭李宗城，亦为沈惟敬所绐，尽弃其节印宵遁归，坐斩系狱，后赦出遣戍，其人尤猥下，不足纪也。

奉使不行

正德初，封占城国世子沙古卜落为王，给事中李贯以次当行，祈于刘瑾得免，乃改命礼部都给事于聪往。甫数日而瑾败，聪上言其故，上仍令贯往。贯至徐州，遇盗剃其发，奏乞俟发长乃行，上许之。贯后至广东托故不行，延至七年不发，乃议令其国人领封册归，贯还京。其被髠真伪既不可知，而抗违君命，贻笑异域，漫不加罪，当时之政令可知矣。

嘉靖间，给事中吴时来奉使琉球国，得旨未行，因疏劾严相，廷杖遣戍，人谓其借题避远差。后起为左都御史被劾，及没后夺谥，尚指其抗疏为规避云。

历代笔记小说大观总目

汉魏六朝
西京杂记(外五种) 〔汉〕刘歆 等撰 王根林 校点
博物志(外七种) 〔晋〕张华 等撰 王根林 等校点
拾遗记(外三种) 〔前秦〕王嘉 等撰 王根林 等校点
搜神记·搜神后记 〔晋〕干宝 陶潜 撰 曹光甫 王根林 校点
世说新语 〔南朝宋〕刘义庆 撰 〔梁〕刘孝标注 王根林 标点

唐五代
朝野佥载·云溪友议 〔唐〕张鷟 范摅 撰 恒鹤 阳羡生 校点
教坊记(外七种) 〔唐〕崔令钦 等撰 曹中孚 等校点
大唐新语(外五种) 〔唐〕刘肃 等撰 恒鹤 等校点
玄怪录·续玄怪录 〔唐〕牛僧孺 李复言 撰 田松青 校点
次柳氏旧闻(外七种) 〔唐〕李德裕 等撰 丁如明 等校点
酉阳杂俎 〔唐〕段成式 撰 曹中孚 校点
宣室志·裴铏传奇 〔唐〕张读 裴铏 撰 萧逸 田松青 校点
唐摭言 〔五代〕王定保 撰 阳羡生 校点
开元天宝遗事(外七种) 〔五代〕王仁裕 等撰 丁如明 等校点
北梦琐言 〔五代〕孙光宪 撰 林艾园 校点

宋元
清异录·江淮异人录 〔宋〕陶穀 吴淑 撰 孔一 校点
稽神录·睽车志 〔宋〕徐铉 郭彖 撰 傅成 李梦生 校点

贾氏谭录・涑水记闻　［宋］张洎 司马光 撰　孔一 王根林 校点
南部新书・茅亭客话　［宋］钱易 黄休复 撰　尚成 李梦生 校点
杨文公谈苑・后山谈丛　［宋］杨亿口述、黄鉴笔录、宋庠整理　陈师道 撰　李裕民 李伟国 校点
归田录（外五种）　［宋］欧阳修 等撰　韩谷 等校点
春明退朝录（外四种）　［宋］宋敏求 等撰　尚成 等校点
青琐高议　［宋］刘斧 撰　施林良 校点
渑水燕谈录・西塘集耆旧续闻　［宋］王辟之 陈鹄 撰　韩谷 郑世刚 校点
梦溪笔谈　［宋］沈括 撰　施适 校点
麈史・侯鲭录　［宋］王得臣 赵令畤 撰　俞宗宪 傅成 校点
湘山野录 续录・玉壶清话　［宋］文莹 撰　黄益元 校点
青箱杂记・春渚纪闻　［宋］吴处厚 何薳 撰　尚成 钟振振 校点
邵氏闻见录・邵氏闻见后录　［宋］邵伯温 邵博 撰　王根林 校点
冷斋夜话・梁溪漫志　［宋］惠洪 费衮 撰　李保民 金圆 校点
容斋随笔　［宋］洪迈 撰　穆公 校点
萍洲可谈・老学庵笔记　［宋］朱彧 陆游 撰　李伟国 高克勤 校点
石林燕语・避暑录话　［宋］叶梦得 撰　田松青 徐时仪 校点
东轩笔录・懒真子录　［宋］魏泰 马永卿 撰　田松青 校点
中吴纪闻・曲洧旧闻　［宋］龚明之 朱弁 撰　孙菊园 王根林 校点
铁围山丛谈・独醒杂志　［宋］蔡絛 曾敏行 撰　李梦生 朱杰人 校点
挥麈录　［宋］王明清 撰　田松青 校点
投辖录・玉照新志　［宋］王明清 撰　朱菊如 汪新森 校点
鸡肋编・贵耳集　［宋］庄绰 张端义 撰　李保民 校点
宾退录・却扫编　［宋］赵与时 徐度 撰　傅成 尚成 校点
桯史・默记　［宋］岳珂 王铚 撰　黄益元 孔一 校点
燕翼诒谋录・墨庄漫录　［宋］王栐 张邦基 撰　孔一 丁如明 校点
枫窗小牍・清波杂志　［宋］袁褧 周煇 撰　尚成 秦克 校点
四朝闻见录・随隐漫录　［宋］叶绍翁 陈世崇 撰　尚成 郭明道 校点
鹤林玉露　［宋］罗大经 撰　孙雪霄 校点

困学纪闻　〔宋〕王应麟 撰　栾保群 田松青 校点
齐东野语　〔宋〕周密 撰　黄益元 校点
癸辛杂识　〔宋〕周密 撰　王根林 校点
归潜志·乐郊私语　〔金〕刘祁　〔元〕姚桐寿 撰　黄益元 李梦生 校点
山居新语·至正直记　〔元〕杨瑀 孔齐 撰　李梦生 庄葳 郭群一 校点
南村辍耕录　〔元〕陶宗仪 撰　李梦生 校点

明代

草木子(外三种)　〔明〕叶子奇 等撰　吴东昆 等校点
双槐岁钞　〔明〕黄瑜 撰　王岚 校点
菽园杂记　〔明〕陆容 撰　李健莉 校点
庚巳编·今言类编　〔明〕陆粲 郑晓 撰　马镛 杨晓波 校点
四友斋丛说　〔明〕何良俊 撰　李剑雄 校点
客座赘语　〔明〕顾起元 撰　孔一 校点
五杂组　〔明〕谢肇淛 撰　傅成 校点
万历野获编　〔明〕沈德符 撰　杨万里 校点
涌幢小品　〔明〕朱国祯 撰　王根林 校点

清代

筠廊偶笔 二笔·在园杂志　〔清〕宋荦 刘廷玑 撰　蒋文仙 吴法源 校点
虞初新志　〔清〕张潮 辑　王根林 校点
坚瓠集　〔清〕褚人获 辑撰　李梦生 校点
柳南随笔 续笔　〔清〕王应奎 撰　以柔 校点
子不语　〔清〕袁枚 撰　申孟 甘林 校点
阅微草堂笔记　〔清〕纪昀 撰　汪贤度 校点
茶余客话　〔清〕阮葵生 撰　李保民 校点

檐曝杂记·秦淮画舫录　〔清〕赵翼 捧花生 撰　曹光甫 赵丽琰
　　校点
履园丛话　〔清〕钱泳 撰　孟斐 校点
归田琐记　〔清〕梁章钜 撰　阳羡生 校点
浪迹丛谈 续谈 三谈　〔清〕梁章钜 撰　吴蒙 校点
啸亭杂录 续录　〔清〕昭梿 撰　冬青 校点
竹叶亭杂记·今世说　〔清〕姚元之 王晫 撰　曹光甫 陈大康 校点
冷庐杂识　〔清〕陆以湉 撰　冬青 校点
两般秋雨盫随笔　〔清〕梁绍壬 撰　庄葳 校点